ଏଇଠୁ ଆରମ୍ଭ

ଉପନ୍ୟାସ

ଏଇଠୁ ଆରମ୍ଭ

ଉପନ୍ୟାସ

ଗୌରହରି ଦାସ

BLACK EAGLE BOOKS
2021

BLACK EAGLE BOOKS

USA address:
7464 Wisdom Lane
Dublin, OH 43016

India address:
E/312, Trident Galaxy, Kalinga Nagar,
Bhubaneswar-751003, Odisha, India

E-mail: info@blackeaglebooks.org
Website: www.blackeaglebooks.org

First International Edition Published by
BLACK EAGLE BOOKS, 2021

EITHU ARAMBHA
A Novel by **Gourahari Das**

Copyright © **Gourahari Das**

Cover: **Tanuj Mallick**

Interior Design: Ezy's Publication

ISBN- 978-1-64560-157-9 (Paperback)

Printed in United States of America

ଯଶସ୍ୱୀ ଔପନ୍ୟାସିକ ଓ କଥାକାର

ଡକ୍ଟର ବିଭୂତି ପଟ୍ଟନାୟକଙ୍କୁ,

ଯିଏ ପ୍ରଥମେ ମୋ ଭିତରେ ଉପନ୍ୟାସ

ଲେଖିବାର ଆତ୍ମବିଶ୍ୱାସ ସୃଷ୍ଟି କରାଇଥିଲେ

ଗୌରହରି ଦାସ

ନୂଆ ସଂସ୍କରଣ ପରିପ୍ରେକ୍ଷୀରେ

'ଏଇଠୁ ଆରମ୍ଭ'ର ଏହି ନୂଆ ସଂସ୍କରଣ ପ୍ରକାଶ ପାଇବା ମୋ ପାଇଁ ଏକ ଆନନ୍ଦଦାୟକ ଅଭିଜ୍ଞତା। ଏବେ ବି ଏହି ଉପନ୍ୟାସର ଦ୍ୱିତୀୟ ଭାଗ ଲେଖିବା ପାଇଁ ମୋର ପାଠକପାଠିକା ମଝିରେ ମଝିରେ ଦାବି କରିଥାଆନ୍ତି। ମୋ ମନରେ ମଧ୍ୟ ସେଭଳି କଳ୍ପନାଟିଏ ରହିଛି। ତେବେ, କେବେ ସେ କଳ୍ପନା ଫଳବତୀ ହେବ ତାହା ମୁଁ ଜାଣେ ନାହିଁ।

ଏହି ଉପନ୍ୟାସଟିକୁ 'ବ୍ଲାକ୍ ଇଗଲ୍ ବୁକ୍ସ' ପ୍ରକାଶ କରୁଥିବାରୁ ମୁଁ ଏହାର ମୁଖ୍ୟ ଶ୍ରୀ ସତ୍ୟ ପଟ୍ଟନାୟକଙ୍କୁ ଧନ୍ୟବାଦ ଜଣାଉଛି। ଇତିମଧ୍ୟରେ ସେ ଅନେକ ଓଡ଼ିଆ ବହି ପ୍ରକାଶ କରିସାରିଲେଣି। ତାଙ୍କ ପ୍ରକାଶନ ସଂସ୍ଥାର ବଡ଼ ସଫଳତା ହେଲା, ତାଙ୍କର ବହିଗୁଡ଼ିକ ଅନ୍‌ଲାଇନ୍‌ରେ ଉପଲବ୍ଧ ହେଉଛି। ଏହା ଓଡ଼ିଶାଠାରୁ ଦୂରରେ ରହୁଥିବା ଓଡ଼ିଆ ପାଠକପାଠିକାଙ୍କ ପାଇଁ ଏକ ଆନନ୍ଦର ବିଷୟ।

'ଏଇଠୁ ଆରମ୍ଭ' ଉପନ୍ୟାସ ଆଜିକୁ ପନ୍ଦର ବର୍ଷ ତଳେ ପ୍ରକାଶିତ ହୋଇଥିଲେ ମଧ୍ୟ ଏହାର ଲୋକପ୍ରିୟତା ଅକ୍ଷୁଣ୍ଣ ରହିଥିବା ମୋର ଉପଲବ୍ଧି ହୋଇଛି। ମୁଖ୍ୟ ଚରିତ୍ର ଉର୍ବଶୀର ସଂଗ୍ରାମ ଓ ସଫଳତା ଏହି ଉପନ୍ୟାସର ଲୋକପ୍ରିୟତାର ବଡ଼ କାରଣ ବୋଲି ମୁଁ ବିଚାର କରେ। ଇତିମଧ୍ୟରେ ପ୍ରକାଶିତ ମୋର ଉପନ୍ୟାସ ସମଗ୍ରର ପ୍ରଥମ ଖଣ୍ଡ 'ପଞ୍ଚପର୍ବ'ରେ ମଧ୍ୟ ଏହି ଉପନ୍ୟାସଟି ସ୍ଥାନିତ ହୋଇଛି।

'ଏଇଠୁ ଆରମ୍ଭ'ର ନୂଆ ସଂସ୍କରଣ ପ୍ରକାଶନ ଅବସରରେ ମୁଁ ଏହାର ପ୍ରଥମ ଓ ପରବର୍ତ୍ତୀ ପ୍ରକାଶକମାନଙ୍କୁ ସ୍ମରଣ କରୁଛି ଏବଂ ମୋର ପ୍ରିୟ ପାଠକପାଠିକାଙ୍କୁ କୃତଜ୍ଞତା ଜଣାଉଛି।

ଗୌରହରି ଦାସ
ଫେବ୍ରୁଆରୀ ୨୦୨୧

'ଅନୁଭବ'
୩୭୮ ବରମୁଣ୍ଡା ଗାଁ,
ଭୁବନେଶ୍ୱର- ୭୫୧୦୦୩
ଭାରତ

ପ୍ରଥମ ସଂସ୍କରଣର ନିଜକଥା

କେହି ଜଣେ କହିଥିଲେ ସବୁ ଶେଷ ପ୍ରକୃତରେ ଗୋଟିଏ ଗୋଟିଏ ଆରମ୍ଭ। ଯାହା ଆମକୁ ସହରର ଶେଷ ବୋଲି ଦିଶୁଥାଏ ତାହା ଗାଁର ଆରମ୍ଭ ହୋଇପାରେ। ଯାହା ଜନପଦର ଶେଷ ବୋଲି ଦେଖାଯାଏ ତାହା ହୋଇପାରେ ଅରଣ୍ୟ, ମାଳଭୂମି କି ମରୁଭୂମିର ଆରମ୍ଭ। ନଈର ଶେଷ ବିନ୍ଦୁରୁ ଆରମ୍ଭ ହୁଏ ମୁହାଣ ଏବଂ ତା'ପରେ ସମୁଦ୍ର। ଦୁଃଖର ଶେଷରେ ଥାଇପାରେ ସୁଖର ମହୁଟୋପାଟିଏ ଅଥବା ସୁଖର ଶେଷରେ ଦୁଃଖର ଲୁହ ବୁନ୍ଦା। ଆମ ସମସ୍ତଙ୍କ ଜୀବନରେ ଏଭଳି ଘଟଣା ଘଟେ, ଘଟୁଥାଏ। ଯେତେବେଳେ ଧାରଣା ହୁଏ ଯେ ସବୁକିଛି ସରିଗଲାଣି, ଆଉ କିଛି ପାଇବାର ନାହିଁ ଏହି ଘଷରା ଜୀବନରୁ, ଏକଟଣାର ରାଗ ପରି ବିରକ୍ତିକର ହୋଇପଡ଼ିଲାଣି ଏହାର ଛନ୍ଦ, ସେତେବେଳେ ପୁଣି ସହସା କିଛି ନୂଆ ଘଟଣା ଘଟିଯାଏ। ରାତି ଅନ୍ଧାରର ବୁକୁଚିରି ନୂଆ ସକାଳଟେ ଆସିବା ପରି ସମ୍ଭାବନାଶୂନ୍ୟତାର ପୃଷ୍ଠଭୂମିରୁ ଉକୁଟି ଆସେ ନୂଆ ସମ୍ଭାବନା। ଆଉଥରେ ଜିଇଁବାର ଆଶା କୁଆଁ ମେଲାଏ, ହସ ଫେରିଆସେ ଓଠର ଉପକୂଳକୁ।

'ଏଇଠୁ ଆରମ୍ଭ' ଏହିଭଳି ଅବିଶ୍ରାନ୍ତ ଲୁହ ଶେଷରେ ହସଟୋପାଏ ପରି। ଯେତେବେଳେ ଏହି ଉପନ୍ୟାସଟି ଲେଖିବା ଆରମ୍ଭ କରିଥିଲି ସେତେବେଳେ ତା'ର ପରିଣତି ଏହିପରି ହେବ ବୋଲି ମୁଁ ସ୍ଥିର କରି ନ ଥିଲି। ମୋର 'ଛାୟାସୌଧର ଅବଶେଷ' ଉପନ୍ୟାସ ପରି ସମ୍ପୂର୍ଣ୍ଣ ଫ୍ଲାସ୍‌ବ୍ୟାକ୍ ବା ପୂର୍ବ ଘଟଣାର ବର୍ଣ୍ଣନାଶୈଳୀରେ ଲେଖିବାକୁ ଭାବିଥିଲି। କିନ୍ତୁ ବେଶ୍ କିଛି ପୃଷ୍ଠା ଲେଖିସାରିବା ପରେ ଦିନେ ଉପନ୍ୟାସର ନାୟିକା ସତେ କି ମୋତେ ପ୍ରଶ୍ନ କଲା, ମୋତେ ଏହିଭଳି ଭାବରେ ଚିତ୍ରଣ କରିବାର ଅଧିକାର ତୁମକୁ କିଏ ଦେଲା ? ମୁଁ ଚମକି ପଡ଼ିଲି। ମୋର କେଉଁଠାରୁ ଶୁଣିଥିବା କଥାଟିଏ ମନେପଡ଼ିଲା। ମଣିଷ ନିଜର ସୁଖରେ ବେଶି ଖୁସୀ ହୁଏ ନାହିଁ, ଅନ୍ୟର ଦୁଃଖରେ ବେଶି ସୁଖୀ ହୁଏ। ଆମେ ଯେ ନାରୀମାନଙ୍କୁ ଏଭଳି ନିରିମାଖି ଢଙ୍ଗରେ ଚିତ୍ରଣ କରିଥାଉ, ତା' ପଛରେ ଆମର ଏଭଳି ଆନନ୍ଦ ଲାଭର ବିକୃତ ଆଗ୍ରହଟିଏ ଥାଏ କି ? ଯେ କୌଣସି ନାୟିକା ସମ୍ପର୍କରେ ଦୁଇ ପ୍ରକାର କାହାଣୀ ଲେଖିହୁଏ। ଗୋଟିଏ ଦର୍ଶକମାନେ ମଞ୍ଚ ଉପରର ନାୟିକାକୁ କିଭଳି ଦୃଷ୍ଟିରେ ଦେଖୁଛନ୍ତି ଓ ଦ୍ୱିତୀୟ ହେଲା ମଞ୍ଚ ଉପରର ନାୟିକାଟି ପ୍ରେକ୍ଷାଳୟର ଦର୍ଶକମାନଙ୍କୁ କିଭଳି ଦୃଷ୍ଟିରେ ଦେଖୁଛି। ଉର୍ବଶୀକୁ ସମାଜ ଦେଖୁଥିବା ଦୃଷ୍ଟିକୋଣ ଏବଂ ସମାଜକୁ ଉର୍ବଶୀ ଦେଖୁଥିବା ଦୃଷ୍ଟିକୋଣ

ଭିତରେ ନିଶ୍ଚୟ ଫରକ ରହିବ। ଏଭଳି ଚିନ୍ତା ମୋ ମନକୁ ଆସିବା ମାତ୍ରେ ମୁଁ ଯେଉଁ କିଛି ପୃଷ୍ଠା ଲେଖିଥିଲି ତାହାକୁ ଚିରି ଉଡ଼େଇଦେଲି ଏବଂ ଆଉଥରେ ନୂଆକରି ଲେଖିବା ପାଇଁ ଚେଷ୍ଟାକଲି।

କିନ୍ତୁ ଏହାପରେ ସମସ୍ୟା ହେଲା ସମୟ। ମୋର ଜୀବନ ଏଭଳି ଯେ ଯେତେବେଳେ ଯାହାକିଛି ସମୟ ପାଇଛି ତାହା ଖୁଚୁରା ପଇସାର ସମ୍ବଳ ପରି- କେବେ ଘଣ୍ଟାଏ, କେବେ ଦୁଇଘଣ୍ଟା। ଉପନ୍ୟାସ ଲେଖିବା ପାଇଁ ପ୍ରୟୋଜନ ନିରୁପଦ୍ରବ ଦୀର୍ଘ ଅବକାଶ ମୋ ଜୀବନରେ ଏପର୍ଯ୍ୟନ୍ତ ଜୁଟିଲା ନାହିଁ। ଅବଶ୍ୟ ଏ ପ୍ରକାର କୈଫିୟତ୍ ଦେବାରେ କିଛି ପ୍ରୟୋଜନ ନାହିଁ। ଲୋକମାନେ କେବଳ ସଫଳତାକୁ ପ୍ରଶଂସା କରନ୍ତି ଏବଂ ବିଫଳ ଲୋକର ଆତ୍ମ ଦଇନି ଶୁଣିବା ପାଇଁ କେହି ଚାହାନ୍ତି ନାହିଁ। କିନ୍ତୁ ପାଠକପାଠିକାମାନେ ହିଁ ଲେଖକର ସବୁକିଛି। ସେମାନଙ୍କୁ ସେ ନିଜ କଥା ନ କହି କହିବ ଆଉ କାହା ପାଖରେ ?

'ଏଇଠୁ ଆରମ୍ଭ' ମୋର ତୃତୀୟ ଉପନ୍ୟାସ। 'ଛାୟାସୌଧର ଅବଶେଷ' ଲେଖିଥିଲି 'ଅମୃତାୟନ'ର ପୂଜା ସଂଖ୍ୟା ପାଇଁ। 'ନିଜ ସାଙ୍ଗେ ନିଜର ଲଢ଼େଇ' ଲେଖିଥିଲି 'ଚିତ୍ରା'ର କୌଣସି ପୂଜା ସଂଖ୍ୟା ପାଇଁ। ସେ ଦୁଇଟି ଉପନ୍ୟାସ ମୋତେ ବେଶ୍ ଆତ୍ମବିଶ୍ୱାସ ଦେଇଥିଲା। ଦୁଇ ହଜାର ତିନି ପୂଜାସଂଖ୍ୟା 'କାଦମ୍ବିନୀ' ପାଇଁ ଉପନ୍ୟାସଟିଏ ଲେଖିବା ପାଇଁ ଏହାର ସମ୍ପାଦିକା ଶ୍ରୀମତୀ ଇତିରାଣୀ ସାମନ୍ତ ଅନୁରୋଧ କରିଥିଲେ। ସେତେବେଳକୁ ମୁଁ ଏହାର କିଛି ପୃଷ୍ଠା ଲେଖିସାରିଥିବାରୁ ଭାବିଥିଲି ଏଇଟି ଶୀଘ୍ର ସରିଯିବ। କିନ୍ତୁ ସେହି ପୃଷ୍ଠାଗୁଡ଼ିକ ଚିରିଦେବା ପରେ ବାସ୍ତବରେ ମୁଁ ଚିନ୍ତାରେ ପଡ଼ିଗଲି। 'କାଦମ୍ବିନୀ' ପତ୍ରିକାର ତରୁଣ ସହଯୋଗୀ ଶ୍ରୀମାନ କେଦାର ପୃଷ୍ଟି ଜଣେ ଦୃଢ଼ମନା ଯୁବକ। ତାଙ୍କର ଏଭଳି ନିଷ୍ଠା ଯେ ସେ ଜଣେ ଅତ୍ୟନ୍ତ ସଫଳ ଜୀବନବୀମା ଏଜେଣ୍ଟ ହୋଇପାରି ଥାଆନ୍ତେ। ଉପନ୍ୟାସଟି ଲେଖିବି ବୋଲି କଥା ଦେଇ ସାରିବା ପରଠାରୁ ପ୍ରତି ତିନି ଚାରି ଦିନରେ ସେ ତାଗିଦା କରି ଚାଲିଲେ। ସେ ବର୍ଷ ପୂଜାକୁ ଯଦି ଉପନ୍ୟାସଟି ଲେଖିପାରିଲି ତା'ର ଅଧିକାଂଶ ଶ୍ରେୟ ଶ୍ରୀମାନ କେଦାରଙ୍କର। ମୋର ମନେ ପଡୁଛି ତାହା ମାସର ଶେଷ ସପ୍ତାହ ଏବଂ ମୁଁ ସେତେବେଳେ ଚାକିରିର ଯେଉଁ ଦାୟିତ୍ୱରେ ଥିଲି ତା'ର ପ୍ରୟୋଜନ ମୁତାବକ କେତେବେଳେ ଅନୁଗୁଳ, କେତେବେଳେ କେନ୍ଦୁଝର ତ ଆଉ କେତେବେଳେ କେନ୍ଦ୍ରାପଡ଼ା ଯାଉଥାଏ। କୋଉଠି ଗୋଟିଏ ସ୍ଥାନରେ କିଛିଦିନ ବସି ଉପନ୍ୟାସଟିକୁ ସାରିବି, ତାହା ସମ୍ଭବ ହେଉ ନ ଥାଏ। ଦପ୍ତରରେ ତ ଏହି କାରଣ ଦେଖାଇ ଛୁଟି ମାଗିହୁଏ ନା, ଅନ୍ୟମାନଙ୍କୁ ବା କହିବି କ'ଣ ? ଉପନ୍ୟାସ ବା ସାମଗ୍ରିକ ଭାବରେ ସାହିତ୍ୟକର୍ମ ଯଦି କୌଣସି ଦିନ

ଓଡ଼ିଶାରେ ସେତିକି ଉପାର୍ଜନକ୍ଷମ ହେବ ତାହାହେଲେ ହୁଏତ ଭବିଷ୍ୟତର ଓଡ଼ିଆ ଲେଖକ ମାସେ, ଦି' ମାସର ଲମ୍ବା ଛୁଟି ପାଇଁ ତା' ଦରଖାସ୍ତଟିକୁ ଗର୍ବର ସହ ବଢ଼େଇ ଦେଇପାରିବ ଉପରିସ୍ଥ ଅଧିକାରୀଙ୍କୁ। ସେତେବେଳେ ଲେଖକ ପତ୍ନୀ ମଧ୍ୟ ସ୍ୱାମୀଙ୍କର ପାଗଳାମିକୁ ପ୍ରଶଂସା କରିବେ, ବନ୍ଧୁମାନେ ବି ଭାବିବେ ଯେ ଲୋକଟି କିଛି ମୂଲ୍ୟବାନ କାମ କରୁଛି। ଆଜି ସେଦିନ ଆସି ନାହିଁ।

ମୋର ମନେପଡୁଛି କେଡ଼େ ତରବରରେ ଏହି ଉପନ୍ୟାସର କିଛି ପୃଷ୍ଠା କେନ୍ଦୁଝରରେ ତ କିଛି ପୃଷ୍ଠା ଅନୁଗୁଳରେ ଏବଂ ଆଉ କିଛି ପୃଷ୍ଠା ଯାଜପୁରରୋଡ୍‌ରେ ଲେଖିଥିଲି। ଦୁଇଟି ପରିଚ୍ଛେଦ ଲେଖାଯିବା ମଝିରେ ଅନ୍ୟ କାମରେ ଲାଗିଗଲେ ପୁଣି ପାଣ୍ଡୁଲିପିଟାକୁ ମୂଳରୁ ପଢ଼ିବା ପାଇଁ ପଡ଼େ। ତରବରରେ ଲେଖିବା ଯୋଗୁଁ ହାତ ବିନ୍ଧେ, ଅଣ୍ଟା କଟକଟ କରେ। ମାତ୍ର ଶ୍ରୀମାନ କେଦାରଙ୍କର ତାଗିଦା ଏସବୁ କିଛି ବୁଝେ ନାହିଁ। ମୁଁ ମିଛରେ କହିଚାଲେ, ଆଉ କୋଡ଼ିଏ ପୃଷ୍ଠା ବାକି ଅଛି, ଦଶ ପୃଷ୍ଠା ବାକି ଅଛି, ସରିଆସିଲାଣି। ଦିନେ 'କାଦମ୍ବିନୀ'ର ଚିତ୍ରଶିଳ୍ପୀ ଉପନ୍ୟାସର ଚିତ୍ର ପାଇଁ ଟେଲିଫୋନ୍ କଲେ। ମୁଁ ସେଇ ଫୋନ୍‌ରେ ଉର୍ବଶୀ ଚେହେରାର ଗୋଟିଏ ସ୍କେଚ୍ ତାଙ୍କୁ ବଢେଇଲି ଏବଂ ସେଇଠି ମନେ ମନେ ଉପନ୍ୟାସର ଉପସଂହାର କ'ଣ ହେବ ତାହା ସ୍ଥିର କଲି।

ମୋର ସୌଭାଗ୍ୟ, ଏହି ଉପନ୍ୟାସଟି ପାଇଁ ମୁଁ ବହୁ ପ୍ରଶଂସାମୂଳକ ଚିଠି ପାଇଛି। ବହୁ ଲେଖକ ଏବଂ ଓଡ଼ିଶାର ବିଭିନ୍ନ ଅଞ୍ଚଳର ଲେଖିକାମାନେ ମୋତେ ଏଥିପାଇଁ ଅଭିନନ୍ଦନ ଜଣାଇଛନ୍ତି। ମୋର ଗପ ଉପନ୍ୟାସର ନାରୀ ଚରିତ୍ରମାନେ ଦୁଃଖ ପାଆନ୍ତି, କଷ୍ଟ ଭୋଗନ୍ତି; ମାତ୍ର ତା' ସତ୍ତ୍ୱେ ସେମାନେ ନିଜକୁ ଭାଗ୍ୟହାତରେ ସମ୍ପୂର୍ଣ୍ଣ ସମର୍ପଣ କରି ଦିଅନ୍ତି ନାହିଁ ବୋଲି ସମାଲୋଚକମାନେ କହିଥାନ୍ତି। 'ଛାୟାସୌଧର ଅବଶେଷ'ର ମିନୁ ଅନ୍ୟ ପାଇଁ ପ୍ରାଣବଳି ଦେବା ବେଳେ ମନ ଭିତରେ କୌଣସି ଗ୍ଲାନି ରଖି ନ ଥିଲା। 'ନିଜ ସାଙ୍ଗେ ନିଜର ଲଢ଼େଇ'ର ଦ୍ରୌପଦୀ ଭୟମୁକ୍ତ ହେବା ପରେ ଯାଇ ସତ୍ୟର ଉନ୍ମୋଚନ ନିମନ୍ତେ ରାସ୍ତାକୁ ବାହାରିଥିଲା। କିନ୍ତୁ ସେ ଦୁଇ ଜଣଙ୍କଠାରୁ ଉର୍ବଶୀର ଜୀବନ ସମ୍ପୂର୍ଣ୍ଣ ଅଲଗା। ଏଠି ସେ ଆଉ ଗୋଟିଏ ପାଦ ଆଗକୁ ଯାଇଛି; ଜୀବନ ବଞ୍ଚିବାକୁ ହେଲେ ବାସ୍ତବବାଦୀ ହେବାକୁ ପଡ଼େ, ଦୁନିଆ ବଜାରର ଚଳନ୍ତି ମୁଦ୍ରାରେ କାରବାର କରିବାକୁ ହୁଏ, ଏହି ହେଉଛି ଉର୍ବଶୀର ସବୁଠୁ ବଡ଼ ଉପଲବ୍ଧି। ଉର୍ବଶୀ ଆମର ଗତକାଲି ଓ ଆସନ୍ତା କାଲି ମଝି ସମୟର ନାୟିକା – ଯିଏ ମୂଲ୍ୟବୋଧକୁ ସମ୍ମାନ ଦେଉଛି ଅବଶ୍ୟ, କିନ୍ତୁ କଣ୍ଟାକୁ କଣ୍ଟାରେ କାଢ଼ିବାକୁ ହୁଏ- ଏହି ନୀତିକୁ ସମ୍ପୂର୍ଣ୍ଣ ପ୍ରତ୍ୟାଖ୍ୟାନ କରି ନାହିଁ।

ଏହି ଉପନ୍ୟାସର ଉର୍ବଶୀ ଓ ପୁଲକଙ୍କ ସମ୍ପର୍କକୁ ନେଇ ବହୁ ପାଠକ ବହୁ ପ୍ରସ୍ତାବ ଦେଇଥିଲେ। ନିଜେ 'କାଦମ୍ବିନୀ'ର ସମ୍ପାଦିକା ମଧ୍ୟ ସେମାନଙ୍କର ସମ୍ପର୍କ ଆଉ ଆଗକୁ କାହିଁକି ଅଗ୍ରସର ହେବ ନାହିଁ ବୋଲି ଏକ ପରାମର୍ଶମୂଳକ ପ୍ରଶ୍ନ ପଚାରିଥିଲେ। କେହି କେହି ସିଧାସଳଖ ଭାବେ କହିଥିଲେ ଯେ ସେମାନେ ବିବାହ କରିବା ଉଚିତ। କେହି କହିଥିଲେ, ପୁଲକ ଶେଷକୁ ନୀଳମାଧବ ରୂପେ ଆବିଷ୍କୃତ ହେଲେ କ୍ଷତି କ'ଣ ହୁଅନ୍ତା ? ମୁଁ ନିଜେ ଯେ ଏହି ସବୁ ସମ୍ଭାବନା ଗୁଡ଼ିକ ସମ୍ପର୍କରେ ଚିନ୍ତା କରି ନାହିଁ, ତାହା ନୁହେଁ। ମାତ୍ର ସେତେବେଳେ ପୁଲକ ଚରିତ୍ରର ଗୋଟିଏ ବାକ୍ୟ ମୋ ପାଇଁ ଗୁରୁତ୍ୱପୂର୍ଣ୍ଣ ମନେହୋଇଛି। ପୁଲକ କହିଛି, "ଆମର ସମ୍ପର୍କକୁ କୌଣସି ନିର୍ଦ୍ଦିଷ୍ଟ ପରିଭାଷା ଦିଅ ନାହିଁ। ପତି, ପ୍ରେମିକ, ପିତା, ପୁତ୍ର - ଯାହା କିଛି ନାଁ ଦେଲେ ବି ପୁରୁଷ-ନାରୀର ସମ୍ପର୍କ ସୀମିତ ହୋଇଯାଏ। ଏହିସବୁ ନିର୍ଦ୍ଦିଷ୍ଟ ପରିଭାଷା ବାହାରେ ବି ତ ଥାଏ ସମ୍ପର୍କର ଏକ ବିସ୍ତୃତ ଆଲିଙ୍ଗନ !" ସେଥିପାଇଁ କେହି କେହି ପାଠକ ମୋତେ ଜଣେ ନିଷ୍ଠୁର-ହୃଦୟର ଲେଖକ ଭାବେ ଅଭିହିତ କରିଛନ୍ତି। ମୁଁ ଏହାକୁ ଅସ୍ୱୀକାର କରି ଲାଭ ନାହିଁ। ଏଭଳି ଦୁର୍ନାମ ମୁଁ ବହୁ ଆଗରୁ ନିଜ ପାଇଁ ନିଜେ ଯୋଗାଡ଼ କରିଛି। 'ଅହଲ୍ୟାର ବାହାଘର' ଗଳ୍ପ ପଢ଼ି ତ ଜଣେ ପାଠିକା ରୀତିମତ ଗାଳିଦେଇ ଚିଠିଟାଏ ଲେଖିଥିଲେ ଓ ଅଭିଯୋଗ କରିଥିଲେ ଯେ ଲେଖକ ଭାବେ ପ୍ରତିଷ୍ଠା ପାଇବା ପାଇଁ ମୁଁ ଅହଲ୍ୟା ପରି ଝିଅମାନଙ୍କୁ କନ୍ଦେଇ ଚାଲିଛି !

'ଏଇଠୁ ଆରମ୍ଭ' ଉପନ୍ୟାସର ପ୍ରକାଶ ଅବସରରେ ଅନେକ ଛୋଟ ବଡ଼ ଅନୁଭବ ମନେପଡୁଛି। ତା' ଭିତରୁ କେତୋଟି ଅନୁଭବ ଖୁବ୍ ମୂଲ୍ୟବାନ। କେନ୍ଦ୍ରାପଡ଼ାର ତରୁଣ ସଂସ୍କୃତ ଶିକ୍ଷକ ଶ୍ରୀ ପ୍ରତାପ ପତି ଗୋଟିଏ ସ୍ଥାନରେ ଗୀତା ଆବୃତ୍ତି କରୁଥାଆନ୍ତି। 'ସମ୍ବାଦ'ର କେନ୍ଦ୍ରାପଡ଼ା ଅଫିସ୍‌ର ଗୃହ ପ୍ରବେଶ ଉପଲକ୍ଷେ ବୋଧହୁଏ ସେ ପୂଜାଟି କରୁଥାଆନ୍ତି। ଅଧିକାଂଶ ସମୟରେ ବ୍ରାହ୍ମଣ ପୁରୋହିତମାନଙ୍କର ଅନୁନାସିକ ମନ୍ତ୍ର ଉଚ୍ଚାରଣ ମୋତେ କ୍ଳାନ୍ତିକର ଲାଗେ। ମାତ୍ର ଏହି ତରୁଣ ଜଣକ ଥିଲେ ସମ୍ପୂର୍ଣ୍ଣ ବ୍ୟତିକ୍ରମ। ତାଙ୍କ କଣ୍ଠରେ ଗୀତାର 'ବିଶ୍ୱରୂପଦର୍ଶନ ଯୋଗ'ର ଶ୍ଳୋକଗୁଡ଼ିକ ଏତେ ସୁନ୍ଦର ଢଙ୍ଗରେ ଉଚ୍ଚାରିତ ହେଉଥାଏ ଯେ ମୁଁ ମନ୍ତ୍ରମୁଗ୍ଧ ପରି ତାଙ୍କୁ ଅନାଇ ରହିଥାଏ। ତାଙ୍କର ଆବୃତ୍ତି ଶୁଣିବା ପରେ ମୁଁ ଗୀତାର ଦୁଇଟି ଶ୍ଳୋକ ଏହି ଉପନ୍ୟାସରେ ନେବା ପାଇଁ ଆଗ୍ରହୀ ହୋଇଥିଲି। ସେହିପରି ଆଉ ଏକ ଅନୁଭବ ହେଲା ପତ୍ନୀ ସଂଯୁକ୍ତାଙ୍କର ମନଯୋଗ ଶ୍ରୋତାର ଭୂମିକା। ସେ ନିଜେ ଜଣେ ଲେଖିକା ଓ ଅନୁବାଦିକା। ଅନେକ ସମୟରେ ତାଙ୍କର ସିଧାସିଧା ମନ୍ତବ୍ୟ ମୋତେ କ୍ଷୁବ୍ଧ କରିଥାଏ। ଏହି ଉପନ୍ୟାସର ପାଣ୍ଡୁଲିପି ସମ୍ପୂର୍ଣ୍ଣ ହେଲାପରେ ସେ ତାହା ଶୁଣିବାକୁ ଆଗ୍ରହ କଲେ। ସବୁ ଲେଖକ ଲେଖିକା,

ନିଜର ଲେଖାଟି ସାରିବା ପରେ, କାହାକୁ ଜଣକୁ ପଢ଼ି ଶୁଣାଇବାକୁ ଚାହିଁଥାନ୍ତି। ଆଉ ଜଣେ କେହି ନ ଶୁଣିଲେ, ଲେଖାଟି ଭଲହେଲା କି ନାହିଁ ଜାଣିବାର ସୁଯୋଗ ମିଳେ ନାହିଁ। ଯେତେ ଯାହା କହିଲେ ମଧ୍ୟ, ନିଜେ ଲେଖକ ତା' ଲେଖାର ଅନାସକ୍ତ ମୂଲ୍ୟାୟନ କରିପାରିବ ନାହିଁ। ଜନନୀକୁ ନିଜର ସନ୍ତାନ ସୁନ୍ଦର ଦିଶିବା ପରି ଲେଖକକୁ ତା'ର ସବୁ ଲେଖା ସୁନ୍ଦର ଦିଶିବ। ତେବେ ସେଦିନ ରାତି ଦୁଇଟା ପର୍ଯ୍ୟନ୍ତ ସଂଯୁକ୍ତା ମୋ ପାଖରେ ବସି ସମ୍ପୂର୍ଣ୍ଣ ଉପନ୍ୟାସଟି ଶୁଣୁଥିଲେ। ମୁଁ ପଢ଼ା ଶେଷ କରି ଦେଖେ ତ ତାଙ୍କର ଦୁଇ ଆଖି ଲୁହ ଛଳଛଳ। ମୁଁ ଉପଲବ୍ଧି କଲି, ମୋର ଶ୍ରମ ବ୍ୟର୍ଥ ଯାଇ ନାହିଁ। ପାଠକ ବା ପାଠିକା ଆଖିର ଲୁହ ଟୋପାଠାରୁ ମୂଲ୍ୟବାନ ପ୍ରାପ୍ତି ଆଉ ବା କ'ଣ ଥାଇପରେ ମୋ ପରି ଲେଖକର ଜୀବନରେ !

'ଏଇଠୁ ଆରମ୍ଭ'ର ଲେଖା ହୋଇଥିଲା ବ୍ୟସ୍ତତାରେ, ପ୍ରକାଶନ ବି ହେଉଛି ବ୍ୟସ୍ତତାରେ। ଅନ୍ୟାନ୍ୟ ବହିର ପ୍ରକାଶନ ପାଇଁ ମୋତେ ପ୍ରକାଶକ ଶ୍ରୀ ଉମେଶ ପ୍ରସାଦ ସାହୁଙ୍କୁ କହିବାକୁ ପଡ଼ିଥାଏ। ମାତ୍ର ଏହି ଉପନ୍ୟାସ ଲାଗି ସେ ତାଙ୍କ ଆଡୁ ମୋତେ ବାରମ୍ବାର ସସ୍ନେହ ତାଗିଦା କରିଛନ୍ତି। 'ଭୁବନେଶ୍ୱର ପୁସ୍ତକମେଳା' ବେଳକୁ ବହି ବାହାରିବ, ଏଇଥିଲା ତାଙ୍କର ସର୍ତ୍ତ। ମୋ ଉପରେ ଅଧିକ ଚାପ ପକେଇବା ଲାଗି ସେ ବହୁ ଆଗରୁ ବହିର ପ୍ରଚ୍ଛଦ ଛାପି ସାରିଛନ୍ତି। ଶେଷ ପ୍ରୁଫ୍ ଦେଖିବା ଲାଗି ମୋ ଆଡୁ ଅବହେଳା ହୋଇଛି।

ଅନେକ କଥା କହିଲିଣି। ହୁଏତ ଏତେସବୁ ନ କହିଥିଲେ ଚଳିଥାନ୍ତା। କିନ୍ତୁ ମୋର ପ୍ରିୟ ପାଠକପାଠିକାମାନଙ୍କୁ ଦି' ଚାରିପଦ କହିବାର ଏଇ ତ ଗୋଟିଏ ଅବକାଶ ! ମୋର ବିଶ୍ୱାସ ଏ ଉପନ୍ୟାସଟି ସେମାନଙ୍କୁ ଭଲ ଲାଗିବ ଏବଂ ଯଦି ତାହା ହୁଏ ମୁଁ ମୋର ଶ୍ରମ ସାର୍ଥକ ହେଲା ବୋଲି ଜାଣିବି।

"ଅନୁଭବ"
୩୭୮ ବରମୁଣ୍ଡା ଗାଁ,
ଭୁବନେଶ୍ୱର-୭୫୧୦୦୩

ଗୌରହରି ଦାସ
୧ ମାର୍ଚ୍ଚ ୨୦୦୫

"Real lives have no end. Real books have no end."

Jean-Marie Gustave Le Clézio
From The Book of Flights
2008 Nobel Literature Prize Winner

୧. ରାଜଧାନୀ

ଉର୍ବଶୀ ବିରୋଧୀଦଳର ମୁଖ୍ୟ କାର୍ଯ୍ୟାଳୟ ବାରଣ୍ଡାରେ ପଡ଼ିଥିବା ଗୋଟିଏ ତେଲଚିକିଟା ବେଞ୍ଚରେ ବସିଥିଲା। ଅନେକ ସମୟ ହେଲା ସାମ୍ବାଦିକ ଭାରତ ମହାପାତ୍ର ତାକୁ ଏଇଠି ବସେଇ ଦେଇ ଭିତରକୁ ଯାଇଛି, ଫେରି ନାହିଁ। ବସି ବସି ତାକୁ ବିରକ୍ତ ଲାଗୁଥିଲା। ତା' ସାଙ୍ଗକୁ ଯା-ଆସ କରୁଥିବା ଲୋକଙ୍କ ଡାଆଣା ଆଖି। ସେମାନଙ୍କ ଆଖିକୁ ଦେଖିଲେ ଉର୍ବଶୀର ମନେ ହେଉଥିଲା, ସେମାନେ ଯେମିତି ଅନେକ ଦିନ ହେଲା ଗୋଟେ ସ୍ତ୍ରୀଲୋକ ଦେଖିନାହାନ୍ତି। ତା' ଉଦ୍ଦେଶ୍ୟରେ ସେମାନଙ୍କ ଫିସ୍ ଫିସ୍ କଥା ବି ସେ କିଛି କିଛି ଶୁଣିପାରୁଥିଲା। ସେମାନେ ନିଜ ନିଜ ଭିତରେ କୁହାକୁହି ହେଉଥିଲେ, "ଏଇ ଉର୍ବଶୀ ପଟ୍ଟନାୟକ, ଯିଏ ଜଙ୍ଗଲ ମନ୍ତ୍ରୀଙ୍କ ନାଁରେ ମାନହାନି କେସ୍ କରିଥିଲା... ରାଉରକେଲା ଶାସକଦଳ ନେତା ସଞ୍ଜୟ ପଟ୍ଟନାୟକର ସ୍ତ୍ରୀ...। ହଁ ମ, ଯିଏ ପାଗଳୀ ହେଇଯାଇଥିଲା... ତା' ଫଟୋ ଖବରକାଗଜରେ ଦେଖିନ!"

ଉର୍ବଶୀ ବାଁ କାନ୍ଧରୁ ଭ୍ୟାନିଟି ବ୍ୟାଗ୍ ଟାଣିଆଣି ତହିଁରେ ମୁହଁ ଲୁଚେଇବାକୁ ଚାହୁଁଥିଲା। ତା' ସମ୍ବନ୍ଧରେ ସବୁ ଖବର କ'ଣ ଏ ରାଜ୍ୟସାରା ଲୋକେ ଜାଣନ୍ତି? ସମସ୍ତଙ୍କ ଦୃଷ୍ଟିରେ କ'ଣ ସିଏ ପାଗଳୀ – ସେ ତା' ମନକୁ ପଚାରିଲା। ଗଲା ଆଇଲା ସାଧାରଣ ଲୋକମାନେ ଯେତେବେଳେ ତା' ସମ୍ପର୍କରେ ଏଇ ଖବର ଜାଣିଛନ୍ତି, ହୁଏତ ସେହି ଖବର ବିରୋଧୀ ଦଳର ସଭାପତି ବି ଜାଣିଥିବେ ଓ ତାକୁ ଦେଖା କରିବାକୁ ଚାହୁଁ ନ ଥିବେ। ତା' ହେଲେ ଭାରତ ମହାପାତ୍ର ଅଯଥାରେ ଏତେ ସମୟ କାହିଁକି ଲଗଉଛି? ଏଠି ବାରଣ୍ଡାରେ ଛିଡ଼ା ହେଇ କେତେ ସମୟ ସେ ଗଲା ଆଇଲା ଲୋକଙ୍କ ଟାହିଟାପରା ଶୁଣୁଥିବ! ଏମିତି ଗୋଟିଏ ଗୋଟିଏ ମୁହୂର୍ତ୍ତ କାଟିବା ଯେ କେତେ କଷ୍ଟକର ତାହା ତା' ପରି ଭୁକ୍ତଭୋଗୀ ହିଁ କେବଳ ଜାଣେ। ତା'ର ଧାରଣା ଥିଲା ବିରୋଧୀ ଦଳର ନେତା ତା' ଭଳି ଜଣେ ଅସହାୟାର କଥା ଶୁଣି ତାକୁ ଥରୁଟିଏ ଦେଖା ଦେବେ। ସେଥିରେ ତା'ର କିଛି ଉପକାର ହେଉ ନ ହେଉ ସେ ଅନ୍ତତଃ

ଟିକିଏ ସାନ୍ତ୍ୱନା ପାଇବ। ମାତ୍ର ଏବେ ସେ ଆଶଙ୍କା କରୁଥିଲା ଯେ ତା'ର ସଭାପତିଙ୍କ ସାଙ୍ଗରେ ଦେଖା ହେବ ନାହିଁ।

'ଭଏସ୍ ଅଫ୍ ଇଣ୍ଡିଆ'ର ସାମ୍ବାଦିକ ଭାରତ ମହାପାତ୍ର ସାଙ୍ଗରେ ଉର୍ବଶୀର ପରିଚୟ ଆକସ୍ମିକ। ନା, ଠିକ୍ ଆକସ୍ମିକ ନୁହେଁ, କାରଣ ଚୋରି ଘଟଣା ପଛେ ପଛେ ପୋଲିସ ତଦନ୍ତକୁ ଯେପରି ଆକସ୍ମିକ କୁହାଯାଇପାରିବ ନାହିଁ, ସେମିତି ଭାରତ ମହାପାତ୍ର ସାଙ୍ଗେ ତା'ର ପରିଚୟକୁ ବି ଆକସ୍ମିକ କୁହାଯାଇ ପାରିବା ନାହିଁ। ଯେତେଦିନ ଯାଏ ସେ ଘରର ଚାରିକାନ୍ଥ ଭିତରେ ଆବଦ୍ଧ ଥିଲା ସେତେଦିନ ପର୍ଯ୍ୟନ୍ତ ତା'ର ପୋଲିସ, ଓକିଲ, ସାମ୍ବାଦିକ କି ନେତା କାହା ସାଙ୍ଗରେ ପରିଚିତ ହେବାର ପ୍ରୟୋଜନ ନ ଥିଲା। ସେତେବେଳେ ତା' ପାଇଁ ତା'ର ପରିବାର, ତା'ର ଘର- ବର ଓ ଶାଶୂ-ଶ୍ୱଶୁର ମୁଖ୍ୟ ଥିଲେ। ବାହାର ଜଗତ ସାଙ୍ଗରେ ଏମିତି ସମ୍ପର୍କ ଗଢ଼ିଉଠିବାର ପ୍ରୟୋଜନ ନ ଥିଲା। କିନ୍ତୁ ସେସବୁ ତ ଅନେକ ଦିନ ତଳର କଥା। ଆଜି ମୁହଁ ଫେରେଇ ଚାହିଁଲେ ଲାଗୁଛି, ସେସବୁ ଗଲା ଜନ୍ମର କଥା କିମ୍ବା ଆଉ କାହାର ପିଛିଲା ଅତୀତ। ତା' ନ ହେଲେ ବର୍ତ୍ତମାନର ବିଚିତ୍ର ସ୍ଥିତି ସାଙ୍ଗରେ ଅତୀତର ଏତେ ଟିକେ ସାମଞ୍ଜସ୍ୟ ରହନ୍ତା ନାହିଁ କିପରି ?

ଉର୍ବଶୀ ଅନେକ ସମୟ ହେଲା ଅପେକ୍ଷା କଲାଣି। ତାକୁ ଏବେ ଖୁବ୍ ଶୋଷ ଲାଗୁଥିଲା। କିନ୍ତୁ ସେ ପାଣିବୋତଲରୁ ପାଣି ପିଇବାକୁ ଚାହିଲା ନାହିଁ। ପାଣି ପିଇବା ପରେ ହୁଏତ ତାକୁ ଶୌଚାଳୟ ଯିବାକୁ ପଡ଼ିବ। କିନ୍ତୁ ଏଠି ଆଖପାଖରେ ମହିଳାମାନଙ୍କ ଲାଗି ଶୌଚାଳୟଟେ ନାହିଁ। ଏତେ ବଡ଼ ରାଜନୈତିକ ଦଳର ମୁଖ୍ୟ କାର୍ଯ୍ୟାଳୟ, ବଡ଼ ବଡ଼ ନେତାମାନେ ଏଠାକୁ ଆସନ୍ତି, ରାଜ୍ୟର ଭବିଷ୍ୟତ ସମ୍ବନ୍ଧରେ ଚିନ୍ତା କରନ୍ତି, ଅଥଚ ମହିଳାମାନଙ୍କର ଏଇ ସାଧାରଣ ପ୍ରୟୋଜନ କଥାଟା କେମିତି ସେମାନଙ୍କର ମୁଣ୍ଡକୁ ଭୁକି ନାହିଁ ସେ କଥା ଦେଖି ସେ କଷ୍ଟ ପାଇଲା।

ଉର୍ବଶୀ ଆଉଥରେ ତା'ର ହାତଘଣ୍ଟାକୁ ଚାହିଁଲା। ସାମ୍ବାଦିକ ଭାରତ ମହାପାତ୍ର କହିଥିଲା, ଯେମିତି ହେଲେ ସେ ବିରୋଧୀ ଦଳର ସଭାପତିଙ୍କ ସାଙ୍ଗେ ଆଜି ତା'ର ଦେଖା କରେଇଦେବ। 'ପାଞ୍ଚ ମିନିଟ୍' ବୋଲି କହି ସେ ଯାଇଛି, ଏବେ ଦି'ଘଣ୍ଟା ବିତିଲାଣି। ଅଥଚ ଭାରତ ମହାପାତ୍ରର ଦେଖା ନାହିଁ। ସାମ୍ବାଦିକମାନଙ୍କ ବିଷୟରେ ସେ ଯାହା ଶୁଣିଥିଲା ସେସବୁ ତା'ହେଲେ ମିଛ ନୁହେଁ। ଭାରତ ମହାପାତ୍ର ନିଶ୍ଚୟ ତା' କଥା ଭୁଲି ନିଜର ସୁବିଧା ସୁଯୋଗ କଥା ବିରୋଧୀ ଦଳର ନେତାଙ୍କ ସହ ଆଲୋଚନା କରୁଥିବ। କାହାର ବଦଳି କି କାହାର ପୋଷ୍ଟିଂ ପାଇଁ ହୁଏତ ସେ କାହାଠୁ କିଛି ଟଙ୍କା ନେଇଥିବ। ସେ ଶୁଣିଥିଲା, ରାଜଧାନୀର କିଛି କିଛି ସାମ୍ବାଦିକ ସାମ୍ବାଦିକତା

ସାଙ୍ଗରେ ଏଭଳି କାମ ମଧ୍ୟ କରନ୍ତି। ଜଣେ ଇଞ୍ଜିନିଅର କି ଜଣେ ଡାକ୍ତରର ବଦଳି କରେଇ ଦେଲେ ବେଶ୍ କିଛି ହଜାର ଟଙ୍କା ମିଳିଯାଏ। ଜଣେ ମନ୍ତ୍ରୀ ପାଖରୁ ବର୍ଷରେ ଗୋଟିଏ ଯୋଡ଼ିଏ କାମ କରେଇ ଆଣିପାରିଲେ ସବୁ ମନ୍ତ୍ରୀଙ୍କ ପାଖରୁ ମିଶି ବର୍ଷକୁ ପଚାଶଟା କାମ ସହଜରେ ହୋଇଯାଏ। ତା' ସାଙ୍ଗକୁ ଦାମୀ ହୋଟେଲ୍ ଓ କ୍ଲବ୍‌ରେ ସାନ୍ଧ୍ୟ ଆସର ପ୍ରୋଗ୍ରାମ୍ ଅଛି। ସେଥିପାଇଁ ଛୋଟମୋଟ କାଗଜର ସାମ୍ବାଦିକ ହେବା ପାଇଁ ମଧ୍ୟ ଯୁବକଙ୍କ ଭିତରେ ପ୍ରତିଯୋଗିତା। ଉର୍ବଶୀ ଶୁଣିଥିଲା, ମନ୍ତ୍ରୀମାନେ ବଡ଼ ବଡ଼ ସାମ୍ବାଦିକଙ୍କୁ ନିଜ ନିଜ ହାତରେ ରଖିବାକୁ ଚାହାନ୍ତି। ଭାରତ ମହାପାତ୍ର କ'ଣ ସେହିଭଳି ଜଣେ ସାମ୍ବାଦିକ ? ତା' ନ ହେଲେ ସେ ଏତେ ସମୟ କାହିଁକି ଲଗଉଛି !

ଜଗନ୍ନାଥପୁର କଲେଜର ଅଧ୍ୟାପକ ରବି ଦାସ ତାକୁ ଏଇ ଭାରତ ମହାପାତ୍ର ସାଙ୍ଗେ ପରିଚିତ କରେଇ ଦେଇଥିଲା। ପରିଚୟ କ'ଣ, ଚିଠିଟେ ଲେଖିଥିଲା ଉର୍ବଶୀ ହାତରେ। ରବି ଦାସ ସେଇ କଲେଜର ଇଂରାଜୀ ଅଧ୍ୟାପକ, ଏମ୍.ଏ. ପାସ୍ କରି ଯେଉଁ କଲେଜରେ ଉର୍ବଶୀ କିଛି ଦିନ ଚାକିରି କରିଥିଲା। ଉର୍ବଶୀ ନିଜଆଡୁ ଇସ୍ତଫା ଦେଇ ଦେବା ପରେ ରବି ଦାସ ତା' ପୋଷ୍ଟ୍‌ରେ ରହିଥିଲା। ସେତେବେଳେ କଲେଜର ସେକ୍ରେଟେରୀ ମୁରାରୀ ବାବୁ ଇସ୍ତଫା ନ ଦେବାଲାଗି ତାକୁ ବହୁତ ପରାମର୍ଶ ଦେଇଥିଲେ। ଆଜି ମୁରାରୀବାବୁଙ୍କ କଥା ମନେପଡ଼ିଲେ ତା'ର ଖୁବ୍ ଦୁଃଖ ହୁଏ। କିନ୍ତୁ ସେଦିନ ସେ ଏତେସବୁ କଥା କାହିଁକି ବା ଆଶଙ୍କା କରିଥାନ୍ତା ?

ଅଧ୍ୟାପକ ରବି ଦାସର କଥା ତା'ର ମନେ ପଡୁଥିଲା। ଯେଉଁଦିନ ଉର୍ବଶୀକୁ ଜଗନ୍ନାଥପୁର କଲେଜ ହତାରେ ରବି ଦାସ ପ୍ରଥମେ ଦେଖିଲା, ସେଦିନ ପ୍ରକୃତରେ ସେ ଆତଙ୍କିତ ହୋଇ ଯାଇଥିଲା। ରବି ଦାସ ମୁହଁର ମୁଦ୍ରା ମନେପଡ଼ି ଏତେ ଦୁଃଖ ସତ୍ତ୍ୱେ ଉର୍ବଶୀକୁ ହସ ମାଡ଼ିଲା। ସେଦିନ ତା'ର ଉପଲବ୍ଧି ହୋଇଥିଲା, ଯାହାର କିଛି ନାହିଁ ସେ ସବୁଠୁ ଦୁଃଖୀ ନୁହେଁ; ନିଜ ପାଖେ ଥିବା ଅଳ୍ପ କିଛିକୁ ହରେଇବାର ଆଶଙ୍କାରେ ଯିଏ ଦିନରାତି କଟଉଛି ସିଏ ସଂସାରରେ ସବୁଠୁ ବଡ଼ ଦୁଃଖୀ। ତାକୁ ଦେଖି ରବି ଦାସ ସେଇପରି ଦୁଃଖର ଆଶଙ୍କାରେ ସାଙ୍କୁଡ଼ି ଯାଇଥିଲା। ସତେ କି ଉର୍ବଶୀ ତା' ହାତରୁ ଚାକିରିଟି ଛଡ଼େଇ ନେଇଯିବ ! ରବି ଦାସର ଚାକିରି କରିବାର ବୟସ ଗଡ଼ିଯାଇଥିଲା ଏବଂ ବୟସ ଥିଲେ ବି ଏ ରାଜ୍ୟରେ ଆଉ ଗୋଟେ ଚାକିରି ମିଳିବାର ସମ୍ଭାବନା ନ ଥିଲା। ପାଞ୍ଚ ବର୍ଷ ଭିତରେ କୋଡ଼ିଏ ଲକ୍ଷ ନିଯୁକ୍ତି ଦେବାର ନିର୍ବାଚନୀ ପ୍ରତିଶ୍ରୁତିକୁ ସରକାର କୋଉଦିନୁ ଭୁଲିଯାଇଥିଲେ ଏବଂ ଓଲଟି ପ୍ରତିବର୍ଷ ଶହ ଶହ ସରକାରୀ କର୍ମଚାରୀଙ୍କୁ ଛଟେଇ କରୁଥିଲେ। ଏଭଳି ଅବସ୍ଥାରେ ଉର୍ବଶୀକୁ ଦେଖି ରବି ଦାସର ଚମକି ପଡ଼ିବା ସ୍ୱାଭାବିକ ଥିଲା। ତେବେ ରବି ଦାସ ଓ ଉର୍ବଶୀ

ଭିତରେ ଗୋଟେ ସାମଞ୍ଜସ୍ୟ ଥିଲା । ଉଭୟ ସରକାର ଏବଂ ଈଶ୍ୱର ଦୁହିଁଙ୍କ ଉପରୁ ଭରସା ତୁଟେଇ ସାରିଥିଲେ । ଯଦି କିଛି ଅବଶିଷ୍ଟ ଭରସା ଥିଲା ସେଇଟା କେବଳ ନିଜ ଉପରେ ।

ଭାରତ ମହାପାତ୍ର ଆସୁଥିଲା । ତାକୁ ଦେଖି ଉର୍ବଶୀ ଗୋଟେ ଦୀର୍ଘଶ୍ୱାସ ନେଲା । ସେମାନେ ସକାଳ ଦଶଟା ବେଳେ ଆସି ଏଠି ପହଞ୍ଚିଥିଲେ, ଏବେ ବାରଟା ସତର ବାଜିବ । ତରତରରେ ସେ ବେଞ୍ଚ ଉପରୁ ଉଠିଲା ବେଳକୁ ତା' ଭ୍ୟାନିଟି ବ୍ୟାଗ୍ ଉପର ଥୋଇଥିବା ଫୋଲଡିଂ ଛତାଟା ଚଟାଣରେ ଖସିପଡ଼ିଲା । ସେଇ ଶବ୍ଦ ଶୁଣି ଅନ୍ୟମାନେ ତାକୁ ଆଉଥରେ ଚାହିଁଲେ । ଉର୍ବଶୀ କିନ୍ତୁ ସେସବୁ ପ୍ରତି ଧ୍ୟାନ ଦେଲା ନାହିଁ । ସେ ଉଦ୍‌ଗ୍ରୀବ ଚିତ୍ତରେ ଭାରତକୁ ପଚାରିଲା, "କ'ଣ ହେଲା ?"

ଭାରତ ମହାପାତ୍ର କହିଲା, "ଚାଲନ୍ତୁ, ବାହାରେ କଥା ହେବା । ଆଜି ତାଙ୍କ ସହ ଆପଣଙ୍କର ଦେଖା ହେଇପାରିବ ନାହିଁ ।"

ଉର୍ବଶୀର ମୁହଁ ଶୁଖିଗଲା । ଏତେ ସମୟ ଧରି ଅପେକ୍ଷା କରିବା ଭିତରେ ସେ ଥକି ପଡ଼ିଥିଲା ସତ, କିନ୍ତୁ ଗୋଟାଏ ଆଶା ତା'ର ସେ ଥକ୍‌କାପଣର ଓଜନକୁ ସମ୍ଭାଳି ନେବାରେ ସାହାଯ୍ୟ କରୁଥିଲା । ସେଇ ସମୟ ଭିତରେ ସେ ତା'ର ପିଛିଲା ଦିନର ମଳିଛିଆ ଅନୁଭବଗୁଡ଼ିକ ମନେପକାଇ ଭିତରେ ଭିତରେ ଲୋଚାକୋଚା ହୋଇଯାଉଥିବା ବେଳେ ଭବିଷ୍ୟତର ଗୋଟେ ସ୍ୱପ୍ନର ନକ୍ସା ତାକୁ ସେଇ ଲୋଚାକୋଚାପଣରୁ ନିଷ୍କୃତି ଦେଉଥିଲା । ଏତେ ଦୁଃଖ, ଅପମାନ, ଅବସାଦ ଓ ଅବସୋସ ଭିତରେ ସୁଦ୍ଧା ସ୍ୱପ୍ନଟିଏ ଥିଲା, ହେଉପଛେ ରାତି ଅଗଣାର ପବନ ଥରହର ସଞ୍ଜବତିର ଶିଖା ପରି । କିନ୍ତୁ... ।

ସେ ଭାରତ ମହାପାତ୍ର ପଛେ ପଛେ ପାହାଚ ତଳକୁ ଓହ୍ଲେଇଗଲା । ଭାରତ ମହାପାତ୍ର କିଛି କହିବା ଆଗରୁ ସେ ଜେରା କଲା ପରି ପଚାରିଲା, "ଆପଣ ତା'ହେଲେ ଏତେ ସମୟ ଧରି ଭିତରେ କ'ଣ କରୁଥିଲେ ?"

ଭାରତ ମହାପାତ୍ର ଅପ୍ରସ୍ତୁତ ହୋଇଗଲା । ଟିକିଏ ଡରିଗଲା ବି । ଏଇ ଭଦ୍ରମହିଳାଙ୍କୁ ମାତ୍ର ପନ୍ଦରଦିନ ହେଲା ସେ ଜାଣିଛି । ଆଗରୁ ଉର୍ବଶୀ ସମ୍ପର୍କରେ କିଛି କିଛି ଖବରକାଗଜରୁ ପଢ଼ିଥିଲେ ବି ମୁହାଁମୁହିଁ ତାକୁ କେବେ ଭେଟି ନ ଥିଲା । ଏବେ ଉର୍ବଶୀର ତୀଖା ସ୍ୱର ଏବଂ ରାଗମିଶା ମୁହଁ ଦେଖି ସେ ପ୍ରକୃତରେ ଶଙ୍କିଗଲା । ସତରେ ଏଇ ସ୍ତ୍ରୀ ଲୋକଟା ପାଗଳୀ କି ? ଟିକିଏ ପଛକୁ ଦୂରେଇଗଲା, କାଳେ ଉର୍ବଶୀ ତାକୁ ଆମ୍ପୁଡ଼ି ପକେଇବ, ତା' ମୁଣ୍ଡ ବାଳ ଝିଙ୍କି ଦେବ, ନ ହେଲେ ତା' ସାର୍ଟର କଲର୍ ଭିଡ଼ି ଧରିବ । ଯଦି ସତକୁ ସତ ସେମିତି କିଛି ହୁଏ ତାହାହେଲେ ସେ କାହାକୁ ମୁହଁ

ଦେଖେଇ ପାରିବ ନାହିଁ। ନିଜ ବୃତ୍ତିର ଲୋକେ ତ ଯାହା କହିବାର କହିବେ, ଅନ୍ୟମାନେ ମଧ୍ୟ ଭୁଲ୍ ବୁଝିବେ।

ସେ ଖବରକାଗଜରୁ ପଢ଼ିଥିଲା, ଉର୍ବଶୀ ଉପରେ ଲେଖାଯାଇଥିବା ଫିଚର୍‌ଟିଏ। ଉର୍ବଶୀର ଶାଶୂଘରଲୋକେ ବିହାରର ରାଞ୍ଚି ହସ୍‌ପିଟାଲ୍‌ରେ ନେଇ ତାକୁ ଛାଡ଼ି ଦେଇଆସିଥିଲେ। କହି ଆସିଥିଲେ, ଭଲ ହେଇଗଲା କ୍ଷଣି ସେମାନେ ଯାଇ ତାକୁ ସେଠାରୁ ନେଇ ଆସିବେ। ଦି' ବର୍ଷ ପରେ ଉର୍ବଶୀ ସମ୍ପୂର୍ଣ୍ଣ ସୁସ୍ଥ ହୋଇଯାଇଥିଲେ ବି ତା' ସ୍ୱାମୀ ତାକୁ ଆଣିବାକୁ ଯାଇ ନ ଥିଲେ। ଡାକ୍ତରଖାନାର ଡାକ୍ତରମାନେ ବରାବର ଚିଠି ଲେଖିଥିଲେ, 'ତମ ରୋଗୀ ସୁସ୍ଥ ହେଇଗଲାଣି। ସେ ଘରକୁ ଫେରିଯିବାକୁ ବ୍ୟାକୁଳ। ଏଠି ପାଗଳମାନେ ଆସନ୍ତି ସୁସ୍ଥ ହେବାପାଇଁ, କିନ୍ତୁ ସୁସ୍ଥ ଲୋକ ପାଗଳମାନଙ୍କ ଗହଣରେ ରହିବାର କିଛି ବ୍ୟବସ୍ଥା ନାହିଁ। ତୁମେମାନେ ଆସି ନେଇଯାଅ...।' କିନ୍ତୁ ନା ଶାଶୂଘର ଲୋକ, ନା ତା'ର ନିଜର ଭାଇ-ଭାଉଜ, କେହି ତାକୁ ଆଣିବାକୁ ଯାଇ ନ ଥିଲେ। ଯଦି ମାନବିକ ଅଧିକାର କମିଶନରଙ୍କ ହସ୍ତକ୍ଷେପ ହୋଇ ନ ଥାନ୍ତା, ତା'ହେଲେ ଉର୍ବଶୀ ଆଜି ବି ସେଇଠି ଥାଆନ୍ତା। ଏଇ କାରଣରୁ ସହାନୁଭୂତିଶୀଳ ଭାରତ ତାକୁ ସାହାଯ୍ୟ କରିବାକୁ ପ୍ରସ୍ତୁତ ହୋଇଯାଇଥିଲା। ମାତ୍ର ଉର୍ବଶୀ ଏବେ ସମ୍ପୂର୍ଣ୍ଣ ସୁସ୍ଥ କି ନୁହେଁ, ସେ କଥା ଭାରତ ମହାପାତ୍ର ଜାଣି ନ ଥିଲା।

ବନ୍ଧୁ ରବି ଦାସ ଏଇ ଉର୍ବଶୀକୁ ସାହାଯ୍ୟ କରିବା ପାଇଁ ନା ନିଜର ଦାୟିତ୍ୱଟାକୁ ଭାରତ ଗଳାରେ ଲମ୍ବେଇ ଦେବାପାଇଁ ଚିଠିଟାଏ ଲେଖିଥିଲା ତାହା ବି ଭାରତ ଜାଣେ ନାହିଁ। ଉର୍ବଶୀଠାରୁ ଅଧ୍ୟାପକ ଚାକିରି ପ୍ରସଙ୍ଗ ଶୁଣିଲା ପରେ ଭାରତ ଭାବିଥିଲା, ଗ୍ଲାନିମୁକ୍ତ ହେବାଲାଗି ରବି ଦାସ ଏମିତି ଚିଠିଟାଏ ଲେଖିଥିବ। ନ ହେଲେ ଉର୍ବଶୀ ସାଙ୍ଗରେ ରବି ଦାସର ପରିଚୟ ବା କେତେଦିନର!

ଏମିତି ଇ ହୁଏ। ଏଠି ଦାୟିତ୍ୱକୁ ଭଲରୂପେ ନିର୍ବାହ କରିବାର ଉପାୟ ହେଲା ତାକୁ ଅନ୍ୟମୁଣ୍ଡରେ ଲଦିଦେବା। ତା'ପରେ ନିଜର ଆଉ କିଛି ଚିନ୍ତା ରହେ ନାହିଁ। ମଝିରେ ମଝିରେ ସେଇ ଲୋକଟାକୁ ପଚାରିବା କଥା, "କାମଟା କେତେ ବାଟ ଗଲା ?" ଏତକ ପଚାରିବା ଲାଗି ଲୋକଟିର ଘରକୁ ଯିବା ମଧ୍ୟ ଦରକାର ପଡ଼େନାହିଁ। ଚିଠି କିମ୍ବା ଫୋନ୍ ଜରିଆରେ ତାହା କରିହୁଏ।

"ସଭାପତି ଶୋଇଥିଲେ।" ଭାରତ ଜବାବ ଦେଲା।

"ଶୋଇଥିଲେ ?" ଉର୍ବଶୀ ଥ ହୋଇ ଛିଡ଼ା ହୋଇଗଲା।

"ସେଇଥିପାଇଁ ଡେରିହେଲା। ଅସଲରେ ଭଦ୍ରଲୋକଙ୍କ ବୟସ ହୋଇଗଲାଣି।

ଯେଉଁଠି ବସନ୍ତି ସାଙ୍ଗେ ସାଙ୍ଗେ ଢୁଳେଇ ପଡ଼ନ୍ତି। ଢୁଳଉ ଢୁଳଉ ଶୋଇପଡ଼ିଥିଲେ। ମୁଁ ତାଙ୍କର ପି.ଏସ୍.ଙ୍କ ରୁମ୍‌ରେ ତାଙ୍କ ନିଦ ଭାଙ୍ଗିବାକୁ ଅପେକ୍ଷା କରିଥିଲି।"

"ଅଥଚ ଦି'ଘଣ୍ଟା ହେଲା ମୁଁ ଏଠି ବେଞ୍ଚ ଉପରେ ବସିଛି। ଉର୍ବଶୀର ସ୍ୱର ପୂର୍ବପରି ଟାଣ ଥିଲା। "ମୋତେ ତ ଆପଣ ଆସି ସେ କଥା କହି ଯାଇପାରିଥାନ୍ତେ!" - ସେ କହିଲା।

"କ'ଣ କରିଥାନ୍ତି କହୁନାହାନ୍ତି! ମୁଁ କ'ଣ ଆପଣଙ୍କ ପରି ଏପଟେ ଆସି ବେଞ୍ଚରେ ବସିପାରିଥାନ୍ତି ନା ସଭାପତିଙ୍କ ରୁମ୍‌କୁ ସେମିତି ପଶିଯାଇ ପାରିଥାନ୍ତି? ତେଣୁ..."

"ପ୍ରାଇଭେଟ୍ ସେକ୍ରେଟାରୀଙ୍କ ରୁମ୍‌ରେ ବସିଥିଲେ!" ଉର୍ବଶୀ ଭାରତ ମହାପାତ୍ରର ବାକ୍ୟଟି ପୂରଣ କରିଦେଲା।

ଭାରତ କିଛି ଉତ୍ତର ଦେଲା ନାହିଁ।

ଉର୍ବଶୀ ମୁହୂର୍ତ୍ତେ ନିରବ ରହିଲା। ବୋଧହୁଏ ଭାରତ ମହାପାତ୍ରଠୁଁ ଏତେ ଅଧିକ ଆଶା କରିବାଟା ତା' ପକ୍ଷେ ଠିକ୍ ହେଉ ନାହିଁ। ସେ କହିଲା, "ଛାଡ଼ନ୍ତୁ, ମୋ ଭାଗ୍ୟ ତ ଖରାପ। ଆପଣଙ୍କୁ ଅଯଥାରେ କାହିଁକି ଦୋଷ ଦେବି?" କହୁ କହୁ ଉର୍ବଶୀର ଗୋରା ମୁହଁ ଲାଲ୍ ପଡ଼ିଗଲା।

"ଆରେ ନା ନା, ଆପଣ ସେମିତି କାହିଁକି ଭାବୁଛନ୍ତି? ସବୁବେଳେ ଏଠି ଏମିତି ଭିଡ଼ ନ ଥାଏ। ବେଳେବେଳେ ଏ ବିରୋଧୀ ଦଳ ଅଫିସ୍‌ରେ ତ କାଉ ଉଡୁଥାନ୍ତି। କେବଳ ନିର୍ବାଚନକୁ ଛାଡ଼ିଦେଲେ ପଲିଟିକାଲ୍ ପାର୍ଟି ଅଫିସ୍‌ମାନଙ୍କରେ ଆଉ କାମ କ'ଣ? ହଁ, ଭିଡ଼ ହେଉଥିଲେ ହେଉଥିବ ସରକାରୀ ଦଳ ଅଫିସ୍‌ରେ। ମାତ୍ର ଏ ବିରୋଧୀ ଦଳଟି ଏକ ରିଜିଓନାଲ୍ ପାର୍ଟି। ତା'ର ସବୁ ନିଷ୍ପତ୍ତି ଏଇଠି ନିଆଯାଏ। ଏଠି ସଭାପତି ମୁଖ୍ୟ। ସେ ପୁଣି ଟିକେ ଚିଡ଼ିଚିଡ଼ା ଲୋକ। ତେଣୁ ତାଙ୍କ ପାଖକୁ ଯିବା ଲାଗି ସମସ୍ତେ ଭରସି ପାରନ୍ତି ନାହିଁ। ଏପରିକି ଷଡ଼ଙ୍ଗୀବାବୁ..."

"ଷଡ଼ଙ୍ଗୀବାବୁ?"

"ତାଙ୍କର ପ୍ରାଇଭେଟ୍ ସେକ୍ରେଟାରୀ।"

"ଓହୋ! ମୁଁ ଭାବିଲି ଆପଣ ଡାକ୍ତର ଷଡ଼ଙ୍ଗୀଙ୍କ କଥା କହୁଛନ୍ତି।"

"ସେ କିଏ?" ଭାରତ ପଚାରିଲା।

"ସାଇକିଆଟ୍ରିଷ୍ଟ। ଛାଡ଼ନ୍ତୁ ସେ କଥା। ଏବେ ମୁଁ କ'ଣ କରିବି କୁହନ୍ତୁ? ସଭାପତି କ'ଣ କହିଲେ?" - ଉର୍ବଶୀ ପଚାରିଲା।

ଭାରତ କହିଲା, "ଦେଖନ୍ତୁ, ସତ କହିଲେ ତାଙ୍କ ଉତ୍ତରଟା ମୋତେ ଆଦୌ

ଆଶାଜନକ ଲାଗିଲା ନାହିଁ।" ତା'ପରେ ସେ ଛେପ ଢୋକି ପୁଣି ଯୋଡ଼ିଲା, "ସେ ଆପଣଙ୍କ ବିଷୟରେ ଖବର ରଖିଛନ୍ତି। ରଖିଛନ୍ତି ମାନେ ଶୁଣିଛନ୍ତି। ମାତ୍ର ଆପଣଙ୍କୁ ପ୍ରାର୍ଥୀ କଲା ଭଳି ରିସ୍କ...।" ସେ ତା' କଥା ଆଉ ପୂରଣ କଲା ନାହିଁ।

"ସଫା ସଫା କହୁ ନାହାନ୍ତି କାହିଁକି ? ଆପଣ କୁହନ୍ତୁ। ମୋର ମନ ବାବଦରେ ଆପଣ ଆଦୌ ଚିନ୍ତା କରନ୍ତୁ ନାହିଁ ଭାରତବାବୁ! ଭାବି ନିଅନ୍ତୁ ଯେ ମୋର ମନ ବୋଲି କିଛି ନାହିଁ। ମୁଁ ଗୋଟେ ମେସିନ୍। ଏପଟେ ଶୁଣିବି, ସେପଟେ ବାହାର କରିଦେବି। ମୋର କୌଣସି ପ୍ରତିକ୍ରିୟା ନାହିଁ।"

"ନା, ନା ଆପଣ ଆଦୌ ଭାବପ୍ରବଣ ହୁଅନ୍ତୁ ନାହିଁ। ସେ ମନା ବି କରି ନାହାନ୍ତି। ତେବେ ତାଙ୍କ ଦଳର ରାଜନୈତିକ ବ୍ୟାପାର କମିଟି ହିଁ କଥାଟା ସ୍ଥିର କରିବ" ଭାରତ କହିଲା।

"କିନ୍ତୁ ଆପଣ ତ ଏବେ କହୁଥିଲେ ସଭାପତି ଦଳର ସର୍ବେସର୍ବା। ତାଙ୍କ ସାମ୍ନାରେ ଅନ୍ୟମାନେ ମୁହଁ ଖୋଲନ୍ତି ନାହିଁ। ତା'ହେଲେ କ'ଣ ନିଜର 'ନା' ଶବ୍ଦଟାକୁ ସେ ରାଜନୈତିକ ବ୍ୟାପାର କମିଟି ଜରିଆରେ କହିବାକୁ ଚାହୁଁଛନ୍ତି ?" - ଉର୍ବଶୀ ସିଧାସଳଖ ପଚାରିଲା।

ଉର୍ବଶୀର ପ୍ରଶ୍ନ ଶୁଣି ସାମ୍ବାଦିକ ଭାରତ ମହାପାତ୍ର ଚମକି ପଡ଼ିଲା। ସିଏ ବୃତ୍ତିରେ ସାମ୍ବାଦିକ। ତା'ର କାମ ହେଲା ଅନ୍ୟମାନଙ୍କୁ ପ୍ରଶ୍ନ ପଚାରିବା। ସେମାନଙ୍କୁ ପ୍ରଶ୍ନବାଣରେ ଅସ୍ତବ୍ୟସ୍ତ କରିଦେବା। ସେମାନଙ୍କ ପେଟ ଭିତରର ରହସ୍ୟକୁ ମୁହଁରେ କଥା ଭାବେ ଭିଡ଼ି ଓଟାରି ବାହାର କରି ଆଣିବା। ଉତ୍ତର ଦେବା କାମ ତା'ର ନୁହେଁ, ସେ କାମ ଅନ୍ୟମାନଙ୍କର। ଅଥଚ ଉର୍ବଶୀ ପଟ୍ଟନାୟକ ତାକୁ ପ୍ରଶ୍ନଟେ ପଚାରି ଉତ୍ତର ଲୋଡ଼ୁଛି ଓ ସେ ତା'ର ଉତ୍ତର ଦେଇପାରୁ ନାହିଁ।

ସମ୍ଭବତଃ ପ୍ରଥମ ଥର ଲାଗି ସାମ୍ବାଦିକ ଭାରତ ମହାପାତ୍ର ଅନୁଭବ କରୁଥିଲା ଯେ ଉତ୍ତର ଦେବାଟା ସହଜ କାମ ନୁହେଁ। ପ୍ରଶ୍ନ ପଚାରିବାଠୁଁ ଢେର୍ କଷ୍ଟକର କାମ ଉତ୍ତର ଦେବା। ପୁଣି ଅଜଣା ପ୍ରଶ୍ନର ଉତ୍ତର ଦେବାଠାରୁ ଜଣା ପ୍ରଶ୍ନର ଉତ୍ତର ଦେବା ଅଧିକ କଷ୍ଟକର।

ଭାରତ ମହାପାତ୍ର ଅଭିଜ୍ଞ ସାମ୍ବାଦିକ। ସେ ଦିଲ୍ଲୀରୁ ସାମ୍ବାଦିକତାରେ ତାଲିମ ପାଇଛି। ତା'ର ଇଂରାଜୀ ଭଲ। ସେଥିପାଇଁ ସେ ଇଂରାଜୀ କାଗଜର ସାମ୍ବାଦିକତାକୁ ବାଛିଛି। ଓଡ଼ିଆ କାଗଜର ମାଲିକମାନେ ଭଲ ପଇସା ଦିଅନ୍ତି ନାହିଁ। କାମ କରିବା ପାଇଁ ପୁଣି ନାନା କଟକଣା। ସମସ୍ତେ ଆଦର୍ଶର କଥା କହନ୍ତି, କାମରେ କିନ୍ତୁ ଓଲଟା କରନ୍ତି। ଅଧିକାଂଶ ଖବରକାଗଜ ମାଲିକଙ୍କର ମୁଖ୍ୟମନ୍ତ୍ରୀ ହେବାକୁ ମନ। ତେଣୁ

ସେମାନେ ନିଜ ନିଜର ସଂପାଦକ-ମାଲିକ ପରିଚୟରେ ସନ୍ତୁଷ୍ଟ ନୁହନ୍ତି। ଏଇ ଅସନ୍ତୋଷର ପ୍ରଭାବ ତାଙ୍କର କିଛି କିଛି କର୍ମଚାରୀଙ୍କୁ ସହିବାକୁ ହୁଏ। 'ଭଏସ୍ ଅଫ୍ ଇଣ୍ଡିଆ'ରେ ଯୋଗଦେବା ଆଗରୁ ଭାରତ କିଛି କାଳ ଗୋଟେ ଓଡ଼ିଆ ଖବରକାଗଜରେ କାମ କରୁଥିଲା। ମାଲିକଙ୍କ ଅସନ୍ତୋଷ ସାଙ୍ଗକୁ କମ୍ ଦରମା ତାକୁ ବିରକ୍ତିକର ଲାଗିଥିଲା। ସେଥିପାଇଁ ସେ ବହୁ ଚେଷ୍ଟା କରି ଇଂରାଜୀ କାଗଜରେ ଯୋଗଦେଲା। ଓଡ଼ିଶାରେ ଇଂରାଜୀ କାଗଜର ବଡ଼ ଆଦର। ଏଠି ସଭାସମିତିରେ ମାତୃଭାଷା ପାଇଁ ସମସ୍ତେ କାନ୍ଦନ୍ତି ସିନା, ଅସଲରେ ମାତୃଭାଷାକୁ କେହି ଗୁରୁତ୍ୱ ଦିଅନ୍ତି ନାହିଁ। ଅଧିକାଂଶ ମନ୍ତ୍ରୀ ଓ ହାକିମ ଓଡ଼ିଆ କାଗଜ ପଢ଼ନ୍ତି ନାହିଁ। ପେଟପାଟଣା ପାଇଁ ଯିଏ କଲିକତା, ହାଇଦ୍ରାବାଦ କି ସୁରଟ ଗଲା ତା'ର ଭାଷା ହେଲା ବଙ୍ଗଳା, ତେଲୁଗୁ ନ ହେଲେ ଗୁଜୁରାଟୀ। ବଡ଼ ଚାକିରିର ଭାଷା ଇଂରାଜୀ। ଓଡ଼ିଆ କେବଳ ଗାଁ ଗଣ୍ଡାର ମଲିମୁଣ୍ଡିଆ ଓ ଚାଷୀ ମୂଲିଆଙ୍କ ଭାଷା। ସେଥିପାଇଁ ବଙ୍କାତେଢ଼ା ଓଡ଼ିଆରେ କେହି ଭାଷଣ ଦେଲେ ଏଠି ବହୁତ କରତାଳି ମିଳେ। ଓଡ଼ିଆ ସାମ୍ବାଦିକମାନଙ୍କ ଅପେକ୍ଷା ଇଂରାଜୀ ସାମ୍ବାଦିକମାନଙ୍କର ରାଜଧାନୀରେ ବେଶି ଆଦର। ସେମାନେ ଆଞ୍ଚଳିକ ରାଜନୀତିର ଅଳିଆ ଭିତରକୁ ବେଶି ପଶନ୍ତି ନାହିଁ ବୋଲି ଲୋକଙ୍କର ଧାରଣା। ଇଂରାଜୀ କାଗଜରେ ନିଜର ବିବୃତ୍ତି ବାହାରିଲେ ଦିଲ୍ଲୀରେ ରହୁଥିବା ଦଳୀୟ ହାଇକମାଣ୍ଡଙ୍କୁ ଆଉ ଓଡ଼ିଆ ଖବରର ଇଂରାଜୀ ଅନୁବାଦ କରିବାକୁ ପଡ଼େନାହିଁ। ସେଥିପାଇଁ ନେତାମାନେ ଇଂରାଜୀ ସାମ୍ବାଦିକଙ୍କ କଥାକୁ ଅଧିକ ଗୁରୁତ୍ୱ ଦିଅନ୍ତି।

ଭାରତ ମହାପାତ୍ର ନିଜର ଷ୍ଟାଟସ ନେଇ ଖୁସି। ତେବେ ତା'ର ଖୁସିଟା ଅନାପେକ୍ଷିକ ନୁହେଁ। ଏବେ ସେ ଲକ୍ଷ୍ୟ କରୁଛି, ଖବରକାଗଜ ସାମ୍ବାଦିକଙ୍କ ଅପେକ୍ଷା ଟିଭି ସାମ୍ବାଦିକମାନେ ଅଧିକ ମର୍ଯ୍ୟାଦା ଉପଭୋଗ କରୁଛନ୍ତି। ସମସ୍ତେ ଏବେ ସେମାନଙ୍କ ପଛରେ। ଖବରକାଗଜଗୁଡ଼ିକର ପୂର୍ବ ବିଶ୍ୱସନୀୟତା ଆଉ ନାହିଁ। ଏଥିରେ ପ୍ରକାଶିତ ରିପୋର୍ଟକୁ ଦିନେ ଜନସ୍ୱାର୍ଥ ପିଟିସନ୍ ବୋଲି କୋର୍ଟ ଗ୍ରହଣ କରୁଥିଲା। ବର୍ତ୍ତମାନ ସେ ଅବସ୍ଥା ବଦଳିଗଲାଣି। ଖବରକାଗଜଗୁଡ଼ିକର ବିଶ୍ୱସନୀୟତା କମି କମି ଯାଉଛି। ସାମ୍ବାଦିକମାନେ ଗୋଟିଏ ଖବରକୁ ଅଲଗା ଅଲଗା ଢଙ୍ଗରେ ପ୍ରକାଶ କରୁଛନ୍ତି। ତେଣୁ କୋର୍ଟ କଚେରି ଗୁଡ଼ିକ ଖବରକାଗଜରେ ପ୍ରକାଶିତ ରିପୋର୍ଟଗୁଡ଼ିକୁ ପୂର୍ବପରି ଗୁରୁତ୍ୱ ଦେଉ ନାହାନ୍ତି। ଭାରତ ମହାପାତ୍ର ସୁଯୋଗ ପାଇଲେ ଟିଭି ମିଡିଆକୁ ପଳେଇ ଯିବ। ସେ ବେଳ ଆସିଲା ପର୍ଯ୍ୟନ୍ତ ତାକୁ 'ଭଏସ୍ ଅଫ୍ ଇଣ୍ଡିଆ'ର ଭୁବନେଶ୍ୱର ପ୍ରତିନିଧି ପରିଚୟରେ ବଞ୍ଚିବାକୁ ପଡ଼ିବ।

ଉର୍ବଶୀ ଏପର୍ଯ୍ୟନ୍ତ ତା' ପ୍ରଶ୍ନର ଉତ୍ତର ପାଇ ନ ଥିଲା । ନିରବ ଭାରତ ମହାପାତ୍ରଙ୍କୁ ସେଇ କଥା ମନେପକେଇ ଦେବା ପାଇଁ ସେ ଟିକେ କାଶିଲା ।

ଭାରତ ମହାପାତ୍ର ନିଜ ଚିନ୍ତାରୁ ମୁକୁଳି ଆସି ଉର୍ବଶୀ ଆଡ଼େ ଚାହିଁଲା । ଉର୍ବଶୀର ଚେହେରା ସାଙ୍ଗରେ କ୍ରୋଧଟା ମାନୁନାହିଁ । ତା'ର ଅସଜଡ଼ା ବାଳ କେରାକ ମୁହଁକୁ ଘୋଡ଼େଇ ପକେଇଛି । ନାକ ଅଗରେ ବୁନ୍ଦା ବୁନ୍ଦା ଝାଳ । ସେ ପ୍ରସଙ୍ଗ ବଦଳେଇବା ଲାଗି ଉର୍ବଶୀର ରୂପକୁ ପ୍ରଶଂସା କରିବାର ଆଳ ଖୋଜୁଥିଲା । ସେତେବେଳେ ଆଉଥରେ ତା'ର ମନେ ପଡ଼ିଗଲା ଯେ ଉର୍ବଶୀ କିଛିଦିନ ତଳେ ପାଗଳୀ ଥିଲା । ଏଭଳି ଗୋଟେ ମାନସିକ ରୋଗୀ ସାଙ୍ଗରେ ଥଟ୍ଟା ପରିହାସ ମହଙ୍ଗା ପଡ଼ିପାରେ । ସେ ଖାଲି କହିଲା, "ରାଜନୀତିରେ ତରବର ଶବ୍ଦର ବିଶେଷ ପ୍ରଚଳନ ନାହିଁ!"

"ମୁଁ ବୁଝିପାରିଲି ନାହିଁ ।" - ଉର୍ବଶୀ ସେଇପରି ଟାଣ ସ୍ୱରରେ କହିଲା ।

"ମୁଁ ତାଙ୍କ କାନରେ କଥାଟା ପକେଇ ଦେଇଛି । ମୋ କଥାଟା ତାଙ୍କ ମୁଣ୍ଡରେ ଭେଦିବା ଲାଗି ଟିକେ ସମୟ ତ ଲାଗିବ ।"

"କିନ୍ତୁ ରବିବାବୁ କହୁଥିଲେ, ସଭାପତିଙ୍କ ସାଙ୍ଗେ ଆପଣଙ୍କର ଖୁବ୍ ଭଲ ପରିଚୟ । ନିର୍ବାଚନ ପ୍ରଚାର ବେଳେ ଆପଣଙ୍କୁ ନେଇ ସେ ଉଡ଼ାଜାହାଜରେ ବୁଲନ୍ତି । ଆପଣଙ୍କ କାଗଜର ସମ୍ପାଦକଙ୍କ ସାଙ୍ଗେ ବି ସଭାପତିଙ୍କର... ।"

ଭାରତ ମହାପାତ୍ର ଉପରକୁ ଅସ୍ୱସ୍ତିବୋଧର ମୁଦ୍ରା ଦେଖେଇଲେ ବି ଭିତରେ ଭିତରେ ଖୁସି ହେଲା । ସେ ଉର୍ବଶୀର ପ୍ରଶଂସାକୁ ଭଲ ଭାବେ ଉପଭୋଗ କରୁଥିଲା । ଉର୍ବଶୀ ପରି ରାଜଧାନୀଠୁଁ ଦୂରରେ ରହୁଥିବା ଲୋକମାନେ ବି ତା'ର ପତିଆରା ସମ୍ବନ୍ଧରେ ଜାଣନ୍ତି, ଏଇଟି କିଛି କମ୍ କଥା ନୁହେଁ । ସଭାପତିଙ୍କ ସାଙ୍ଗରେ ତା'ର ପରିଚୟ କଥାଟା ରାଜଧାନୀର ସାମ୍ବାଦିକଙ୍କ ମହଲରେ ବେଳେବେଳେ ଚର୍ଚ୍ଚା ହୁଏ । ମାତ୍ର ରାଜଧାନୀଠୁଁ ଦୂରରେ ଥିବା ଲୋକେ ସୁଦ୍ଧା ତାହା ଜାଣନ୍ତି, ସେଇ ତଥ୍ୟଟା ତାକୁ ବେଶି ଭଲ ଲାଗୁଥିଲା ।

ଭାରତ କହିଲା, "ସେ ସରକାରରେ ଥିବାବେଳେ ଚାରି ପାଞ୍ଚ ଥର ମୋତେ ସାଙ୍ଗରେ ନେଇଥିଲେ । ସେଇଟା ବଡ଼ କଥା ନୁହେଁ । ଡେସ୍କ ସାମ୍ବାଦିକମାନେ ଯାଇ ଆମେରିକା, ଇଂଲଣ୍ଡ ବୁଲି ଆସିଲେଣି । ଆଉ ଆପଣ ତ ଜାଣୁଥିବେ, ଡେସ୍କ ସାମ୍ବାଦିକମାନେ ହେଲେ ନଖ ଦାନ୍ତ ନ ଥିବା ପ୍ରାଣୀ । ସେ ତୁଳନାରେ ମୁଁ ଆଉ ଅଧିକା କ'ଣ ପ୍ରତିଷ୍ଠା ପାଇଲି ?''

ଉର୍ବଶୀ ଚିଡ଼ିଉଠି କହିଲା, "ମୁଁ ଆପଣଙ୍କ ପ୍ରତିଷ୍ଠା ପ୍ରଶ୍ନ ପଚାରି ନ ଥିଲି ।"

"ଓହୋ, ଦୁଃଖିତ । ମୁଁ ଟିକିଏ ଅନ୍ୟମନସ୍କ ହୋଇପଡ଼ିଥିଲି । ରବି ବୋଧହୁଏ

ମୋ ସଂପର୍କରେ ବଢ଼େଇ କୁଢ଼େଇ ଆପଣଙ୍କୁ କହିଛି। ସେ ସାହିତ୍ୟର ଛାତ୍ର, ଟିକିଏ ଅତିରଞ୍ଜନ ଦୋଷ ଅଛି। ସଭାପତିଙ୍କ ସହ ମୋର ପରିଚୟ ବିଷୟରେ ବି ସେ ଅଧିକା କରି କହିଥିବ। ତା'ଛଡ଼ା ବର୍ତ୍ତମାନ ଇଏ କ୍ଷମତାରେ ନାହାନ୍ତି। ଆମକୁ କାହିଁକି ବା ଲୋଡ଼ିବେ? ଆମେ ତ ଯେମିତି ହେଲେ ବିରୋଧୀଦଳ ସଭାପତିଙ୍କ ବିବୃତି ଛାପିବୁ। ନ ହେଲେ ଲୋକେ ଆମକୁ ସରକାରଙ୍କ ସ୍ତାବକ ବୋଲି କହିବେ।'' ଭାରତ ମହାପାତ୍ର କହିଲା ଓ ତା'ପରେ ନିଜର ସାମ୍ନୁକରା ବାଳକୁ ସାଉଁଳେଇଲା।

ଉର୍ବଶୀ କିଛି ଉତ୍ତର ଦେଲା ନାହିଁ। ତାକୁ ଭାରତ ମହାପାତ୍ରର କଥାବାର୍ତ୍ତା ନୈରାଶ୍ୟଜନକ ଲାଗୁଥିଲା। ଅଥଚ ରବି ଦାସ କହିଥିଲା ଯେ ଭାରତ ମହାପାତ୍ର ତା' କାମ ନିଶ୍ଚୟ କରିଦେବ।

ଭାରତ ମହାପାତ୍ର କ'ଣ ତା'ଠାରୁ କିଛି ଆଶା କରୁଛି? କିନ୍ତୁ ତା' ପାଖରେ ବା କ'ଣ ଅଛି? ନା ଟଙ୍କା ନା ପଇସା? ସିଏ ତ ନିଜେ ଗୋଟେ ଅସହାୟ ପରି ଅନ୍ୟର ହାତଟେକା ଉପରେ ନିର୍ଭର କରି ବଞ୍ଚୁଛି। ସେ କ'ଣ ବା ଦେଇପାରିବ ଭାରତ ମହାପାତ୍ରକୁ? ସେ କ'ଣ ତାକୁ କୌଣସି ଦାମୀ କ୍ଲବ୍ କି ହୋଟେଲରେ ଆପ୍ୟାୟିତ କରିପାରିବ? ନା, ତା' ପାଖରେ ସେଭଳି ସାମର୍ଥ୍ୟ ନାହିଁ। ସେ ଦୀର୍ଘଶ୍ୱାସ ନେଲା ଏବଂ ଭାଙ୍ଗିପଡ଼ିବା ସ୍ୱରରେ କହିଲା, "ତା'ହେଲେ ମୁଁ ଆସୁଛି। ଆପଣଙ୍କର ଅନେକ ସମୟ ନଷ୍ଟ କଲି, କିଛି ଭାବିବେ ନାହିଁ।"

"ଆରେ ନା, ନା। ସେମିତି କାହିଁକି ଭାବୁଛନ୍ତି? ତେବେ ଆପଣ ନିରାଶ ହୁଅନ୍ତୁ ନାହିଁ। କିଛି ଦିନ ଛାଡ଼ି ମୋତେ ଫୋନ୍ କରିବେ। ଯଦି କିଛି ଡେଭ୍‌ଲପ୍‌ମେଣ୍ଟ୍ ହୁଏ, ମୁଁ ଜଣାଇବି।"

"କିନ୍ତୁ ଆପଣ ତ ମୋତେ ଆପଣଙ୍କର ଫୋନ୍ ନମ୍ବର ଦେଇନାହାନ୍ତି! ରବିବାବୁ କ୍ୱାର୍ଟର ନମ୍ବରଟା ବତେଇଥିଲେ ବୋଲି ସିନା ମୁଁ ପହଞ୍ଚିଗଲି।"

"ଆଚ୍ଛା, ଆଚ୍ଛା, ନିଅନ୍ତୁ।" ଭାରତ ମହାପାତ୍ର କହିଲା ଓ ତା'ର ପର୍ସ ଭିତରୁ ଗୋଟେ ଭିଜିଟିଂ କାର୍ଡ କାଢ଼ି ଉର୍ବଶୀକୁ ଦେଲା। "ଏଥିରେ ମୋ ଫୋନ୍ ନମ୍ବର ଓ ଠିକଣା ସବୁ ଅଛି। ରାତି ଦଶଟା ପରେ ନ ହେଲେ ସକାଳ ଦଶଟା ଭିତରେ ଫୋନ୍ କରିବେ।"

ଉର୍ବଶୀ ଦୁଇ ହାତ ଯୋଡ଼ି ନମସ୍କାର କଲା।

ଭାରତ ମହାପାତ୍ର ତା'ର କାର୍ ଷ୍ଟାର୍ଟ କଲା। ଆଉଥରେ ଉର୍ବଶୀକୁ ହାତ ହଲେଇଲା ଓ ବିରୋଧୀ ଦଳ କାର୍ଯ୍ୟାଳୟର ଫାଟକ ଡେଇଁ ରାସ୍ତାର ଭିଡ଼ ଭିତରେ ମିଶିଗଲା।

ରାସ୍ତା ଉପରେ ଚକ୍‌ଚକ୍ କରୁଥିଲା ମଧ୍ୟାହ୍ନର ଖରା। ଉର୍ବଶୀ ଚାହିଁଲା। ଏଇଠୁ ଦିଇଟା ରାସ୍ତା ପରସ୍ପରକୁ କାଟି ଅଲଗା ଅଲଗା ଦିଗକୁ ଲମ୍ବି ଯାଇଛନ୍ତି। ଡାହାଣପଟେ ଡାକ୍ତରଖାନା, ବାଁ ପଟେ ଏଜି ଛକ, ପଛପଟକୁ ସରକାରୀ କଲୋନି ଓ ସାମ୍ନାରେ ଫରେଷ୍ଟ ପାର୍କ। ଚାରିଆଡ଼କୁ ଚାରିଟା ରାସ୍ତା। ଜଣେ ଚାହିଲେ ଚାରିଟା ଭିତରୁ ଯେ କୌଣସି ଗୋଟେ ରାସ୍ତା ବାଛି ନେଇପାରିବ। କିନ୍ତୁ ଉର୍ବଶୀ କେଉଁ ରାସ୍ତା ବାଛିବ ?

୨. ନୂଆଗାଁ

ରାଜଧାନୀରୁ କଟକ ଫେରିବା ରାସ୍ତାରେ ଉର୍ବଶୀର ବେଶି ବେଶି ମନେପଡୁଥିଲା ନୂଆଗାଁ। ଛଅ ବର୍ଷ ତଳେ ଶେଷଥର ଲାଗି ସେ ନୂଆଗାଁ ଯାଇଥିଲା। ତା' ବାପାଙ୍କ ଶୁଦ୍ଧିବେଳକୁ ସେ ଯାଇପାରି ନ ଥିଲା। ତାକୁ ଯିବାକୁ ଦିଆଯାଇ ନ ଥିଲା ନା ତାକୁ କେହି ଲୋଡ଼ି ନ ଥିଲେ ନା ସିଏ ନିଜେ ଯିବାକୁ ମନ କରି ନ ଥିଲା - ସେକଥା ଏବେ ମନେପକେଇବାକୁ ସେ ଚାହେ ନାହିଁ। ମନେ ପକେଇବାରେ ବେଶି କଷ୍ଟ। ସେ ନୂଆ ଗାଁରେ ପହଞ୍ଚିବା ବେଳକୁ ତା' ବାପା ଫଟୋଟିଏ ହୋଇ ସାରିଥିଲେ। କିନ୍ତୁ କାହିଁକି ଯାଇଥିଲା ସେ ନୂଆଗାଁ?

ରାଜଧାନୀଠାରୁ ଅନେକ ଦୂର ବଙ୍ଗୋପସାଗର କୂଳରେ ତା'ର ସେଇ ଗାଁ, ଯେଉଁଠି ସେ ଜନ୍ମ ହୋଇଥିଲା। ବାପା ମା', ଦି' ଭଉଣୀ ଓ ଦି' ଭାଇଙ୍କ ମେଳରେ ବଢ଼ିଥିଲା। କିଛି କିଛି ସ୍ନେହ ବି ପାଇଥିଲା।

ହଁ, କିଛି କିଛି ସ୍ନେହ।

କାରଣ ସେ ବାପାଙ୍କର ଅବାଞ୍ଛିତ ଝିଅ ଥିଲା। ଦିଇଟି ପୁଅ ଓ ଦିଇଟି ଝିଅ ପରେ ବାପା ଆଉ ପିଲାପିଲି ଚାହୁ ନ ଥିଲେ। ହେଇଥିଲେ ହେଇଥାଆନ୍ତା ପୁଅଟିଏ, ତା'ହେଲେ ଅବା ସେ ତାକୁ ଗ୍ରହଣ କରିନେଇ ଥାଆନ୍ତେ। ମାତ୍ର ପଞ୍ଚମ ସନ୍ତାନ ତାହା ପୁଣି ଗୋଟେ ଝିଅ- ବାପା ତା'ର ଜନ୍ମ ହେବାର ଖବର ଶୁଣୁ ଶୁଣୁ କହିଥିଲେ, "ମରିଯାଇଥାଆନ୍ତା ହେଲେ!"

ଉର୍ବଶୀ ନିଜକୁ ନିଜେ ଉପହାସ କଲା। ଜନ୍ମ ହେଉ ନ ହେଉଣୁ ମରଣର ଅଭିଶାପ ପାଉଥିବା ତା' ପରି ଗୋଟିଏ ଝିଅ କାହିଁକି ଜନ୍ମ ହେଉଥିଲା ସେକଥା ସେ ଜାଣେ ନାହିଁ। ମାତ୍ର ସିଏ କ'ଣ ବଞ୍ଚିଛି? ଇଏ ବଞ୍ଚିବା କ'ଣ ମରିବା ନୁହେଁ?

ଭାଦ୍ରବର ଅପରାହ୍ନ ରାସ୍ତା ଦି'ଧାର ଧାନ ବିଲ ମେଳରେ ସବୁଜ ଶ୍ୟାମଳ ଦିଶୁଥିଲା। ଏମିତି ସବୁଜ ଶ୍ୟାମଳ ଦିଶେ ତା' ଗାଁର ଧାନବିଲ। ଏମିତି ଏକଲା

ବଗମାନେ ତା' ଗାଁର ବିଲମାଳରେ ବସି ମୀନ ଖୋଜୁଥାଆନ୍ତି। ଏମିତି ଉଚ୍ଚ ଉଚ୍ଚ ତାଳଗଛ ଦୂରରୁ ଦିଶନ୍ତି ତା' ଗାଁର ଅଭିଭାବକଙ୍କ ପରି। ଏସବୁ ଭିତରେ ଉର୍ବଶୀର ତା' ଗାଁ ସାଙ୍ଗେ ସେଇ ଶେଷ ସାକ୍ଷାତର ତିକ୍ତ ଅନୁଭୂତି ବାରମ୍ବାର ମନେପଡୁଥିଲା। କାହିଁକି କେଜାଣି ନୂଆଗାଁ ଛକରେ ପହଞ୍ଚୁ ପହଞ୍ଚୁ ସବୁ ଚିହ୍ନାଜଣା ମୁହଁ ତାକୁ ସେଦିନ ସକାଳେ ଅଚିହ୍ନା ଅଚିହ୍ନା ଲାଗିଥିଲେ, ସବୁ ପରିଚିତ ଦୃଶ୍ୟ ଲାଗିଥିଲେ ଅପରିଚିତ।

ଅଦରକାରୀ ଚିନାବାଦାମ ଚୋପାର ଠୁଙ୍ଗା ପରି ତାକୁ ଫୋପାଡ଼ି ଦେଇ ଭଦ୍ରକ-ଧାମରା ବସ୍‌ଟି ଚାଲିଯାଇଥିଲା। ନିଜର ବ୍ୟାଗ୍ ଖଣ୍ଡିକୁ ଧରି ସନ୍ତର୍ପଣରେ ଚାରିଆଡ଼କୁ ଚାହିଁଥିଲା ଉର୍ବଶୀ। ତା'ର ମନେହୋଇଥିଲା ତାକୁ ଦେଖିବାକ୍ଷଣି ସମସ୍ତେ ସତର୍କ ହୋଇଯାଇଥିଲେ। ସତେ କି ସମୁଦାୟ ବଜାର ଛକଟି ଗୋଟେ ଷଡ଼ଯନ୍ତ୍ରରେ ସାମିଲ ହୋଇଯାଇଥିଲା। ଲୋକମାନେ ପାନ, ଚା' ଦୋକାନରୁ ନିଜ ନିଜ ଚା' ଓ ପାନ କିଣା କାମ ଛାଡ଼ି ତା' ଆଡ଼କୁ ଚାହୁଁଥିଲେ ବାରମ୍ବାର।

କିଏ କହୁଥିଲା, ଝିଅଟା ପାଗଳୀ ହୋଇଯାଇଛି ! କିଏ କହୁଥିଲା, ବଡ଼ ବଡ଼ ଲୋକଙ୍କ ନାଁରେ ଅପବାଦ ଛପେଇ ସେମାନଙ୍କୁ ବ୍ଲାକ୍‌ମେଲ୍ କରୁଛି। ଆଉ କିଏ କହୁଥିଲା, ବଡ଼ଲୋକିଆ ବାପ ଝିଅଟାକୁ ମୁଣ୍ଡରେ ବସେଇ ନଷ୍ଟ କରିଦେଇଛି।

ଉର୍ବଶୀ ଏସବୁ ଶୁଣି କାନରେ ହାତ ଦେଇଥିଲା। ଅନେକବାର ଅନେକ ଲୋକଙ୍କଠାରୁ ଏଭଳି କଥା ଶୁଣିଥିଲେ ବି ନିଜ ଗାଁ ଭୂଇଁର ଲୋକଙ୍କଠାରୁ ଏକଥା ସେ କଦାପି ଆଶା କରୁ ନ ଥିଲା। ସେ ଭାବିଥିଲା ଦୁନିଆରେ ଯିଏ ଯାହା କହନ୍ତୁ ନା କାହିଁକି ନୂଆଗାଁର ଲୋକମାନେ ତା' କଥାକୁ ବିଶ୍ୱାସ କରିବେ। ସେଇମାନେ ତା'ର ଦାଦା-ଖୁଡ଼ୀ, ମଉସା-ମାଉସୀ, ଭାଇ-ଭଉଣୀ। ସେମାନଙ୍କ ଆଗରେ ସେ ଜନ୍ମ ହୋଇଛି, ଖେଳିଛି, ବଢ଼ିଛି, ପଢ଼ିଛି; ସାନରୁ ବଡ଼ ହୋଇଛି। ସେମାନେ କଦାପି ତାକୁ ପର ପରି ଆଡ଼େଇଦେବେ ନାହିଁ।

ସେ ତା' କାନ ପାଖରୁ ହାତ କାଢ଼ିନେଲା।

ନା, କୋଉଠି କିଛି ଶବ୍ଦ ଶୁଭୁ ନ ଥିଲା। ଛୋଟ ବଜାରଟିକୁ ଘେରି ରହିଥିଲା ଗୋଟେ ପତଳା କୋଳାହଳ। ତା'ହେଲେ ଏସବୁ ଯାହା ସେ ଏଇ ଟିକେକ ଆଗରୁ ଶୁଣିଥିଲା, ତାହା କ'ଣ ଥିଲା ତା' ମନର ଭ୍ରମ ? ତା' ମନର ଦୁର୍ବଳତା ତାକୁ ପ୍ରଥମଥର ପାଇଁ ବିବ୍ରତ ନ କରି ବରଂ ଆଶ୍ୱସ୍ତ କଲା। ସେଇ ଦୁର୍ବଳତା ସତ ହେଉ, ସେଇ ଭ୍ରମ ସେମିତି ହୋଇ ରହୁ। ନୂଆଗାଁ ତା' ପ୍ରତି ଏତେ ନିଷ୍ଠୁର ଓ ଉଦାସୀନ ହେବାଟାକୁ ସେ କେବେ ବାସ୍ତବ ଭାବେ ଗ୍ରହଣ କରିପାରି ନ ଥାନ୍ତା।

ଉର୍ବଶୀ ଆଖି ବୁଲେଇ ଖଣ୍ଡିଏ ରିକ୍ସା ଖୋଜିଥିଲା। ଖରା ଟାଣ ହୋଇଥିଲା ଓ

ଓଜନିଆ ବ୍ୟାଗ୍ ଖଣ୍ଡିକକୁ ଧରି ସେ ଚାଲି ଚାଲି ଘରଯାଏଁ ଯାଇପାରି ନ ଥାନ୍ତା। ତା' ସାମ୍ନା ଦେଇ ଯାଉଥିବା ଖଣ୍ଡିଏ ରିକ୍ସାକୁ ଉର୍ବଶୀ ଡାକିଥିଲା, "ଏଇ ରିକ୍ସା!"

କିନ୍ତୁ ରିକ୍ସାଟି ରହି ନ ଥିଲା। ତା' ଆଡ଼କୁ ଆଦୌ ନ ଚାହିଁ ଆଗକୁ ମାଡ଼ି ଯାଇଥିଲା।

ଉର୍ବଶୀ ପୁଣି ଭାଙ୍ଗିପଡ଼ିଥିଲା। ରିକ୍ସାବାଲାଟି ସୁଦ୍ଧା କ'ଣ ତା' ବିଷୟରେ ସବୁକଥା ଜାଣିଥିଲା ? ସେଇଥିପାଇଁ କ'ଣ ସେ ତାକୁ ତା' ରିକ୍ସାରେ ବସେଇବା ପାଇଁ ଚାହିଲା ନାହିଁ ? ନା, ନା, ସେ କଥା କଦାପି ହୋଇ ନ ଥିବ। ତା'ହେଲେ ଆଉ କ'ଣ ହୋଇଥିବ କାରଣ ? ସେ ଡାକିବା ସତ୍ତ୍ୱେ ଯେ ରିକ୍ସାଟି ଅଟକିଲା ନାହିଁ! ରିକ୍ସାଟି ତ ଏତେ ଦୂରରେ ନ ଥିଲା ଯେ ତା' ଡାକ ତାକୁ ଶୁଭି ନ ଥିବ। ତା'ହେଲେ... ?

ଉର୍ବଶୀ କିନ୍ତୁ ମିଛଟାରେ ରିକ୍ସାବାଲାକୁ ସନ୍ଦେହ କରୁଥିଲା। ପ୍ରକୃତରେ ରିକ୍ସାବାଲାଟିର କୌଣସି ଦୋଷ ନ ଥିଲା। କାରଣ ଉର୍ବଶୀ ତାକୁ ଆଦୌ ଡାକି ନ ଥିଲା। ନିଜେ ନିଜର ପାଟି ଖୋଲିବାକୁ ସଂକୋଚ କରୁଥିଲା ସେ। ସେ ଚାହୁ ନ ଥିଲା, କେହି ତାକୁ ଦେଖୁ, କେହି ତାକୁ ଶୁଣୁ, କେହି ତା' ଉପସ୍ଥିତି ବିଷୟରେ କିଛି ଜାଣୁ। ସେ ସବୁରି ଦୃଷ୍ଟି ଆଢୁଆଳକୁ ଚାଲିଯିବାକୁ ଚାହୁଥିଲା। ଚାହୁଥିଲା ପିମ୍ପୁଡ଼ିଟେ ହୋଇ କୋଉ ଗାତରେ ପଶିଯିବାକୁ, ଜିଆଟେ ହୋଇ ମାଟିତଳେ କୋଉଠି ଲୁଚିଯିବାକୁ।

କେତେ ସମୟ ଧରି ବୁଢ଼ାଲୋକଟି ତା' ସାମ୍ନାରେ ରିକ୍ସା ଛିଡ଼ା କରି ପଚାରୁଥିଲା, ଉର୍ବଶୀ ଜାଣି ନ ଥିଲା। ସେ ନିଜର ବ୍ୟଗ୍‌ଟିକୁ ରିକ୍ସାରେ ଲଦୁ ଲଦୁ କହିଥିଲା, "ମହାନ୍ତି ସାହି।"

ବୁଢ଼ା ରିକ୍ସାବାଲାଟି ରିକ୍ସାଟିକୁ କିଛି ବାଟ ଗଡ଼େଇ ଗଡ଼େଇ ନେଇ ତା'ପରେ ସିଟ୍‌ରେ ବସିପଡ଼ିଲା। ଗଡ଼ାଣିଆ ରାସ୍ତାରେ ରିକ୍ସା ଗଡୁଥିଲା। ଉର୍ବଶୀ ରିକ୍ସାର ହୁଡ୍ ଫାଙ୍କରୁ ରାସ୍ତାର ଦୁଇପଟକୁ ଚାହୁଁଥିଲା। ସେଇ ପରିଚିତ ଗାଁ ରାସ୍ତା, ସେଇ ସ୍କୁଲ୍ ପଡ଼ିଆ, ସେଇ ମହାଦେବ ମନ୍ଦିର, ସେଇ ଠାକୁରାଣୀ ମଣ୍ଡପ-ସବୁ କିନ୍ତୁ ତାକୁ ନୂଆ ନୂଆ ଲାଗୁଥିଲା।

ବଜାର ଓ ଗାଁ ମଝିର ବାଁ ପଟେ ରହିଯାଉଥିଲା ନୂଆଗାଁ ହାଇସ୍କୁଲ ଓ ସ୍କୁଲ୍ ପଛର ବିରାଟ ଖେଳପଡ଼ିଆ। ଉର୍ବଶୀ ସେଇ ପଡ଼ିଆଟାକୁ ଦେଖିବା ପାଇଁ ଯେମିତି ଅଥୟ ହୋଇପଡୁଥିଲା। ଜାକିଜୁକି ହୋଇ ବସି ସେ ପଡ଼ିଆ ଆଡ଼େ ଚାହିଁଥିଲା। ଏତେ ବର୍ଷା ସତ୍ତ୍ୱେ ପଡ଼ିଆ ମଝିଟାରେ ଘାସ କଅଁଳି ନ ଥିଲା କିମ୍ବା ତାକୁ ଘାସଗୁଡ଼ାକ ଦିଶୁ ନ ଥିଲା ସେ ଜାଣି ପାରି ନ ଥିଲା। ସେଇଠି ଦିନେ ସେ ଖେଳୁଥିଲା ଦଉଡ଼ା

ଦଉଡ଼ି, ରିଙ୍ଗ୍‌ବଲ୍, ଭଲି ଓ ଫୁଟ୍‌ବଲ୍। ସେଇ ପଡ଼ିଆରେ ଖେଳିବାବେଳେ, ସମୟ କାନ୍ଧରେ ଡେଣା ଲାଗିଯାଉଥିଲା। ଉର୍ବଶୀ ଥିଲା ଝିଅଟିମ୍‌ର ଆଗୁଆ ଖେଳାଳି, ତା' ଖେଳ ଦେଖିବା ପାଇଁ ପୁଅମାନେ ଡାଆଣା ଆଖିରେ ଅନେଇ ରହୁଥିଲେ। ଝିଅମାନେ ତାଳିମାରି ଉତ୍ସାହ ବଢ଼ଉଥିଲେ।

ଉର୍ବଶୀର ଭାଗ୍ୟ ହାଇସ୍କୁଲ ପଡ଼ିଆରେ ଗଡୁଥିବା ପେଣ୍ଡୁର ଭାଗ୍ୟ ପରି ଦୟନୀୟ ମନେହେଉଥିଲା। ସେ ଚାହିଁ ଦେଖିଲା, ସେଦିନ ବି କେତେଜଣ ପିଲା ଫୁଟ୍‌ବଲ୍ ଖେଳୁଥିଲେ। ପିଲାଟିଏ ବଲ୍‌କୁ ତା' ପାଦତଳେ ଚାପିରଖି କାହାକୁ କ'ଣ କହୁଥିଲା। ଆଉ ଟିକକରେ ବଲ୍ ଗଡ଼ିଥିବ, ଖେଳ ଆରମ୍ଭ ହୋଇଥିବ।

ପଡ଼ିଆର ପେଣ୍ଡୁ।

ପଡ଼ିଆରେ ଗଡୁଥିବା ପେଣ୍ଡୁର ସ୍ୱାଧୀନତା କିଛି ନ ଥାଏ। ଏ ମୁଣ୍ଡରୁ ସେମୁଣ୍ଡ, ସେମୁଣ୍ଡରୁ ଏ ମୁଣ୍ଡ, କେତେବେଳେ ଉପରକୁ ତ କେତେବେଳେ ତଳକୁ, କେତେବେଳେ ବିକଳରେ ତ କେତେବେଳେ ଭୟରେ ପେଣ୍ଡୁଟି ପଡ଼ିଆରେ ଗଡୁଥାଏ, ତଳକୁ ଖସୁଥାଏ, ଉପରକୁ ଉଠୁଥାଏ ଏବଂ କିଆବାଡ଼ ଡେଇଁ ଯାଉଥାଏ। ମାତ୍ର ଖେଳାଳି ଓ ଦର୍ଶକ ଆନନ୍ଦରେ, ଉଲ୍ଲାସରେ ତାଳି ମାରନ୍ତି, ଚିତ୍କାର କରନ୍ତି, ହ୍ୱିସିଲ୍ ମାରି ପଡ଼ିଆ କମ୍ପାଇ ଦିଅନ୍ତି। ପେଣ୍ଡୁ ଜିତେ ନାହିଁ କି ହାରେ ବି ନାହିଁ। ଖାଲି ସାନ ଗୋଇଠା, ବଡ଼ ଗୋଇଠା ଖାଏ। ପେଣ୍ଡୁ ପଡ଼ିଆରେ ଗଡ଼ି ଗଡ଼ିଯାଏ, କେବେ ଡରି ଡରି, କେବେ ଥରି ଥରି ଆଉ କେତେବେଳେ ପ୍ରାଣ ବିକଳରେ। ତାହା ହିଁ ପେଣ୍ଡୁର ଭାଗ୍ୟ, ତାହା ହିଁ ତା'ର ନିୟତି।

ଉର୍ବଶୀର ଆଖିତଳେ ସେଦିନ ଦି'ବୁନ୍ଦା ଲୁହ ଉକୁଟି ଆସିଥିଲା। ତା' ନିଜର ଭାଗ୍ୟ ସେଇ ପେଣ୍ଡୁର ଭାଗ୍ୟଠୁ ବେଶି କ'ଣ ଅଲଗା? ସିଏ ବି ତ ଗୋଟେ ପେଣ୍ଡୁ ପରି ସମସ୍ତଙ୍କ ବିଧା, ଗୋଇଠା, ମୁଥ ଓ ଚାପୁଡ଼ା ଖାଇ ଗଡ଼ି ଗଡ଼ି ଚାଲିଥିଲା? ପେଣ୍ଡୁର ପ୍ରତିକ୍ରିୟା ପରି ତା'ର ସବୁ ପ୍ରତିକ୍ରିୟା ଅନ୍ୟମାନଙ୍କ ଦୃଷ୍ଟିରେ ଅର୍ଥହୀନ ହୋଇପଡ଼ିଥିଲା!

ଉର୍ବଶୀ ମନେ ମନେ ଘରଲୋକଙ୍କୁ ଭେଟିବା ଲାଗି ନିଜକୁ ପ୍ରସ୍ତୁତ କରିଥିଲା। ନୂଆଗାଁକୁ ପୁଣି ଥରେ ଏମିତି ଫେରି ଆସିବାକୁ ପଡ଼ିବ ବୋଲି ସେ କୌଣସି ଦିନ ଭାବି ନ ଥିଲା। ଫେରିବାକୁ ଚାହିଁଥିଲେ ସେ ହୁଏତ ଅନେକ ଦିନ ତଳୁ ଫେରିଥାଆନ୍ତା। ମାତ୍ର କେଉଁ ମୁହଁରେ ଫେରିଥାଆନ୍ତା? କିଭଳି ଭାବରେ ସେ ତା'ର ଭାଇଭାଉଜଙ୍କୁ ସାମ୍ନା କରିଥାନ୍ତା? ଶାଶୂଘର ବିରୋଧରେ କି ଅଭିଯୋଗ କରିଥାଆନ୍ତା ଉର୍ବଶୀ? ସେମାନେ କ'ଣ ତା' କଥାକୁ ବିଶ୍ୱାସ କରିଥାଆନ୍ତେ? କ'ଣ କହିଥାଆନ୍ତେ ତା'

ବାପା- ବଂଶର ମର୍ଯ୍ୟାଦାକୁ ଗୋଡ଼ରେ ଆଡ଼େଇ ଆପେ ଆପେ ଶାଶୂଘରୁ ପଳେଇ ଆସିଲୁ! କ'ଣ କହିଥାଆନ୍ତେ ସାହିଭାଇ, ପାଖପଡ଼ିଶା ?

କିନ୍ତୁ ସେଦିନ ବିନା ଡାକରାରେ ଗାଁକୁ ଫେରିଥିଲା ଉର୍ବଶୀ। ଘର ଯେତିକି ପାଖ ହୋଇ ଆସୁଥିଲା ତା'ର ସବୁ ସାହସ ଓ ଆତ୍ମବିଶ୍ୱାସ ସେତେ ଦୂରକୁ ଚାଲିଯାଉଥିଲା। ଅନ୍ଧାର ରାସ୍ତାରେ, ଦରିଦ୍ର ଭିକାରିର ଚାଉଳ ଗଣ୍ଠିଲି ଫିଟି ଚାଉଳତକ ବିଛାଡ଼ି ହୋଇଗଲା ପରି ତା'ର ସବୁ ପ୍ରସ୍ତୁତି ବିଛାଡ଼ି ହୋଇପଡ଼ିଥିଲା। ପିଲାଦିନେ ପାଠବହିରୁ ପଢ଼ିଥିବା ସେଇ ସାନପିଲା ଓ କୁହୁକ ପାଉଁଶର କଥା ମନେପଡ଼ିଥିଲା। ତାକୁ ବି ସେମିତି କେହି ଟିକିଏ ପାଉଁଶ ଦିଅନ୍ତା ନାହିଁ! ସେଇ ପାଉଁଶକୁ ଦେହରେ ବୋଳି ହୋଇ ସେ ଅଦୃଶ୍ୟ ହୋଇଯାଆନ୍ତା ଏଇ ପୃଥିବୀରୁ, ବର୍ଷ ବର୍ଷ ପାଇଁ, ସବୁଦିନ ପାଇଁ। କେହି ତାକୁ ଦେଖନ୍ତେ ନାହିଁ, କେହି ଜାଣନ୍ତେ ନାହିଁ। ଉର୍ବଶୀ ଭାଦ୍ରବର ପବନ ସାଙ୍ଗରେ ମିଶି ମିଳେଇ ଯାଆନ୍ତା, ଲୁଚିଯାଆନ୍ତା ଚିରକାଳ ପାଇଁ। ଗୋଟିଏ ବିକଳ ପ୍ରାର୍ଥନାର କରୁଣ ସ୍ୱର ପରି, ଯୋଗୀ କେନ୍ଦରାର କାନ୍ଦଣା ପରି, ହିଡ଼ତଳ ଘାସର ଅଲୋଡ଼ା ମହକ ପରି କୁଆଡ଼େ ନାହିଁ କୁଆଡ଼େ ମିଳେଇଯାଆନ୍ତା। କେହି ତାକୁ ଖୋଜନ୍ତେ ନାହିଁ, ଲୋଡ଼ନ୍ତେ ନାହିଁ, ତା' ସମ୍ପର୍କରେ କିଛି ବୋଲି କିଛି ପଚାରନ୍ତେ ନାହିଁ।

ଘର ଅଗଣାରେ ପହଞ୍ଚିଲା ପରେ ଆଉ ଥରେ ଉର୍ବଶୀ ନିସ୍ତେଜ ହୋଇ ପଡ଼ିଥିଲା। ଯେଉଁ ଦଶପାଦ ପାହାଚ ଡେଇଁଯିବା ଲାଗି ତାକୁ ମୁହୂର୍ତ୍ତଟାଏ ବି ଲାଗେନାହିଁ, ସେଇ ଦଶପାଦ ପାହାଚ ଉଠିବା ଲାଗି ତାକୁ ଦଶ ମିନିଟ୍ ଲାଗିଯାଇଥିଲା। ନୂଆଗାଁ ମହାନ୍ତି ସାହିରେ ସବୁଠୁ ଉଚ୍ଚକୋଠା ତାଙ୍କର। ପୁରୁଣାକାଳିଆ ଘରର ଅଗଣାରେ ନାଳି ପଲସ୍ତରା। ଲତା ନୁଆଁଣି ଚାରିମୁହାଁ ବିମାନ ପରି ତାଙ୍କ ଘର। ଭିତରେ ପ୍ରଶସ୍ତ ଖଞ୍ଜା। ଦାଣ୍ଡ କବାଟଟା ବହୁତ ବଡ଼। ଓଜନିଆ ପାଦ ପକେଇ ଉର୍ବଶୀ ଘର ଭିତରକୁ ପଶିଥିଲା।

ବଡ଼ଭାଉଜ ପୂଜା ଥାଳି ନେଇ ଚଉଁରା ପାଖରୁ ଫେରୁଥିଲେ। ପିନ୍ଧିଥିଲେ ଧଳାରଙ୍ଗର ମଠାଶାଢ଼ି। ନାଲିରଙ୍ଗର ଚଉଡ଼ା ଧଡ଼ିର ଶାଢ଼ିଟା ତାଙ୍କ ହଳଦୀମଖା ଚେହେରାକୁ ସୁନ୍ଦର ମାନୁଥିଲା। ପିତ୍ତଳ ଥାଳିଆରେ ଟଗର, ମନ୍ଦାର ଓ କନିଅର। ଉର୍ବଶୀ ପାଦ ଛୁଇଁବା ଲାଗି ନଇଁପଡ଼ିଲା। ବଡ଼ଭାଉଜ ଟିକିଏ ଘୁଞ୍ଚିଯାଇଥିଲେ କି ? ସେମିତି ମନେ ହେଇଥିଲା ଉର୍ବଶୀର। "ଆଜି ପରା ସୁଦଶା ବ୍ରତ। ତମେ ଆଗେ ଗାଧୋଇବ ଯାଅ।" ବଡ଼ଭାଉଜ କହି ଚାଲିଯାଇଥିଲେ।

ଉର୍ବଶୀ ମନେପକଉଥିଲା। ସେଇ କଥାଟା କ'ଣ ବଡ଼ଭାଉଜ ଆଉ ବାଗରେ କହିପାରି ନ ଥାନ୍ତେ! ବଡ଼ଭାଉଜ ଓ ସେ ପାଖାପାଖି ବୟସର। ବଡ଼ଭାଇଙ୍କୁ ସେ ବାହା ହେଇଛନ୍ତି ବୋଲି ଉର୍ବଶୀ ତାଙ୍କୁ ବଡ଼ ଭାଉଜର ସମ୍ମାନ ଦିଏ। ଭାଉଜ ବେଶି

ପାଠଶାଠ ପଢ଼ିନାହାନ୍ତି। ଏ ଘରକୁ ଆସିଛନ୍ତି ଉର୍ବଶୀ ଜନ୍ମର ଅନେକ ବର୍ଷ ପରେ। କିନ୍ତୁ ସିଏ ଏ ଘରର ମାଲିକାଣୀ। ଉର୍ବଶୀ ଘରର ଝିଅ, ଇଂରାଜୀ ସାହିତ୍ୟର ଅଧ୍ୟାପିକା ଥିଲା, କିନ୍ତୁ ସିଏ ଘରର କେହି ନୁହେଁ।

ବଡ଼ଭାଉଜ ସୁଦଶାବ୍ରତ ପାଳିଥିଲେ। ଶୁକ୍ଳପକ୍ଷ, ଦଶମୀ ଓ ଗୁରୁବାର ଏକାଠି ପଡ଼ିଲେ ସୁଦଶାବ୍ରତ ପଡ଼େ। ଅଖଣ୍ଡ ସୌଭାଗ୍ୟ ଓ ଧନଜନ ଗୋପଲକ୍ଷ୍ମୀ ପାଇଁ ଏ ବ୍ରତ ପାଳିତ ହୁଏ। ଦଶଗଣ୍ଠି ପଡ଼ିଥିବା ବ୍ରତ ସୂତା ପିନ୍ଧନ୍ତି ଓଷେଇତୀମାନେ।

ଗୋଟେ ଦୀର୍ଘଶ୍ୱାସ ବାହାରି ଆସିଥିଲା ଉର୍ବଶୀର ମଞ୍ଜହାଡ଼ ଥରେଇ। ସୌଭାଗ୍ୟବତୀମାନେ ସୁଦଶାବ୍ରତ ପାଳନ୍ତି। ସିଏ ତ ହତଲକ୍ଷ୍ମୀ, ଚଣ୍ଡାଳୁଣୀଠାରୁ ବି ସେ ହୀନ! ତା'ର ସୁଦଶାବ୍ରତ ସାଙ୍ଗରେ କି ସମ୍ପର୍କ!

ନିଜକୁ ଓ ନିଜର ଅଭିମାନକୁ ସମ୍ଭାଳି ସେ ଘର ଭିତରକୁ ପଶିଥିଲା। ସାନଭାଇ ବଜାର ବାହାରିଥିଲା। ତାକୁ ଦେଖି ନ ଦେଖିଲା ପରି ସେ ଚାଲିଯାଇଥିଲା। ସିଏ ତାଙ୍କ ଘରର ମଝି ଅଗଣାରେ ଛିଡ଼ା ହୋଇ କେଉଁପଟକୁ ଯିବ ଜାଣିପାରି ନ ଥିଲା। ପୂର୍ବପଟରେ ବଡ଼ଭାଇ, ପଶ୍ଚିମପଟରେ ସାନଭାଇ। ବାପା ଚାଲିଯିବାର ଦି' ମାସ ଭିତରେ ଦି'ପୁଅ ଭିନ୍ନେ ହୋଇଯାଇଥିଲେ। ଅଗଣାରେ ଚଉଁରା ଓ ଭିତର ଖଞ୍ଜାରେ ବୋଉ ଏଇ ଯୋଡ଼ିକ ହିଁ ଥିଲେ ଇଜମାଲି ସମ୍ପତ୍ତି। ବୋଉ ମାସର ପନ୍ଦରଦିନ ବଡ଼ଭାଇ ଘରେ ଓ ଆଉ ପନ୍ଦରଦିନ ସାନଭାଇ ଘରେ ଖାଉଥିଲା।

ଭାଇଭାଉଜଙ୍କ ଉଦାସୀନତା ଶାଶୂଘରର ଯନ୍ତ୍ରଣାଠାରୁ ଉର୍ବଶୀକୁ ଅଧିକ କଷ୍ଟ ଦେଇଥିଲା। ସେମାନଙ୍କ ଜାଗାରେ ସେ ଥିଲେ କ'ଣ କରିଥାନ୍ତା, ସେ କଥା ସେ ଚିନ୍ତା କରି ନ ଥିଲା। ତେବେ ସେ ଏ ପ୍ରକାର ଉଦାସୀନ ବ୍ୟବହାର କଦାପି ଭାଇ-ଭାଉଜଙ୍କଠାରୁ ଆଶା କରି ନ ଥିଲା। ସେ ବରଂ ଆଶଙ୍କା କରିଥିଲା, ତାକୁ ଦେଖି ଭାଇଭାଉଜ ଗାଳିମନ୍ଦ କରିବେ, ଗଳା ଫଟେଇ ଚିତ୍କାର କରିବେ। ହୁଏତ ବଡ଼ଭାଇ ତାକୁ ଦି' ଚାପୁଡ଼ା ମାରିବ ଓ ବୋଉ ବାରକଥା କହିବ। ମାତ୍ର ସେମାନେ କେହି ସେମିତି କିଛି କହୁ ନ ଥିଲେ। କେହି ତା' ସାଙ୍ଗରେ ଭଲରେ ପଦେ କଥାବାର୍ତ୍ତା କରି ନ ଥିଲେ। ସେ ସେମାନଙ୍କ ଆଗରେ ଥାଇ ନ ଥିଲା ପରି ତାକୁ ସମସ୍ତେ ଏଡ଼େଇ ଯାଇଥିଲେ। ସତେ କି ଘରର ଝିଅ ଉର୍ବଶୀ ନୁହେଁ, ଗୋଟେ ଛେଳି କି ବାଛୁରୀ ପଶିଆସି ଛିଡ଼ା ହେଇଛି ଘର ଅଗଣାରେ, ଯାହାର ଉପସ୍ଥିତି ଅବାଞ୍ଛିତ!

କେତେ ସମୟ ପରେ କିଏ ଜଣେ ଆସି ତାକୁ ଖାଇବା ଲାଗି ଡାକିଥିଲା। କିନ୍ତୁ ଉର୍ବଶୀର ଖାଇବା ପାଇଁ ଆଗ୍ରହ ନ ଥିଲା। ବୋଉର ଅନ୍ଧାରିଆ କୋଠରି ଭିତରେ ସେ ଅନେକ କାଳ ଯାଏ ଶୋଇ ରହିଥିଲା।

ମନେପଡୁଥିଲା, ମାଛିଅନ୍ଧାର ବେଳକୁ ସେ ଉଠି ବୋଉକୁ ଖୋଜିଥିଲା। ପିଲାଦିନେ, ଏଇ ମାଛିଅନ୍ଧାର ବେଳେ ବୋଉ ଆସି ତା' ପଢ଼ାଘରର ଝରକା କବାଟ ବନ୍ଦ କରିଦିଏ। କହେ, "ନିଆଁଗିଳା ମଶା ଡାଆଁସଗୁଡ଼ାକ ମୋ ଝିଅର ରକ୍ତ ଶୋଷିନେବେ।" ଗୋଟେ ମାଟି ସରାରେ ନଡ଼ିଆକତା ପୂରେଇ ଝୁଣାଧୂଆଁ ଦିଏ ବୋଉ। ଝୁଣାଧୂଆଁରେ ମଶାଗୁଡ଼ାକ ପଳେଇ ଯାଉଥିଲେ କି ନାହିଁ ଉର୍ବଶୀର ମନେନାହିଁ, କିନ୍ତୁ ସିଏ ବୋଉ ଉପରେ ଚିଡ଼ି ଉଠୁଥିଲା। ବୋଉ ତାକୁ ଆଉଁଶି ଦେଇ ଏମିତି କାଇଲି ହେଉଥିଲା, ସତେକି ଘରେ ଝୁଣାଧୂଆଁ ଦେଇ ସେ ଉର୍ବଶୀ ପାଖରେ ବଡ଼ ଅପରାଧଟେ କରିଥିଲା! ସେଇ ତା'ର ବୋଉ, ତା'ର ହାତଛୁଆଁ ସାଙ୍ଗେ ସାଙ୍ଗେ ଜାଣିପାରେ ଉର୍ବଶୀ। କଡ଼ ଲେଉଟେଇ ଚାହିଁଥିଲା, ବୋଉର ମୁହଁ ଶୁଖିଯାଇଥିଲା, ମୁଣ୍ଡ ବାଳ ଫୁରୁଫୁରୁ ଓ ଲୁଗାପଟା ଅସନା ଦିଶୁଥିଲା। ବୋଉ ଦିଶୁଥିଲା ଗୋଟେ କଙ୍କାଳ ପରି।

ଉର୍ବଶୀ ତା' ବୋଉ କୋଳରେ ମୁହଁ ଗୁଞ୍ଜି ଦେଇଥିଲା। ବୋଉ ତା' ମୁଣ୍ଡବାଳକୁ ଆଉଁଶି ଦେଇ କହିଥିଲା, "ହତଭାଗୀ, କୋଉ ଗ୍ରହରେ ତୋତେ ଜନ୍ମ ଦେଇଥିଲି କେଜାଣି, ଟିକିଏ ବି ସୁଖ ତୋ ଭାଗ୍ୟରେ ଜୁଟିଲା ନାହିଁ।" ବୋଉ ଆଉ ଅଧିକ କିଛି କହି ନ ପାରି ଦାନ୍ତ ଚିପି କାନ୍ଦିଥିଲା। ପଣତକାନିରେ ଚାପି ଧରିଥିଲା ଆଖିର ଲୁହ ଓ ମୁହଁର ଲାଜ।

ଉର୍ବଶୀ ବୋଉକୁ କିଛି କହିବାକୁ ଚାହୁଁ ନ ଥିଲା। ସେ ଯାହା କହିବାକୁ ଚାହୁଁଥିଲା, ସେସବୁ ହୁଏତ ବୋଉ ଶୁଣି ପାରି ନ ଥାନ୍ତା। ସେ କହିଥାଆନ୍ତା, "ଥାଉ ବୋଉ! ମୋ ସୁଖ କଥା କହ ନାହିଁ। ଯୋଉ ଝିଅର ହାତରୁ ନିଜର ବାପ-ମା' ସୁଖତକ ଛଡ଼େଇ ନେଇ ରାସ୍ତାରେ ଫୋପାଡ଼ି ଦିଅନ୍ତି, ତା' ସୁଖ କଥା କାହିଁକି ଦୁନିଆର ଲୋକେ ବୁଝିବେ?"

ଘର କାନ୍ଥରେ ତା' ବାପାଙ୍କ ଫଟୋ ଝୁଲୁଥିଲା। ସେଥିରେ ପଡ଼ିଥିଲା ଗୋଟେ ଶୁଖିଲା ଚନ୍ଦନ କାଠର ମାଳି। ଚାରି ମାସ ହେଲା ସେଇଠି ଝୁଲୁଥିବା ଫଟୋ ଦେହରେ ଅଳନ୍ଧୁ ଲାଗିଯାଇଥିଲା। ସେ କଥା କେହି ଦେଖୁ ନ ଥିଲେ। ଅଥଚ ଚାରି ମାସ ଆଗରୁ ବାପା ଥିଲେ ଏ ଘରର ମୁରବି। ତାଙ୍କ ସାମ୍ନାରେ କେହି ସାହସରେ ଛିଡ଼ା ହେଉ ନ ଥିଲେ। ଏବେ ସେଇ ଲୋକର ଫଟୋ ଉପରେ ବୁଢ଼ିଆଣୀଙ୍କ ଲୀଳାଖେଳା। ବାପାଙ୍କ ବିରୋଧରେ ଅଭିଯୋଗ ମାନ ଉର୍ବଶୀ ଭିତରେ ଝଡ଼ ସୃଷ୍ଟି କରୁଥିଲେ। କାହିଁକି ନିଜର ଝିଅର ଜୀବନକୁ ନଷ୍ଟ କରି ଦେଇଗଲେ ତା'ର ବାପା!

ବୋଉ ଉର୍ବଶୀ ପିଠି ଉପରୁ ଧୀରେ ଧୀରେ ତା' ହାତ ଘୁଞ୍ଚାଇ ନେଇଥିଲା।

ବିଚାରୀ ବିଧବା ସ୍ତ୍ରୀଟି ଜାଣି ପାରୁଥିଲା କି, ତା'ର ହାତ ଆଉଁଶା ତଳେ ବସିଥିବା ଝିଅଟି ତା' ସ୍ୱାମୀକୁ ଗାଳି ଦେଉଛି ମନେ ମନେ। ବୋଉ ଉର୍ବଶୀକୁ ସେଇଠି ଛାଡ଼ିଦେଇ ସଞ୍ଜଆଳତି ପାଇଁ ଭିତରଖଞ୍ଜାକୁ ଚାଲିଯାଇଥିଲା। ପାଟିକରି ବୋଉକୁ ଡାକିବାଲାଗି ଇଚ୍ଛା ହେଉଥିଲା ଉର୍ବଶୀର। ପିଲାଦିନେ ଯେମିତି ପାଟିକରି ଘର କମ୍ପଉଥିଲା, ସେମିତି। କିନ୍ତୁ ଡାକି ନ ଥିଲା, ବରଂ ମନକୁ ମନ କହିଥିଲା, ଯାଉ। ଗୋଟେ ବିଧବା ନିଆଶ୍ରୀ ବୁଢ଼ୀ ଉପରେ ଅଭିମାନ କରି ଲାଭ କ'ଣ ? ସ୍ୱାମୀର ଅଚଳାଚଳ ସମ୍ପତ୍ତି ଥାଉ ଥାଉ ଯୋଉ ସ୍ତ୍ରୀ ଗୋଟିଏ ଛାତତଳେ ଅଲଗା ଅଲଗା ରହୁଥିବା ଦି'ପୁଅଙ୍କ ଘରୁ ପାଳିକରି ଖାଉଥିଲା, ତା' ଉପରେ ସେ କାହିଁକି ବା ରାଗିଥାନ୍ତା !

ବୋଉକୁ ପଚାରିଥାନ୍ତା ଉର୍ବଶୀ, ସେ ସିନା ଚରିତ୍ରହୀନା, ନାଁପକା ଝିଅ ବୋଲି ତାକୁ କେହି ଲୋଡ଼ନ୍ତି ନାହିଁ। କିନ୍ତୁ ତା'ର ତ ଆଉ ଦି' ଝିଅ ଅଛନ୍ତି। ତାଙ୍କ ପାଖକୁ ସେ ଚାଲିଯାଉନାହିଁ କାହିଁକି ? କିନ୍ତୁ ପଚାରିଲା ନାହିଁ। ସେ ଜାଣିଥିଲା, ବୋଉ ସେମିତି କରିପାରି ନ ଥାନ୍ତା। ଝିଅଘରୁ ପାଣି ଗିଲାସେ ପିଇବାକୁ ପାପ ବିଚାରୁଥିବା ବୋଉ ଝିଅଜ୍ୱାଇଁଙ୍କ ଘରେ ରହିବା ପ୍ରସ୍ତାବକୁ କଦାପି ସ୍ୱୀକାର କରି ନ ଥାନ୍ତା। ଯେତେ ମାନ ଅପମାନ ପାଉଥିଲେ ବି, ଯେତେ ଗଞ୍ଜଣା ଓ ଯେତେ କଟୁକଥା ଶୁଣୁଥିଲେ ବି ସେ ନୂଆଗାଁରେ ପଡ଼ି ରହିବ। ସେଇ ତା'ର ଘର, ତା'ର ଦେଇପିଣ୍ଡି, ତା' ସ୍ୱାମୀର ସଂସାର !

ଉର୍ବଶୀ ନାରୀର ଭାଗ୍ୟକୁ ପୁରୁଷର ଭାଗ୍ୟ ସାଙ୍ଗେ ତୁଳନା କରିଥିଲା। ନାରୀ ନାରୀ, ପୁରୁଷ ପୁରୁଷ। ଇଂଲଣ୍ଡର ରାଜକୁମାରୀ ଡାଏନା ହୁଅନ୍ତୁ କି ନୂଆଗାଁର ଉର୍ବଶୀ – ସମସ୍ତେ ପୁରୁଷପ୍ରଧାନ ସମାଜର ଗୋଟେ ଗୋଟେ ବ୍ୟବହାର ଉପଯୋଗୀ ସାମଗ୍ରୀ। ସେମାନଙ୍କର ଇଚ୍ଛା ଅନିଚ୍ଛାର ପ୍ରଶ୍ନକୁ କିଏ ବା କେଉଁଠି ଗୁରୁତ୍ୱ ଦିଏ !

ଉର୍ବଶୀର ଛାତିତଳେ ପୁଣି ଗୋଟେ ଝଡ଼ ଉଠିଥିଲା। ସେ ଖୁବ୍ ଆଶା କରିଥିଲା, ନୂଆଗାଁରେ ଅନ୍ତତଃ ଟିକିଏ ଶାନ୍ତିରେ ରହିପାରିବ। ରାଉରକେଲା ଫେରିବା ତା' ପାଇଁ ଆଉ ସମ୍ଭବ ନ ଥିଲା। 'ସହଯୋଗ' ସଂସ୍ଥାର ନଳିନୀଅପାଙ୍କ କପଟାଚାର ତାକୁ ଅଧିକ ବିବ୍ରତ କରିଥିଲା। ସ୍ୱାମୀ ସଞ୍ଜୟ ପଟ୍ଟନାୟକ ଘରକୁ ଫେରିଗଲେ ହୁଏତ ସେ ଦୟା ଦେଖେଇ ତାକୁ ଦିନରେ ଦି'ମୁଠା ଖାଇବାକୁ ଦିଅନ୍ତା। କିନ୍ତୁ ସେପରି କୁକୁର ବିଲେଇ ଜୀବନ ଜିଇଁବା ଅପେକ୍ଷା କୋଉ ଟ୍ରେନ୍ ଚକ ତଳେ ଶୋଇ କି ଛାତ ଉପରୁ ଡେଇଁପଡ଼ି ମରିବାରେ ତ ବେଶି ଗୌରବ !

ଖୁବ୍ ଧୈର୍ଯ୍ୟର ସହ ସେଦିନ ସେ ତା' ଦି ଭାଇଙ୍କ ନିଷ୍ପତ୍ତିକୁ ଅପେକ୍ଷା କରୁଥିଲା। ତା'ର କ୍ଷୀଣ ଆଶାଟିଏ ଥିଲା, ଭାଇମାନେ ନିଶ୍ଚୟ ତା' ଦୁଃଖ ବୁଝିବେ। ଯୋଉ ଭାଇମାନଙ୍କ ହାତରେ ବର୍ଷ ବର୍ଷ ଧରି ଗହ୍ମା ପୂନେଇଁରେ ରାକ୍ଷୀ ବାନ୍ଧି ସେ ସେମାନଙ୍କ

ସ୍ନେହଶ୍ରଦ୍ଧା ଲୋଡ଼ିଛି, ଜୀବନର ସବୁଠୁ ବିପଦ ସମୟରେ ସେମାନେ କେବେ ବି ମୁହଁ ମୋଡ଼ି ନେବେ ନାହିଁ।

କିନ୍ତୁ ସେ ଜାଣି ନ ଥିଲା, ଭାଉଜ ଦୁହେଁ ସେତେବେଳକୁ ମହାନ୍ତି ଘରର ସବୁ ନିଷ୍ପତ୍ତି ନେଉଥିବା ମାଲିକାଣୀ ହୋଇ ସାରିଥିଲେ। ଭାଇ ଦି'ଜଣ ପତ୍ନୀମାନଙ୍କ କଥା ପାଳନରେ ପରସ୍ପର ସହ ପ୍ରତିଯୋଗିତା କରୁଥିଲେ !

ବଡ଼ଭାଇ ଗାଁ ଲୋକଙ୍କ କଥାକୁ ବିଶ୍ୱସ୍ତ ଭାବେ ଉଦ୍ଧାର କରି ଉର୍ବଶୀକୁ ତା' ନିଷ୍ପତ୍ତି ଶୁଣେଇଥିଲା ବୋଉ ଜରିଆରେ। ସାନଭାଇ, ବଡ଼ଭାଇ ସହ ମତଭେଦ ସତ୍ତ୍ୱେ , ଉର୍ବଶୀ ବାବଦରେ ବଡ଼ର ନିଷ୍ପତ୍ତିକୁ ସମର୍ଥନ କରିଥିଲା। ଲୋକେ କହୁଥିଲେ, "ଯୋଉ ଝିଅ ତା' ଶାଶୂଘରେ ରହିପାରିଲା ନାହିଁ, ତାକୁ ପୁଣି ଏଠି ଆଣି ବାପଘରେ ପୂରେଇବା ଠିକ୍ ନୁହେଁ। ଗାଁରେ ଥିବାଦିନୁ ତ ଉର୍ବଶୀର ଚରିତ୍ର ଖରାପ ହୋଇଯାଇଥିଲା। ଏତେ ବଡ଼ ନେତାଙ୍କ ନାଁରେ କିମିତି ଇଏ ଝିଅଟି ମାନହାନି କେସ୍ କରୁଥିଲା ? ମୁକୁନ୍ଦ ମହାନ୍ତି ପଇସା ତୋଡ଼ରେ ଝିଅଟା ନଷ୍ଟ କରିଦେଇଥିଲା। ଉର୍ବଶୀ ଗାଁରେ ରହିଲେ ଗାଁର ଝିଅବୋହୂ ବି ଏମିତି ଅଶାସନିଆ ହେଇଯିବେ।"

କେହି ଜଣେ ଉର୍ବଶୀ ସପକ୍ଷରେ ପଦୁଟେ କହି ନ ଥିଲେ। ବଡ଼ଭାଇ ପଦେ କିଛି କହି ନ ଥିଲା। ସେ ଚାହୁ ନ ଥିଲା ଉର୍ବଶୀ ନୂଆଗାଁରେ ରହୁ, ବାପାଙ୍କ ସମ୍ପତ୍ତିର ଆଉ ଗୋଟେ ଭାଗୀଦାର ହେଉ। ଉର୍ବଶୀର ଏଇ ଉପଲବ୍ଧି ତାକୁ ତା'ର ଘା' ଉପରେ ଲୁଣଛିଟା ପରି କଷ୍ଟ ଦେଇଥିଲା। ଭାଇମାନଙ୍କର କଥା, ଭାଉଜ ଦିହିଁଙ୍କର ଉଦାସୀନତା ଓ ତା' ବୋଉର ଅସହାୟତାକୁ ଉର୍ବଶୀ ବରଦାସ୍ତ କରି ପାରି ନ ଥିଲା। ପ୍ରତିଟି ମୁହୂର୍ତ୍ତ ତାକୁ ଭେଣ୍ଡି କି କଲରା ପରିବା ପରି ଦି' ଫାଳ କରି ଚିରି ଦେଉଥିଲା ଓ ତହିଁରେ ଲଙ୍କାଲୁଣ ଭର୍ତ୍ତି କରି ଗରମ କଡ଼େଇ ଉପରେ ସନ୍ତୁଳି ଦେଉଥିଲା। ତା' ଆଖିରୁ ଲୁହ ନୁହେଁ ରକ୍ତ ଝରୁଥିଲା ଓ କୋହସବୁ ବାମ୍ଫ ହୋଇ ତା' ମୁହଁକୁ ଓଦା ବଲବଲ କରି ଦେଉଥିଲା।

ସେଇ ତା'ର ଗାଁ। ସେଇଠି ସେ ଜନ୍ମ ହୋଇଥିଲା। ବଢ଼ିଥିଲା ସେଇ ଗାଁରେ। ସେଇ ଗାଁର ପୋଖରୀ, ବିଲମାଳ, ବାଡ଼ି-ବଗିଚା, ସ୍କୁଲ ଆଉ ଖେଳପଡ଼ିଆରେ ସେ ବଡ଼ ହୋଇଥିଲା। ସେଇ ଗାଁର କୁଆଁରପୂନେଇଁ, ଖୁଦୁରୁକୁଣୀ ଓ ଅଗିରା ପୂନେଇଁରେ ସିଏ ସାଙ୍ଗମେଳରେ ଗାଁ ବୁଲିଥିଲା। ସେଇ ଗାଁର ଲୋକମାନେ ତାକୁ ତା'ର ଜନ୍ମ ହେବାଠାରୁ ଶାଢ଼ିପିନ୍ଧା ଦିନ ଯାଏ ଦେଖିଥିଲେ, ଜାଣିଥିଲେ। ଅଥଚ ତା' ସତ୍ତ୍ୱେ ସେମାନେ ବାପଛେଉଣ୍ଡ ଝିଅଟି ପ୍ରତି ଟିକିଏ ହେଲେ ସହାନୁଭୂତି ଦେଖେଇଲେ ନାହିଁ !

ଉର୍ବଶୀ ବସ୍ ଝରକା ବାଟେ ଚାହିଁ ଲୁହ ପୋଛିଲା। ମନକୁ ମନ କହିଲା, ଦୂରରେ ଥା ନୂଆଗାଁ। ସେଇ ଭଲ।

ସେ ଯେମିତି ଅଲୋଡ଼ା ଅଖୋଜା ହୋଇ ନୂଆଗାଁକୁ ଯାଇଥିଲା, ସେମିତି ଅଲୋଡ଼ା, ଅଖୋଜା ହୋଇ ଫେରିଆସିଥିଲା। ଭାଇ ଦିହିଁଙ୍କ କଥା ଶୁଣି ସେଦିନ ରାତିରେ ସ୍ଥିର କରିଥିଲା, କୋଉ ଅପନ୍ତରାରେ ପଡ଼ି ପଡ଼ି ମରିଯିବ ପଛେ ନୂଆଗାଁ ଫେରିବ ନାହିଁ ଆଉ କୌଣସି ଦିନ।

ରାତି ଅନ୍ଧାର ନ ହଟୁଣୁ ଉର୍ବଶୀ ବ୍ୟାଗ୍‌ଟି ଧରି ଗାଁ ଘରୁ ବାହାରି ଆସିଥିଲା। ସମସ୍ତେ ଶୋଇଥିଲେ। କାହାକୁ ଉଠେଇବାର ପ୍ରୟୋଜନ ମଣି ନ ଥିଲା ଉର୍ବଶୀ।

ସେଦିନ ଇଚ୍ଛା ହୋଇଥିଲା, ଫେରିଆସି ଭାଇମାନଙ୍କ ନାଁରେ ମୋକଦ୍ଦମା କରିଥାନ୍ତା। ଭାଇ ଦିହିଁଙ୍କ ପରି ବାପାଙ୍କର ସମ୍ପତ୍ତି ଉପରେ ତିନି ଭଉଣୀଙ୍କର ବି ଅଧିକାର ଅଛି। କିନ୍ତୁ ସେଥିରେ ବେଶି ସନ୍ତୁଳି ହୋଇଥାଆନ୍ତା ତା'ର ବୋଉ। ବିଚାରୀର ଅବଶିଷ୍ଟ ଦିନଗୁଡ଼ାକ ଅଶାନ୍ତିରେ ବିତିଥାନ୍ତା।

ଘରର କବାଟ କୋଣରେ, ନିଜ ଘରେ ନିଜେ ଚୋରଣୀ ପରି ତା'ର ବୋଉ ସେଦିନ ଛିଡ଼ା ହୋଇଥିଲା ଉର୍ବଶୀକୁ ବାଟୋଇ ଦେବାପାଇଁ। ତାକୁ ଦେଖି ଆଉଥରେ ଭାଙ୍ଗି ପଡ଼ିଥିଲା ଉର୍ବଶୀ।

ବୋଉ ଗୋଟେ ଛୋଟ ପୁଟୁଳା ତା' ହାତରେ ଗୁଞ୍ଜି ଦେଇଥିଲା ତରବରରେ। ଉର୍ବଶୀ ଜାଣିପାରିଥିଲା, ସେଥିରେ କ'ଣ ଥିଲା। ବୋଉର ସଞ୍ଚିତ କିଛି ଗହଣା ଓ ଟଙ୍କା। ତା'ର ଇଚ୍ଛା ହୋଇଥିଲା ସେ ପୁଟୁଳାକୁ ଫୋପାଡ଼ି ଦେଇଥାଆନ୍ତା ବୋଉର ମୁହଁ ଉପରକୁ, 'ରଖ୍ ତୋର ସୁଆଗ ! ବୋହୂମାନଙ୍କୁ ଦେବୁ।' କିନ୍ତୁ ସେଥିରେ ବୋଉ ଆହୁରି କଷ୍ଟ ପାଇଥାଆନ୍ତା। ବୋଉ ତା' ହାତରେ ଗୁଞ୍ଜିଥାଆନ୍ତା, ସେ ହାତ ଛଡ଼େଇଥାଆନ୍ତା। ହୁଏତ ମାଆ-ଝିଅଙ୍କର ଏହି ମାନଅଭିମାନ ରାଗରୁଷା କଥାଶୁଣି ବୋହୂମାନେ ଉଠିଥାଆନ୍ତେ, ଭାଇମାନେ ବି। ତା'ପରେ ଉର୍ବଶୀ ସିନା ଚାଲିଆସିଥାଆନ୍ତା, କିନ୍ତୁ ବୋଉକୁ ତତଲା ତେଲ କଡ଼େଇରେ କଟାମାଛ ପରି ଭାଜିଥାଆନ୍ତେ ସେମାନେ। ଉର୍ବଶୀ ବୋଉର ପୁଟୁଳାଟି ଧରି ନିରବରେ ପଳେଇ ଆସିଥିଲା।

୩. କଟକ

'ଆଶ୍ରୟ'ର ଫାଟକ ଖୋଲୁ ଖୋଲୁ ଶକୁନ୍ତଳା ଆସି ଉର୍ବଶୀକୁ କହିଲା, "ଏଇ କିଛି ସମୟ ତଳେ ଆଚାର୍ଯ୍ୟବାବୁ ଆସିଥିଲେ। ତମେ କ'ଣ ତାଙ୍କ ପାର୍ଟି ଅଫିସ୍ଆଡ଼େ ଯାଇଥିଲ କି ?"

ଉର୍ବଶୀ ପଚାରିଲା, "ଯେ ଆଚାର୍ଯ୍ୟବାବୁ ଲୋକଟି କିଏ ? ମୁଁ କୁଆଡ଼େ ଗଲି ନ ଗଲି, ସେଥିରେ ତା'ର କ'ଣ ଦରକାର ?"

ଶକୁନ୍ତଳା 'ଆଶ୍ରୟ' ମହିଳା କର୍ମଜୀବୀ ନିବାସର କର୍ମଚାରୀ। ଏଇଠି ସତର ଅଠର ବର୍ଷ ହେଲାଣି କାମ କରୁଛି। ଏବେ କଟକରେ ବେଶ୍ କେତୋଟି କର୍ମଜୀବୀ ମହିଳା ନିବାସ ତିଆରି ହେଲାଣି। ସେତେବେଳେ ଏସବୁ କିଛି ନ ଥିଲା। ଏଇଠି ଯଦି ସେଦିନ ସେ ମୁଣ୍ଡ ଗୁଞ୍ଜିବାକୁ ଜାଗା ପାଇ ନ ଥାନ୍ତା, ତା'ହେଲେ ଶକୁନ୍ତଳା କୁଆଡ଼େ ଯାଇଥାଆନ୍ତା କିଏ ଜାଣେ ? ଆଜିକାଲି ଅବଶ୍ୟ ଶକୁନ୍ତଳା ନିଜର ଦୁର୍ଭାଗ୍ୟ ନେଇ ବେଶି ଚିନ୍ତା କରେନାହିଁ, ଦିନେ କିନ୍ତୁ କରୁଥିଲା। ସେଦିନ ସେ ନିଜକୁ ଏ ପୃଥିବୀର ସବୁଠୁ ହତଭାଗିନୀ ବୋଲି ଭାବୁଥିଲା। ଧୀରେ ଧୀରେ ସେ ଧାରଣା ତା'ର ବଦଳିଗଲାଣି। ସେ ଜାଣିଲାଣି, ତା'ଠୁ ଆହୁରି ଭାଗ୍ୟହୀନ ନାରୀ ଏ ପୃଥିବୀରେ ଅଛନ୍ତି। ନିଜଠୁଁ ଅଧିକ ଦୁଃଖୀ ଲୋକ ଦେଖିଲେ, ମନରେ ସାହସ ଆସେ। ଜୀବନ ଜିଇଁବା ଲାଗି ଦମ୍ଭ ଜୁଟେ।

ଶକୁନ୍ତଳାର ବୟସ ପଚାଶ ଛୁଇଁଲାଣି। ଅନେକ ଅଭିଜ୍ଞତା ହାସଲ କଲାଣି ଏଇ ଅଠର ବର୍ଷ ଭିତରେ। ଏବେ ତ ସେ ମଣିଷର ଚାଲି ଦେଖି ତା'ର ସ୍ୱଭାବ ଜାଣିପାରେ। କହିଲା, "ଆଚାର୍ଯ୍ୟବାବୁ ହେଲା ବିରୋଧୀ ଦଳର ଏଠିକା ନେତା। ସେ ଆଜି ପାର୍ଟି ଅଫିସ୍‌କୁ ଯାଇଥିଲା। ସେଇଠି ସେ ତମକୁ ଦେଖିଥିଲା।"

"କିନ୍ତୁ ସେ ଏଠିକି ଆସିଥିଲା କାହିଁକି ?"

"ଏଭଳି ହଷ୍ଟେଲ୍‌କୁ ସମୟେ ସମୟେ ବାଘଭାଲୁ ବି ଆସନ୍ତି।" - ଶକୁନ୍ତଳା କହିଲା ଓ ହସିଲା।

ଉର୍ବଶୀର ମୁଣ୍ଡ ବିନ୍ଧୁଥିଲା । ଦି'ଘଣ୍ଟାର ଅପେକ୍ଷା, ତା'ପରେ ବସ୍ ଧକଡ଼ ଚକଡ଼ ଏବଂ ମଝିରେ ଅଶୋକନଗର ଜୋତା ଦୋକାନରେ ସେଇ ଅସ୍ୱସ୍ତିକର ଘଟଣା ତାକୁ ଦୁଃଖୀ ଓ ଚିଡ଼ିଚିଡ଼ା କରିଦେଇଥିଲା । ଏତେବେଳେ ସେ ଟିକିଏ ବିଶ୍ରାମ ଚାହୁଁଥିଲା । ତେଣୁ ସେ ଆଚାର୍ଯ୍ୟ ପ୍ରସଙ୍ଗରେ ଆଲୋଚନାକୁ ଆଗକୁ ବଢ଼େଇବା ଲାଗି ଚାହୁଁ ନ ଥିଲା ।

ତା'ର ମନୋଭାବ ବୁଝିଗଲା ପରି ଶକୁନ୍ତଳା କହିଲା, "ବେଳେବେଳେ ଖଣ୍ଡା ତଲୱାରରେ ଛିଣ୍ଡୁ ନ ଥିବା କଥା ନଖରେ ବି ଛିଣ୍ଡିଯାଏ ।"

ଉର୍ବଶୀ ଶକୁନ୍ତଳାର ଉଦ୍ଦେଶ୍ୟ ବୁଝିପାରିଲା । ନିଜ କୋଠରିର ଖଟ ଉପରେ ବସିପଡ଼ି ପଚାରିଲା, "ଏ ଆଚାର୍ଯ୍ୟ କରେ କ'ଣ ?''

"ତାଙ୍କ କାମ ହେଲା ନମସ୍କାର କରିବା ।"

"ନମସ୍କାର କରିବା ! ନମସ୍କାର କରିବା କ'ଣ ଗୋଟେ କାମ !"

"କିଏ କହିଲା ନମସ୍କାର କରିବା ଗୋଟେ କାମ ନୁହେଁ ? ଆଚାର୍ଯ୍ୟ ଯେତେବେଳେ ଏ ସହରକୁ ଆସିଲା ସେତେବେଳକୁ ତା' ବୟସ ସତେଇଶି ଅଠେଇଶି ହୋଇଥିଲା । ଏଠି କିଛିଦିନ ଆଇନ ପଢ଼ିବା ପରେ ସେ ଭୁବନେଶ୍ୱର ପଳେଇଗଲା । ଦିନେ ହଠାତ୍ ତା' ମୁଣ୍ଡକୁ ଗୋଟେ ବୁଦ୍ଧି ଜୁଟିଲା । ସେ ଖାଲି ନମସ୍କାର କରିବ ଓ ପଇସା ଉପାର୍ଜନ କରିବ ।"

ଗୋଟେ ଗୋଲକଧନ୍ଦା ପରି ରହସ୍ୟମୟ ଲାଗୁଥିଲା ଶକୁନ୍ତଳାର କଥା । ଉର୍ବଶୀ କହିଲା, "ମୁଁ ତୁମକଥା କିଛି ବୁଝିପାରୁ ନାହିଁ ।"

ଶକୁନ୍ତଳା କହିଲା, "ଆଗେ ଶୁଣ । ସେ ଦିନେ ସେକ୍ରେଟାରୀଏଟ୍ ପଛ ଗେଟ୍ ପାଖେ ଛିଡ଼ା ହୋଇଥିଲା । ଯିଏ ଆସୁଥିଲେ ତାଙ୍କୁ ସିଏ ନମସ୍କାର କରୁଥିଲା । କମିଶନର, ସେକ୍ରେଟାରୀ, ମନ୍ତ୍ରୀ, ଯୁବନେତା, ଠିକାଦାର, ସପ୍ଲାୟର୍ ସମସ୍ତଙ୍କୁ । କେହି କେହି ପ୍ରତି-ନମସ୍କାର ଫେରଉଥିଲେ, କେହି କେହି ଲୋକଟା ଭୁଲ୍‌ରେ ତାଙ୍କୁ ନମସ୍କାର କରୁଛି ଭାବି ଏଡ଼େଇ ଚାଲିଯାଉଥିଲେ ।"

"ବଡ଼ ବିଚିତ୍ର କଥା ତ !"

"ବିଚିତ୍ର ନୁହେଁ, ବୁଦ୍ଧିର କଥା । ଥରେ ଜଣେ ଲୋକ ଆସି ଆଚାର୍ଯ୍ୟ ପକେଟ୍‌ରେ ଶହେ ଟଙ୍କା ଗଳେଇ ଦେଇଗଲା । ଲୋକଟା ଗୋଟେ ଠିକାଦାର ଓ ସେ ତା' ବିଭାଗର ମନ୍ତ୍ରୀଙ୍କୁ ପ୍ରଭାବିତ କରିବା ପାଇଁ ସୁଯୋଗଟେ ଖୋଜୁଥିଲା । ଆଚାର୍ଯ୍ୟର ନମସ୍କାର ତାକୁ ଉତ୍ସାହିତ କରିଦେଲା । କହୁନ, କାହାକୁ ସେକ୍ରେଟାରୀଏଟ୍‌ରେ ପଣ୍ଟୁ ପଣ୍ଟୁ ନମସ୍କାର ମିଳିବା କ'ଣ ଛୋଟିଆ କଥା !

ଏ କଥା ଶୁଣି ଉର୍ବଶୀର ଓଠରେ କୁନି ହସଟିଏ ମୁହୂର୍ତ୍ତକ ପାଇଁ ଖେଳିଗଲା। ଶକୁନ୍ତଳା କହୁଥିଲା, "ଏହାପରେ ଲୋକଟି କୌଶଳ ପାଇଗଲା। ଗେଷ୍ଟ ହାଉସ୍, ସର୍କିଟ୍ ହାଉସ୍ ଓ ଡାକବଙ୍ଗଳା ପରି ଜାଗାକୁ ସେ ନିୟମିତ ଯାଏ। ମନ୍ତ୍ରୀ, ବିଧାୟକ ଓ ନେତାମାନଙ୍କୁ ନମସ୍କାର କରେ। ସେମାନେ ପ୍ରତିନମସ୍କାର କରି ହସି ଦିଅନ୍ତି। ମନ୍ତ୍ରୀଙ୍କ ପାଖରେ ଯୋଉ ଲୋକମାନେ ଥାଆନ୍ତି ସେମାନେ ଭାବି ନିଅନ୍ତି ଆଚାର୍ଯ୍ୟ ମନ୍ତ୍ରୀଙ୍କ ଚିହ୍ନାଲୋକ। ତା'ପରେ ବେପାରୀ ଓ ଠିକାଦାର ଆଚାର୍ଯ୍ୟଙ୍କୁ ଧରନ୍ତି...।"

"ତା' ମାନେ ଲୋକଟା ଟାଉଟର୍। ଏଠିକି ଆସୁଛି କାହିଁକି ?" ଉର୍ବଶୀ ଚିଡ଼ିଗଲା।

ଶକୁନ୍ତଳା ଟିକିଏ ଦବିଗଲା। ଧୀର ଗଳାରେ କହିଲା, "ଏବେ ସେ ସେକାଳର ଆଚାର୍ଯ୍ୟ ନୁହେଁ। ଏବେ ବିରୋଧୀ ଦଳର ଜଣାଶୁଣା ନେତା। ସଭା, ଶୋଭାଯାତ୍ରା ଓ ଧର୍ମଘଟ ଆୟୋଜନରେ ଲୋକଟାର ଶକ୍ତି ମାନିବାକୁ ହେବ। ତା' ନିଜର ତିନି ଚାରିଖଣ୍ଡ ବସ୍ ଓ ସାତ ଆଠଟା ଟ୍ରକ୍ ଚାଲୁଛି। ଏସବୁ ତ ମୁଁ ତା' କ୍ୟାରିୟର୍ ଆରମ୍ଭ ବେଳର କଥା କହିଲି। ଏବକୁ କ'ଣ ସେ ଆଗ ଆଚାର୍ଯ୍ୟ ଅଛି !"

ଉର୍ବଶୀ କହିଲା, "ହଉ ତୁମେ ଯାଅ। ଏଥର ଆସିଲେ କହିବ ମୋର ସେ ପ୍ରକାର ରାଜନୀତି ପାଇଁ ଆଗ୍ରହ ନାହିଁ। ମୋ ପଛରେ ନ ଲାଗି ସେ ତା' ନିଜ କାମରେ ଲାଗୁ।"

ଶକୁନ୍ତଳା ଉଠି ଚାଲିଗଲା।

ଉର୍ବଶୀ ତା'ର ଚାଲିଯିବା ରାସ୍ତାକୁ ଚାହିଁ ନିଜ ଭବିଷ୍ୟତ ବିଷୟରେ ଚିନ୍ତା କରୁଥିଲା। ସେ ଯେତିକି ଚିନ୍ତା କରୁଥିଲା, ତା'ର ଭବିଷ୍ୟତ ସେତିକି ଅସ୍ପଷ୍ଟ ହୋଇଆସୁଥିଲା। ତା' ଝିଅ ମିକିର କଥା ବରାବର ତା'ର ମନେପଡୁଥିଲା। କେତେଦିନ ହେଲା ପିଲାଟାକୁ ମନ ପୂରେଇ ସେ ଦେଖିନାହିଁ। ମିକି କ'ଣ ତା' ମାଆକୁ ମନେରଖିଥିବ, ଝୁରୁଥିବ ?

କିନ୍ତୁ ସେ ଏବେ କ'ଣ କରିବ ? ରମାରମଣଙ୍କ ବିରୋଧରେ ସେ ଦାୟର କରିଥିବା ମାନହାନି ମୋକଦ୍ଦମା ହାରିଗଲା ପରେ ତା'ର ସବୁ ସାହସ ମରିଯାଇଛି। ତା' ଶାଶୂଘର ଲୋକେ ଓ ତା'ର ସ୍ୱାମୀ ବୋଲି ନିଜକୁ ଜାହିର କରୁଥିବା ସଞ୍ଜୟ ପଟ୍ଟନାୟକ ତା' ପରାଜୟରେ ଜଙ୍ଗଲି ଜାନୁଆର୍ ପରି ଉଲ୍ଲସିତ ହୋଇଯାଇଛନ୍ତି। ହୁଏତ ଏହାପରେ ସଞ୍ଜୟ ଦାୟର କରିଥିବା ଛାଡ଼ପତ୍ର ମୋକଦ୍ଦମାରେ ବି ଉର୍ବଶୀ ହାରିଯିବ। ତା'ପରେ ?

ତେଣିକି ତା'ର ପରିଚୟ କ'ଣ ହେବ ? ଗୋଟେ ଚରିତ୍ରହୀନା ପାଗଳୀ ?

ଯିଏ ନିଜର ଦୋଷ ଦୁର୍ବଳତାକୁ ଲୁଚେଇବାକୁ ଯାଇ ସବୁବେଳେ ଅନ୍ୟ ଉପରକୁ ମଇଳା ଫିଙ୍ଗେ ! ସମସ୍ତଙ୍କୁ ବଦନାମ କରିବା ପାଇଁ ଷଡ଼ଯନ୍ତ୍ର କରେ ! ମିଛଟାରେ ସମାଜର ଭଦ୍ରଲୋକମାନଙ୍କର ଇଜ୍ଜତ ଲୁଟିବା ପାଇଁ ବାହାରିପଡ଼େ !

ତା'ର ଘର ନାହିଁ, ପରିବାର ନାହିଁ, ସ୍ୱାମୀ ନାହିଁ, ଝିଅ ନାହିଁ, କିଛି ନାହିଁ, କେହି ନାହିଁ। ଅଛି କେବଳ ଗୋଟେ କ୍ଷତାକ୍ତ ଅତୀତ ଓ ଅନିଶ୍ଚିତ ଭବିଷ୍ୟତ। ସେ କ'ଣ କରିବ ତା' ହେଲେ ? ପୁଣିଥରେ ଆତ୍ମହତ୍ୟା କରିବା କଥା ଉର୍ବଶୀ ମନକୁ ଆସିଲା। କେମିତି ଆତ୍ମହତ୍ୟା କରିବ ସେ ? ଏଇ ସିଲିଂ ଫ୍ୟାନ୍‌ରୁ ଶାଢ଼ି ବାନ୍ଧି ଝୁଲି ପଡ଼ିବ କି ? କିନ୍ତୁ ମରିବାର ଥିଲେ ସେ ସେଇଦିନ ମରିଯାଇଥାଆନ୍ତା, ଯୋଉଦିନ ତା' ବାପା ତାକୁ ଜବରଦସ୍ତ ସଞ୍ଜୟ ସାଙ୍ଗେ ବାହା କରେଇ ଦେଇଥିଲେ। ସେଦିନ ବି ମରିପାରିଥାଆନ୍ତା, ଯୋଉଦିନ ତା'ର କିଛି ଅପରାଧ ନ ଥାଇ ସଞ୍ଜୟ ପଟ୍ଟନାୟକ ତାକୁ କୁକୁର ବିଲେଇ ପରି ଗୋଇଠା ମାରିଥିଲା। ତା' ଉପରକୁ ଛେପ ଫୋପାଡ଼ିଥିଲା, ଲଙ୍ଗଳା ହୋଇ ତା' ଉପରେ ନାଚିଥିଲା ? ମରିଥିଲେ ସେଦିନ ସେ ମରିଥାନ୍ତା, ଯୋଉଦିନ ତାକୁ ସାହାଯ୍ୟ କରିବ କହି ବୟସ୍କ ଜଙ୍ଗଲମନ୍ତ୍ରୀ ତା' ପ୍ରତି ଅଭଦ୍ର ଆଚରଣ କରିଥିଲା। ନା, ଯେହେତୁ ସେଦିନ ସେ ମରିଯାଇନାହିଁ, ଆଜି ସେ ମରିପାରିବ ନାହିଁ। ଆଜି ତା' ପାଖରେ ମରିଯିବା ପାଇଁ କେବଳ ଗୋଟିଏ କାରଣ ଅଛି ଓ ତାହା ହେଉଛି ତା'ର ପରାଜୟ। ଏ ପରାଜୟରେ ସେ ତା' ସମ୍ମାନ ଫେରି ପାଇବ ନାହିଁ, ତା'ର ଝିଅକୁ ଫେରି ପାଇବ ନାହିଁ, ତା'ର ପ୍ରେମକୁ ଫେରି ପାଇବ ନାହିଁ। ଏ ପରାଜୟ କେବଳ ହାରିବାର ଗୋଟେ ଅପମାନଜନକ ଅନୁଭବ।

ଉର୍ବଶୀ କିଛି ନିଷ୍ପତ୍ତି ନେଇପାରୁ ନ ଥିଲା। ସେ ଜାଣିଥିଲା କଣ୍ଟାକୁ କଣ୍ଟାରେ କାଢ଼ିବା ଭଳି ରାଜନୀତିକୁ କେବଳ ରାଜନୀତି ଜରିଆରେ ସେ ସାମ୍ନା କରିପାରନ୍ତା। ମାତ୍ର କିଏ ତା'ର ପ୍ରାର୍ଥିତ୍ୱକୁ ସମର୍ଥନ ଦେବ ? ବିରୋଧୀ ଦଳର ନେତା ତ ତାକୁ ମିନିଟ୍‌କ ପାଇଁ ଦେଖା ବି ଦେଲେ ନାହିଁ।

ଆଚାର୍ଯ୍ୟ ସାଙ୍ଗରେ ଥରେ ଦେଖା କରି ସେ ଆଲୋଚନା କରିବ କି ? ଶକୁନ୍ତଳା କହୁଥିଲା, ବେଳେବେଳେ ଖଣ୍ଡା ତରବାରିରେ ଛିଣ୍ଡୁ ନ ଥିବା ଜିନିଷ ନଖରେ ଛିଣ୍ଡିଯାଏ।

କିନ୍ତୁ ସିଏ ବି ଯଦି ଅନ୍ୟମାନଙ୍କ ପରି ତା' ସହ ପ୍ରତାରଣା କରେ। ତା'ହେଲେ ?

ବାପାଙ୍କ କଥା ମନେପଡ଼ିଲା। ତା' ବାପା ସରପଞ୍ଚ ଥିଲେ। ରାଜନୀତିର ଶିଡ଼ିର ଉପରକୁ ଉଠିବାକୁ ଚାହୁଁଥିଲେ। ତାଙ୍କର ମହତ୍ତ୍ୱାକାଂକ୍ଷାର ସୀମା ନ ଥିଲା। ସେ ସେଇ ସରପଞ୍ଚ ପରିଚୟ ଭିତରେ ସୀମିତ ହୋଇ ରହିଯିବାକୁ ଚାହୁଁ ନ ଥିଲେ। ସେ ଚାହୁଁଥିଲେ

ଏମ୍.ଏଲ୍.ଏ. ହେବେ, ନ ହେଲେ ପଞ୍ଚାୟତ ସମିତି ଚେୟାରମ୍ୟାନ୍ ହେବେ। ଲକ୍ଷ ଲକ୍ଷ ଟଙ୍କାର କାମ ବାଣ୍ଟିବେ। ନିଜେ ଉପାର୍ଜନ କରିବେ ପ୍ରଚୁର ଟଙ୍କା। ସହରରେ ବଡ଼ ଘର କରିବେ। ତାଙ୍କର ଗାଡ଼ି ମଟର ରହିବ। ବାପାଙ୍କର ସ୍ୱପ୍ନର ସୀମା ନ ଥିଲା। ସେ ବିଶ୍ୱାସ କରୁଥିଲେ ଯେ ଏସବୁ ସେ ଠିକଣା ସମ୍ପର୍କ ପ୍ରତିଷ୍ଠା ମାଧ୍ୟମରେ ହାସଲ କରିପାରିବେ। ସେଥିପାଇଁ ଶାସକ ଦଳର ଯୁବନେତା ସଞ୍ଜୟ ପଟ୍ଟନାୟକ ସହ ସେ ତାଙ୍କ ଝିଅକୁ ବାହା ଦେଇଥିଲେ। ସଞ୍ଜୟ ପଟ୍ଟନାୟକ ତାଙ୍କ ଯୋଜନା ନିଶୁଣିର ଆଉ ଗୋଟେ ପାହାଚ ଥିଲା, ଯାହା ଉପରେ ପାଦ ଦେଇ ସେ ଟିକେ ଉପରକୁ ଉଠିଥାଆନ୍ତେ।

କିନ୍ତୁ ତାକୁ କୁହାଯାଇଥିଲା, ଉର୍ବଶୀ ଗୋଟେ ଅଜଣା ଅଶୁଣା ଯୁବକକୁ ଭଲପାଉଥିବା କଥା ଜାଣି ସୁଦ୍ଧା ସଞ୍ଜୟ ତାକୁ ବାହା ହେବାକୁ ଆଗେଇ ଆସିଥିଲା। ତେଣୁ ସଞ୍ଜୟ ପଟ୍ଟନାୟକ ଥିଲା ଗୋଟେ ଆଦର୍ଶ ଯୁବକ। କେବଳ ଆଦର୍ଶ ମଣିଷମାନେ ଏମିତି ଅନ୍ୟର ଅପରାଧ କ୍ଷମା କରିଦିଅନ୍ତି।

ସଞ୍ଜୟ ପୁଣି ଆଦର୍ଶ! ଉର୍ବଶୀର ଦେହ ଘୃଣାରେ ବିଷେଇଗଲା। ସେ ନିଜର ଦୁଇ ଆଖି ବୁଜିଦେଲା। ସତେ ଯେପରି ଗୋଟେ ଭୟଙ୍କର ପ୍ରାଣୀ ତା' ସାମ୍ନାରେ ଛିଡ଼ା ହୋଇଥିଲା ଓ ସେ ତାକୁ ଦେଖିବାକୁ ଚାହୁ ନ ଥିଲା। ଧୀରେ ଧୀରେ ତା' ମନରୁ ଭୟ ଓ ଘୃଣା ଦୂରେଇ ଯାଉଥିଲା। ଅନ୍ଧାରିଆ ହୋଇଆସୁଥିଲା ହାଲୁକା କୁହୁଡ଼ି। ତାଆରି ଭିତରୁ ହସ ହସ ମୁହଁ ନେଇ ଆଉ ଗୋଟେ ଝାପ୍‌ସା ଚେହେରାର ପୁରୁଷକୁ ସେ ଦେଖିପାରୁଥିଲା।

କୁଆଡ଼େ ଗଲା ନୀଳମାଧବ? କେତେ ସ୍ୱପ୍ନ ଓ ସମ୍ଭାବନାର ଅବିର ସେ ତା' ଜୀବନ ଆକାଶରେ ବୁଣି ଦେଇ ନ ଥିଲା! ଅଥଚ ତା' ସହ ଥରୁଟାଏ ଦେଖା ହେବାର ସୁଯୋଗ ବି ଜୁଟିଲା ନାହିଁ ଏପର୍ଯ୍ୟନ୍ତ!

ଉର୍ବଶୀ ଆହୁରି ପଛକୁ ଫେରିଗଲା।

ନୀଳମାଧବକୁ ପ୍ରଥମେ ସେ ଭେଟିଥିଲା ଇଂରାଜୀ ଖବରକାଗଜର ପତ୍ରବନ୍ଧୁ ସ୍ତମ୍ଭରେ। ନା, ତା'ର ଫଟୋ ଛପା ଯାଇ ନ ଥିଲା, କେବଳ ଥିଲା ଗୋଟେ କବିତାର କେଇଟି ଧାଡ଼ି ଏବଂ ନିଜ ବିଷୟରେ ନୀଳମାଧବ ଲେଖିଥିବା କିଛି ଅଦ୍ଭୁତ ଶବ୍ଦ। ନୀଳମାଧବ ଲେଖିଥିଲା ମଣିଷର ସୀମାବଦ୍ଧତା କଥା। ଲେଖିଥିଲା ଯେ ମଣିଷ ତା' ନିଜ ଜୀବନର ବଡ଼ ବଡ଼ ନିଷ୍ପତ୍ତି ନିଜେ ନେଇପାରେ ନାହିଁ। ସେ କେଉଁଠି ଜନ୍ମ ହେବ, କେଉଁଠି ମରିବ ସେ ନିଷ୍ପତ୍ତି ସିଏ ନେଇ ନ ଥାଏ। ତାହାହେଲେ ଛୋଟ ଛୋଟ ବିଷୟକୁ ନେଇ ପାଗଳ ହେବାର କ'ଣ ବା ଯୁକ୍ତି ଥାଇପାରେ! ଏଇ କଥା କିଛିକୁ ସୁନ୍ଦର ଶବ୍ଦରେ ମାଳ ପରି ଗୁନ୍ଥି ଦେଇଥିଲା ନୀଳମାଧବ। ସେସବୁ ପଢୁ ପଢୁ ଉର୍ବଶୀ ମନେ ମନେ ଭଲପାଇ ବସିଥିଲା ନୀଳମାଧବକୁ। ପରଦିନ ନୀଳମାଧବର

ଦିଲ୍ଲୀ ଠିକଣାରେ ସେ ଗୋଟେ ଚିଠି ଲେଖିଥିଲା। ସେ ଚିଠିରେ ନୀଳମାଧବଙ୍କୁ ଅଭିନନ୍ଦନ ଜଣେଇଥିଲା ଉର୍ବଶୀ। କହିଥିଲା, ବଡ଼ ବଡ଼ ନିଷ୍ପତ୍ତି ସିନା ଆମେ ନେଇପାରିବା ନାହିଁ, କିନ୍ତୁ ପରସ୍ପରର ବନ୍ଧୁ ହେବାର ନିଷ୍ପତ୍ତି ତ ଆମେ ନେଇପାରିବା ? ଏ ଚିଠିଟି ଲେଖିବାର ଠିକ୍ ସପ୍ତାହକ ପରେ ନୀଳମାଧବଠୁଁ ପାଇଥିଲା ସୁନ୍ଦର ଉତ୍ତରଟିଏ।

ଜୀବନରେ ଏତେ ବେଶି ଶ୍ରଦ୍ଧା ଓ ଆନ୍ତରିକତା କାହାଠାରୁ ପାଇ ନ ଥିଲା ଉର୍ବଶୀ। ନା ବାପା, ନା ଭାଇଭାଉଜ। ସେମାନଙ୍କ ଦୃଷ୍ଟିରେ ଭଲପାଇବା ଓ ଆବେଗର କିଛି ଅର୍ଥ ହିଁ ନ ଥିଲା। ଅଥଚ ଯେଉଁ ସ୍ନେହ ତା'ର ଜଣାଶୁଣା ପରିବାର ଓ ସମ୍ପର୍କର ପରିଧିଠୁ ସେ ପାଇ ନ ଥିଲା, ସେଇ ସ୍ନେହ ସେ ପାଇଥିଲା ଅଜଣା ଅଶୁଣା ଗୋଟେ ଅପରିଚିତ ପାଖରୁ। ଇଏ ଜୀବନର ବିଚିତ୍ର ସଂଯୋଗ ଭିନ୍ନ ଆଉ କ'ଣ ହୋଇପାରେ ?

ଉର୍ବଶୀର ଜୀବନଟା ଏମିତି ଆକସ୍ମିକ ସଂଯୋଗର ଗୋଟେ ଦୀର୍ଘ ସୂଚିପତ୍ର।

ଏହା ପରଠାରୁ ପ୍ରତି ସପ୍ତାହରେ ନୀଳମାଧବଙ୍କୁ ଚିଠି ଲେଖିବା ତା'ର ମୁଖ୍ୟ କାମ ହୋଇପଡ଼ିଥିଲା। ସେଇଟା ଥିଲା ୧୯୮୨ ମସିହା। ନୀଳମାଧବ ଦିଲ୍ଲୀ ବିଶ୍ୱବିଦ୍ୟାଳୟରେ ତା'ଠୁଁ ଗୋଟିଏ ବର୍ଷ ଉପରେ ପଢୁଥିଲା। ଉର୍ବଶୀ ପଢୁଥିଲା ବାଣୀବିହାରରେ।

ଦିନେ କିନ୍ତୁ ନୀଳମାଧବର ଚିଠିଟିଏ ତା' ବାପାଙ୍କ ହାତରେ ପଡ଼ିଯାଇଥିଲା। ସେଇ ଗୋଟିଏ ଘଟଣା ଉର୍ବଶୀର ଜୀବନର ଗତିପଥକୁ ବଦଳେଇ ଦେଲା। କେମିତି ସେଇ ଚିଠିଟା ବାପାଙ୍କ ହାତରେ ପଡ଼ିଲା ସେଇଟା ଉର୍ବଶୀ ଜାଣେ ନାହିଁ। କିନ୍ତୁ ତାହା ହିଁ ଥିଲା ତା' ପାଖକୁ ନୀଳମାଧବର ଶେଷ ଚିଠି। ସେ କିନ୍ତୁ ସେଇଟିକୁ ପଢ଼ିବାର ସୁଯୋଗ ପାଇଲା ନାହିଁ। କ'ଣ ସେଥିରେ ଲେଖିଥିଲା ନୀଳମାଧବ କିଏ ଜାଣେ ?

ବାପା କହିଥିଲେ, ଉର୍ବଶୀର ଜନ୍ମବେଳଟା ହିଁ ଅଶୁଭ ଥିଲା। ତା'ପରି ଝିଅ ଜନ୍ମ ହେବା ବାପାମାଆଙ୍କ ପାଇଁ ସବୁଠୁ ଅମଙ୍ଗଳ ଘଟଣା।

ଉର୍ବଶୀର ଜନ୍ମ ସେଇ ବର୍ଷ, ଯେଉଁ ବର୍ଷ ରାଉରକେଲା ଇସ୍ପାତ କାରଖାନାର ଚେହେରା ବଦଳିଥିଲା, ସତ୍ୟଜିତ୍ ରାୟ ତାଙ୍କ 'ଅପରାଜିତ' ଫିଲ୍ମ ପାଇଁ ଜିଣିଥିଲେ ଦୁଇ ଦୁଇଟି ମାର୍କିନ୍ ପୁରସ୍କାର, ତୃତୀୟ ପଞ୍ଚବାର୍ଷିକ ଯୋଜନାର ଚିଠା ଚୂଡ଼ାନ୍ତ ହୋଇଥିଲା, ନୂଆ କରି ଗଢ଼ି ଉଠିଥିଲା ନାଗାଲାଣ୍ଡ ରାଜ୍ୟ ଏବଂ ଲସ୍ ଏଞ୍ଜେଲସ୍‌ର ସୁନ୍ଦରୀ ପ୍ରତିଯୋଗିତାରେ ଭାଗ ନେଇ ବମ୍ବେର ଜୋନା ପିଣ୍ଟୁ ଦ୍ୱିତୀୟ ହୋଇଥିଲେ। କିନ୍ତୁ ସେହି ବର୍ଷ ଓଡ଼ିଶାର ନୂଆଗାଁରେ ଜନ୍ମ ହେଇଥିବା ଉର୍ବଶୀ ନାଁର ଝିଅଟିକୁ ତା' ନିଜର ବାପା ଭାବୁଥିଲେ ଅମଙ୍ଗଳ ସୃଷ୍ଟି, ସିଏ ଜନ୍ମ ହେବା କ୍ଷଣି ମରିଯାଇଥିଲେ କାହାର କିଛି କ୍ଷତି ହୋଇ ନ ଥାନ୍ତା।

ଏତେ ଅନାଦର ଓ ଅନାସ୍ଥା ସତ୍ତ୍ୱେ ତା' ନାଁ କାହିଁକି ଯେ 'ଉର୍ବଶୀ' ବୋଲି ତା' ବୋଉ ରଖିଥିଲା, ସେ କଥା ସେ ବୁଝିପାରେ ନାହିଁ। ସମଗ୍ର ପୃଥିବୀ ଭିତରେ ସେଇ ଗୋଟିଏ ମଣିଷ ଯିଏ ଆଜି ବି ତାକୁ ଆଦରରେ ଗ୍ରହଣ କରିନିଏ। ତା'ର ସବୁ ଅପରାଧକୁ କ୍ଷମା କରିଦିଏ।

ସେ ପୁରାଣର ଉର୍ବଶୀ କଥା ପଢ଼ିଛି। ଦେବସଭାର ଅପୂର୍ବ ସୁନ୍ଦରୀ ଉର୍ବଶୀ ମହାରାଜ ପୁରୁରବାଙ୍କୁ ଦେଖି ସେଦିନ ଅନ୍ୟମନସ୍କ ହୋଇପଡ଼ିଥିଲେ। ତେଣୁ ଇନ୍ଦ୍ରଙ୍କ ଅଭିଶାପରେ ତାଙ୍କୁ ଜନ୍ମ ନେବାକୁ ପଡ଼ିଥିଲା ବ୍ୟାଧି ଓ ବାର୍ଦ୍ଧକ୍ୟର ମର୍ତ୍ତ୍ୟଭୂମିରେ। ପୁରୁରବାଙ୍କ ସହ ବିବାହ ସମୟରେ ଉର୍ବଶୀ ଦୁଇଟି ସର୍ତ୍ତ ରଖିଥିଲେ। ଯେତେଦିନ ଯାଏଁ ସେ ପୁରୁରବାଙ୍କୁ ଉଲଗ୍ନ ଦେଖି ନ ଥିବେ, ସେତେଦିନ ଯାଏ ସେ ତାଙ୍କ ସହ ରହିଥିବେ। ସେମିତି ଯେତେଦିନ ଯାଏ ତାଙ୍କ ଶଯ୍ୟା ପାଖରେ ମେଷଶାବକ ଯୋଡ଼ିକ ରହିଥିବେ ସେତେଦିନ ପର୍ଯ୍ୟନ୍ତ ସେ ତାଙ୍କର ରାଣୀ ହୋଇ ରହିଥିବେ। ଦିନେ କିନ୍ତୁ ବିଶ୍ୱାବସୁ ଗନ୍ଧର୍ବ ଉର୍ବଶୀଙ୍କର ଏହି ମେଷ ଶାବକ ଯୋଡ଼ିକୁ ଚୋରି କରି ନେଇଗଲେ। ଉର୍ବଶୀ ରାଜାଙ୍କୁ ନିଦରୁ ଉଠାଇବାକୁ ଯାଇ ଦେଖନ୍ତି ତ ପୁରୁରବା ଉଲଗ୍ନ ହୋଇ ଶୋଇଛନ୍ତି। ସେହିଦିନ ଶାପମୁକ୍ତ ହୋଇ ଉର୍ବଶୀ ଫେରିଯାଇଥିଲେ ସ୍ୱର୍ଗପୁର। ଉର୍ବଶୀଙ୍କ ଗର୍ଭରୁ ପୁରୁରବାଙ୍କର ସାତ ପୁତ୍ର ଜନ୍ମ ହୋଇଥିଲେ।

ଉର୍ବଶୀ ଚରିତ୍ରକୁ ନେଇ ପୁରାଣରେ ଅନେକ କାହାଣୀ। କୁଆଡ଼େ ଅର୍ଜୁନଙ୍କ ରୂପରେ ମୁଗ୍ଧ ହୋଇ ଦିନେ ରାତିରେ ଉର୍ବଶୀ ତାଙ୍କ ଆଡୁ ଯାଇ ପ୍ରେମଭିକ୍ଷା କରିଥିଲେ। କିନ୍ତୁ ଦିନର ଆଲୋକରେ ଉର୍ବଶୀଙ୍କ ରୂପକୁ ନିର୍ନିମେଷ ନୟନରେ ଚାହିଁ ରହିଥିବା ଅର୍ଜୁନ ରାତିର ଅନ୍ଧାରରେ ତାଙ୍କର ପ୍ରେମକୁ ପ୍ରତ୍ୟାଖ୍ୟାନ କରିଦେଇଥିଲେ। ଅପମାନିତା ଉର୍ବଶୀ ଫେରିଆସିବା ପୂର୍ବରୁ ଅର୍ଜୁନଙ୍କୁ ଅଭିଶାପ ଦେଇଥିଲେ, ସେ ନପୁଂସକ ହେବେ ଏବଂ ସ୍ତ୍ରୀମାନଙ୍କ ମେଳରେ ନୃତ୍ୟ କରି ଜୀବନର ବେଶ୍ କିଛି ମାସ ବିତେଇବେ। ଅଜ୍ଞାତବାସ ସମୟରେ ଅର୍ଜୁନ ବିରାଟନଗରୀରେ ବୃହନ୍ନଳା ହୋଇ ବର୍ଷକ କାଳ ରାଜକୁମାରୀ ଉତ୍ତରାଙ୍କର ନୃତ୍ୟଗୁରୁ ରୂପେ ଜୀବିକା ନିର୍ବାହ କରିବା ଥିଲା ଉର୍ବଶୀଙ୍କ ଅଭିଶାପର ଫଳ।

ପୁରାଣର ଉର୍ବଶୀ ତା'ଠାରୁ କେତେ ଭାଗ୍ୟବତୀ ଥିଲେ, ଉର୍ବଶୀ ପଟ୍ଟନାୟକ ସମୟେ ସମୟେ ସେକଥା ଚିନ୍ତା କରେ। ଏଠି ତ ସର୍ତ୍ତ ରଖନ୍ତି ଅନ୍ୟମାନେ, ଶାସ୍ତି ଓ ଅଭିଶାପ ବି ଦିଅନ୍ତି ଅନ୍ୟମାନେ। ଅନ୍ୟମାନଙ୍କ ପାଇଁ ସେ ସର୍ତ୍ତ ରଖିବ, ସେଭଳି ଭାଗ୍ୟ ତା'ର କାହିଁ? ନୀଳମାଧବ ସାଙ୍ଗେ ଭେଟ ହେବା ଆଗରୁ ସେ ନୀଳମାଧବଠାରୁ ଦୂରେଇଗଲା। ଅଧ୍ୟାପିକା ଚାକିରିରେ ପଶୁ ନ ପଶୁଣୁ ତା'ର ବାହାଘର କରିଦେଲେ

ବାପା। ସେ ସଞ୍ଜୟ ପଟ୍ଟନାୟକର ପତ୍ନୀ ହୋଇ ଉର୍ବଶୀ ମହାନ୍ତିରୁ ଉର୍ବଶୀ ପଟ୍ଟନାୟକ ହୋଇଗଲା। ଏତେ ଶୀଘ୍ର ଶୀଘ୍ର ତାକୁ କେନ୍ଦ୍ର କରି ଘଟଣା ସବୁ ଘଟିଗଲା ଯେ କ'ଣ ସବୁ ଘଟୁଛି ତାହା ହେଜିବା ଆଗରୁ ଜୀବନର ସୁଅ ତାକୁ ଭସାଇ ନେଇ ଅପନ୍ତରାରେ ଛାଡ଼ିଦେଇ ଯାଇଥିଲା।

ତା'ର ସଂକ୍ଷିପ୍ତ ପରିଚିତି ବିରୋଧୀ ଦଳର ସଭାପତିଙ୍କୁ ସେ ଦେଇଛି। ସାମ୍ବାଦିକ ଭାରତ ମହାପାତ୍ର କହିଛି, ସେ ସଭାପତିଙ୍କ ପାଖରୁ ବୁଝି ତାକୁ ଖବର ଦେବ। ମାତ୍ର ଏ କଥାରେ ଉର୍ବଶୀର ଆଦୌ ବିଶ୍ୱାସ ହେଉ ନ ଥିଲା। ତା'ପରି ବିବଦମାନ ନାରୀଟିକୁ ନିଜ ଦଳର ପ୍ରାର୍ଥୀ ରୂପେ ଗ୍ରହଣ କରିବା ଲାଗି ହୁଏତ ବିରୋଧୀ ଦଳର ସଭାପତି ଚାହୁଁନାହାନ୍ତି। କିନ୍ତୁ ସେ କ'ଣ ତା' ନିଜ ଇଚ୍ଛାରେ ବିବଦମାନ ହୋଇଗଲା? ନା ନିଜ ଇଚ୍ଛାରେ ନାରୀ ହୋଇ ଜନ୍ମ ନେଇଥିଲା ଏ ପୃଥିବୀରେ?

କେଉଁଦିନ ନାରୀର ଇଚ୍ଛାକୁ ସମ୍ମାନ ଦେଇଛି ସମାଜ?

ନା ମହାଭାରତ, ନା କୋରାନ୍, ନା ସକ୍ରେଟିସ୍, ନା ଆରିଷ୍ଟଟଲ୍ ନା ମନୁ, ନା ପରାଶର! ନାରୀ ତ ସମସ୍ତଙ୍କ ଦୃଷ୍ଟିରେ ପଶୁଠୁଁ ଇତର ଗୋଟେ ପ୍ରାଣୀ, ନର୍କର ଦ୍ୱାର।

ବାଣୀବିହାରରେ ପଢୁଥିବାବେଳେ ଗୋଟେ ଡିବେଟ୍‌ରେ ଭାଗ ନେଇଥିଲା ଉର୍ବଶୀ। ପ୍ରସଙ୍ଗଟା ଥିଲା 'ହିନ୍ଦୁ ସଂସ୍କୃତିରେ ନାରୀର ସ୍ଥାନ।' ସେଦିନ ତା'ର ଓଜସ୍ୱିନୀ ବକ୍ତୃତା ଶୁଣି ହଲ୍‌ରେ ଉପସ୍ଥିତ ଥିବା ଅଧ୍ୟାପକ, ଅଧ୍ୟାପିକା, ଛାତ୍ରଛାତ୍ରୀ ସମସ୍ତେ ସ୍ତବ୍ଧ ହୋଇଯାଇଥିଲେ। ଆଜି କିନ୍ତୁ ଅନ୍ୟମାନଙ୍କର ବ୍ୟବହାର ଦେଖି ସିଏ ନିଜେ ସ୍ତବ୍ଧ ହୋଇଯାଉଛି।

ହିନ୍ଦୁ ସଭ୍ୟତାର ଅନେକ ଦିନ ପର୍ଯ୍ୟନ୍ତ ଝିଅ ଜନ୍ମକୁ ପରିବାରରେ ଅଶୁଭ ଘଟଣା ବୋଲି ଗ୍ରହଣ କରାଯାଉଥିଲା। ପୁତ୍ର ଜନ୍ମ ହିଁ ଥିଲା ବିବାହର ମୌଳିକ ଉଦ୍ଦେଶ୍ୟ! ଝିଅର ବାହାଘର ଦାୟିତ୍ୱ, ତା'ର ବୈଧବ୍ୟ ସ୍ଥିତି ସବୁ ଥିଲା ସମାଜ ପାଇଁ ଦୁଶ୍ଚିନ୍ତାର କାରଣ। ଉର୍ବଶୀ ଅନେକ ଚେଷ୍ଟା କରି ବୁଝିପାରେ ନାହିଁ, ପୁଅମାନେ କ'ଣ ଆକାଶରୁ ଦିବ୍ୟପୁରୁଷ ହୋଇ ଅବତରଣ କରନ୍ତି! ସେମାନଙ୍କ ଜନ୍ମ ଦେବାପାଇଁ ତ ପୁଣି ନାରୀଟିଏ ଦରକାର। ହେଉପଛେ ସେ ଗୋଟେ ଗର୍ଭାଶୟ କି ଗୋଟେ ବିଛଣା, ନାରୀ ବିନା ପୁରୁଷର ଜନ୍ମ ପାଇଁ ଆଉ କିଛି ବିକଳ୍ପ ବ୍ୟବସ୍ଥା ତ ଏଯାଏ କରି ପାରିନାହିଁ ମଣିଷ ସଭ୍ୟତା?

ନାରୀର ଉଚ୍ଚାଧିଷ୍ଠାନକୁ କୌଣସିକାଳେ ହିନ୍ଦୁ ସମାଜ ଗ୍ରହଣ କରି ପାରିନାହିଁ। କିନ୍ତୁ ଶଙ୍କରାଚାର୍ଯ୍ୟ ନିଜେ ମଣ୍ଡନ ମିଶ୍ର ପତ୍ନୀଙ୍କ ପାଖରୁ ଶାସ୍ତ୍ରାର୍ଥରେ ହାରିଛନ୍ତି,

ବିଜୟାଙ୍କାଙ୍କ ଜ୍ଞାନଗରିମା ପଣ୍ଡିତ କାଳିଦାସଙ୍କ ସମତୁଲ୍ୟ ବୋଲି ରାଜଶେଖର ଲିପିବଦ୍ଧ କରିଯାଇଛନ୍ତି। ଏଇ ଓଡ଼ିଶାର ଭୌମକର ରାଣୀମାନେ ଶାସନ ଦାୟିତ୍ୱ ସମ୍ଭାଳିଛନ୍ତି ନିଷ୍ଠାର ସହ। ଆଲେକ୍‌ଜାଣ୍ଡାରଙ୍କ ବିରୋଧରେ ଯୁଦ୍ଧ ଲଢ଼ିଛନ୍ତି ମାସାଗାର ରାଣୀ।

ନାରୀର ଜୀବନ ସମ୍ପର୍କରେ ସବୁ ବ୍ୟବସ୍ଥା ଲେଖିଯାଇଛି ପୁରୁଷ। ଯୋଗ୍ୟ ବର ନ ମିଳିଲେ ଅଯୋଗ୍ୟ ସାଙ୍ଗେ ସୁଦ୍ଧା ତା'ର ବାହାଘର କରାଯିବ, ତହିଁରେ ଝିଅଟିର ଇଚ୍ଛା ଥାଉ ବା ନ ଥାଉ ବୋଲି ନୀତିବାଗୀଶ ଯମ କହିଯାଇଛନ୍ତି।

ନାରୀ ଉପରେ ଅତ୍ୟାଚାର କରିବା ଦିଗରେ ପୃଥିବୀର ସବୁ ଜାତି, ସବୁ ଦେଶ ସହମତ। ଇଂରାଜୀ ଏମ୍.ଏ. କ୍ଲାସ୍‌ରେ କବି ଚସରଙ୍କର ଗୋଟେ ବହି ଉର୍ବଶୀ ପଢ଼ିଥିଲା। ବାଡ଼େଇ ବାଡ଼େଇ ଜଖମ କରିଦେଇଥିବା ସ୍ତ୍ରୀକୁ ତା'ର ସ୍ୱାମୀ ଡାକ୍ତର ପାଖକୁ ନେଇଥିଲା ଏଇଥିପାଇଁ ଯେ ସ୍ତ୍ରୀ ସୁସ୍ଥ ହେଲାପରେ ତାକୁ ସେ ଆଉଥରେ ବାଡ଼େଇପାରିବ! ପଞ୍ଚଦଶ ଶତାବ୍ଦୀରେ ଜର୍ମାନର ପୁରୁଷମାନେ ଶୋଇବା ଖଟ ଉପରେ ଚାବୁକ୍‌ଟିଏ ଝୁଲେଇ ରଖୁଥିଲେ, ଯେଉଁଟା ସ୍ତ୍ରୀକୁ ଭବିଷ୍ୟତ ଶାସ୍ତିର ଚେହେରା ସମ୍ପର୍କରେ ବରାବର ଚେତେଇ ଦେଉଥିଲା। ବେଳେବେଳେ ସ୍ୱୟଂ କନ୍ୟାପିତା, ଆଉ କିଛି ଜିନିଷ ସାଙ୍ଗରେ ଏଇ ଚାବୁକ୍‌ଟିକୁ ଉପହାର ଦେଉଥିଲେ ଶ୍ରଦ୍ଧେୟ ଜ୍ୱାଇଁକୁ, ଝିଅର ଶାସନ ପାଇଁ!

ଅଥଚ ସ୍ୱାମୀକୁ ସବୁ ପ୍ରକାର ଆପଦ ବିପଦରୁ ରକ୍ଷା କରିବା ପାଇଁ ସ୍ତ୍ରୀର କି ବିକଳ ଉଦ୍ୟମ! ସ୍ୱାମୀକୁ କ୍ଷୁଧା କବଳରୁ ମୁକ୍ତି ଦେବାଲାଗି ପୁତ୍ର ଅଜାତଶତ୍ରୁର ରୋଷଚକ୍ଷୁରୁ ଲୁଚି ଲୁଚି ସ୍ତ୍ରୀ ନିଜର ଦେହସାରା ମହୁ ବୋଲିହୋଇ କାରାଗାରକୁ ଯାଇଥିଲା। ସାବିତ୍ରୀ ଯମ ସାଙ୍ଗରେ ଯୁଝିଥିଲେ ବୁଦ୍ଧିର ଯୁଦ୍ଧରେ। ସୀତା ପଶିଥିଲେ ଅଗ୍ନିରେ। ଗାନ୍ଧାରୀ ସାରା ଜୀବନ ଅନ୍ଧୁଣୀର ଜୀବନ ବରଣ କରିନେଲେ। ଅନସୂୟା ନିଜ କାନ୍ଧରେ ବୋହି ବୋହି କାମୁକ ସ୍ୱାମୀକୁ ନେଇଯାଇଥିଲେ ନର୍ତ୍ତକୀର ଗୃହକୁ। ଶହ ଶହ ଭାରତୀୟ ନାରୀ ସତୀ ହୋଇ ସହମରଣ ବରିନେଇଥିଲେ ସ୍ୱାମୀମାନଙ୍କ ଚିତାରେ। ଏପରିକି ବାଗଦତ୍ତା ନାରୀମାନେ ମଧ୍ୟ ଏ ଦୁର୍ଭାଗ୍ୟକୁ ଏଡ଼ିଯାଇ ନ ଥିଲେ।

ନା ଶିକ୍ଷା ନା ବିବାହ କୌଣସି ଅନୁଷ୍ଠାନରେ ନାରୀର ଇଚ୍ଛାକୁ ସମ୍ମାନ ଦିଆଯାଇନାହିଁ। କନ୍ୟା ନିଲାମ ବ୍ୟବସ୍ଥାରେ ସିଏ ଜିନିଷପତ୍ର ପରି ନିଲାମ ହୋଇଛି। ଗୌରୀ ବ୍ୟବସ୍ଥାରେ ଧୂଳିଖେଳ ନ ସରୁଣୁ ଆଉ ଗୋଟିଏ ପରିବାରକୁ ଯାଇଛି ବୋହୂ ହୋଇ। ସ୍ୱାମୀ ମରିଗଲେ ଦିଅରକୁ ବାହାହେବା କୋଉଠି ହୋଇଛି ପ୍ରଥାସିଦ୍ଧ ତ ନିଜେ ବ୍ୟାସଦେବ ନିୟୋଗ ବ୍ୟବସ୍ଥାକୁ ସ୍ୱୀକାର କରି ଧୃତରାଷ୍ଟ୍ର, ପଣ୍ଡୁ ଓ ବିଦୁରଙ୍କ ଜନ୍ମର କାରଣ ପାଲଟିଛନ୍ତି 'ମହାଭାରତ'ରେ।

ବହୁକାଳ ଧରି ଜମିଜମାର ଅସଲ ମାଲିକାନା ରହୁଥିଲା ରାଜାମାନଙ୍କ ହାତରେ।

ସେମାନେ ନିଜର ସୈନିକମାନଙ୍କୁ ସେଥିରୁ କିଛି କିଛି ଜମି ଦେଉଥିଲେ ଚାଷ ପାଇଁ। କିନ୍ତୁ ଯୁଦ୍ଧ କ୍ଷେତ୍ରରେ ସୈନିକଟି ମରିଗଲେ ସେ ଜମିର ଅଧିକାର ସୈନିକର ବିଧବାପତ୍ନୀ ପାଉ ନ ଥିଲା। ଜମି ରାଜାଙ୍କ ସୈନ୍ୟର, ଯିଏ ଯୁଦ୍ଧ ଲଢ଼ିବ। ତେଣୁ ଅନ୍ନଜଳ ସଂସ୍ଥାନ ପାଇଁ ବିଧବାପତ୍ନୀଟିକୁ ବାଧ ହୋଇ ଆଉ ଗୋଟେ ସୈନିକକୁ ବାହା ହେବାପାଇଁ ପଡୁଥିଲା।

ହରିଶ୍ଚନ୍ଦ୍ର ସ୍ତ୍ରୀକୁ ବିକି ପାରିଛନ୍ତି ଗୁଣ୍ଠେ ଜମି ପରି, ଯୁଧିଷ୍ଠିର ସ୍ତ୍ରୀକୁ ଜୁଆରେ ବାଜି ରଖିପାରିଛନ୍ତି ଆଙ୍ଗୁଳିର ମୁଦିଟେ ପରି। ହଲାଣ୍ଡର ସ୍ୱାମୀମାନେ ତ ଟିକସ ଦେଇ ନ ପାରିଲେ ତା' ବଦଳରେ ସ୍ତ୍ରୀକୁ ନେଇ ଦେଉଥିଲେ। ବଳଦ କି ଘୋଡ଼ାଠୁଁ ନାରୀର ମୂଲ୍ୟ ଅଧିକ ନ ଥିଲା ସମାଜ ଦୃଷ୍ଟିରେ। ଏଇ ଓଡ଼ିଶାର ଗଜପତି କ'ଣ ମାନରକ୍ଷା ପାଇଁ ନିଜର କନ୍ୟାକୁ ବଳି ଦେଇନାହାନ୍ତି ରାଜନୀତିର ଯଜ୍ଞବେଦୀରେ ! ମୋଗଲ ଶାସନବେଳର ସେଇ ହତଭାଗିନୀ ନାରୀମାନଙ୍କ କଥା ମନେପଡ଼ିଲେ ଉର୍ବଶୀର ମନ ବିଦ୍ରୋହ କରିଉଠେ। ଏସବୁ ସେ ବହିରୁ ପଢ଼ିଥିଲା। କିନ୍ତୁ ଥରୁଟିଏ ଲାଗି ସେ କଳ୍ପନା ସୁଦ୍ଧା କରି ନ ଥିଲା ଯେ ଦିନେ ତା' ନିଜର ଭାଗ୍ୟ ତାକୁ ଆଣି ଏମିତି ଅସହାୟତାର ଅପନ୍ତରାରେ ଠିଆ କରେଇଦେବ।

ଲୁହ ପୋଛିଲା ଉର୍ବଶୀ। ଅନେକ କାନ୍ଦିଛି ସେ। ତଥାପି ଆଖିରୁ ଲୁହ ଶୁଖିନାହିଁ।

୪. ରାଜଧାନୀ

ବିରୋଧୀ ଦଳର ସଭାପତି ତାଙ୍କ ଦୋ'ମହଲା ଘରର ବାଲ୍‌କୋନିରେ ବସି ଆକାଶରେ ଉଡ଼ିଯାଉଥିବା ସକାଳ ଚଢ଼େଇମାନଙ୍କ ଉଡ଼ାଣକୁ ଚାହିଁଥିଲେ। ମଣିଷମାନଙ୍କ ତୁଳନାରେ ଏ ଚଢ଼େଇମାନେ ଅଧିକ ଆତ୍ମବିଶ୍ୱାସୀ। ଆଉ କାହା ଉପରେ ନିର୍ଭର କରି ପରାଙ୍ମୁଖର ଜୀବନ ଜିଅଁନ୍ତି ନାହିଁ ଏମାନେ। ସମୟାନୁବର୍ତ୍ତିତା ଓ ଶୃଙ୍ଖଳାର ପୁଣି ସେମାନେ ଗୋଟେ ଗୋଟେ ଆଦର୍ଶ ଉଦାହରଣ। ନୀଳ ଆକାଶ କୋଳରେ ପକ୍ଷ ବିସ୍ତାର କରି ଉଡ଼ିବାରେ ଯେ କି ଉତ୍ତେଜନା ସେକଥା କଳ୍ପନା କରି ଯୌବନରେ ପାଇଲଟ୍ ଥିବା ସଭାପତି ରୋମାଞ୍ଚିତ ହେଉଥିଲେ।

ତାଙ୍କୁ କ୍ଷମତାରୁ ହଟାଇ ଶାସକ ଦଳ ଓଡ଼ିଶାରେ ସରକାର ଗଢ଼ିବା ପରଠାରୁ ନିଜ ଦଳର ନେତାମାନେ ଅନ୍ତର୍ଦ୍ୱନ୍ଦ୍ୱରେ ମାତୁଥିବା ସେ ଅନୁଭବ କରୁଛନ୍ତି। ଯେଉଁମାନଙ୍କୁ ରାଜନୈତିକ ବ୍ୟାପାର ବୁଝିବା ଦାୟିତ୍ୱ ଦେଇଥିଲେ ସେମାନେ ସେ ଦାୟିତ୍ୱ ଭୁଲି ନିଜ ନିଜର ମହତ୍ତ୍ୱାକାଂକ୍ଷା ଚରିତାର୍ଥ କରିବାରେ ଲାଗିଛନ୍ତି। ସେ ସେମାନଙ୍କୁ ଏକାଠି କରିବାର ଚେଷ୍ଟା କରି ବିଫଳ ହେଲେଣି। ଯେଉଁମାନଙ୍କୁ ଦିନେ ରାସ୍ତାରୁ ଗୋଟେଇ ଆଣି ସେ ମୁଣ୍ଡରେ ବସେଇଥିଲେ ସେଇମାନେ ତାଙ୍କ ବିରୋଧରେ ଭିଜିଲାନ୍‌ସ ବିଭାଗକୁ ବେନାମୀ ପିଟିସନ୍ ପକାଇଛନ୍ତି। ରାଜନୀତିର ବର୍ଣ୍ଣମାଳା ତ ବନ୍ଧୁଦ୍ରୋହ ଓ ବିଶ୍ୱାସଘାତକତାରୁ ଆରମ୍ଭ ହୁଏ, ଏ ପ୍ରବାହକୁ ସେ ରୋକିପାରିଥାନ୍ତେ କିପରି ?

ରାଜଧାନୀରେ ରହିବା କ୍ରମେ ତାଙ୍କ ପାଇଁ ବିରକ୍ତିକର ହୋଇପଡୁଥିଲା। ଯେଉଁ ବାସଭବନ ଆଗରେ ସମର୍ଥକଙ୍କ ସମାବେଶ ପ୍ରଭାତରୁ ମଧ୍ୟରାତ୍ରି ପର୍ଯ୍ୟନ୍ତ ଥାଟପଟାଳି ଭାଙ୍ଗୁଥିଲା ଏବେ କିଛିଦିନ ହେବ ତାହା ଶୂନ୍‌ଶାନ୍ ପଡ଼ିଥିଲା। ବେଶି ଲୋକ ତାଙ୍କ ପାଖକୁ ଆସୁ ନ ଥିଲେ। ଅପର୍ଯ୍ୟାପ୍ତ ସମ୍ପତ୍ତି ଠୁଳର ଅଭିଯୋଗ ସାଙ୍ଗକୁ ନାରୀମାନଙ୍କ ପ୍ରତି ତାଙ୍କର ଦୁର୍ବଳତାର କଥା ଏବେ ଶାସକ ଦଳ ନେତାଙ୍କ ସାଙ୍ଗରେ ମିଶି ତାଙ୍କ

ନିଜ ଦଳର କିଛି ନେତା ପ୍ରଚାର କରୁଥିଲେ। ଭୁବନେଶ୍ୱରରେ ତାଙ୍କର ପରିବାର ରହୁ ନ ଥିବା କଥାଟା ପୁଣି ଏଭଳି ପ୍ରଚାର କରୁଥିବା ଲୋକଙ୍କୁ ଅଧିକ ସାହାଯ୍ୟ କରୁଥିଲା।

କିନ୍ତୁ ନାରୀ ପ୍ରତି ପୁରୁଷର ଦୁର୍ବଳତା ରହିବାରେ କ୍ଷତି କ'ଣ, ସେ କଥା ସେ ବୁଝିପାରୁ ନ ଥିଲେ। ଅନେକ ଦିନ ତଳେ ତାଙ୍କର ପ୍ରେମିକା- ପତ୍ନୀ ଥରେ ତାଙ୍କୁ ଏକଥା ପଚାରିଥିଲେ। ସେତେବେଳେ ସେ ଉତ୍ତର ଦେଇଥିଲେ, "ନାରୀମାନଙ୍କ ପ୍ରତି ମୋର ଦୁର୍ବଳତା ନ ଥିଲେ ତୁମକୁ ପୁଣି ଦିନେ ଭଲପାଇଥିଲି କିପରି ?"

ପାଚେରି କଡ଼ ପୁରୁଣା ନଡ଼ିଆ ଗଛର ଶାଖାରେ ତାଙ୍କର ଦୃଷ୍ଟି ଲାଖି ରହିଥିଲା। ସବୁଦିନେ ଏଇ ନଡ଼ିଆଗଛର ଉଚ୍ଚତା ତାଙ୍କୁ ଉତ୍ସାହ ଦିଏ। ବାମନମାନଙ୍କୁ ଅନୁକମ୍ପା ପ୍ରଦର୍ଶନ କରାଯାଇପାରେ, କିନ୍ତୁ ତା' ବୋଲି ନିଜର ଉପରକୁ ଉଠିବାର ଇଚ୍ଛାକୁ କ'ଣ କେହି ବାତିଲ କରିଦେଇପାରେ- ନଡ଼ିଆ ଗଛଟି ଏହି କଥା ତାଙ୍କୁ ଶିଖାଏ। ସେ ସିଗାରେଟ୍‌ରେ ଶେଷ ଢୋକ ଦେଇ ଆସ୍‌ଟ୍ରେରେ ଗୁଞ୍ଜିଦେଲେ।

ସେଦିନ ହରେକୃଷ୍ଣ ପଟ୍ଟନାୟକ ଆସିଥିଲେ। ବିଧାନସଭାରୁ ଇସ୍ତଫା ଦେଇ ଲୋକସଭା ନିର୍ବାଚନରେ ପ୍ରତିଦ୍ୱନ୍ଦ୍ୱିତା କରିବା ପାଇଁ ତାଙ୍କୁ ପ୍ରବର୍ତ୍ତାଉଥିଲେ ହରେକୃଷ୍ଣ। ତାଙ୍କର ପ୍ରସ୍ତାବ ମନ୍ଦ ନୁହେଁ। ଏଠି ଶାସକ ଦଳର ରାଜୁତିରେ ବିରୋଧୀ ଦଳ ନେତା ଭାବେ ନ ରହି ଦିଲ୍ଲୀ ଚାଲିଯିବା ବରଂ ଭଲ। କିଛି ନ ହେଲେ ସ୍ୱାସ୍ଥ୍ୟର ଯତ୍ନ ନେବା ଲାଗି ସେଠି ତାଙ୍କର ପରିବାର ରହିଛି। ଏଠି ତ ଅନେକ ବର୍ଷ ବିରୋଧୀ ଦଳ ନେତା ପଦବିରେ ସେ ରହିଆସିଲେଣି। ଆଉ କିଛି ବର୍ଷ ସେଇ ପଦବିରେ ରହିବା ଲାଗି ତାଙ୍କର ଆଗ୍ରହ ନ ଥିଲା। ବରଂ ସେ ପଦବି ସେ କନିଷ୍ଠ ନେତାମାନଙ୍କୁ ଛାଡ଼ିଦେବା ଲାଗି ଚାହୁଁଥିଲେ। କିନ୍ତୁ ସେଥିଲାଗି ମଧ୍ୟ ଦଳର ନେତାଙ୍କ ମଧ୍ୟରେ ବାଡ଼ିଆପିଟା।

ସାମ୍ବାଦିକ ଭାରତ ମହାପାତ୍ର ଦେଇଯାଇଥିବା ଉର୍ବଶୀ ପଟ୍ଟନାୟକର ବାୟୋଡାଟା ଉପରେ ଥରେ ଆଖି ବୁଲେଇ ନେଇ ସେ ଟେବୁଲ୍‌ର ଗୋଟାଏ କୋଣକୁ ଫିଙ୍ଗିଦେଲେ। ଏଇ ଟାଇପ୍‌କରା ବାୟୋଡାଟା ଓ ସାର୍ଟିଫିକେଟ୍ ଉପରେ ତାଙ୍କର ବିଶ୍ୱାସ କେବେ ନ ଥିଲା, ଆଜି ବି ନାହିଁ। ଆତ୍ମବିଶ୍ୱାସ ନ ଥିବା ଲୋକମାନେ କାଖରେ ପୁଳାଏ ଲେଖା ସାର୍ଟିଫିକେଟ୍ ଓ ପ୍ରଶଂସାପତ୍ରର ଜେରକ୍ସ ନକଲ ଜାକି ବୁଲନ୍ତି। ଏଭଳି ଲୋକଙ୍କ ପ୍ରତି ତାଙ୍କର ସହାନୁଭୂତି ଅଛି, ସମର୍ଥନ ନାହିଁ। ପଲିଟିକ୍ସ ପରି ନିଆଁଖେଳରେ ଦାପ୍ତରିକ ଯୋଗ୍ୟତାର ଯେ କିଛି ହିଁ ଅର୍ଥ ନାହିଁ ସେ କଥା ସେ ଭଲ ଭାବେ ଜାଣନ୍ତି। ତାଙ୍କୁ ଖାଲି ଝିଅଟାର ନାଁଟା ଆକର୍ଷଣୀୟ ଲାଗିଥିଲା - ଉର୍ବଶୀ !

ସଭାପତି ପୁଣିଥରେ ନିଜର ଚିନ୍ତା ଭିତରକୁ ଚାଲିଗଲେ। ଯେଉଁଭଳି ଭାବେ ତାଙ୍କର ପ୍ରତିପକ୍ଷ ରାଜଶେଖର ମହାନ୍ତି, ନିର୍ବାଚନରେ ଛିଡ଼ା ନ ହୋଇ ସୁଦ୍ଧା ମୁଖ୍ୟମନ୍ତ୍ରୀ

ପଦରେ ପୁଣି ଥରେ ବସିଯାଇଥିଲେ ତାହା ତାଙ୍କୁ ବିସ୍ମିତ କରୁଥିଲା। କି ବିପଜ୍ଜନକ ଭାବରେ ଚତୁର ଏଇ ରାଜଶେଖର ମହାନ୍ତି! ଶୁଣାଯାଏ, ସେ କୁଆଡ଼େ ରାତାରାତି ନିର୍ବାଚିତ ବିଧାୟକମାନଙ୍କୁ କିଣିନେଇଥିଲା। କଳାଟଙ୍କାର କରାମତି ତା'ର କାମ ଦେଖାଇଲା। ନିର୍ବାଚନ ପୂର୍ବରୁ ସଦାନନ୍ଦଙ୍କ ପ୍ରତି ଆନୁଗତ୍ୟ ପ୍ରଦର୍ଶନ କରିଥିବା ବିଧାୟକମାନେ ନିର୍ବାଚନ ପରେ ରାଜଶେଖରଙ୍କ ଆଡ଼କୁ ଢଳିଯାଇଥିଲେ। ଦି'ଦିନିଆ ପୋଲୁହଘଣ୍ଟା ଶେଷରେ ରାଜଶେଖର ହେଲେ ରାଜ୍ୟର ମୁଖ୍ୟମନ୍ତ୍ରୀ।

ରାଜଶେଖରଙ୍କ କୌଶଳ ଏବଂ ବୁଦ୍ଧି ସମ୍ପର୍କରେ ବିରୋଧୀ ଦଳ ସଭାପତିଙ୍କର କୌଣସି ସନ୍ଦେହ ନ ଥିଲା। ଆଉ କାହା ପରି ରାଜଶେଖର ନିର୍ବାଚନ ଆଗରୁ ଘୋଡ଼ାମାନଙ୍କ ପିଛେ ଟଙ୍କା ଖର୍ଚ୍ଚ କରନ୍ତି ନାହିଁ। ନିର୍ବାଚନ ସରିବା ପରେ, ଯେଉଁମାନେ ଜିତନ୍ତି ତାଙ୍କ ପାଇଁ ସେ ଟଙ୍କାର ମୁଣା ଖୋଲିଦିଅନ୍ତି। ତାଙ୍କର ଆଦର୍ଶ ହେଲା ଅସ୍ତସୂର୍ଯ୍ୟ ଅପେକ୍ଷା ଉଦୟଗାମୀ ସୂର୍ଯ୍ୟର ମୂଲ୍ୟ ବେଶି।

ଟେଲିଫୋନ୍‌ଟା ବାଜୁଥିଲା।

ସଭାପତି ଫୋନ୍‌ଟା ଧରିବା ଲାଗି ଉଠିପଡ଼ିଲେ। ସବୁଦିନେ ସେ ନିଜେ ହିଁ ଟେଲିଫୋନ୍ ଉଠାନ୍ତି। ଅନ୍ୟ ନେତାଙ୍କ ପରି ଫୋନ୍ ଉଠେଇବା ଲାଗି ସେ ସହକାରୀ ଉପରେ ନିର୍ଭର କରନ୍ତି ନାହିଁ। ହରେକୃଷ୍ଣ ପଟ୍ଟନାୟକ ଫୋନ୍ କରିଥିଲେ। ସନ୍ଧ୍ୟାବେଳେ ସେ ସଭାପତିଙ୍କ ସହ ସାକ୍ଷାତ ପାଇଁ ସମୟ ମାଗୁଥିଲେ। ସଭାପତି 'ଆସିବ' କହି ଫୋନ୍ ରଖିଦେଲେ।

ଇସ୍ପାତ ସହରର ବିଧାୟକ ଉଭୟ ମନ୍ତ୍ରୀ ଓ ବିଧାୟକ ପଦରୁ ଇସ୍ତଫା ଦେଇଛି। ତା' ପୁଅ ଗୋଟେ ପିଲା ଉପରେ ଜିପ୍ ମଡ଼େଇ ତାକୁ ମାରି ଦେଇଥିଲା। ନିଜେ ଜଙ୍ଗଲମନ୍ତ୍ରୀଟି ବି ଥିଲା ଦୁଶ୍ଚରିତ୍ର ଓ ଲମ୍ପଟ। ଧନସମ୍ପତ୍ତି ଓ କ୍ଷମତା ବଳରେ ସେ ଇନ୍ଦ୍ରଚନ୍ଦ୍ର ମାନୁ ନ ଥିଲା। ରାଜଶେଖର ମହାନ୍ତିର ଦୃଢ଼ ସମର୍ଥକ ହୋଇଥିବା ଯୋଗୁଁ ତା' ନାଁରେ ଭିଜିଲାନ୍‌ସ କେସ୍ ଥାଇ ସୁଦ୍ଧା ସେ ମନ୍ତ୍ରୀ ରୂପେ ଶପଥ ନେଇଥିଲା। ସେ ଏହାର ପ୍ରତିବାଦ କରିଥିଲେ। ମାତ୍ର ସରକାରୀ ଦଳ ତରଫରୁ କୁହାଯାଇଥିଲା, 'କାହା ନାଁରେ ଭିଜିଲାନ୍‌ସ କେସ୍‌ଟିଏ ଦାୟର ହେବାର ଅର୍ଥ ନୁହେଁ ଯେ ସେ ଦୋଷୀ ସାବ୍ୟସ୍ତ ହୋଇଗଲେ।'

ମୂଲ୍ୟବୋଧର ଏ ପ୍ରକାର ବ୍ୟାଖ୍ୟା ଶୁଣି ଅବଶ୍ୟ ସେ ଆଶ୍ଚର୍ଯ୍ୟ ହୋଇ ନ ଥିଲେ। ସମୟ ଥିଲା, ଯେତେବେଳେ ଦୂରରେ କୋଉଠି ରେଳ ଦୁର୍ଘଟଣାଟିଏ ଘଟିଲେ ଭାରତର ରେଳମନ୍ତ୍ରୀ ନିଜ ପଦରୁ ଇସ୍ତଫା ଦେଇଦେଉଥିଲେ। ନିଜ ସହକାରୀଙ୍କ ନାମରେ ସାମାନ୍ୟ ଅପବ୍ୟୟର ଅଭିଯୋଗ ଆସିଲେ ମନ୍ତ୍ରୀ ନିଜେ ଇସ୍ତଫା ଦଉଥିଲେ।

କିନ୍ତୁ ସେ ସମୟ ଆଜି ଆଉ ନାହିଁ। ଜେଲ୍‌ଖାନା ଭିତରେ ଥାଇ ପ୍ରାର୍ଥୀ ନିର୍ବାଚନ ଲଢ଼ିଲେଣି। ତଳ କୋର୍ଟରେ ଦୋଷୀ ସାବ୍ୟସ୍ତ ହେଲେ କୌଣସି ନେତା ଆଉ ବିଚଳିତ ହେଉନାହାନ୍ତି। ଉପର କୋର୍ଟରେ ଅପିଲ୍ କେସ୍‌ଟିଏ ଦାୟର କରି ନିଶ୍ଚିନ୍ତ ମୁଦ୍ରାରେ ବସି ରହୁଛନ୍ତି। ସେଇଥିପାଇଁ ଜଙ୍ଗଲମନ୍ତ୍ରୀ ନାଁରେ ଭିଜିଲାନ୍‌ସ କେସ୍ ଥାଇ ସୁଦ୍ଧା ସେ ମନ୍ତ୍ରୀ ହେବାରେ ସମସ୍ୟା ନାହିଁ ବୋଲି ସରକାର ଯୁକ୍ତି କରିଥିଲା।

ଓଡ଼ିଶା ରାଜନୀତିର ଏହି ଦୁର୍ଦ୍ଦଶା ଲାଗି ଅବଶ୍ୟ ଏକାକୀ ରାଜଶେଖର ଦାୟୀ ନୁହନ୍ତି। ନିଜେ ସିଏ ମଧ୍ୟ ଏଥିପାଇଁ ଊଣାଅଧିକେ ଦାୟୀ। କିନ୍ତୁ କ୍ଷମତାରେ ଥିବାବେଳେ ଯେଉଁ କାମଟା ଅତି ସହଜ ଏବଂ ଗ୍ରହଣଯୋଗ୍ୟ ମନେହୁଏ, କ୍ଷମତାଠାରୁ ଦୂରରେ ଥିଲାବେଳେ ସେଇ କାମଟା ଅତି କଠିନ ଏବଂ ଆପତ୍ତିଜନକ ମନେ ହୋଇଥାଏ। ତେଣୁ ସେ ଜଙ୍ଗଲମନ୍ତ୍ରୀଙ୍କ ଶପଥ ଗ୍ରହଣ ପ୍ରସଙ୍ଗକୁ କିଛି କାଳ ବିରୋଧ କରିଥିଲେ ସୁଦ୍ଧା ଶେଷକୁ ନିରବ ରହିଥିଲେ। ମାତ୍ର ଏହି ମର୍ଡର ଇସ୍ୟୁଟାକୁ ଛାଡ଼ିଦେଲେ ଚଳିବ ନାହିଁ।

ସେ ମନେ ମନେ ରାଉରକେଲା ଯିବାଲାଗି ଚିନ୍ତା କରୁଥିଲେ।

ଜଙ୍ଗଲମନ୍ତ୍ରୀର ପୁଅ ଜିପ୍ ମଡ଼େଇ ମାରିଦେଇଥିବା ପିଲାଟି ଗୋଟେ ଢାବା ମାଲିକର ପୁଅ ଥିଲା। ରାତି ଦଶଟାରେ ମନ୍ତ୍ରୀର ପୁଅ ଓ ତା'ର ସାଙ୍ଗମାନେ ଯାଇ ସେ ଢାବାରେ ଖାଇଥିଲେ ଓ ପିଆପିଇ କରିଥିଲେ। ଦୋକାନୀ ସେମାନଙ୍କୁ ପଇସା ମାଗିବାରୁ ମନ୍ତ୍ରୀର ପୁଅ ଓ ତା'ର ସାଙ୍ଗମାନେ ଓଲଟି ଗାଳି ଫଜିତ୍ କରିଥିଲେ, ଦୋକାନରୁ ଜିନିଷପତ୍ର ଉଠେଇନେଇ ଫିଙ୍ଗାଫୋପଡ଼ା କରିଥିଲେ। ଏଇ କଥାକୁ ନେଇ ଢାବା ମାଲିକର ପୁଅ ଉଦ୍ଧତ ମନ୍ତ୍ରୀ ପୁଅକୁ ଠେଲିଦେଇଥିଲା। ତାହାରି ପ୍ରତିଶୋଧ ନେବାଲାଗି ମନ୍ତ୍ରୀ ପୁଅର ସାଙ୍ଗମାନେ ଅତ୍ୟନ୍ତ ଅମାନୁଷିକ ଢଙ୍ଗରେ ପିଲାଟାକୁ ଗାଡ଼ି ପଛରେ ବାନ୍ଧି ଘୋଷାରି ଘୋଷାରି ନେଇଥିଲେ ଓ ପିଲାଟା ବାଟରେ ମରିଯାଇଥିଲା।

ରାଜଶେଖର ମହାନ୍ତିଙ୍କର ନିର୍ଦ୍ଦେଶରେ ଜଙ୍ଗଲମନ୍ତ୍ରୀ ଏ ହତ୍ୟାକାଣ୍ଡର ନୈତିକ ଦାୟିତ୍ୱ ମୁଣ୍ଡ ଉପରକୁ ନେଇ ମନ୍ତ୍ରୀ ପଦରୁ ଇସ୍ତଫା ଦେଇଛି। ମାତ୍ର ବିରୋଧୀ ଦଳର ସଭାପତି ଜାଣିଥିଲେ, ଲୋକମାନଙ୍କ କ୍ରୋଧ ଏବଂ ଆକ୍ରୋଶକୁ ନରମେଇ ଦେବାଲାଗି ଏହା ଜଙ୍ଗଲମନ୍ତ୍ରୀର ଗୋଟିଏ କୌଶଳ। ସେ ଇସ୍ତଫା ଦେଇ ନ ଥିଲେ ଘଟଣାଟି ରାଉରକେଲାରେ ନିଆଁ ଲଗେଇ ଦେଇଥାଆନ୍ତା। ବାହାର ରାଜ୍ୟରୁ ଆସି ବ୍ୟବସାୟ ବାଣିଜ୍ୟ କରୁଥିବା ହଜାର ହଜାର ଲୋକ ଜଙ୍ଗଲମନ୍ତ୍ରୀର ଇସ୍ତଫା ଦାବି କରିଥାନ୍ତେ। ତେବେ ବିଧାୟକ ପଦରୁ ଇସ୍ତଫା ଦେବାଲାଗି ଲୋକଟା ଏତେ ବ୍ୟାକୁଳ ହେବାର କାରଣ ସେ ବୁଝିପାରୁ ନ ଥିଲେ। ସମ୍ଭବତଃ ମୁଖ୍ୟମନ୍ତ୍ରୀ ଉପରେ ଚାପ ପକେଇବାକୁ ଚାହୁଁଥିବ ଲୋକଟା।

ହରେକୃଷ୍ଣ ପଟ୍ଟନାୟକ ରାଉରକେଲା ଘଟଣା ପୃଷ୍ଠଭୂମିରେ ଦଳର ରାଜନୈତିକ ବ୍ୟାପାର କମିଟିର ବୈଠକ ଡାକିବା ଲାଗି ପ୍ରସ୍ତାବ ଦେଇଛନ୍ତି। ଲୋକଟି ଟିକିଏ ଆଗବୋଲା ହେଲେ ମଧ୍ୟ ତାଙ୍କର ଦୃଢ଼ ସମର୍ଥକ। ଅନ୍ୟମାନେ ତାଙ୍କୁ ଥରେ ଅଧେ ପ୍ରତାରିତ କରିଥିଲେ ସୁଦ୍ଧା ହରେକୃଷ୍ଣ ପଟ୍ଟନାୟକ ଏ ପର୍ଯ୍ୟନ୍ତ ତାଙ୍କ ସହ ବିଶ୍ୱାସଘାତକତା କରିନାହାନ୍ତି। ଆଜି ବି ସେ ଚାହିଁଲେ, ହରେକୃଷ୍ଣ ପଟ୍ଟନାୟକ ତାଙ୍କ ଲାଗି ନିଜ ଲୋକସଭା ସଦସ୍ୟ ପଦରୁ ଇସ୍ତଫା ଦେଇଦେବେ। ହରେକୃଷ୍ଣ ପଟ୍ଟନାୟକଙ୍କର ପଢ଼ାଶୁଣା ଅଛି। ଅର୍ଥନୀତି ବିଷୟରେ ତାଙ୍କର ଦକ୍ଷତା ବେଶ୍ ଜଣାଶୁଣା। ଦୋଷ ଭିତରେ ବଡ଼ ଦୋଷଟା ହେଉଛି ଲୋକଟାର ଜିଭ। ସ୍ଥାନ କାଳ ପାତ୍ର ନ ବିଚାରି ଯାହା ଇଚ୍ଛା ତାହା କହି ଦେଉଥିବା ଯୋଗୁଁ ଲୋକଟା ସମସ୍ତଙ୍କର ଶତ୍ରୁ ହୋଇଯାଏ। କିନ୍ତୁ ରାଜନୈତିକ ଗୋଟି ଚାଳନାରେ ଲୋକଟାର ସାମର୍ଥ୍ୟ ରହିଛି।

ରାଉରକେଲା ଉପନିର୍ବାଚନଟି ତାଙ୍କ ଲାଗି ରାଜଶେଖର ମହାନ୍ତି ଉପରେ ଆକ୍ରମଣର ପ୍ରଥମ ସୁଯୋଗ ହେବ। ରାଜ୍ୟ ବିଧାନସଭାରେ ଶାସକ ଦଳର ଦୁଇ-ତୃତୀୟାଂଶ ସଂଖ୍ୟା ଗରିଷ୍ଠତା ନାହିଁ। ଶହେ ସତଚାଳିଶ ବିଧାୟକଙ୍କ ଭିତରୁ ଶାସକ ଦଳର ବିଧାୟକ ଅଶୀ ଜଣ। ଏଇ ଘଟଣାକୁ ନେଇ ସେ କମ୍ୟୁନିଷ୍ଟ ଓ ଅନ୍ୟ ଛୋଟ ଛୋଟ ଦଳ ସହ ବୁଝାମଣା କରିପାରିଲେ, ବିଧାନସଭାରେ ଶାସକ ଦଳକୁ ହଲାପଟା କରିବା ଅସମ୍ଭବ ହେବନାହିଁ। ଯେମିତି ହେଉ, ବିଧାନସଭାର ଆସନ୍ତା ଅଧିବେଶନ ପର୍ଯ୍ୟନ୍ତ ଇସ୍ୟୁଟାକୁ ବଞ୍ଚାଇ ରଖିବାକୁ ହେବ।

ସକାଳର ଖବରକାଗଜଗୁଡ଼ାକ ଇତସ୍ତତଃ ଭାବେ ଟି-ପୟ ଉପରେ ପଡ଼ିଥିଲା। 'ଭଏସ୍ ଅଫ୍ ଇଣ୍ଡିଆ' ରାଉରକେଲା ଯୁବକ ହତ୍ୟା ଘଟଣାରେ ତାଙ୍କର ବିବୃତିକୁ ପ୍ରଥମ ପୃଷ୍ଠାରେ ଛାପିଥିଲା। ଅନ୍ୟମାନେ ପ୍ରଥମ ପୃଷ୍ଠାରେ ଛାପିଥିଲେ ବି ତାହାକୁ ସେତିକି ଗୁରୁତ୍ୱ ଦେବା ପରି ମନେହେଉ ନ ଥିଲା। ମୁଖ୍ୟମନ୍ତ୍ରୀ ରାଜଶେଖର ମହାନ୍ତିଙ୍କର ଟେଲିଭିଜନ୍, ରେଡିଓ ଓ ଖବରକାଗଜ ସାମ୍ବାଦିକଙ୍କ ସହ ଭଲ ସମ୍ପର୍କ। ଶାସକ ଦଳ କାର୍ଯ୍ୟାଳୟରେ ହୋଇଥିବା ମାଡ଼ପିଟର ବିବରଣୀକୁ ବିସ୍ତୃତ ଭାବେ ପ୍ରଚାର କରିଥିବାରୁ କିଛି ମାସ ତଳେ ରାଜଧାନୀର ଆକାଶବାଣୀ ପ୍ରତିନିଧିକୁ କୁଆଡ଼େ ମଣିପୁର ବଦଳି କରାଯାଇଥିଲା ସଭାପତି ଶୁଣିଥିଲେ। କଥାଟା ସତ କି ମିଛ ଜାଣନ୍ତି ନାହିଁ, ମାତ୍ର ରାଜଶେଖର ମହାନ୍ତି ଯେ ଲୋକସମ୍ପର୍କ ରକ୍ଷା ଦିଗରେ ସମସ୍ତଙ୍କଠାରୁ ଆଗରେ, ଏଥିରେ ତାଙ୍କର ସନ୍ଦେହ ନ ଥିଲା।

ସେ ଏଇ କାରବାରରେ ପଛରେ ରହିଯାଆନ୍ତି। ତାଙ୍କର ଚିଡ଼ିଚିଡ଼ା ସ୍ୱଭାବଟା ଅନ୍ୟମାନଙ୍କୁ ତାଙ୍କ ପାଖକୁ ଆସିବାରେ ପ୍ରତିବନ୍ଧକ ସୃଷ୍ଟି କରେ- ଏକଥା ମନେପକେଇ

ସଭାପତି ହସିଲେ। ଦୀର୍ଘ ଗୌରଚନ୍ଦ୍ରିକା, କାରଣ ନ ଥାଇ ଅଯଥା ବିନୟଭାବ ଓ ନିଜର ଅସାମର୍ଥ୍ୟକୁ ଫେଣେଇ ଫେଣେଇ ଅନ୍ୟ ଆଗରେ କହିବାର ନୀତି ତାଙ୍କୁ ଭଲ ଲାଗେ ନାହିଁ। ଲଢ଼ିବାରେ ଯେଉଁ ଆନନ୍ଦ, ମାଗିବାରେ ନାହିଁ। କିନ୍ତୁ ଏ ରାଜ୍ୟର ଅଧିକାଂଶ ଯୁବକଙ୍କର ସ୍ୱାଭିମାନ ନାହିଁ, ପରିଶ୍ରମ ସ୍ପୃହା ନାହିଁ, ରାତାରାତି ବଡ଼ଲୋକ ହୋଇଯିବାର ନିଶା ସେମାନଙ୍କୁ ଜୋର୍‌ରେ ଘାରୁଛି। ତା' ସାଙ୍ଗକୁ ତଳଠୁଁ ଉପର ଯାଏ ସବୁ ସ୍ତରରେ ଦୁର୍ନୀତି।

ଏଇଠି ଆସି ଅଟକି ଯାଆନ୍ତି ସଭାପତି। ସମସ୍ତେ କହନ୍ତି, ସିଏ ହିଁ କୁଆଡ଼େ ଦୁର୍ନୀତିର ସାଧାରଣୀକରଣ ପାଇଁ ବେଶି ଦାୟୀ। ସିଏ ହିଁ ପ୍ରଥମେ ଦି'ଚକିଆ ମୋଟର ସାଇକେଲ୍ ଦେଖି ନ ଥିବା ନେତାଙ୍କୁ ଜିପ୍ ଉପହାର ଦେଲେ, ଶହେଟଙ୍କିଆ ବିଡ଼ା ଦେଖି ନ ଥିବା ଲୋକଙ୍କୁ ଦେଲେ ହଜାରେଟଙ୍କିଆ ବିଡ଼ା। ଏହି ଅଭିଯୋଗଟା ଅବଶ୍ୟ ସମ୍ପୂର୍ଣ୍ଣ ମିଥ୍ୟା ନୁହେଁ, ମାତ୍ର ଓଡ଼ିଶା ରାଜନୀତିରୁ ମହାପ୍ରତାପ ମହାପାତ୍ରଙ୍କୁ ବନବାସ ଦେବାଲାଗି ସେଦିନ ତାଙ୍କ ପାଖରେ ଏହି ମହୌଷଧି ଭିନ୍ନ ଅନ୍ୟ ବିକଳ୍ପ କିଛି ନ ଥିଲା।

ସଭାପତି କାନ୍ଥରେ ଟଙ୍ଗା ହୋଇଥିବା ଘଣ୍ଟାକୁ ଚାହିଁ ଦେଖିଲେ, ସାଢ଼େ ଆଠଟା ବାଜିବ। ଷଡ଼ଙ୍ଗୀ ଆସିଯିବେଣି ତଳ ମହଲାର ଅଫିସ୍‌କୁ। ଦଶଟା ପର୍ଯ୍ୟନ୍ତ ଏଇଠି ସେ ତାଙ୍କ ବାସଭବନ 'ତରୁଣତୀର୍ଥ'ରେ ଲୋକମାନଙ୍କୁ ଭେଟିବେ। ତା'ପରେ ଯିବେ ପାର୍ଟି ଅଫିସ୍।

ଷଡ଼ଙ୍ଗୀବାବୁଙ୍କୁ ଡାକିବା ଲାଗି ସେ କଲିଂବେଲ୍ ଟିପିଲେ।

୫. କଟକ

ନିଜ ବିଷୟରେ ଖବରକାଗଜ ଓ ପତ୍ରପତ୍ରିକାରେ ବାହାରିଥିବା ଖବର, ଭିନ୍ନ ଭିନ୍ନ ଅନୁଷ୍ଠାନ ଓ ବ୍ୟକ୍ତିବିଶେଷଙ୍କ ପାଖରୁ ପାଇଥିବା ଚିଠିପତ୍ରଗୁଡ଼ିକୁ ସଜାଡୁଥିଲା ଉର୍ବଶୀ। ତା' ସାଙ୍ଗକୁ ରାଉରକେଲା ହତ୍ୟାକାଣ୍ଡର ରିପୋର୍ଟଗୁଡ଼ିକୁ ସେ ଆଉ ଗୋଟିଏ ଫୋଲ୍ଡର ଭିତରେ ସଜାଡୁଥିଲା। ଆଞ୍ଚଳିକ ଖବରକାଗଜମାନଙ୍କର ବ୍ୟବହାର ଦେଖି ସମୟେ ସମୟେ ସେ ଆଶ୍ଚର୍ଯ୍ୟ ହୁଏ। ଅନେକ ସାମ୍ବାଦିକ ଘଟଣା ଘଟୁଥିବା ସ୍ଥାନକୁ ନ ଯାଇ ଯେ କେମିତି ଖବର ଛାପନ୍ତି, ସେ କଥା ସେ ବୁଝିପାରେ ନାହିଁ। ସେ ନିଜେ ଏ ପ୍ରକାର ଉଦାସୀନତାର ଭୁକ୍ତଭୋଗୀ। ଦି' ତିନିଟି କାଗଜକୁ ଛାଡ଼ିଦେଲେ ଅନ୍ୟ କୌଣସି ଖବରକାଗଜର ସାମ୍ବାଦିକ ତା' ବିଷୟରେ କିଛି ଛାପିବା ଆଗରୁ ତାକୁ ପଚାରନ୍ତି ନାହିଁ। କେହି କେହି ଲେଖନ୍ତି, ଯୋଗାଯୋଗ କରିବାକୁ ଚେଷ୍ଟା କରି ବିଫଳ ହେଲେ, କେହି କେହି ସେତକ ବି ଲେଖନ୍ତି ନାହିଁ। ଯାହା ଯେଉଁଠାରୁ ଶୁଣିଲେ ଲେଖି ଖବର ଛାପିଦିଅନ୍ତି।

ରାଉରକେଲା କଥା ମନେପଡ଼ିଲେ ଉର୍ବଶୀର ସାରା ଦେହରେ କିଏ ଯେପରି ବିଜୁଳି ଆଘାତ ଲଗେଇଦିଏ। ତା'ର ସବୁ ଆଶା, ସବୁ ସ୍ୱପ୍ନ ସେଇ ସହରରେ ମାଟି ହୋଇଗଲା। ଅଥଚ, ଦିନେ ସେଇ ସହରକୁ ବୋହୂ ହୋଇ ଯିବାବେଳେ କେତେ କେତେ କଥା ଭାବି ନ ଥିଲା ସିଏ! ସବୁକିଛି ସେଇ ବ୍ରାହ୍ମଣୀ ବାଲିରେ ପୋତି ହୋଇଗଲା।

ଖୁବ୍ ତରବର ଭାବରେ ତା'ର ବାହାଘର ହୋଇଥିଲା। ବାପା-ଭାଇ ଆଶଙ୍କା କରୁଥିଲେ, ଆଉ ବିଳମ୍ବ କରିଦେଲେ କାଳେ ଉର୍ବଶୀ କେଉଁ ଚାକିରି ପାଇଁ ଇଣ୍ଟରଭ୍ୟୁ ଦେବା ବାହାନାରେ ଯାଇ ନୀଳମାଧବ ସାଙ୍ଗେ କୁଆଡ଼େ ପଳେଇଯିବ। ସେମିତି ଘଟଣା ଘଟିଲେ ବାପା-ଭାଇଙ୍କ ନାକ ନିଶ କଟିଯିବ।

ସେଦିନ ଉର୍ବଶୀ ଯୁକ୍ତି କରିଥିଲା, ଏଭଳି ଆଶଙ୍କା ଏକଦମ୍ ଭୁଲ୍। ନୀଳମାଧବ

ସହ ପଳେଇଯିବା ତ ଦୂରର କଥା, ସେ ତାଙ୍କୁ ଥରୁଟେ ପାଇଁ କେବେ ଦେଖି ବି ନ ଥିଲା। ପୁଣି ବାପାଙ୍କ ସମ୍ମାନ ରକ୍ଷା କ'ଣ କେବଳ ପୁଅ ଯୋଡ଼ିକଙ୍କର ଦାୟିତ୍ୱ, ତହିଁରେ ଝିଅଙ୍କର କିଛି ବି ଦାୟିତ୍ୱ ନାହିଁ? କିନ୍ତୁ ତା' କଥାକୁ ସେଦିନ କେହି ଶୁଣି ନ ଥିଲେ।

ବାହାଘରର ବର୍ଷକ ପର୍ଯ୍ୟନ୍ତ ଏକ ପ୍ରକାର ଭଲରେ ଥିଲା ଉର୍ବଶୀ। ଅଧିକାଂଶ ସମୟରେ, ଘରର ଝରକା ଦେଇ ରାସ୍ତାର ପବନ ବୋହି ଆସିବା ପରି, ମନର ଝରକା ଡେଇଁ ନୀଳମାଧବର ସ୍ମୃତି ମନ ଭିତରକୁ ପଶି ଆସୁଥିଲେ ବି ତାକୁ ସେ ନିଜର ଦୀର୍ଘଶ୍ୱାସର ସମାଧିରେ ପୋତି ଦେଉଥିଲା। ସେ ଜାଣିଥିଲା, ନୀଳମାଧବ ତା'ର ଅତୀତ, ତା'ର ଗତକାଲି ଏବଂ ଗତକାଲି ହେଉଛି ମଣିଷ ପାଇଁ ସବୁଠାରୁ ଦୂରବର୍ତ୍ତୀ ବସ୍ତୁ। ଦିନେ ହୁଏତ ମଣିଷ ସୂର୍ଯ୍ୟ ପାଖରେ ପହଞ୍ଚିଯାଇ ପାରିବ, କିନ୍ତୁ କୌଣସି ଦିନ ସେ ଗତକାଲି ପାଖରେ ପହଞ୍ଚି ପାରିବ ନାହିଁ। ଯେତେ ବାଡ଼େଇପିଟି ହେଲେ ବି ଗତକାଲି କଦାପି ଆଜି ହେବନାହିଁ, ନୀଳମାଧବ ଆଉ ତା' ପାଖକୁ ଫେରିବ ନାହିଁ। ସେ ନିଜେ ନୀଳମାଧବ ଠିକଣାରେ ବାହାଘର ନିମନ୍ତ୍ରଣପତ୍ର ଖଣ୍ଡିଏ ପଠେଇ ଦେଇଥିଲା, ଯଦିଓ ଆଜି ପର୍ଯ୍ୟନ୍ତ ସେ ଜାଣେ ନାହିଁ ନୀଳମାଧବ ସେଇଟି ପାଇଲା କି ନାହିଁ। ତା'ପରଠାରୁ ନୀଳମାଧବ ପାଖରୁ କୌଣସି ଚିଠି ଆଉ ସେ ପାଇନାହିଁ।

ଦିନେ ସଞ୍ଜୟ ପଟ୍ଟନାୟକ ନୀଳମାଧବର କଥା ନେଇ ତାକୁ ଜେରା କଲା। ସେଦିନ ସେ ଉର୍ବଶୀକୁ ଗାଡ଼ିରେ ବସେଇ ରାଉରକେଲାର ବଜାର ବୁଲେଇ ନେଇଥିଲା। ଏସ୍.ଟି.ଆଇ. ଛକ ପାଖରେ ଗୋଟେ ପାଚେରି ଘେରା ଜମିକୁ ଦେଖେଇ କହିଥିଲା, 'ଏଇଟା ମୋର ଗୋଟିଏ ଅବସୋସ। ମୁଁ ଏ ଜମିଟାକୁ କିଣିପାରିଲି ନାହିଁ। ଏଇଠି ହୋଟେଲ କରିବା ମୋର ସ୍ୱପ୍ନ ଥିଲା। କିନ୍ତୁ ଆଠ ବର୍ଷ ତଳେ ସନ୍ଦୀପ ରାୟ ଏ ଜାଗାଟା କିଣିନେଲା। ଯେତେବେଳେ ବି ଏଇବାଟ ଦେଇ ଯାଏ, ମୋର ଏ ଜମି କଥା ମନେପଡ଼େ।'

ସଞ୍ଜୟ ଉର୍ବଶୀର ମନ ବହଲେଇବା ପାଇଁ ତାକୁ ଶାଢ଼ି ଓ ଗହଣା ଦୋକାନକୁ ନେଇଥିଲା। ଏଥିରେ ସଞ୍ଜୟର ବେଶି ଦୋଷ ଦେଖି ନ ଥିଲା ଉର୍ବଶୀ। କାହିଁକି କେଜାଣି ଅଧିକାଂଶ ପୁରୁଷ ନାରୀର ଚାହିଦା କହିଲେ ବୁଝନ୍ତି ଶାଢ଼ି ନ ହେଲେ ଗହଣା। ସେମାନେ ଶାଢ଼ି ଓ ଗହଣା ବଦଳରେ ଦାବି କରନ୍ତି ଆନୁଗତ୍ୟ। ସତେକି ନାରୀ ଗୋଟେ ଗୃହପାଳିତ ପଶୁ, ଯିଏ ତା'ର ଅନ୍ନସଂସ୍ଥାନ ପାଇଁ ମାଲିକ ପାଖେ କୃତଜ୍ଞ ରହିବା ଆବଶ୍ୟକ। ମାତ୍ର ଉର୍ବଶୀର କୌଣସି ଦିନ ଶାଢ଼ି କି ଗହଣାରେ ଆଗ୍ରହ ନ ଥିଲା।

ସେଦିନ ସନ୍ଧ୍ୟାରେ ସଞ୍ଜୟ ଯେତେବେଳେ ଉର୍ବଶୀ କାହିଁକି ନୀଳମାଧବକୁ ଭୁଲିପାରି ନାହିଁ ବୋଲି ଜେରା କରିଥିଲା, ଉର୍ବଶୀ ତାକୁ ଏସ୍.ଟି.ଆଇ. ଛକ ପାଖ ଜମିର ଉଦାହରଣ ଦେଇଥିଲା। କହିଥିଲା, "ତୁମେ ଆଠବର୍ଷ ହେଲା ଖଣ୍ଡେ ଜମିକୁ ଭୁଲିପାରୁନାହଁ, ମୁଁ ବର୍ଷେ ଭିତରେ ମୋର ପ୍ରେମକୁ ଭୁଲିପାରିବି ବୋଲି କେମିତି ଆଶା କରୁଛ ?"

ତା'ର ସିଧାସଳଖ ଉତ୍ତରର ପରିଣାମ ଏପରି ହେବ ବୋଲି ଉର୍ବଶୀ ଆଦୌ ଆଶଙ୍କା କରି ନ ଥିଲା। ସେଇଦିନ ସେ ସଞ୍ଜୟ ପଟ୍ଟନାୟକର ଧୋବଫରଫର ଖଦଡ଼ ପୋଷାକ ତଳେ ଲୁଚିଥିବା କୁତ୍ସିତ ଚେହେରାର ପ୍ରଥମ ସାକ୍ଷାତ ପାଇଥିଲା। ଶାଶୂ, ଶ୍ୱଶୁର ଓ ବଡ଼ ଯାଆଙ୍କ ଆଗରେ ସେ ଉର୍ବଶୀକୁ ଧକ୍କା ମାରି ଠେଲିଦେଇଥିଲା ସୋଫା ଉପରୁ ଓ ତା' ଉପରେ ବିଧାଚାପୁଡ଼ା କସି ଦେଇଥିଲା।

ସେଇଦିନ ଯେଉଁ ଅତ୍ୟାଚାରର ପ୍ରଥମ ଅଧ୍ୟାୟ ସଞ୍ଜୟ ପଟ୍ଟନାୟକ ତା' ଘରର ଡ୍ରଇଂରୁମ୍‌ରୁ ଲେଖିବା ଆରମ୍ଭ କରିଥିଲା, ସେଇଟା ଶାଶୂଘର ଛାଡ଼ିବା ଯାଏ ଜାରି ରହିଥିଲା। ଶାରୀରିକ, ମାନସିକ, ଆର୍ଥିକ, ଆବେଗିକ- କୌଣସି ସ୍ତରରେ ସଞ୍ଜୟ ପଟ୍ଟନାୟକ ତାକୁ ନିଷ୍କୃତି ଦେଇ ନ ଥିଲା।

ପ୍ରଥମଥର ପାଇଁ ଉର୍ବଶୀ ସେଦିନ ଆତ୍ମହତ୍ୟା କରିବ ବୋଲି ବାହାରିଥିଲା। ଆଗରୁ ବାପା, ଭାଇ ତାକୁ ନୀଳମାଧବକୁ ଭଲପାଉଥିବା ଯୋଗୁଁ ନାନା କଥା କହିଥିଲେ। ବାପା ଗାଳିଦେଇଥିଲେ ଅଲକ୍ଷଣୀ ଓ ହତଭାଗିନୀ କହି, ଭାଇ ଗାଳି ଦେଇଥିଲା ନାଁ ପକା ଝିଅ କହି, ମାତ୍ର ସେ ସବୁ ସେ ଶୁଣି ହଜମ କରିଦେଇଥିଲା। କିନ୍ତୁ ଶାଶୂଘରେ, ସମସ୍ତଙ୍କ ଆଗରେ ମାତ୍ର ପଦିଏ କଥା କହିବା ଯୋଗୁଁ ତାକୁ ଏଭଳି ନିର୍ଯାତନା ସହିବାକୁ ପଡ଼ିବ, ସେ କଥାକୁ ସେ ଗ୍ରହଣ କରିପାରି ନ ଥିଲା। ମନକୁ ମନ କହିଥିଲା ଉର୍ବଶୀ, ଆଉ ଏ ଜୀବନ ରଖି କିଛି ଲାଭ ନାହିଁ। ଯେଉଁ ଜୀବନରେ ଆତ୍ମମର୍ଯ୍ୟାଦାର କିଛି ଅର୍ଥ ନାହିଁ, ନିଜର ଆବେଗ ଓ ଅନୁଭବର କୌଣସି ମହତ୍ତ୍ୱ ନାହିଁ, ସେଭଳି ଜୀବନ ପଶୁ ଜୀବନଠାରୁ ବି ହୀନ। କେବଳ ବଞ୍ଚିବା ପାଇଁ ବଞ୍ଚିବାକୁ ତା'ର ଇଚ୍ଛା ନ ଥିଲା। କାହିଁକି ବା ବଞ୍ଚିବ ସିଏ !

କିନ୍ତୁ ମରିପାରିଲା ନାହିଁ ସିଏ। ସେଦିନ ରାତିରେ ତା'ର ମୁଣ୍ଡ ବୁଲେଇଥିଲା ଓ ତା'ପରେ ପରେ ବାନ୍ତି। ସେ ଜାଣିପାରିଥିଲା, ନିଜେ ସେ ମାଆ ହେବାକୁ ଯାଉଥିଲା। ତା'ର ସେ ଅନୁଭୂତି ବିଚିତ୍ର ଥିଲା। ଯେଉଁ ଅନୁଭବ ଟିକକ ତାକୁ ନାରୀତ୍ୱର ପୂର୍ଣ୍ଣତାରେ ପ୍ରଶାନ୍ତି ଦେଇଥାଆନ୍ତା ସେହି ଅନୁଭବ ତାକୁ ଅଧିକ ଅସ୍ୱସ୍ତି ଆଣିଦେଇଥିଲା। ସେ ନିଜର ପେଟ ଉପରେ ହାତରଖି, ତା'ର ଅନାଗତ ସନ୍ତାନ ଉଦ୍ଦେଶ୍ୟରେ କହିଥିଲା,

"ଏତେ ଅବହେଳା ଭିତରେ ବି କ'ଣ ମଣିଷ ପିଲା ଜନ୍ମ ହେଇପାରେ!" ଗର୍ଭ ଭିତରର ଭ୍ରୂଣ ଉତ୍ତର ଦେଇ ନ ଥିଲା। କିନ୍ତୁ ସେ ନିଜକୁ ନିଜେ ଉତ୍ତର ଦେଉଥିଲା। ନିଜ ହାତ ଚକିରେ ଲୁହ ପୋଛି ଦେଇଥିଲା ଉର୍ବଶୀ, ଆତ୍ମହତ୍ୟାର ନିଷ୍ପତ୍ତି ବଦଳେଇଥିଲା।

ସଞ୍ଜୟ ପଟ୍ଟନାୟକ ପିଲାର ମାଆ ହେବାର ଅନୁଭୂତି କିପରି ଥିଲା ଉର୍ବଶୀର? ଥରେ କେହି ତାକୁ ପଚାରିଥିଲା। ପ୍ରଶ୍ନଟା ତାକୁ ଅଯୌକ୍ତିକ ମନେହୋଇଥିଲା। ଜନ୍ମ ହେଲାପରେ ପିଲା ବାପାର ହେଉ କି ମାଆର, ଗର୍ଭରେ ଥିବାଯାଏ ସିଏ କିନ୍ତୁ ଏକାକୀ ମାଆର।

ସଞ୍ଜୟ ପଟ୍ଟନାୟକ ତାକୁ ନା ବଞ୍ଚିବାକୁ ଦେଲା ନା ମରିବାକୁ! ଉର୍ବଶୀ ଏଇ କଥା ଭାବି ସେଦିନ ଆଶ୍ଚର୍ଯ୍ୟ ହୋଇଥିଲା। ତେଣିକି ମାଡ଼, ଗାଳି, ଅପମାନ ଏସବୁ ନିତିଦିନିଆ କଥା ହୋଇଯାଇଥିଲା। ତା'ର ଶାଶୂ ଓ ଯାଆ ଦିହେଁ ବି ତା' ପରି ଦିଇଟି ନାରୀ, କିନ୍ତୁ ସେମାନେ ସଞ୍ଜୟର ଅତ୍ୟାଚାରର ସାମାନ୍ୟ ପ୍ରତିବାଦ କରୁ ନ ଥିଲେ; ବରଂ ଶାଶୂ କହୁଥିଲେ, ସଞ୍ଜୟ ଜାଣି ଜାଣି ଏମିତି ଗୋଟେ ଝିଅକୁ ବାହାହେଲା ସିନା, ନ ହେଲେ ସେଇ ରାଉରକେଲାର ପୂର୍ବତନ ମନ୍ତ୍ରୀ ନବୀନ ପଟେଲ କୁଆଡ଼େ ତାଙ୍କ ଭଉଣୀକୁ ସଞ୍ଜୟ ସାଥିରେ ବାହା ଦେବାଲାଗି ସ୍ଥିର କରିସାରିଥିଲେ। ସଞ୍ଜୟ ସେଇଠି ବାହାହୋଇଥିଲେ ଅଚଳାଚଳ ସମ୍ପତ୍ତିର ମାଲିକ ହୋଇଥାଆନ୍ତା, ତା' ସାଙ୍ଗକୁ ନବୀନ ପଟେଲ ସଞ୍ଜୟକୁ ରାଜନୀତିର କୋଉଠି ନାହିଁ କୋଉଠି ପହଞ୍ଚେଇ ଦେଇ ଥାଆନ୍ତେ। ଉର୍ବଶୀ ଭଳି କଳିହୁଡ଼ୀ ଝିଅକୁ ବାହାହୋଇ ସଞ୍ଜୟ ନିଜ ସାଙ୍ଗେ ସାଙ୍ଗେ ପରିବାରର ଭବିଷ୍ୟତ ବି ନଷ୍ଟ କରିଦେଲା।

ଚାହୁଁ ଚାହୁଁ ଉର୍ବଶୀ ଗୋଟେ କଳିହୁଡ଼ୀ ବୋହୂ ପାଲଟିଗଲା।

ସେ ବୁଝିପାରୁ ନ ଥିଲା ଯେ ଅନ୍ୟମାନଙ୍କ ସାମ୍ନାରେ ନିଜ ସ୍ତ୍ରୀକୁ ଅପମାନ ଦେଇ, ତା'ର ସ୍ୱାଭିମାନ ଓ ଆତ୍ମମର୍ଯ୍ୟାଦାକୁ ଟୁକୁଡ଼ା ଟୁକୁଡ଼ା କରି ସଞ୍ଜୟ କି ଲାଭ ପାଉଥିଲା? କାହିଁକି ସେ ଏଭଳି ପାଗଳ ପରି ଆଚରଣ କରୁଥିଲା? ସେଦିନ ଏସବୁ ବୁଝି ନ ଥିଲେ ବି ଆଜି ଉର୍ବଶୀ ସବୁକିଛି ବୁଝିପାରେ। ମିଛ ଓ କପଟାଚାର- ଏଇ ଦିଇଟିର ଆଧାର ଉପରେ ସଞ୍ଜୟ ପଟ୍ଟନାୟକର ଫମ୍ପା ପୌରୁଷ ଠିଆ ହୋଇଥିଲା। କଲେଜରେ ଛୁରୀ ଦେଖେଇ ସେ ଗୋଟେ ସାର୍ଟିଫିକେଟ୍ ଯୋଗାଡ଼ କରିଥିଲା ଓ ଶିକ୍ଷାଦୀକ୍ଷାକୁ କୌଣସି ଦିନ ସେ କେବେ ବି ସମ୍ମାନ ଦେଉ ନ ଥିଲା। ସେ ସବୁବେଳେ ଚାହୁଥିଲା ରାତାରାତି ବିଧାୟକ କି ସାଂସଦଟିଏ ହେବ। ଦାମୀ ମଟରଗାଡ଼ି ଚଢ଼ି ବୁଲିବ ଓ ସମସ୍ତଙ୍କ ଉପରେ ହାକିମି କରିବ। ସେଥିଲାଗି ତା'ର ଯୋଗ୍ୟତା ଥାଉ ବା

ନ ଥାଉ, ସେକଥା ନେଇ ସେ ଆଦୌ ବ୍ୟସ୍ତ ହେଉ ନ ଥିଲା। ବାପା ତାଙ୍କର ଖଣି ବିଭାଗର ଅଫିସର ଥିଲେ ଓ ଦରମାଠାରୁ ଅନେକ ଗୁଣ ଅଧିକ ଟଙ୍କା ସେ ଖଣିମାଲିକମାନଙ୍କ ପାଖରୁ ଲାଞ୍ଚ ହିସାବରେ ସଂଗ୍ରହ କରିଥିଲେ। ଲାଞ୍ଚ ଟଙ୍କାରେ ବଡ଼ କୋଠା, ଦାମୀ ଗାଡ଼ି ଓ ବାଦ୍‌ଶାହୀ ଢଙ୍ଗର ଖର୍ଚ୍ଚବାର୍ଚ୍ଚ ପରି କ୍ଷମତାର ଅଶ୍ଳୀଳ ପ୍ରଦର୍ଶନୀକୁ ସେ ଆଦୌ ବିରୋଧ କରୁ ନ ଥିଲେ। ତେବେ ତାଙ୍କର ଦୁଃଖ ଥିଲା ଯେ ବଡ଼ ପୁଅ ଅଜୟ ଥିଲା ଜଣେ ମାନସିକ ରୋଗୀ। ପିଲାଦିନୁ ସେ ଗୋଟେ ସ୍ଥିର ଆସବାବପତ୍ର ପରି ଘରର ଚାରିକାନ୍ଥ ଭିତରେ ଆତଯାତ ହେଉଥିଲା। ସେଇଟି ହିଁ ଥିଲା ଶ୍ୱଶୁର ଶଶିଭୂଷଣ ପଟ୍ଟନାୟକଙ୍କର ସବୁଠୁ ବଡ଼ ଦୁଃଖ। ବଡ଼ ପୁଅଙ୍କୁ ଭଲ କରିବା ଲାଗି ସେ ଅଜସ୍ର ଟଙ୍କା ଖର୍ଚ୍ଚ କରିଥିଲେ, ବିଭିନ୍ନ ବାବା ମାତାଙ୍କ ପାଖକୁ ନେଇ ଯାଇଥିଲେ, ମାତ୍ର ତା' ସତ୍ତ୍ୱେ ସେ ଭଲ ହୋଇ ନ ଥିଲେ। ତାଙ୍କର ମାନସିକ ବୟସ, ଶାରୀରିକ ବୟସଠାରୁ ଢେର୍ ଊଣା ଥିଲା ଓ ସେଥିପାଇଁ ବାପା ମା' ଖୁବ୍ ଲଜ୍ଜାଜନକ ପରିସ୍ଥିତିର ସାମ୍ନା କରୁଥିଲେ। ତେବେ ପୁଅ ଲାଗି ସୁସ୍ଥତା ନ ହେଲେ ବି ଶଶିଭୂଷଣ ପଟ୍ଟନାୟକ ବୋହୂଟିଏ ଯୋଗାଡ଼ କରିପାରିଥିଲେ। ଉର୍ବଶୀର ବଡ଼ ଯାଆ ଖୁବ୍ ଗରିବ ଘରୁ ଆସିଥିଲେ। ସେ ଗୋଟେ କଣ୍ଢେଇ ପରି ସୁନ୍ଦରୀ ଥିଲେ। ତାଙ୍କ ଧୈର୍ଯ୍ୟକୁ ପ୍ରଶଂସା ନ କରି ରହିପାରେ ନାହିଁ ଉର୍ବଶୀ। ସକାଳୁ ଅଧରାତିଯାଏ ସେ ଗୋଟିଏ ଚରକି ପରି ଘର କାମଧନ୍ଦାରେ ଲାଗିଥାଆନ୍ତି। ମାତ୍ର ତା' ସତ୍ତ୍ୱେ କାହାଠାରୁ କେବେ ପଦୁଟିଏ ପ୍ରଶଂସା ପାଆନ୍ତି ନାହିଁ। ଯାହାଠାରୁ ପ୍ରଶଂସା ପାଇବା କଥା ସିଏ ଗୋଟେ ମାଦଳ ପରି ବିଛଣାରେ ପଡ଼ିରହି ଥାଆନ୍ତି। ବଡ଼ ଯାଆ ଆଖିର ଲୁହକୁ ହାତ ଚକିରେ ପୋଛିଦେଇ କାମ କରିଯାଆନ୍ତି। ଗୋଟିଏ ସମ୍ମାନନୀୟା ଦାସୀ ଭିନ୍ନ ପଟ୍ଟନାୟକ ପରିବାରରେ ତାଙ୍କର ଆଉ ଅଧିକା କିଛି ପରିଚୟ ନ ଥିଲା।

ଶାଶୂଘରକୁ ଆସିବାର କିଛିଦିନ ପରେ ଉର୍ବଶୀ ଶୁଣିଥିଲା, ସଞ୍ଜୟର କୁଆଡ଼େ ତା'ର ଯାଆଙ୍କ ସାଙ୍ଗରେ ଅନୈତିକ ସମ୍ପର୍କ ଥିଲା। ଏକଥା ଶୁଣି ସେଦିନ ସେ ସ୍ତବ୍ଧ ହୋଇଯାଇଥିଲା। ଏମିତି କ'ଣ ହୋଇପାରେ ? ଦେହର ଭୋକ ମେଣ୍ଟେଇବା ପାଇଁ କ'ଣ ଗୋଟେ ନାରୀ ସମ୍ପର୍କର ଲକ୍ଷ୍ମଣରେଖାକୁ ଏମିତି ଡେଇଁଯାଇପାରେ ! କିନ୍ତୁ ପରେ ବୁଝିଥିଲା ଏଇ ଅପପ୍ରଚାରଟା ନିଜେ ସଞ୍ଜୟ ପଟ୍ଟନାୟକ ହିଁ କରେଇଥିଲା। ବିଭିନ୍ନ ସମୟରେ ନିଜେ ଭାଉଜଙ୍କୁ ପ୍ରଲୁବ୍ଧ କରିବାର ଉଦ୍ୟମ କରି ବିଫଳ ହେବା ପରେ, ତା'ର ନିର୍ଲଜ୍ଜ କର୍ମୀଙ୍କ ଜରିଆରେ, ଭାଉଜଙ୍କର ତା' ପ୍ରତି ଆକର୍ଷଣ ଥିବା କଥା ସେ ପ୍ରଚାର କରେଇଥିଲା।

ପ୍ରଥମେ ଉର୍ବଶୀ ଭାବିଥିଲା, ନିଜର ପୁରୁଷପଣିଆର ଢୋଲ ପିଟିବା ଲାଗି

ସମ୍ଭବତଃ ଏଭଳି ଏକ କାହାଣୀର ଆଶ୍ରୟ ନେଇଥିଲା ସଞ୍ଜୟ। ସେଦିନ ସଞ୍ଜ ବେଳେ ସେ ତା' ଯାଆଙ୍କ ପାଖକୁ ଯାଇଥିଲା। ଦିହେଁ ଅନେକ ସମୟ ଧରି ପରସ୍ପରର ଦୁଃଖ ଶୁଣିଥିଲେ ଏବଂ ଚୁପ୍‌ଚାପ୍ ପରସ୍ପରକୁ ବୁଝିବା ମୁଦ୍ରାରେ ବସିଥିଲେ। ଜଣକର ସ୍ୱାମୀ ଅସମର୍ଥ ଥିବା ଯୋଗୁଁ ତା' ସ୍ତ୍ରୀ ଦୁଃଖୀ ଓ ଆଉ ଜଣକର ସ୍ୱାମୀ ଆବଶ୍ୟକଠୁଁ ଅଧିକ ଉଦ୍ଧତ ହୋଇଥିବା ହେତୁ ସିଏ ମଧ୍ୟ ଦୁଃଖୀ। ବଡ଼ ଯାଆ ବେଶି କିଛି କହନ୍ତି ନାହିଁ। ଖାଲି ଚୁପ୍‌ଚାପ୍ ଚାହାଁନ୍ତି ବଳଦ ପରି। ବେଶି ଭାବପ୍ରବଣ ହୋଇପଡ଼ିଲେ, ଲୁଗା କାନିରେ ଆଖି ଲୁଚେଇ ସେଠୁ ଉଠି ପଳାନ୍ତି। ଉର୍ବଶୀ ତା' ଯାଆର ଦୁଃଖ ବୁଝିପାରେ। କିନ୍ତୁ ତାଙ୍କ ଦୁଃଖ ଦୂର ହେବାର ଉପାୟ ସେ ଜାଣି ନ ଥାଏ। ସିଏ ଦୀର୍ଘଶ୍ୱାସ ପକାଇ ତୁନି ରହେ।

ସଞ୍ଜୟ ପଟ୍ଟନାୟକକୁ ଉର୍ବଶୀ ଯେତିକି ଧୂର୍ତ୍ତ ଓ ଚରିତ୍ରହୀନ ବୋଲି ଭାବିଥିଲା, ପ୍ରକୃତରେ ସେ ତା' ଅପେକ୍ଷା ଅନେକ ଗୁଣ ଅଧିକ ଧୂର୍ତ୍ତ ଥିଲା। ତା'ର ସେ ଧୂର୍ତ୍ତତାର ଚେହେରା ସେ ଯେଉଁଦିନ ଦେଖିଲା, ସେଦିନ ସେ ଆଶ୍ଚର୍ଯ୍ୟ ହୋଇଥିଲା ଯେ ଉପରକୁ ଭଦ୍ରଲୋକ ଦିଶୁଥିବା ଓ ଜୀବନରେ ସମାଜସେବାକୁ ଲକ୍ଷ୍ୟ ରୂପେ ଗ୍ରହଣ କରିଥିବା ଗୋଟେ ମଣିଷ କିପରି ଏଭଳି ଭୟଙ୍କର ହୋଇପାରେ?

ସେତେବେଳକୁ ମିକି ଜନ୍ମ ହୋଇସାରିଥିଲା।

ଦିନେ ସେ ଏମିତି ଅଣ୍ଡାଳୁ ଅଣ୍ଡାଳୁ ଗୋଟେ ଫଟୋ ପାଇଥିଲା, ଯେଉଁଥିରେ ଗୋଟେ ଝିଅ ବୋହୂ ବେଶ ସାଜି ଫଟୋ ଉଠେଇଥିଲା। ଉର୍ବଶୀ ପ୍ରଥମେ ଭାବିଥିଲା, ଏଇଟି ସଞ୍ଜୟର କୌଣସି ଦୂର ସମ୍ପର୍କୀୟାର ଫଟୋ ହୋଇଥିବ। କିନ୍ତୁ ପରେ ତା' ଯାଆଙ୍କଠାରୁ ଝିଅଟିର ଅସଲ ପରିଚୟ ସେ ସଂଗ୍ରହ କରିଥିଲା।

ସେ ଝିଅଟି ଥିଲା ମୋନାଲିସା। କଲିକତାର ଝିଅ। ଖୁବ୍ ଅସହାୟ। ପ୍ରୌଢ଼ ଜଙ୍ଗଲମନ୍ତ୍ରୀଙ୍କ କାମନାର ନିଆଁ ଲିଭେଇବା ଲାଗି ସେ ଆସିଥିଲା ରାଉରକେଲା। ଦିନେ କିନ୍ତୁ ମନ୍ତ୍ରୀଙ୍କ ଶୋଇବା ତକିଆ ତଳୁ ତାଙ୍କ ସ୍ତ୍ରୀ ମୋନାଲିସାର ଗୋଟେ ଲକେଟ୍ ଖଞ୍ଜା ନେକ୍‌ଲେସ୍ ଆବିଷ୍କାର କରିଥିଲେ। ସେ ରାତିଟି ମନ୍ତ୍ରୀ ଓ ମନ୍ତ୍ରୀପତ୍ନୀଙ୍କ ଭିତରେ ଯୁକ୍ତିତର୍କ ଆଉ କଳିକଜିଆରେ ବିତିଥିଲା। ମନ୍ତ୍ରୀପତ୍ନୀ ସେଇଦିନୁ କୁଆଡ଼େ ସେ ଖଟରେ ଶୁଅନ୍ତି ନାହିଁ, ଯେଉଁ ଖଟ ଉପରେ ମନ୍ତ୍ରୀ ମୋନାଲିସାକୁ ସାଙ୍ଗରେ ନେଇ ଶୋଇଥିଲେ। କିନ୍ତୁ ଶେଷ ପର୍ଯ୍ୟନ୍ତ ମୋନାଲିସା ସହ ତାଙ୍କର ସମ୍ପର୍କକୁ ମନ୍ତ୍ରୀ ମାନି ନ ଥିଲେ। ଘଟଣାଟାକୁ ଭିନ୍ନ ରଙ୍ଗ ଦେବା ଲାଗି ମୋନାଲିସାର ଗୋଟେ ଅଲଗା ପରିଚୟ ଦରକାର ଥିଲା। ମନ୍ତ୍ରୀପତ୍ନୀଙ୍କ ଆଗରେ ସେ ପାଲଟି ଗଲା ସଞ୍ଜୟ ପଟ୍ଟନାୟକର ବାଗ୍‌ଦତ୍ତା। ସଞ୍ଜୟ ସେଇଦିନ ମୋନାଲିସାର ଦାୟିତ୍ୱ ନେଲା। ଘରଲୋକଙ୍କୁ ବୁଝେଇ ବାଝେଇ

ଆନୁଷ୍ଠାନିକ ଭାବେ ତାକୁ ଦିନେ ସେ ନିଶ୍ଚୟ ବାହାହେବ, ଏଇଥିଲା ସଞ୍ଜୟ ସହ ମୋନାଲିସାର ବୁଝାମଣା। ଏ ବିଷୟରେ ସାମାନ୍ୟ ସୂଚନା ପାଇଥିଲେ ସଞ୍ଜୟର ଭାଉଜ। ଥରେ ବଡ଼ ସାହସ କରି ପ୍ରସଙ୍ଗଟା ଉଠେଇଥିଲେ ସେ। ତା' ପରଦିନ ସକାଳୁ ସଞ୍ଜୟ ପ୍ରତି ଅଭିଯୋଗ ତିଆରି କରିସାରିଥିଲା। ଭାଉଜ କୁଆଡ଼େ ତା' ପ୍ରତି ଆସକ୍ତି ପ୍ରଦର୍ଶନ କରିଥିଲେ ତାକୁ ଏକାନ୍ତରେ ପାଇ!

ତା'ପରଠାରୁ ମୋନାଲିସାର ପ୍ରସଙ୍ଗ ଆଉ କେବେ ଉଠେଇ ନ ଥିଲେ ଯାଆ। ଉଠେଇବାକୁ ସାହସ ଜୁଟାଇ ପାରି ନ ଥିଲେ। ସଞ୍ଜୟର ଅଭଦ୍ର ଚେହେରାଟି ତାଙ୍କୁ ସବୁଠାରୁ ଭୟଙ୍କର ଦିଶିଥିଲା। କିନ୍ତୁ ଏଣୁତେଣୁ ହଜାରେ କଥା କହି ମୋନାଲିସାକୁ ବୁଝେଇ ପାରିଥିଲା ସଞ୍ଜୟ। ଏଭଳି ଏକ ମଣିଷକୁ ନେଇ ମୋନାଲିସା ସ୍ୱପ୍ନ ଦେଖିଥିଲା। ସନ୍ତାନ ସମ୍ଭବା ବି ହୋଇଥିଲା ସେ। କିନ୍ତୁ ଗର୍ଭପାତ ପାଇଁ ତାକୁ ରାଜି କରେଇଥିଲା ସଞ୍ଜୟ। ସଞ୍ଜୟର ରାଜନୈତିକ ଲକ୍ଷ୍ୟ ପୂରଣ ପାଇଁ, ତା' ଦ୍ୱାରା ଯାହା କିଛି ସମ୍ଭବ ସେସବୁ ମୋନାଲିସା କରିଥିଲା। କିନ୍ତୁ ଦିନେ ଡାକ୍ତରଖାନାରୁ ଫେରିବାବେଳକୁ ମୋନାଲିସା ଗୋଟେ...

ଏଇତକ କହି ତା'ର ଯାଆ ନିରବ ହୋଇଯାଇଥିଲେ।

ଅନେକ ପଚରା ଉଚୁରା ପରେ ଉର୍ବଶୀ ବୁଝିଥିଲା, ସଞ୍ଜୟ ମୋନାଲିସାର ହିଷ୍ଟେରକ୍ଟମି କରେଇ ଦେଇଥିଲା, ଯାହାର ଅର୍ଥ ହେଲା ମୋନାଲିସାର ପେଟ ଭିତରୁ ଗର୍ଭାଶୟକୁ ଚିରଦିନ ପାଇଁ ବାହାର କରି ଫୋପାଡ଼ି ଦିଆଯାଇଥିଲା। ତା'ପରେ ସେ କେବଳ ପୁରୁଷର ଶଯ୍ୟାସଙ୍ଗିନୀ ହୋଇପାରିବ ସିନା, କୌଣସି ଦିନ ଗର୍ଭଧାରଣ କରିପାରିବ ନାହିଁ, ମାଆ ହୋଇପାରିବ ନାହିଁ। ଜଙ୍ଗଲମନ୍ତ୍ରୀ କିମ୍ବା ସଞ୍ଜୟକୁ ସମସ୍ୟାରେ ପକେଇପାରିବ ନାହିଁ। ସଞ୍ଜୟର ଷଡ଼ଯନ୍ତ୍ରର ଭୟଙ୍କର ଚେହେରା ଉର୍ବଶୀକୁ ସେଦିନ ନିର୍ବାକ୍ କରିଦେଇଥିଲା। ସେ ଧାଇଁଯାଇ ମିକିକୁ ତା' ପଣତରେ ଲୁଚେଇ ଦେଇଥିଲା। ସତେ କି ଏଇଠି କୋଉଠି ଗୋଟେ କଂସ ଲୁଚି ରହିଛି ତା' ସ୍ୱାମୀର ପରିଚୟରେ, ଯିଏ ଦିନେ ଦେବକୀ ଗର୍ଭରୁ ଗୋଟିକ ପରେ ଗୋଟିଏ ଛୁଆ ଓଟାରି ନେଇଥିଲା ଓ ପଥର ଚଟାଣ ଉପରେ ପିଟିପିଟି ମାରିଦେଇଥିଲା।

ସେଇ କଥାଟି ଉଠେଇଥିଲା ଉର୍ବଶୀ ସେଦିନ ରାତିରେ।

ସଞ୍ଜୟ ପଟ୍ଟନାୟକ ଚିତ୍କାର କରିଥିଲା ଓ ଗୋଟେ ପଶୁ ପରି ତା' ଉପରେ କୁଦି ପଡ଼ିଥିଲା। ତାକୁ ଲଙ୍ଗଳା ମୁକୁଳା କରି ତା' ଉପରେ ନାଚିଥିଲା ଏବଂ ଘୋଷଣା କରିଥିଲା, ଉର୍ବଶୀ ପାଗଳୀ ହୋଇଯାଇଛି।

ପାଗଳୀ!

ସେଇ ପରିଚୟରେ ଉର୍ବଶୀକୁ ବଞ୍ଚିବାକୁ ପଡ଼ିଥିଲା ଦୀର୍ଘ ଚାରି ବର୍ଷ। ଆଜି

ସେସବୁ ଅତ୍ୟାଚାରର ଆଘାତ ମନେଅଛି ଉର୍ବଶୀର। ମାନବିକ ଅଧିକାର କମିଶନଙ୍କ ହସ୍ତକ୍ଷେପ ଯୋଗୁଁ ସେ ରାଞ୍ଚିରୁ ଫେରିବା ପରେ ଏ ବିଷୟରେ ଖୋଳତାଡ଼ ଆରମ୍ଭ କରିଥିଲା। କାହିଁକି ଓ କିପରି ତା' ପରି ଗୋଟେ ସୁସ୍ଥ ମସ୍ତିଷ୍କର ମଣିଷକୁ ସେଦିନ ପାଗଳୀର ଆଖ୍ୟା ଦିଆଗଲା ଓ ଅନ୍ୟମାନେ ତାକୁ ଗ୍ରହଣ କରିନେଇଥିଲେ ସେ ବିଷୟରେ ଜାଣିବାକୁ ଚାହିଁଥିଲା ସେ।

ଡାକ୍ତର ଶ୍ରୀପ୍ରସାଦ ମହାନ୍ତିଙ୍କଠାରୁ ଏ ବିଷୟରେ ଅନେକ କିଛି ବୁଝିଥିଲା ଉର୍ବଶୀ। ଡାକ୍ତର ମହାନ୍ତି କହନ୍ତି, ପାଗଳାମି ଦି' ପ୍ରକାରର। ଗୋଟେ ହେଉଛି ସାଇକୋସିସ୍ ଓ ଅନ୍ୟଟି ନିରୋସିସ୍। ସିଏ କୁଆଡ଼େ ସାଇକୋସିସ୍ ପେସେଣ୍ଟ ଥିଲା ବୋଲି ରାଉରକେଲାର ଡାକ୍ତର ଷଡ଼ଙ୍ଗୀ ବତେଇଥିଲେ। ସଞ୍ଜୟ ଅଭିଯୋଗ କରିଥିଲା, "କିଛି କୁଆଡ଼େ କାରଣ ନ ଥାଇ ଉର୍ବଶୀ ବରାବର ହସୁଛି। ହାତଗୋଡ଼ ହଲଉଛି। ଘରେ ଶାଶୁ-ଶ୍ୱଶୁର ଥିବାବେଳେ ସୁଦ୍ଧା ଅଧଲଙ୍ଗଳା ହୋଇ ଚାଲୁଛି। ନିଜର ଛୁଆଟାକୁ ଉଠେଇ ଫୋପାଡ଼ି ଦେଉଛି। ସମସ୍ତଙ୍କ ବିରୋଧରେ ଅଭିଯୋଗ କରୁଛି, ଘରର ଲୋକମାନେ କାଳେ ତାକୁ ମାରିବା ଲାଗି ଷଡ଼ଯନ୍ତ୍ର କରୁଛନ୍ତି ବୋଲି ସନ୍ଦେହ କରୁଛି। ସମୟେ ସମୟେ ଭୟଙ୍କର ହୋଇପଡୁଛି ସେ।"

ଉର୍ବଶୀ ଏହା ଭିତରେ ପାଗଳାମିର ଅନେକ ଉପସର୍ଗ ଓ ଲକ୍ଷଣ ବିଷୟରେ ଡାକ୍ତରମାନଙ୍କୁ ପଚାରି ବୁଝିଛି। କୋର୍ଟକଚେରି, ଡାକ୍ତରଖାନା, ପୋଲିସ୍ ଓ ଶେଷକୁ ରାଜନୈତିକ ଦଳର ନେତା, ଏଇମାନଙ୍କୁ ନେଇ ତ ତା'ର ଜୀବନ ଚାଲିଛି ଗଲା ଦଶ ବର୍ଷ ହେଲା। ଅଥଚ ଦିନେ ସେ ସ୍ୱପ୍ନ ଦେଖିଥିଲା, ଅଧ୍ୟାପନା ସହ ଇଂରାଜୀରେ କବିତା ଲେଖିବ। ଗବେଷଣା କରିବ। ବାହାରକୁ ଯିବ ଅଧିକ ପଢ଼ିବା ପାଇଁ। ଜଣେ ଇଂରାଜୀ ପ୍ରଫେସର ହୋଇ ସୁନାମ ଅର୍ଜନ କରିବ।

ସଞ୍ଜୟ ପଟ୍ଟନାୟକ କାଗଜପତ୍ରରେ ପ୍ରମାଣିତ କରିଦେଲା, ଉର୍ବଶୀ ପାଗଳୀ। ତାକୁ 'ଇଲେକ୍ଟ୍ରୋ କନଭଲସିଭ୍ ଥେରାପି'ରେ ବିଜୁଳି ସକ୍ ଦିଆଗଲା। ମାସ ମାସ ଧରି ଡାଇଲାଣ୍ଟିନ୍, ଓଲିନେଟ୍, ଜାପିଜ୍ ପରି ଫୁଲାଏ ଔଷଧ ଖୁଆଇ କେବଳ ନିଶ୍ଚେତ କରି ରଖାଯାଇଥିଲା। ଶେଷକୁ ଗୋଟେ ନିରାଶ୍ରୟା ଭିକାରୁଣୀ ପରି ତାକୁ ନେଇ ପକେଇ ଦିଆଯାଇଥିଲା ରାଞ୍ଚିର ପାଗଳ ହସ୍‌ପିଟାଲରେ।

ଆଉଥରେ ଉର୍ବଶୀ ଆଖିରୁ ଲୁହ ନିଗିଡ଼ି ଆସୁଥିଲା।

କେତେଥର ଅନୁନୟ ବିନୟ ହୋଇ ସେ କହିଛି ଡାକ୍ତରମାନଙ୍କୁ, "ମୁଁ ପାଗଳୀ ନୁହେଁ, ପାଗଳୀ ନୁହେଁ! ମୋତେ ଦୟାକରି ମୋ ଘରକୁ ପଠେଇ ଦିଅନ୍ତୁ। ମୁଁ ମୋ ଝିଅକୁ ଦେଖିବାକୁ ଚାହେଁ। ଏଠି ରହିଲେ, ଦିନେ ସତକୁ ସତ ପାଗଳୀ ହୋଇଯିବି।"

କିନ୍ତୁ ଡାକ୍ତରମାନଙ୍କ ପ୍ରେସ୍‌କ୍ରିପ୍‌ସନ୍ ଓ ସାର୍ଟିଫିକେଟ୍ ଆଗରେ ରୋଗିଣୀର ଅନୁନୟ ବିନୟର ଅର୍ଥ କିଛି ନ ଥାଏ। ଡାକ୍ତରମାନେ ହିଁ ସାର୍ଟିଫିକେଟ୍ ଦେଇପାରିବେ, କିଏ ପାଗଳ। ସେଇ ଡାକ୍ତରମାନେ ମଧ୍ୟ ସାର୍ଟିଫିକେଟ୍ ଦେବେ, କିଏ ସୁସ୍ଥ। ଅନ୍ୟମାନେ ସେ ସାର୍ଟିଫିକେଟ୍ ଦେଇପାରିବେ ନାହିଁ। କିନ୍ତୁ ଉର୍ବଶୀ ବୁଝିପାରେ ନାହିଁ, ଯେଉଁ ଡାକ୍ତରମାନେ ଜାଣି ଜାଣି, ଅର୍ଥ ଓ କ୍ଷମତା ଲୋଭରେ ସୁସ୍ଥ ମସ୍ତିଷ୍କର ମଣିଷକୁ ପାଗଳର ଆଖ୍ୟା ଦିଅନ୍ତି, ସେମାନଙ୍କ ଲାଗି ସମାଜରେ କୌଣସି ଶାସ୍ତିବିଧାନ ଅଛି ନା ନାହିଁ !

ସେଇଥିପାଇଁ ଜଙ୍ଗଲମନ୍ତ୍ରୀଙ୍କ ଇସ୍ତଫା ଖବର ଶୁଣୁ ଶୁଣୁ ଗୋଟେ ଅଦ୍ଭୁତ ଆନନ୍ଦରେ ଉର୍ବଶୀ କୁରୁଳି ଉଠିଥିଲା। ମନକୁ ମନ କହିଥିଲା, ଏତକ ଯଥେଷ୍ଟ ନୁହେଁ, ଆହୁରି ଶାସ୍ତି ପ୍ରୟୋଜନ ଲୋକଟାର, ଯିଏ ସବୁ ପ୍ରକାର ଅନ୍ୟାୟର ମୂଳ ମଞ୍ଜି। ଇସ୍ତ୍ରୀକରା ଧୋବଫରଫର ଖଦଡ଼ ପୋଷାକ ତଳେ ଗୋଟେ ବିକୃତ ଦ୍ୱିପଦପ୍ରାଣୀ ସେ।

ଶକୁନ୍ତଳା କବାଟ ଠକ୍ ଠକ୍ କରୁଥିଲା। କିଏ ଜଣେ ପୁଲକବାବୁ ତାକୁ ଗୋଟେ ପ୍ୟାକେଟ୍ ଦେବାଲାଗି ଆସିଛନ୍ତି।

ଉର୍ବଶୀ ଅପ୍ରସ୍ତୁତ ହୋଇପଡ଼ିଲା। ପୁଲକବାବୁ ନାଁର କୌଣସି ଲୋକକୁ ସେ ଜାଣେ ନାହିଁ। ଇଏ ପୁଣି କିଏ ? ୟା' ପଛରେ ସଞ୍ଜୟ ପଟ୍ଟନାୟକର କିଛି ଷଡ଼ଯନ୍ତ୍ର ନାହିଁ ତ !

'ହଁ' କି 'ନା' କ'ଣ କହିବ ସେ ବୁଝିପାରୁ ନ ଥିଲା। ତା'ର ନିରବତାକୁ ସମ୍ମତି ବିଚାରି ଶକୁନ୍ତଳା ଫେରିଯାଇଥିଲା।

ଉର୍ବଶୀର ସେଇ ସକାଳ କଥା ମନେପଡୁଥିଲା। ସଞ୍ଜୟର ନିର୍ଯାତନା ଓ ଅପମାନ ବିରୋଧରେ ପ୍ରତିବାଦ କରିବା ଲାଗି ସେଦିନ ସେ ଏଇ ଜଙ୍ଗଲମନ୍ତ୍ରୀଙ୍କ ଘରକୁ ଯାଇଥିଲା। ତା'ର ବିଶ୍ୱାସ ଥିଲା, ସେ ନିଶ୍ଚୟ ତା' କଥା ଶୁଣିବେ। ସେ ତ କେବଳ ମନ୍ତ୍ରୀ ନୁହନ୍ତି, ତା' ପରିବାରର ଶୁଭଚିନ୍ତକ ଓ ସହରର ପ୍ରତିନିଧି। ଥରୁଟିଏ ସେ ହସ୍ତକ୍ଷେପ କଲେ, ସଞ୍ଜୟ ପଟ୍ଟନାୟକର ମୁଣ୍ଡ ଘୂରିଯିବ। ପୁଣି ସେ ଫେରିଆସିବ ଠିକଣା ରାସ୍ତାକୁ। ସବୁକିଛି ସଜାଡ଼ି ହେଇଯିବ।

କିନ୍ତୁ, କେତେ ଭୁଲ୍ ଥିଲା ତା'ର ସେ ଆଶା !

ଉର୍ବଶୀର ସେଇ ନାଲି ଆଖି ଯୋଡ଼ିକ ଆଜି ବି ମନେଅଛି। ଜୀବନସାରା ମନେରହିବ। ମନ୍ତ୍ରୀ ରମାରମଣ ତାକୁ ଦେଖୁ ଦେଖୁ ମନ୍ତବ୍ୟ ଦେଇଥିଲେ, "ତୁମେ କାହିଁକି ସଞ୍ଜୟ ପରି ଗୋଟେ ଯୁବନେତାର ଜୀବନ ନଷ୍ଟ କରି ଦେଉଛ ? ତାକୁ ଶାନ୍ତିରେ ରହିବାକୁ ଦେଉନ କାହିଁକି ?"

ଆକାଶରୁ ଖସିପଡ଼ିଥିଲା ଉର୍ବଶୀ।

ସିଏ ସଞ୍ଜୟ ପଟ୍ଟନାୟକର ଭବିଷ୍ୟତ ନଷ୍ଟ କରିଦେଲା ନା ସଞ୍ଜୟ ନଷ୍ଟ କରିଦେଲା ତା'ର ବର୍ତ୍ତମାନ ଓ ଭବିଷ୍ୟତ? ନିଜର ଜଣେ ରକ୍ଷିତା ଥାଉ ଥାଉ ସଞ୍ଜୟ କାହିଁକି ବାହା ହେଉଥିଲା ତାକୁ? ରମାରମଣ ପାଟିର ପାନ ସହ ତା'ର ନାଁଟା ଚୋବେଇ ଚୋବେଇ କହିଥିଲେ, "ଉର୍ବଶୀ ଅର୍ଥ ଦେବଲୋକର ପ୍ରସିଦ୍ଧ ବେଶ୍ୟା, ଯାହାଙ୍କର କର୍ମ ଥିଲା ସଭିଁଙ୍କର ମନ ହରଣ କରିବା। ତମେ କ'ଣ ଆମ୍ଭର ମନ ହରଣ କରିପାରିବ?"

ଚିତ୍କାର କରିବାକୁ ଇଚ୍ଛା ହୋଇଥିଲା ଉର୍ବଶୀର। ଗୋଟାଏ ଚାପୁଡ଼ା ବସେଇ ଦେବାର ଆଗ୍ରହକୁ ଖୁବ୍ କଷ୍ଟରେ ସେ ନିଜ ଭିତରେ ଚାପି ରଖିଥିଲା। କାହିଁକି ଏଠିକି ଆସିଲା ସେ? ଇଏ ତ ମହାଭାରତର ସେଇ ବିରାଟ ନଗରୀ, ଯେଉଁଠି ନିଜେ ରମାରମଣ ହିଁ କୀଚକ। କାହା ବିରୋଧରେ କାହାକୁ ସେ ଅଭିଯୋଗ କରିବାକୁ ଆସିଥିଲା?

କିନ୍ତୁ ସେ କଥା ଭାବିଲା ବେଳକୁ ଅନେକ ଡେରି ହୋଇଯାଇଥିଲା। ରମାରମଣର କୋଠୀକୁ ସେ ଯାଇଥିଲା, ଏତିକି ଖବର ହିଁ ତାକୁ ବଦନାମ୍ କରିବା ଲାଗି ଯଥେଷ୍ଟ ଥିଲା। ପୁଣି ଯେଉଁଠି ନିଜେ ସ୍ୱାମୀ ତା' ସ୍ତ୍ରୀର ବଦନାମ୍ କରିବାର ଦାୟିତ୍ୱ ତୁଲାଏ, ସେଠି ଆଉ କାହାର ସହଯୋଗର ବା କି ପ୍ରୟୋଜନ!

"ମୁଁ ଭିତରକୁ ଆସିପାରେ କି?"

ଉର୍ବଶୀ ଚାହିଁଲା ଓ ଚମକି ପଡ଼ିଲା। ଏଇ ତ ସେ ଯୁବକ, ଯାହାକୁ ସେଦିନ ଅଶୋକନଗରର 'ପାଦୁକା' ଜୋତା ଦୋକାନରେ ଭେଟିଥିଲା। ଏଠିକି କାହିଁକି ଆସିଛି ସେ?

ତେବେ ଏ ପ୍ରଶ୍ନର ଉତ୍ତର ଅପେକ୍ଷା, ଯୁବକଙ୍କର କୋଠରି ଭିତରକୁ ଆସିବା ଲାଗି ଅନୁମତି ପ୍ରାର୍ଥନା ତାକୁ ଅଧିକ ଆଶ୍ଚର୍ଯ୍ୟକର ଲାଗୁଥିଲା। ଯେଉଁ ନାରୀଟି ବର୍ଷ ବର୍ଷ ଧରି ଅନ୍ୟର ଆଶ୍ରୟ ଆଉ ଦୟାର ପାତ୍ରୀ ହୋଇ ଜୀବନ ଜିଉଁଥିଲା, ତାକୁ କେହି ଏଭଳି ସମ୍ମାନ ପ୍ରଥମଥର ଲାଗି ଦେଖଉଥିଲା। ଏତେ ଦୁଃଖ ଭିତରେ ବି ସେ ନ ହସି ରହିପାରିଲା ନାହିଁ।

ଯୁବକ ଜଣକ ଭିତରକୁ ଆସି ତା' ଆଡ଼କୁ ହାତରେ ଧରିଥିବା ପ୍ୟାକେଟ୍‌ଟି ବଢ଼େଇ ଦେଲା। ଉର୍ବଶୀ ପଚାରିଲା, "ଇଏ କ'ଣ?" ଏବଂ ଉତ୍ତରକୁ ଅପେକ୍ଷା ନ କରି କହିଲା, "ଆପଣଙ୍କୁ ମୁଁ 'ପାଦୁକା' ଜୋତା ଦୋକାନରେ ଭେଟିଥିଲି ନା?"

"ଆପଣ ଠିକ୍ କହୁଛନ୍ତି। ସେଇଠି ମୋତେ ଭେଟିଥିଲେ ଏବଂ ଆମର ଅବହେଳା ଯୋଗୁଁ ବୋଧହୁଏ ଆପଣ ସେଦିନ ଏ ଚପଲ ହଳକ ନ ଆଣି ଫେରି ଆସିଥିଲେ!"

"ଅବହେଳା! ନାଇଁ, ନାଇଁ" - ଉର୍ବଶୀ ପ୍ରତିବାଦ ଜଣାଇଲା। ତା'ର ମନେପଡ଼ିଲା, ଭାରତ ମହାପାତ୍ର ପାଖରୁ ବିଦାୟ ନେଇ ଆସିବା ବାଟରେ ତା'ର ଚପଲ ପଟକ ଛିଣ୍ଡି ଯାଇଥିଲା। ପଟେ ହାତରେ ଓ ଆଉ ପଟେ ପାଦରେ ପିନ୍ଧି କିଛି ବାଟ ଆସିଥିଲା ସେ ଏବଂ ଅସ୍ୱସ୍ତିରୁ ରକ୍ଷା ପାଇବା ଲାଗି 'ପାଦୁକା' ଜୋତା ଦୋକାନରେ ପଶିଯାଇଥିଲା। ସୋ-କେସ୍‌ରେ ଥିବା କଳା ରଙ୍ଗର ଚପଲ ହଳକ ତାକୁ ଭଲ ଲାଗିଥିଲା। ତା' ଗୋଡ଼ ସାଇଜ୍‌ର ଚପଲ ହଳକ ପାଇଁ ଅର୍ଡର ଦେଇ କିଛି ସମୟ ଅପେକ୍ଷା କରିଥିଲା। ମାତ୍ର ଚପଲ ଆସିବା ଆଗରୁ ସେ ଫେରି ଆସିଥିଲା ଦୋକାନରୁ। କାରଣ ସେତେବେଳେ ସେ ପର୍ସ ଖୋଲି ଦେଖିଥିଲା ଯେ ତା' ପାଖରେ ଚପଲ ଆବଶ୍ୟକ କରୁଥିବା ଦି'ଶହ ପନ୍ଦର ଟଙ୍କା ନ ଥିଲା।

"ଆମର ସେଲ୍‌ସମ୍ୟାନ୍‌ମାନେ ଆଦର୍ଶ ଅଳସୁଆ। ମୁଁ ସେଥିପାଇଁ ଦୁଃଖିତ ମାଡାମ୍! ଏଇ ନିଅନ୍ତୁ ଆପଣଙ୍କ ମନପସନ୍ଦର ଚପଲ।"

ଉର୍ବଶୀ ଆହୁରି ଆଶ୍ଚର୍ଯ୍ୟ ହେଲା। ଇଏ କେଉଁ ଯୁଗରେ ଅଛି ସେ ? ଯୁବକଟି ପାଗଳ ନା କ'ଣ ? ଗ୍ରାହକକୁ ଖୋଜି ଖୋଜି ଏମିତି ଡୋର୍-ସର୍ଭିସ୍ ଯୋଗାଇ ଦେଉଥିବା ଏଇ ଲୋକଟି ନିଶ୍ଚୟ ଓଡ଼ିଶାର ପ୍ରଥମ ଜୋତା ଦୋକାନୀ। ତାକୁ କଥାଟା ରହସ୍ୟମୟ ଲାଗୁଥିଲା।

ଯୁବକଟି କିନ୍ତୁ ଅତି ସ୍ୱାଭାବିକ ଭାବରେ ପ୍ୟାକେଟ୍‌ଟି ଖୋଲି ଉର୍ବଶୀର ପାଦ ପାଖରେ ଚପଲ ଯୋଡ଼ିକ ଥୋଇଦେଇଥିଲା। "ନିଅନ୍ତୁ, ଈଶ୍ୱର ଆପଣଙ୍କୁ ଦେଇଥିବା ସୁନ୍ଦର ପାଦଯୋଡ଼ିକୁ 'ପାଦୁକା' ଆହୁରି ସୁନ୍ଦର ଭାବେ ଦେଖିବାକୁ ଚାହେଁ" - ସେ କହୁଥିଲା।

ଉର୍ବଶୀକୁ ଏଥର ପ୍ରକୃତରେ ହସ ମାଡ଼ିଲା। ଅନେକ ଦିନ ହେଲା ତା'ର ଓଠଯୋଡ଼ିକ ହସ ଭୁଲିଯାଇଥିଲେ। ସେ କହିଲା, "ଆପଣ କ'ଣ ଗୁଇନ୍ଦା ବିଭାଗର ଲୋକ ? ମୋ ଠିକଣା ଜାଣିଲେ କିପରି ?"

"ଆପଣଙ୍କ ଠିକଣା ନ ଜାଣିବି କିପରି ବରଂ କୁହନ୍ତୁ। ଆପଣଙ୍କ ଫଟୋ କ'ଣ ଗତ ମାସ 'ଉଇକ୍ଲି'ରେ ବାହାରି ନ ଥିଲା ? ତା' ଛଡା ଆପଣ ବସିଥିବା ଜାଗାରୁ ମୁଁ ଜଣେ ସାମ୍ବାଦିକଙ୍କ କାର୍ଡ ପାଇଥିଲି। ତାଙ୍କଠୁଁ ଆପଣଙ୍କ ଠିକଣା ପାଇଲି।"

"ଭାରତ ମହାପାତ୍ରଙ୍କ କାର୍ଡଟା ମୁଁ ସେଇଠି ତା'ହେଲେ ପକେଇ ଦେଇଥିଲି। ଏଠି ଖୋଜିଲେ ପାଆନ୍ତି କୁଆଡୁ ? ତେବେ ଆପଣ ଭୁବନେଶ୍ୱରକୁ କଟକ ଆସିବା କଥାଟା ମୋତେ ଟିକେ..."

"ଅଡୁଆ ଅଡୁଆ ଲାଗୁଛି, ଏଇଆ ତ ?" - ଯୁବକଟି କହିଲା।

"ହଁ।"

"କିନ୍ତୁ ଆମ ଦୋକାନରୁ ଜଣେ ଗ୍ରାହକ ଏଭଳି ରାଗିଯାଇ ଚାଲିଆସିବାଟା ମୋତେ ତାହାଠାରୁ ବେଶି ଅଡୁଆ ଲାଗିଥିଲା।"

"କିନ୍ତୁ ମୁଁ ଯଦି କହେ ଯେ ପ୍ରକୃତରେ ମୋ ପାଖେ ସେତିକି ଟଙ୍କା ନ ଥିବାରୁ ମୁଁ ବରଂ ଫେରି ଆସିଥିଲି।"

"ମୁଁ ବିଶ୍ୱାସ କରିବି। କିନ୍ତୁ ଆମର ସେଲ୍‌ସମ୍ୟାନ୍ ଏତେ ଡେରି କରିବା ଉଚିତ ନ ଥିଲା।"

"ଆପଣଙ୍କର ନାଁ ପୁଲକ...।"

"ପୁଲକ ମହାପାତ୍ର। ମୋ ବାପା ଦେବେନ୍ଦ୍ର ମହାପାତ୍ରଙ୍କର ସେ ଦୋକାନ। ମୁଁ ସେଦିନ କାଉଣ୍ଟରରେ ବସିଥିଲି।" - ପୁଲକ ମହାପାତ୍ର ଏକା ନିଃଶ୍ୱାସରେ କହିଗଲା। ଉର୍ବଶୀ ସେ ପର୍ଯ୍ୟନ୍ତ ଚପଲଟା ପିନ୍ଧି ନ ଥିଲା। କାରଣ ସେ ପୁଲକକୁ ଚାହିଁ ରହିଥିଲା। ପୁଲକର ବୟସ ତା'ଠୁଁ ବର୍ଷେ ଦି' ବର୍ଷ ଅଧିକ ହେବ। ଉର୍ବଶୀର ନିଜ ଚେହେରାରେ କେମିତି ଗୋଟେ ପାଉଁଶିଆ ଆସ୍ତରଣ ଢାଙ୍କି ହେଇଆସିଲାଣି, ଅଥଚ ପୁଲକର ବ୍ୟକ୍ତିତ୍ୱ ଶରତ ସକାଳ ପରି ଚକ୍‌ଚକ୍ କରୁଥିଲା।

ଉର୍ବଶୀ ଟଙ୍କା ଆଣିବା ଲାଗି ଉଠିଯାଉଥିଲା। ପୁଲକ ମହାପାତ୍ର କହିଲା, "ଯଦି ଆପଣ କିଛି ଖରାପ ନ ଭାବନ୍ତି, ତା'ହେଲେ ମୁଁ ଆପଣଙ୍କୁ ଗୋଟେ ଅନୁରୋଧ କରିପାରେ କି?"

"କ'ଣ?" - ଅଧା ଉଠିବା ଅବସ୍ଥାରୁ ଫେରି ପୁଣି ବସିପଡ଼ିଲା ଉର୍ବଶୀ।

"ଏହାକୁ ମୋ ତରଫରୁ ଆପଣ ଗୋଟେ ଛୋଟ ଉପହାର ଭାବେ ଗ୍ରହଣ କରିପାରିବେ କି?"

"ନା।" ଦୃଢ଼ ଭାବରେ ଉର୍ବଶୀ ଉତ୍ତର ଦେଲା।

"ମୁଁ ଜାଣିଥିଲି, ଆପଣଙ୍କ ପରି କଠୋର ହୃଦୟ ନାରୀ ଏଇଆ ହିଁ କହିବେ।"

"କଠୋର ହୃଦୟ! ଚମକି ପଡ଼ିଲା ଉର୍ବଶୀ।" ଟିକିଏ ରହି କହିଲା, "ମୋ ବିଷୟରେ ଗୋଟିଏ ଫିଚର୍ ପଢ଼ି ଆପଣ କେମିତି ମୋର ବ୍ୟକ୍ତିତ୍ୱ ବାବଦରେ ଏତେ କଥା ଜାଣିପାରିଲେ?"

"ସେକଥା ନୁହେଁ। ଆପଣ ନିର୍ଜୀବ ଜୋତା ହଳକର ମୂଲ୍ୟ ବୁଝିବା ଲାଗି ଏତେ ତରବର, ଅଥଚ ଖରାଟାରେ ଏତେ ବାଟ ଆସିଥିବା ମଣିଷକୁ ଏପର୍ଯ୍ୟନ୍ତ ପାଣି ଗିଲାସେ ସୁଦ୍ଧା ଯାଚି ନାହାନ୍ତି। ସେଇଥିରୁ ଜାଣିଲି ଆପଣ ଜଣେ କଠୋର ହୃଦୟ ଲୋକ।"

ନିରସ୍ତ ହୋଇପଡ଼ିଲା ଉର୍ବଶୀ। ପୁଲକର ବ୍ୟକ୍ତିତ୍ୱ ତାକୁ ଆଚ୍ଛନ୍ନ କରି ପକଉଥିଲା। କ'ଣ ଥିଲା ପୁଲକର ବ୍ୟକ୍ତିତ୍ୱର ସେ ଜାଣେନି, କିନ୍ତୁ ସତରେ ସେ ଖୁବ୍ ପ୍ରଭାବିତ ହୋଇପଡୁଥିଲା।

ପୁଲକ କହିଲା, "ମୁଁ ଆପଣଙ୍କ ବିଷୟରେ କିଛି କିଛି ଜାଣେ। ଯଦି କେବେ ପ୍ରକୃତରେ ଭାବନ୍ତି ଯେ ଏ ଲଢ଼େଇରେ ଆପଣଙ୍କୁ ସାହାଯ୍ୟ କରିବା ଲାଗି ଆଉ ଜଣେ କିଏ ଅଛି, ତା'ହେଲେ ମୋତେ ଲୋଡ଼ିବେ। ଦିଅନ୍ତୁ, ଜୋତା ପଇସାଟା ଦେଲେ ମୁଁ ଚାଲିଯିବି।"

ଉର୍ବଶୀ କ'ଣ କହିବ ଭାବି ପାରୁ ନ ଥିଲା। ମଣିଷ ମଣିଷ ଭିତରେ କେତେ ବ୍ୟବଧାନ ! ଏଇ ଟିକକ ଆଗରୁ ସେ ଯେଉଁମାନଙ୍କ ସମ୍ବନ୍ଧରେ ଭାବୁଥିଲା, ସେମାନେ ସମସ୍ତେ ଥିଲେ ତା'ର ସମ୍ପର୍କୀୟ। ସେମାନେ ତାକୁ ରାସ୍ତାର ଭିକାରୁଣୀ ସଜେଇ ଦେଇଥିଲେ। ଅଥଚ ଅପରିଚିତ ପୁଲକ ମହାପାତ୍ର କେତେ ଆତ୍ମୀୟତାର ସହ ତାକୁ ସାହାଯ୍ୟ କରିବା ଲାଗି ଆଗେଇ ଆସୁଛି ! ତାକୁ ସମ୍ମାନ ଦେଉଛି !

ଉର୍ବଶୀ କହିଲା, "ନା, ମୁଁ ଆଜି ଆପଣଙ୍କୁ ପଇସା ଦେବି ନାହିଁ। କାରଣ ଆପଣଙ୍କୁ ଆଉ ଥରେ ଭେଟିବାର ଲୋଭ ମୋର ଅଛି। ସତରେ, ମୋର କିଛି ସହଯୋଗ ଦରକାର।"

ଉର୍ବଶୀର କଥା ଶୁଣିବାକୁ ଆଗ୍ରହର ସହ ଅପେକ୍ଷା କରୁଥିଲା ପୁଲକ।

"ରୁହନ୍ତୁ, ମୁଁ ଆପଣଙ୍କୁ ଆଗେ ଗୋଟେ ଗ୍ଲାସ୍ ପାଣି ଦିଏ, ତା'ପରେ କହିବି।" - ଉର୍ବଶୀ ପାଣି ଆଣିବାକୁ ଉଠିଗଲା।

୬. ରାଉରକେଲା

ଜଙ୍ଗଲମନ୍ତ୍ରୀ ରମାରମଣଙ୍କ ଇସ୍ତଫା ଦେବା କଥାଟି ରାଉରକେଲାରେ ନିଆଁ ପରି ଚରି ଯାଇଥିଲା। ତାଙ୍କର ଉଦିତନଗର ବାସଭବନଟି ଅନୁଗତ କର୍ମୀଙ୍କ ବ୍ୟସ୍ତବିବ୍ରତ ଚଳପ୍ରଚଳ ଯୋଗୁଁ ଚଞ୍ଚଳ ହୋଇଉଠିଥିଲା। ଅଧିକାଂଶ କର୍ମୀ ମନ୍ତ୍ରୀଙ୍କ ନୈତିକ ସାହସକୁ ପ୍ରଶଂସା କରୁଥିଲେ ଏବଂ ଅନ୍ୟମାନେ ତାଙ୍କର ପୁଅ ରାଜେଶର ଉଚ୍ଛୃଙ୍ଖଳତାକୁ ନିନ୍ଦା କରୁଥିଲେ।

ସଞ୍ଜୟ ପଟ୍ଟନାୟକ ଦୁଇ ଦିନ ଧରି ମନ୍ତ୍ରୀଙ୍କ ପାଖାପାଖି ରହିଥିଲା ଓ ତାଙ୍କୁ ବୁଝେଇବା ଲାଗି ଚେଷ୍ଟା କରୁଥିଲା। କିନ୍ତୁ ମନ୍ତ୍ରୀ କିଛି ବୁଝୁ ନ ଥିଲେ। ସେ ଆଶଙ୍କା କରୁଥିଲେ ଯେ ଇସ୍ତଫା ଦେବାଲାଗି ତାଙ୍କ ଉପରେ ଯେଉଁ ପ୍ରକାର ଚାପ ପ୍ରୟୋଗ କରାଗଲା ତା' ପଛରେ ଗୋଟେ ବଡ଼ ଷଡ଼ଯନ୍ତ୍ର ଅଛି। ମୁଖ୍ୟମନ୍ତ୍ରୀ ଚାହିଁଥିଲେ ସେଇ ଚାପକୁ ହଟେଇ ପାରିଥାନ୍ତେ। ସେହି ଅଭିମାନରେ ସେ ବିଧାୟକ ପଦରୁ ମଧ୍ୟ ଇସ୍ତଫା ଦେଇଦେଲେ। ତାଙ୍କର ବିଶ୍ୱାସ ଥିଲା ମୁଖ୍ୟମନ୍ତ୍ରୀ ଏ କ୍ଷେତ୍ରରେ ତାଙ୍କୁ ସାହାଯ୍ୟ କରିବେ। ଭିଜିଲାନ୍ସ ମୋକଦ୍ଦମା ଦାୟର ବେଳେ ତ ଏଇ ମୁଖ୍ୟମନ୍ତ୍ରୀ ତାଙ୍କୁ ସମର୍ଥନ କରିଥିଲେ। ସେ ମାମଲାରେ ସେ ନିଜେ ଜଡ଼ିତ ଥିଲେ, ଅଥଚ ଏଇ ଘଟଣାରେ ସେ କୌଣସି ପ୍ରକାର ସମ୍ପୃକ୍ତ ନୁହନ୍ତି। କିନ୍ତୁ ମୁଖ୍ୟମନ୍ତ୍ରୀ ଚୁପ୍‌ଚାପ୍ ଇସ୍ତଫା ଯୋଡ଼ିକ ଗୃହୀତ ହେବାର ବ୍ୟବସ୍ଥା କରିଦେଲେ।

ସଞ୍ଜୟ ପଟ୍ଟନାୟକ ଜଙ୍ଗଲମନ୍ତ୍ରୀଙ୍କ ଡାହାଣ ହାତ। ସେ ପ୍ରସ୍ତାବ ଦେଲା, "ଆଗେ ରାଜେଶଙ୍କୁ ବେଲ୍‌ରେ ଆଣିବା ବ୍ୟବସ୍ଥା କରିବା। ମୁଁ ଆଡ୍‌ଭୋକେଟ୍ ରଘୁନାଥ ମିଶ୍ରଙ୍କ ସହ କଥା ହୋଇଛି।"

"ମରିଯାଉ ସେ କୁଳାଙ୍ଗାର!" ଜଙ୍ଗଲମନ୍ତ୍ରୀ ଅସହାୟ ଭାବେ ଚିତ୍କାର କଲେ। ତାଙ୍କର ସବୁଯାକ କ୍ରୋଧ ନିଜ ପୁଅ ଉପରେ କେନ୍ଦ୍ରୀଭୂତ ହୋଇଥିଲା। ମାତ୍ର ସଞ୍ଜୟ ଏଥିରେ ବିଚଳିତ ହେଲାନାହିଁ। ମନ୍ତ୍ରୀ ତାଙ୍କର ପୁଅକୁ ଖୁବ୍ ଭଲ ପାଆନ୍ତି। ରାଜେଶକୁ

ସେ ତାଙ୍କର ଉତ୍ତରାଧିକାରୀ ଭାବେ ଗର୍ଦ୍ଧି ତୋଳୁଥିଲେ। ରାଉରକେଲା ନିର୍ବାଚନମଣ୍ଡଳୀର ଦାୟିତ୍ୱ ସଞ୍ଜୟ ଉପରେ ନ୍ୟସ୍ତ ଥିଲେ ସୁଦ୍ଧା ରାଜେଶ ହିଁ ଥିଲା ପ୍ରକୃତ କାର୍ପଟଦାର। ତାହାରି ମାଧ୍ୟମରେ ଟଙ୍କା ପଇସା ଖର୍ଚ୍ଚ ହେଉଥିଲା ଓ ର୍ୟାଲି, ସମାବେଶ ଆୟୋଜିତ ହେଉଥିଲା। ମନ୍ତ୍ରୀ ନିଜେ କର୍ମୀମାନଙ୍କ ମେଳରେ ଏକଥା ଖୋଲାଖୋଲି କହୁ ନ ଥିଲେ ବି ସଞ୍ଜୟ ଜାଣିଥିଲା ସେ ରାଜେଶକୁ ମନ୍ତ୍ରୀ ତାଙ୍କର ଉତ୍ତରାଧିକାରୀ ଭାବେ ଗଢୁଥିଲେ।

ଢାବା ମାଲିକ ବଲୱନ୍ତ ସିଂ ପୁଅର ମର୍ଡର କେସ୍ ଜଙ୍ଗଲମନ୍ତ୍ରୀଙ୍କ ଗଣିତକୁ କେବଳ ଓଲଟପାଲଟ କରିଦେଇ ନ ଥିଲା, ତାଙ୍କ ରାଜନୈତିକ ସ୍ଥିତି ଉପରେ ଗୋଟେ ପ୍ରଶ୍ନବାଚୀ ଆଙ୍କିଥିଲା। ପଚିଶ ବର୍ଷ ହେଲା ସେ ରାଉରକେଲା ରାଜନୀତିରେ ଯେଉଁ ଏକାଧିପତ୍ୟ ଚଳେଇ ଆସିଥିଲେ, ସେସବୁ ଏହି ଗୋଟିଏ ଧକ୍‌କାରେ ଦୋହଲି ଯାଇଥିଲା। ତାଙ୍କ ପାଦ ତଳର ମାଟି ଧସିଗଲା ପରି ଅନୁଭବ କରି ସେ ବ୍ୟତିବ୍ୟସ୍ତ ହୋଇପଡ଼ିଥିଲେ।

ସଞ୍ଜୟ ପଟ୍ଟନାୟକ କିନ୍ତୁ ମନ୍ତ୍ରୀଙ୍କ ପରି ଏତେ ବ୍ୟତିବ୍ୟସ୍ତ ହେଉ ନ ଥିଲା। ତା'ର କାରଣ ଭିନ୍ନ ଥିଲା। ସତ କହିବାକୁ ଗଲେ ସେ ଆଦୌ ବ୍ୟସ୍ତ ହେଉ ନ ଥିଲା, ବ୍ୟତିବ୍ୟସ୍ତ ତ କଦାପି ନୁହେଁ। ସେ ଭିତରେ ଭିତରେ ଖୁସି ହେଉଥିଲା ଯେ ଗୋଟିଏ ଧକ୍କାରେ ବାପ-ପୁଅ ଦୁଇ ଜଣଯାକ ରାଉରକେଲା ରାଜନୀତି ମଇଦାନରୁ ବର୍ତ୍ତମାନ ଲାଗି ଅପସରି ଯାଇଥିଲେ। ଅନ୍ୟ କୌଣସି ପରିସ୍ଥିତିରେ ମନ୍ତ୍ରୀ ଇସ୍ତଫା ଦେଇଥିଲେ ତାଙ୍କ ଜାଗାରେ ରାଜେଶ ଛିଡ଼ା ହୋଇଥାଆନ୍ତା। ମାତ୍ର ବର୍ତ୍ତମାନ ରାଜେଶ ଉପନିର୍ବାଚନରେ ଛିଡ଼ାହେବାର ପ୍ରଶ୍ନ ହିଁ ଉଠୁନାହିଁ। ଏ କ୍ଷେତ୍ରରେ ସିଏ ହିଁ ଏକମାତ୍ର ଦାବିଦାର୍। ଏକଥା ସମସ୍ତେ ଜାଣନ୍ତି ଯେ ସଞ୍ଜୟ ପଟ୍ଟନାୟକ ଜଙ୍ଗଲମନ୍ତ୍ରୀଙ୍କ ପଲିଟିକାଲ୍ ମ୍ୟାନେଜର୍। ତେବେ ତା' ନାଁର ପ୍ରସ୍ତାବଟା କର୍ମୀଙ୍କ ତରଫରୁ ଆସିବା ଦରକାର।

କେହି ତା'ର ଯୋଜନା ସମ୍ବନ୍ଧରେ କିଛି ଶୁଣୁନାହିଁ ତ ! ସଞ୍ଜୟ ପଟ୍ଟନାୟକ ଓକିଲଙ୍କୁ ଫୋନ୍ କରିବାକୁ ଯିବା ବାଟରେ ଏକଥା ଚିନ୍ତା କରି ଚମକି ପଡ଼ିଲା। କିନ୍ତୁ ପର ମୁହୂର୍ତ୍ତରେ ସେ ଆଶ୍ୱସ୍ତ ହେଲା। ରାଜନୀତିରେ ଏଇଆ ହିଁ ହୁଏ। ଶବ ପଡ଼ି ଥାଉ ଥାଉ ଉତ୍ତରାଧିକାରୀ ସ୍ଥିର ନ ହେଲେ ପଛକୁ ସବୁ ଓଲଟପାଲଟ ହୋଇଯାଏ। ଇନ୍ଦିରା ଗାନ୍ଧିଙ୍କ ବେଳେ ସେଇଆ ହୋଇଥିଲା। ଭାରତ ଇତିହାସରେ ଏମିତି ଘଟଣା ଅନେକ ଘଟିଛି। ଏସବୁ ମାମଲାରେ ସୌଜନ୍ୟ, ଶିଷ୍ଟାଚାର ଏବଂ ଭାବପ୍ରବଣତାକୁ ଜଗିଲେ ନିଜ ଲକ୍ଷ୍ୟସ୍ଥଳରେ ପହଞ୍ଚିବା ସମ୍ଭବ ହୁଏ ନାହିଁ। ଚିରକାଳ ଏମିତି କର୍ମୀ ହୋଇ ସେ ରହିଥିବ, କୌଣସି ଦିନ କ'ଣ ନେତା ହୋଇପାରିବ

ନାହିଁ? ବର୍ତ୍ତମାନ ଲୁହା ଗରମ ଅଛି, ଜୋର୍‌ରେ ହାତୁଡ଼ି ପାହାର ବସେଇବାକୁ ପଡ଼ିବ। ଯେମିତି ହେଉ ଆଗାମୀ ଉପନିର୍ବାଚନରେ ତାକୁ ଦଳୀୟ ଟିକେଟ୍‌ରେ ଛିଡ଼ା ହେବାପାଇଁ ପଡ଼ିବ। ତେବେ ପ୍ରଶ୍ନ ହେଉଛି, ତା'ର ନାଁଟା ପ୍ରସ୍ତାବ କରିବ କିଏ? ରାଉରକେଲାର ଦଳୀୟ ମହଲରେ ତା'ର ଯେ ଅନେକ ଶତ୍ରୁ, ସେ କଥା ସଞ୍ଜୟ ଜାଣେ। ଉର୍ବଶୀର ମୋକଦ୍ଦମା ଘଟଣା ପରଠାରୁ ସେମାନଙ୍କ ସଂଖ୍ୟା ବଢ଼ିଯାଇଛି। ଏପର୍ଯ୍ୟନ୍ତ ଛାଡ଼ପତ୍ର କେସ୍‌ଟା ଫଇସଲା ହୋଇନାହିଁ। ତେଣୁ ତା'ର ପ୍ରାର୍ଥିତ୍ୱକୁ ଅନ୍ୟମାନେ ସମର୍ଥନ କରି ନ ପାରନ୍ତି। ଏଭଳି ପରିସ୍ଥିତିରେ ଖୋଦ୍ ରମାରମଣଙ୍କ ଆଶୀର୍ବାଦ ହିଁ ଏକମାତ୍ର ଭରସା। କୌଣସି ଉପାୟରେ ଜଙ୍ଗଲମନ୍ତ୍ରୀ ଯଦି ତାଙ୍କ ଆଡୁ ତା' ନାଁଟା ପ୍ରସ୍ତାବ କରନ୍ତେ ତା'ହେଲେ ଆଉ କିଛି ସମସ୍ୟା ରହନ୍ତା ନାହିଁ। କିନ୍ତୁ ତାଙ୍କ ତୁଣ୍ଡରୁ ସେତକ କଥା ବାହାର କରିବା ଲାଗି ତାକୁ ବହୁତ ସେବା କରିବାକୁ ପଡ଼ିବ। ଢେର୍ ଦିନ ହେଲା ସେ ସେବା କରିଆସୁଛି ଓ ଆଉକିଛି ବର୍ଷ ସେବା କରିବା ଲାଗି ମଧ୍ୟ ତା'ର କୁଣ୍ଠା ନାହିଁ। ତା'ର କ୍ଷମତା ଦରକାର। କ୍ଷମତାହୀନ ନେତାର ଜୀବନ ବିଷହୀନ ସାପର ଜୀବନ ପରି ମୂଲ୍ୟହୀନ।

ଓକିଲଙ୍କୁ ଫୋନ୍ କରିସାରି ଆସି ସଞ୍ଜୟ ମନ୍ତ୍ରୀଙ୍କ ପାଖ ସୋଫାରେ ବସିପଡ଼ିଲା। ତାଙ୍କ ପାଦ ସାଉଁଳେଇ ଦେଲା ଓ ପଚାରିଲା, "ଦେହ ଖରାପ ଲାଗୁଛି କି? ମୁଁ ଡକ୍ଟର ଷଡ଼ଙ୍ଗୀଙ୍କୁ ଖବର ପଠେଇବି।"

ଜଙ୍ଗଲମନ୍ତ୍ରୀ ରମାରମଣ ସଞ୍ଜୟକୁ ଅନେଇଲେ। ଏଇ ଲୋକଟି ଆଜିକୁ ସତର ଅଠର ବର୍ଷ ହେଲା ତାଙ୍କ ପାଖେ ପାଖେ ଅଛି। ତାଙ୍କର ସବୁ ପ୍ରକାର ଆଦେଶ ପାଳନ କରିଛି ନିର୍ବିବାଦରେ। ଏପରିକି ମୋନାଲିସାକୁ ନିଜର ସ୍ତ୍ରୀ ଭାବେ ଗ୍ରହଣ କରିବାର ଦାୟିତ୍ୱ ବି ମୁଣ୍ଡେଇଛି ନିଜ ମୁଣ୍ଡରେ। ଏସବୁ ବିନିମୟରେ ସଞ୍ଜୟକୁ ସେ କିଛି କିଛି ସୁବିଧା ଅବଶ୍ୟ ଦେଇଛନ୍ତି। କିନ୍ତୁ ସେଭଳି ଠିକା କାମ ଓ ମଦଦୋକାନର ଲାଇସେନ୍‌ସ ତ ଅନେକ ଲୋକଙ୍କୁ ବାଣ୍ଟିଛନ୍ତି ସେ। ସେମାନେ କ'ଣ ଆଜି ଏ ଅସମୟରେ ତାଙ୍କ ପାଖରେ ଅଛନ୍ତି?

ସଞ୍ଜୟ କହିଲା, "ବିରୋଧୀ ଦଳର ସଭାପତି ରବିବାର ଦିନ ରାଉରକେଲା ଆସୁଛନ୍ତି। ଏଠି ଗୋଟାଏ ଗଣ୍ଡଗୋଳ କରାଇବା ତାଙ୍କର ମତଲବ। ବିଧାନସଭା ଅଧିବେଶନ ଆରମ୍ଭ ହେବାଯାଏ ଗଣ୍ଡଗୋଳଟାକୁ ଜିଆଁଇ ରଖିଲେ ତାଙ୍କର ଲାଭ ହେବ। କିନ୍ତୁ ଆପଣ ବ୍ୟସ୍ତ ହୁଅନ୍ତୁ ନାହିଁ। ମୁଁ ଆଡ୍‌ଭୋକେଟ୍‌ଙ୍କ ସାଙ୍ଗରେ କଥା ହୋଇଛି। ସାଙ୍ଗମାନଙ୍କ ମେଳରେ ରାଜେଶବାବୁ ଥିଲେ ବି ଟୋକାଟାର ମର୍ଡରରେ ତାଙ୍କର ସିଧାସଳଖ ହାତ ନାହିଁ ବୋଲି ଆମକୁ ପ୍ରମାଣ କରିବାକୁ ପଡ଼ିବ।

ଯେତେହେଲେ ବି ସିଏ ଆପଣଙ୍କର ରାଜନୈତିକ ଉତ୍ତରାଧିକାରୀ। ତାଙ୍କୁ ନିଷ୍କଳଙ୍କ ରଖିବା ପାଇଁ ପଡ଼ିବ।"

ରମାରମଣ ପ୍ରସନ୍ନ ଦିଶିଲେ। ଆଜିକାଲି ଯୁଗରେ ସଞ୍ଜୟ ପଟ୍ଟନାୟକ ପରି ବିଶ୍ୱସ୍ତ କର୍ମୀ ମିଳିବା ପ୍ରକୃତରେ କଷ୍ଟ। କିନ୍ତୁ ବର୍ତ୍ତମାନର ପରିସ୍ଥିତି ଯାହା, ସେଥିରେ ରାକେଶଙ୍କୁ ତାଙ୍କ ଜାଗାରେ ଟିକେଟ୍ ଦିଆଯିବା କଦାପି ସମ୍ଭବ ନୁହେଁ। ସେ କଥା ଉଠେଇବା ମଧ୍ୟ ଅସମ୍ଭବ। ବରଂ ତାଙ୍କ ଜାଗାରେ ସଞ୍ଜୟ ପଟ୍ଟନାୟକଙ୍କୁ ଛିଡ଼ା କରେଇଲେ ଗୋଟିଏ ଢେଲାରେ ଦିଇଟା ଶିକାର ହେବ। ପ୍ରଥମତଃ, ମୁଖ୍ୟମନ୍ତ୍ରୀ ତାଙ୍କର ନିର୍ଲୋଭ ପଣିଆର ପ୍ରମାଣ ପାଇଯିବେ ଓ ଦ୍ୱିତୀୟ ହେଉଛି, ଆସନଟା ବାସ୍ତବରେ ତାଙ୍କରି ହସ୍ତମୁଦୀ ମାହାଲ ହୋଇ ରହିବା ଏବଂ ଯେତେବେଳେ ସେ ଚାହିଁବେ ସେତେବେଳେ ପୁଣି ଏଠାରୁ ନିର୍ବାଚନ ଲଢ଼ିପାରିବେ।

ତେବେ ସେ କଥାଟା ସେ ସଞ୍ଜୟଙ୍କୁ କହିଲେ ନାହିଁ।

ସଞ୍ଜୟ ତାଙ୍କର ଦୁଇ ପାଦକୁ ଆଉଁଶି ଚାଲିଥିଲା। ରମାରମଣ କହିଲେ, "ରବିବାର ଆଗରୁ ଆମ କର୍ମୀମାନଙ୍କର ବୈଠକଟିଏ ଡାକ। ବିରୋଧୀଦଳ ନେତାଙ୍କ ନାଁରେ ତ ଭିଜିଲାନ୍ସ କେସ୍ ଅଛି। ସିଏ କ'ଣ ନୀତି-ନୈତିକତା କଥା କହିବେ? ଆମର ନୈତିକତା ତାଙ୍କଠାରୁ ଉଚ୍ଚରେ। ମୁଁ ଯଦି ବିଧାୟକ ପଦରୁ ଇସ୍ତଫା ଦେଇ ନ ଥାନ୍ତି ମୋର କିଏ କ'ଣ ଓଲଟେଇ ଦେଇଥାଆନ୍ତା! ବିରୋଧୀ ଦଳ ସଭାପତିଙ୍କ ନାଁରେ ଗୁଡ଼ାଏ ମାମଲା। ତା'ଛଡ଼ା ତାଙ୍କର କାମିନୀରଙ୍କା ପ୍ରକୃତି...।"

ସଞ୍ଜୟ କହିଲା, "ସେ ଦାୟିତ୍ୱ ଆପଣ ମୋ ଉପରେ ଛାଡ଼ିଦିଅନ୍ତୁ। ମୁଁ ସବୁ ବ୍ୟବସ୍ଥା କରିବି। ଆପଣ ଏବେ ଟିକିଏ ବିଶ୍ରାମ ନିଅନ୍ତୁ। ଏଭଳି ପରିସ୍ଥିତିରେ ଆମକୁ ଥଣ୍ଡା ମିଜାଜ୍‌ରେ ସବୁ କଥା ଚିନ୍ତା କରିବାକୁ ପଡ଼ିବ। ଆଗେ ରାଜେଶବାବୁ ବେଲ୍‌ରେ ଆସିଯାଆନ୍ତୁ। ତା'ପରେ ଅନ୍ୟ କଥା।"

"କିନ୍ତୁ ସେ କ'ଣ ଆସିପାରିବ?" - ରମାରମଣଙ୍କ ସ୍ୱରରେ ଅସହାୟତା ଫୁଟି ଉଠୁଥିଲା।

"ଆଡ୍‌ଭୋକେଟ୍ ମିଶ୍ର ତା'ହେଲେ କାହିଁକି ପୋଷା ହେଇଛି?" ସଞ୍ଜୟ ଅଭୟ ଦେବା ସ୍ୱରରେ କହିଲା।

ରମାରମଣ ଆଶ୍ୱସ୍ତ ଦିଶିଲେ।

ସଞ୍ଜୟେ ପଟ୍ଟନାୟକର ବୁଦ୍ଧି ଅଛି। ଯେଉଁଭଳି ଭାବରେ ସେ ତା' ନିଜର ସ୍ତ୍ରୀ ଉର୍ବଶୀକୁ କୁକୁର ବିଲେଇ ପରି ଘଉଡ଼େଇ ଦେଇଛି, ସେ କଥା ଦେଖି ସେ ଆଶ୍ଚର୍ଯ୍ୟ ହୋଇଛନ୍ତି। ଛାଡ଼ପତ୍ର କେସ୍ ବିଚାରବେଳେ ତା' ଝିଅକୁ ଉର୍ବଶୀ ପଟ୍ଟନାୟକ ନିଜ

ପାଖରେ ରଖିବାକୁ ଚାହୁଁଥିଲା । ମାତ୍ର ସେଥିରେ ମଧ୍ୟ ସଞ୍ଜୟ ବାଜି ଜିଣିଗଲା । ସେ ଯୁକ୍ତି ଦର୍ଶେଇଥିଲା ଯେ ଉର୍ବଶୀର ବାପା ମରିଯାଇଛନ୍ତି ଓ ମାଆ ଦି' ପୁଅଙ୍କ ମେଳରେ ଇଜମାଲି ଡିହ ପରି ଅସହାୟା ଜୀବନ ବଞ୍ଚୁଛନ୍ତି । ନିଜେ ଉର୍ବଶୀ ପାଗଳୀ । ସେ ଝିଅର ଉପଯୁକ୍ତ ଯତ୍ନ ନେଇପାରିବ ନାହିଁ । ଖାଲି ଜନ୍ମ କରିଦେଲେ ଯେ ମା' ଶିଶୁକୁ ପାଳିବାର ଦାୟିତ୍ୱ ପାଇବ ତାହା ଯୁକ୍ତିଯୁକ୍ତ ନୁହେଁ । ସେଥିପାଇଁ ମାଆର ଯୋଗ୍ୟତା ଓ ସାମର୍ଥ୍ୟ ରହିବା ଦରକାର । ନ ହେଲେ ଶିଶୁଟିର ଭବିଷ୍ୟତ ସବୁଦିନ ଲାଗି ଅନ୍ଧାର ହୋଇଯିବ । ଅନ୍ୟପକ୍ଷରେ ସ୍ତ୍ରୀ ସହ ତା'ର ବିବାଦର ଅର୍ଥ ଛୁଆ ସହ ବୈରିତା ନୁହେଁ । ସେ ତା'ର ଝିଅକୁ ମଣିଷ ଭଳି ମଣିଷ କରିବାକୁ ଚାହେଁ । ତେଣୁ ଏ ପରିସ୍ଥିତିରେ ଝିଅ ତା' ପାଖରେ ରହିବା ଉଚିତ । ଏଠି ସେ ବାପାର ସ୍ନେହ ସାଙ୍ଗକୁ ଜେଜେ ଓ ଜେଜେମା'ଙ୍କର ଆଦର ପାଇବ । ଯେଉଁଦିନ ଉର୍ବଶୀର ମାନସିକ ଅବସ୍ଥା ଭଲ ହୋଇଯିବ, ସେଦିନ ସେ ଝିଅକୁ ତା' ପାଖକୁ ନେବା କଥା ବିଚାର କରାଯାଇପାରେ ।

ସମୟେ ସମୟେ ସଞ୍ଜୟର ବୁଦ୍ଧି ଦେଖି ରମାରମଣ ଭୟ ପାଆନ୍ତି । ଚାଳିଶ ବର୍ଷ ହେଲା ସେ ଘରସଂସାର କଲେଣି । ମାତ୍ର ଏବେ ବି ତାଙ୍କ ସ୍ତ୍ରୀ ଆଗରେ ସେ ମେଣ୍ଢା ପାଲଟି ଯାଆନ୍ତି । ସ୍ତ୍ରୀ ଖୋଲାଖୋଲି କହନ୍ତି ଯେ ରମାରମଣ ଦୁଷ୍ଚରିତ୍ର, ମଦ୍ୟପ । ସେ ପଦୁଟେ ପ୍ରତିବାଦ କରିପାରନ୍ତି ନାହିଁ । ମାତ୍ର ସଞ୍ଜୟ ପଟ୍ଟନାୟକ ତାଙ୍କ ଆଗରେ ସାନ ପିଲା । ସେ ତା'ର ଇଂଲିଶ ପଢୁଆ ସ୍ତ୍ରୀକୁ ପୁରୁଣା ଜୋତା ହଳେ ପରି ଫୋପାଡ଼ି ଦେଇପାରିଲା । ମୁଣ୍ଡରେ ବୁଦ୍ଧି ନ ଥିଲେ ଏକଥା କେହି କରିପାରନ୍ତା ନାହିଁ ।

ସେ କହିଲେ, "ଥାଉ । ତୁମ ହାତ ଥକିଯିବଣି ।"

ସଞ୍ଜୟ ପଟ୍ଟନାୟକ ଆହୁରି ଉତ୍ସାହର ସହ ରମାରମଣଙ୍କ ପାଦ ଚିପିବାରେ ଲାଗି ପଡୁ ପଡୁ କହିଲା, "ଆପଣଙ୍କ ମୁହଁ ଦେଖି ମୁଁ ଥକି ପଡୁଛି । କ'ଣ ଏମିତି ହୋଇଛି ଯେ ଆପଣ ଏତେ ଭାଙ୍ଗି ପଡୁଛନ୍ତି ! ଦିନ ଚାରିଟା ଅପେକ୍ଷା କରନ୍ତୁ, ମୁଁ ସେଇ ଟୋକାଙ୍କ ଭିତରୁ ଗୋଟାଏକୁ ଯୋଗାଡ଼ କରିବି, ଯିଏ ନିଜ ଆଡୁ ବୟାନ ଦେବ, ତା'ରି ମାଡ଼ରେ ସେ ଢାବାର ଟୋକା ମରିଛି । ତା' ପରେ କେସ୍ ସମ୍ପୂର୍ଣ୍ଣ ଅଲଗା ମୋଡ଼ ନେବ । ମୋ ଉପରେ ଭରସା ରଖନ୍ତୁ ।"

ରମାରମଣ ସଞ୍ଜୟର ହାତ ଧରି ପକେଇଲେ । କହିଲେ, "ତୁମ ପରି ଜଣେ ବିଶ୍ୱସ୍ତ ସହଯୋଗୀ ପାଇବା ବଡ଼ ଭାଗ୍ୟର କଥା । ମୋତେ ଏ ବେଳେ ଟିକିଏ ସାହାଯ୍ୟ କର । ମୁଁ ତମ ପାଖରେ ସାରାଜୀବନ ଋଣୀ ରହିବି ।"

ସଞ୍ଜୟ ମୁଣ୍ଡ ହଲେଇଲା । କହିଲା, "ଆପଣଙ୍କ ଆଶୀର୍ବାଦର ହାତ ବରଂ ମୋ ମୁଣ୍ଡ ଉପରେ ଥାଉ । ସେଇ ଯଥେଷ୍ଟ ।"

ରମାରମଣ କହିଲେ, "ଆଜି ବୁଧବାର। ଶୁଣୁଛି ଆଉ ତିନିଦିନ ପରେ ବିରୋଧୀଦଳର ସଭାପତି ଆସିବେ। ମୁଖ୍ୟମନ୍ତ୍ରୀ ଦିଲ୍ଲୀ ଯାଇଛନ୍ତି। ସେ ଫେରିବା ଆଗରୁ ଆମକୁ କିଛି କରିବା ପାଇଁ ପଡ଼ିବ।"

"ମୁଁ ରାଉରକେଲା ଶାସକ ଦଳ କମିଟି ତରଫରୁ ବିବୃତି ତିଆରି କରୁଛି। ଆପଣଙ୍କ ନେତୃତ୍ୱ ପ୍ରତି ଆମ ସମସ୍ତଙ୍କ ଦୃଢ଼ ସମର୍ଥନ ରହିଛି। ଏ ଘଟଣା ଏକ ଆକସ୍ମିକ ଦୁର୍ଘଟଣା ଏବଂ ଏଥିରେ ଆପଣଙ୍କର କିଛି ହିଁ ଭୂମିକା ନାହିଁ। ତା' ସତ୍ତ୍ୱେ ଆପଣ ନିଜ ଆଡୁ ଇସ୍ତଫା ଦେଇ ଆଦର୍ଶ ଉଦାହରଣ ପ୍ରତିଷ୍ଠା କରିଛନ୍ତି" - ଏଇଆ ହେବ ଆମ ସର୍ବସମ୍ମତ ପ୍ରସ୍ତାବ।

"ନିଜଆଡୁ ?" - ରମାରମଣ ସଞ୍ଜୟଙ୍କୁ ଅଟକେଇ ଦେଲେ।

"ମୁଖ୍ୟମନ୍ତ୍ରୀ ଓ ଆପଣଙ୍କ ଟେଲିଫୋନ୍ କଥାବାର୍ତ୍ତା କିଏ ଶୁଣିଛି ? ତେଣୁ ଆପଣ ନିଜ ଆଡୁ ହିଁ ଉଭୟ ପଦରୁ ଇସ୍ତଫା ଦେଇଛନ୍ତି ଏବଂ ଏଇଟି କିଛି କମ୍ ବଡ଼ ତ୍ୟାଗ ନୁହେଁ।"

ରମାରମଣ ଆଉ କ'ଣ କହିବାକୁ ଯାଉଥିଲେ। ଆଡ୍‌ଭୋକେଟ୍ ରଘୁନାଥ ମିଶ୍ରଙ୍କୁ ଧରି ତାଙ୍କର ଡ୍ରାଇଭର ଭିତରକୁ ପଶି ଆସିଲା।

ଆଡ୍‌ଭୋକେଟ୍ ରଘୁନାଥ ମିଶ୍ର ବିନା ଗୌରଚନ୍ଦ୍ରିକାରେ କହିଲେ, "ସାର୍, କେସ୍‌ଟା ବହୁତ ଡିଫିକଲ୍‌ଟ।"

"ଡିଫିକଲ୍‌ଟ ହେଇ ନ ଥିଲେ ଆପଣଙ୍କ ପରି ବଡ଼ ଓକିଲଙ୍କୁ ସାର୍ କାହିଁକି ଖୋଜିଥାଆନ୍ତେ କହୁନାହାନ୍ତି ? ଏ ସହରରେ ଆପଣଙ୍କଠାରୁ ଆଉ କେହି ବଡ଼ ଓକିଲ ଅଛନ୍ତି କି ? କୁହନ୍ତୁ, ତା'ହେଲେ ସାର୍ ଯାଇ ତାଙ୍କ ଶରଣ ପଶିବେ।" ସଞ୍ଜୟ କହିଲା।

"କିନ୍ତୁ ନିଜେ ତ ମିନିଷ୍ଟରଙ୍କ ପୁଅ..."

"ମିନିଷ୍ଟର ନୁହଁ, ଏକ୍ସ ମିନିଷ୍ଟର।" ସଂଶୋଧନ କଲାପରି ରମାରମଣ କହିଲେ। 'ଏକ୍ସ' ଶବ୍ଦଟା କହିଲା ବେଳକୁ ତାଙ୍କ ମୁହଁରେ କଷ୍ଟ ଓ ଅସହାୟତା ସ୍ପଷ୍ଟ ବାରି ହୋଇପଡୁଥିଲା।

ଆଡ୍‌ଭୋକେଟ୍ ରଘୁନାଥ ମିଶ୍ର ବୁଝିପାରିଲେ। କହିଲେ, "ଆମ ପାଇଁ ଆପଣ ସବୁବେଳେ ମିନିଷ୍ଟର। ଇଏ ଗୋଟିଏ ବିପଦ ଘଟିଯାଇଛି, ପୁଣି ଘୁଞ୍ଚିଯିବ। ତାକୁ ନେଇ ଆପଣ ବିବ୍ରତ ହେବାର କିଛି ପ୍ରୟୋଜନ ନାହିଁ। ତେବେ ମୁଁ କ'ଣ କହୁଥିଲି କି ସାର୍, ଏ କେସ୍‌ଟାରେ...।"

"ରାଜେଶବାବୁ କାହାକୁ ମାରି ନାହାନ୍ତି। ଯେଉଁ ଟୋକା ଯୋଗୁଁ ସେ ପିଲାଟା ମରିଛି ସିଏ ତା' ଦୋଷ ମାନିଗଲାଣି।" - ସଞ୍ଜୟ ବେଶ୍ ଶୀତଳ ସ୍ୱରରେ କହିଲା।

"ସତରେ ? ସେ କଥାଟା ମୁଁ ଜାଣି ନ ଥିଲି।"

"ମୁଁ ଜାଣିଛି। ପୋଲିସ୍‌ଠୁଁ ନିଜେ ଶୁଣିଛି ମୁଁ।"

"ତା'ହେଲେ ମୁଁ ଚେଷ୍ଟା କରିବି।" - ରଘୁନାଥ ମିଶ୍ର ଭରସା ଦେବା ସ୍ୱରରେ କହିଲେ।

ସଞ୍ଜୟ ଭିତର ଖଞ୍ଜାକୁ ପଶିଗଲା। ଓକିଲଙ୍କ ପାଇଁ ଚା' ଜଳଖିଆର ବନ୍ଦୋବସ୍ତ କରାଯିବ। ପୁଅ ଗିରଫ ହେବା ପରଠାରୁ ରମାରମଣଙ୍କ ପତ୍ନୀ ଶୋଇବାଘରୁ ବାହାରୁ ନାହାନ୍ତି। ବର୍ତ୍ତମାନ ଏସବୁ ଦାୟିତ୍ୱ ତାକୁ ହିଁ ବୁଝିବାକୁ ପଡ଼ିବ। ଏହା ହିଁ ତା'ର ଭବିଷ୍ୟତ ପାଇଁ ମୂଳଧନ।

ଆଡ୍‌ଭୋକେଟ୍ ରଘୁନାଥ ମିଶ୍ର ଅଲଗା ଭାବେ କେତୋଟି କଥା ରମାରମଣଙ୍କ ସହ ଆଲୋଚନା କରିବାକୁ ଚାହୁଁଥିଲେ। ସଞ୍ଜୟ ଉଠିଯିବା ପରେ ସିଏ ରମାରମଣଙ୍କ ପାଖ ସୋଫାକୁ ଘୁଞ୍ଚି ଆସିଲେ।

୭. କଟକ

ବିରୋଧୀଦଳ ସଭାପତିଙ୍କ ଦେଖା ନ ପାଇ ତାଙ୍କ ଦପ୍ତରରୁ ଉର୍ବଶୀ ଫେରିବାର ଦେଢ଼ମାସ ହୋଇଗଲାଣି। ଭାରତ ମହାପାତ୍ର ପାଖରୁ ନା ଫୋନ୍ ନା ଖବର କିଛି ପାଇନାହିଁ ସେ। ଭାରତ ନିଜଆଡୁ କେବେ ଯେ ତାକୁ ଫୋନ୍ କରିବ, ସେ ବିଶ୍ୱାସ ଉର୍ବଶୀର ନ ଥିଲା। କିନ୍ତୁ କାଲେ ରାଉରକେଲାରେ ବିରୋଧୀଦଳର ସମାବେଶ ପାଇଁ ସଭାପତି ଯିବା ଆଗରୁ ଭାରତ ତା' କଥାଟି ସଭାପତିଙ୍କ କାନରେ ପକେଇବ, ଏମିତି ଆଶାଟିଏ ମନରେ ଥିଲା। ଏହା ଭିତରେ ସିଏ କେତେଥର ଭାରତ ମହାପାତ୍ର ସହ ଯୋଗାଯୋଗ କରିବା ପାଇଁ ଚେଷ୍ଟା କରି ବିଫଳ ହୋଇଛି।

ଏମିତି କେତେଦିନ ସେ ଏଇ 'ଆଶ୍ରୟ'ର ଦୟା ଉପରେ ନିର୍ଭର କରି ବଞ୍ଚି ରହିବ- ଉର୍ବଶୀ ଭାବୁଥିଲା। ସମୟେ ସମୟେ ତା' ମନରୁ ସବୁତକ ବିଶ୍ୱାସ ଆଉ ସାହସ କୁଆଡ଼େ ଉଭେଇ ଯାଉଥିଲା। ସେ ଥକି ପଡୁଥିଲା।

କାଣ୍ଟନ୍‌ମେଣ୍ଟ ରୋଡ୍‌ର 'ଆଶ୍ରୟ' କର୍ମଜୀବୀ ମହିଳା ନିବାସଟି ଅନେକ ଦିନ ହେଲା ତା'ର ଘର ହୋଇପଡ଼ିଛି। କିନ୍ତୁ କି କର୍ମ ସେ କରୁଛି ? ତା'ର କୌଣସି ନିୟମିତ ଚାକିରି ନାହିଁ। ଅଧ୍ୟାପିକା ଚାକିରିଟି ସେତେବେଳେ ନିଜେ ନିଜେ ଛାଡ଼ି ନ ଥିଲେ ହୁଏତ ଆଜି ବଞ୍ଚିବାର ଗୋଟେ ଅବଲମ୍ବନ ଥାଆନ୍ତା। ଯେଉଁ ସଞ୍ଜୟ ପଟ୍ଟନାୟକ ତା' ଜୀବନକୁ ବିଲୁଆ କୁକୁରର ମଢ଼ ପରି ରାସ୍ତା ଉପରେ ଫିଙ୍ଗି ଦେଇଛି, ତାହାରି ହାତଟେକା ଟଙ୍କାରେ ବଞ୍ଚିବା, ତାକୁ ମରିବାଠୁଁ ବଳି ଅପମାନଜନକ ମନେହେଉଛି।

ସେତକ ଟଙ୍କା ବି ସଞ୍ଜୟ ପଟ୍ଟନାୟକ ଦେବାକୁ ଚାହେନାହିଁ। ସେ ଯୁକ୍ତି କରିଛି, ତା' ନିଜର କୌଣସି ନିୟମିତ ଆୟ ନାହିଁ। ସେ ତା' ବାପାଙ୍କ ଉପାର୍ଜନରେ ଚଳୁଛି। ବାପା ଉତ୍ତରାଧିକାର ସୂତ୍ରରେ କୌଣସି ସମ୍ପତ୍ତି ପାଇ ନ ଥିବାରୁ ଆଇନ ମୁତାବକ ସେ ସମ୍ପତ୍ତିରୁ ପୁଅବୋହୂ ବେଶି କିଛି ଦାବି କରିପାରିବେ ନାହିଁ। ପୁଣି ବାପାଙ୍କର ଗୋଟେ ରୋଜଗାର ଅକ୍ଷମ ବିକଳାଙ୍ଗ ପୁଅ ଅଛି ଓ ତା' ଭବିଷ୍ୟତ ପାଇଁ

ବାପାଙ୍କର ଦାୟିତ୍ୱ ରହିଛି। ଏଣେ ଝିଅ ମିକି ବି ରହୁଛି ତା' ପାଖରେ। ଏସବୁ ଦାୟିତ୍ୱ ତୁଲେଇ, ଉର୍ବଶୀକୁ ମାସକୁ ମାସ ଟଙ୍କା ପଠେଇବା ତା' ପକ୍ଷେ ଖୁବ କଷ୍ଟକର।

ସମୁଦ୍ର ମଝିରେ ଭାସିଯାଉଥିବା ଲୋକର ଅବସ୍ଥା ପରି ଉର୍ବଶୀର ଅବସ୍ଥା। ଚାରିଆଡ଼େ ପାଣି ଆଉ ପାଣି, କିନ୍ତୁ ତା' ପାଇଁ ପିଇବାକୁ ମୁନ୍ଦାଏ ହେଲେ ନାହିଁ। ବାପଘରେ ଅଚଳାଚଳ ସମ୍ପତ୍ତି, ଶାଶୂଘରେ ଧନ ସମ୍ପତ୍ତିର ଅଭାବ ନାହିଁ। କିନ୍ତୁ ତାକୁ ଦେବା ପାଇଁ ସେମାନଙ୍କ ପାଖରେ ଟଙ୍କା ନାହିଁ!

ସଞ୍ଜୟ ପଟ୍ଟନାୟକ ତା'ର ବଞ୍ଚିବା ଚାହେଁ ନାହିଁ। ତେଣୁ ଭରଣ ପୋଷଣ ଲାଗି ତାକୁ ବା କାହିଁକି ଟଙ୍କା ଦେବ? ଭାଇଭାଉଜ ଭାବି ନେଇଛନ୍ତି 'ଦେଲା ନାରୀ, ହେଲା ପାରି।' ବାହାହୋଇ ଯାଇଥିବା ଝିଅ ପାଇଁ ଅଧିକା ଖର୍ଚ୍ଚ କରିବା ଅପବ୍ୟୟ। ଭଲ ସମୟ ହୋଇଥିଲେ କଥାଟା ଭିନ୍ନ ହୋଇଥାଆନ୍ତା। ଉର୍ବଶୀ ଶାଶୂଘର ପକ୍ଷରୁ କିଛି ସାହାଯ୍ୟ ସହଯୋଗ ଅବା ମାନସମ୍ମାନ ମିଳିବାର ଆଶା ଥିଲେ ହୁଏତ ତା'ର ଭାଇ ଦିହେଁ ସଂପର୍କ ଯୋଡ଼ି ରଖିଥାନ୍ତେ। କିନ୍ତୁ ବଦନାମ ଭଉଣୀର ପରିବାର ସାଙ୍ଗେ ସଂପର୍କ ରଖି ଲାଭ ନାହିଁ। ଏସବୁ କଥା ମନେପଡ଼ିଲେ ଉର୍ବଶୀର ଦେହ ମୁଣ୍ଡ ଜଳିଉଠେ। ସଂପର୍କର ମୁଖା ତଳେ ସଂପର୍କୀୟଙ୍କର ଅର୍ଥଗୃଧ୍ର ଚେହେରା ତାକୁ ବଡ଼ ଭୟଙ୍କର ଦିଶେ। ଇଚ୍ଛାହୁଏ ଏମାନଙ୍କୁ ନାଲିକୋଠା ପର୍ଯ୍ୟନ୍ତ ଭିଡ଼ି ସେ ତା'ର ହକ୍ ଆଦାୟ କରନ୍ତା। କହିଦିଅନ୍ତା, ତମର ରାଜି ଅରାଜି ଏ ଦେଶର ଆଇନ ନୁହେଁ। ଆଇନମୁତାବକ ବାପଘରର ସମ୍ପତ୍ତି ଉପରେ ବିବାହିତା ଝିଅର ମଧ୍ୟ ସମାନ ଅଧିକାର ରହିଛି।

କିନ୍ତୁ ଉଭୟ ଅଭିମାନ ଓ ଅସହାୟତାରେ ସେ ସାଙ୍କୁଡ଼ିଯାଏ। କାହା ନାଁରେ ମୋକଦ୍ଦମାଟିଏ ଦାୟର କରିବାକୁ ହେଲେ ପ୍ରଥମେ ଓକିଲ ପାଖକୁ ଯିବାକୁ ପଡ଼ିବ। ସେଥିପାଇଁ ଖର୍ଚ୍ଚ ଦରକାର। ତା' ପରେ କୋର୍ଟ ଫି। ଖାଲି ଓକାଲତନାମାରେ ଦସ୍ତଖତ କରିଦେଲେ କେହି ତା' କେସ୍ ଲଢ଼ିବେ ନାହିଁ। ଏସବୁ ବିଷୟରେ ସେ ଯେତେ ଯେତେ ଭାବୁଥିଲା, ସେତେ ସେତେ ଭାଙ୍ଗି ପଡୁଥିଲା। ରମାରମଣଙ୍କ ବିରୋଧରେ କେସ୍‌ଟି ସେ ଆଦୌ ହାରି ନ ଥାନ୍ତା। ମାତ୍ର ଏଥିରେ ତାକୁ ପ୍ରତାରିତା କରିଥିଲା, ନିଜକୁ ମହିଳାମାନଙ୍କ ସମସ୍ୟା ପାଇଁ ଲଢୁଥିବା ଓ ଅଗ୍ରଣୀ ସ୍ୱେଚ୍ଛାସେବୀ ସଂସ୍ଥା ବୋଲି ଦାବି କରୁଥିବା ରାଉରକେଲାର 'ସହଯୋଗ'। ପ୍ରଥମେ ସେଇ 'ସହଯୋଗ'ର ନଳିନୀଅପାଙ୍କ ଶରଣ ଲୋଡ଼ିଥିଲା ଉର୍ବଶୀ। ତାଙ୍କୁ ଟିକିନିଖି କରି ସବୁ କଥା କହିଥିଲା। ରମାରମଣ ଓ ସଞ୍ଜୟଙ୍କ ଭିତିରି ସମ୍ପର୍କ, ମୋନାଲିସା ଦତ୍ତର ହିଷ୍ଟେରେକ୍ଟମି ଏବଂ ସବା ଶେଷରେ ରମାରମଣଙ୍କ ତା' ପ୍ରତି ଆପତ୍ତିଜନକ ବ୍ୟବହାର। ନଳିନୀଅପା ଉର୍ବଶୀର

କଥା ଶୁଣି ଆଖିରୁ ଲୁହ ପୋଛିଥିଲେ। ତାକୁ ନିର୍ଭର ଜବାବ ଦେଇଥିଲେ, ସେ ଉର୍ବଶୀ ପାଇଁ ଶେଷ ପର୍ଯ୍ୟନ୍ତ ଲଢ଼ିବେ। ଆଉ କାହା ପାଖରେ ଏସବୁ ନ କହି ଧୈର୍ଯ୍ୟର ସହ ଅପେକ୍ଷା କରିବା ଲାଗି ଏବଂ ତାଙ୍କ ଉପରେ ନିର୍ଭର କରିବା ଲାଗି ନଳିନୀଅପା ପ୍ରତିଶ୍ରୁତି ଦେଇଥିଲେ। ଉର୍ବଶୀ ସେଦିନ ନଳିନୀଅପାଙ୍କ କୋଳରେ ମୁହଁ ଗୁଞ୍ଜି ଅନେକ ସମୟ ପର୍ଯ୍ୟନ୍ତ କାନ୍ଦିଥିଲା। ନଳିନୀଅପା ତାକୁ ଭରସା ଦେଇଥିଲେ, ଖରାପ ସମୟ ଚାଲିଯାଇଛି। ଏଣିକି ଆଉ କିଛି ଚିନ୍ତା ନାହିଁ। ତୁମେ ଆସି ଏଇଠି ରୁହ। ତୁମ କେସ୍ ଆମେ ଲଢ଼ିବୁ। ଏ ରାଜ୍ୟରେ ଏବେ ବି ଭଲ ଲୋକ ଅଛନ୍ତି। ନ୍ୟାୟ ଅଛି, ମହିଳା କମିଶନ୍ ଓ କୋର୍ଟ କଚେରି ଉଠିଯାଇନାହିଁ ଓଡ଼ିଶାରୁ।"

'ସହଯୋଗ'ରେ ମାସେ କାଳ ରହି ପ୍ରତିକାରକୁ ଅପେକ୍ଷା କରିଥିଲା ଉର୍ବଶୀ। କିନ୍ତୁ ଥରୁଟେ ହେଲେ ନଳିନୀଅପା ତା' କଥା କେଉଁଠି ଉଠେଇ ନ ଥିଲେ। ତା'ର ଧୈର୍ଯ୍ୟ ଭାଙ୍ଗିଯାଇଥିଲା। ନଳିନୀଅପାଙ୍କ ପରି ବିଦ୍ରୋହିଣୀ ନାରୀନେତ୍ରୀ କେମିତି ଏଭଳି ଏକ ଅନ୍ୟାୟକୁ ବରଦାସ୍ତ କରିଯାଉଛନ୍ତି - ସେକଥା ଭାବି ଭାବି ସେ ଆଶ୍ଚର୍ଯ୍ୟ ହୋଇଥିଲା।

ଅନେକ ବିଳମ୍ବରେ ବୁଝିଥିଲା, ନଳିନୀଅପା ତାକୁ ତାଙ୍କ ସ୍ୱେଚ୍ଛାସେବୀ ରାଜନୀତିର ଆଉ ଗୋଟିଏ ଗୋଟି ରୂପେ ବ୍ୟବହାର କରିଥିଲେ। ରାଉରକେଲା 'ସହଯୋଗ' ସଂସ୍ଥାର ଭବ୍ୟ ସୌଧଟି ଯେଉଁ ଜମି ଉପରେ ଛିଡ଼ା ହୋଇଥିଲା, ସେ ଜମିଟିର ସମ୍ପୂର୍ଣ୍ଣ ମୂଲ୍ୟ ପଚିଶ ଲକ୍ଷ ଟଙ୍କାରୁ କମ୍ ନୁହେଁ। ନଳିନୀ ଅପା ବରାବର ସରକାରଙ୍କୁ ସେଇ ଜମି ଖଣ୍ଡକ ଲିଜ୍ ସୂତ୍ରରେ ଦେବାଲାଗି ଅନୁରୋଧ କରି ଆସୁଥିଲେ ବି ସବୁଥର ଏ କ୍ଷେତ୍ରରେ ପ୍ରତିବନ୍ଧକ ସାଜୁଥିଲେ ବିଧାୟକ ରମାରମଣ। ନଳିନୀଅପାଙ୍କ ବାମପନ୍ଥୀ ସଂଗଠନେ ସହ ରମାରମଣଙ୍କର ଭଲ ପଡୁ ନ ଥିଲା। ମାତ୍ର ଉର୍ବଶୀ-ମୋନାଲିସା ନିର୍ଯାତନା ଘଟଣା ରମାରମଣଙ୍କୁ ହରଡ଼ଘଟଣାରେ ପକେଇଦେବା ଲାଗି ଯଥେଷ୍ଟ ଥିଲା। ଉର୍ବଶୀ ଜାଣିଲା ବେଳକୁ, ଜମି ଖଣ୍ଡକ ଲିଜ୍ ସୂତ୍ରରେ ମିଳିବାର ଅନୁକୂଳ ବ୍ୟବସ୍ଥା ରମାରମଣ କରିଦେଇଥିଲେ। କେବଳ ସେତିକି ନୁହେଁ, ମୋନାଲିସା ପାଇଁ କୋଲ୍‌କାତାରେ ଘରଟିଏ କିଣି ତା'ର ଥଇଥାନ କରିଦେଇଥିଲେ ରମାରମଣ, ନାରୀନେତ୍ରୀ ନଳିନୀଅପାଙ୍କ ଜରିଆରେ।

ସେଦିନ ନଳିନୀଅପାଙ୍କ ଚେହେରା ଦେଖି ସେ ଆଶ୍ଚର୍ଯ୍ୟ ହୋଇଯାଇଥିଲା। ସାଦା କସ୍ତାଶାଢ଼ି, ଅଳଙ୍କାରଶୂନ୍ୟ ଚେହେରା ଓ ବିପ୍ଳବିଣୀ ମୁଦ୍ରା ପଛରେ ସୁଦ୍ଧା ଏଭଳି ଗୋଟେ ଅର୍ଥ ଓ କ୍ଷମତାଲୋଭୀ ନାରୀର କୁତ୍ସିତ ଚେହେରା ଥାଇପାରେ, ତାହା କେବେ ସେ କଳ୍ପନା କରିପାରି ନ ଥାନ୍ତା।

ସେଦିନ ଉର୍ବଶୀର ଅନେକ ଦିନ ତଳେ ପଢ଼ିଥିବା 'ମାନସରୋବର ହଂସ ଏବଂ ଛଦ୍ମବେଶୀ ସନ୍ନ୍ୟାସୀ' କାହାଣୀଟି ମନେପଡ଼ିଥିଲା। ଏ ଗପଟି ଅନେକ ଦିନ ତଳେ ସେ କେଉଁଠି ପଢ଼ିଥିଲା।

ଗୋଟେ ରାଜ୍ୟର ରାଜା ଥରେ ଅସୁସ୍ଥ ହୋଇପଡ଼ିଲେ। ସବୁ ପ୍ରକାର ଚିକିତ୍ସା ବିଫଳ ହେଲା ପରେ ରାଜବୈଦ୍ୟ ପରାମର୍ଶ ଦେଲେ, ମାନସରୋବରର ହଂସକୁ ଜିଅନ୍ତା ଧରି ଆଣି ପୋଡ଼ି ଖାଇଲେ ରାଜା ସୁସ୍ଥ ହୋଇଯିବେ। ପ୍ରଥମେ ଏ ପ୍ରସ୍ତାବଟି ମନ୍ତ୍ରୀ ଓ ସେନାପତିଙ୍କୁ ଖୁବ୍ ସହଜ ମନେହୋଇଥିଲା, କିନ୍ତୁ ଦି' ଚାରି ଦିନର ପ୍ରଚେଷ୍ଟା ପରେ ସେମାନେ ବୁଝିଲେ, ମାନସରୋବରର ହଂସଙ୍କୁ ଜିଅନ୍ତା ଧରିବା ସହଜ ନୁହେଁ।

ରାଜାଙ୍କର ଅବସ୍ଥା ଦିନକୁ ଦିନ ଆହୁରି ଖରାପ ହେଉଥାଏ।

ପ୍ରତିଟି ମୁହୂର୍ତ୍ତ ଗୋଟେ ଗୋଟେ ଯୁଗପରି ଲାଗୁଥାଏ।

ଏଭଳି ସମୟରେ ଜଣେ ଭଦ୍ରଲୋକ ଆସି ମାନସରୋବରରୁ ହଂସ ଜିଅନ୍ତା ଧରି ଆଣିପାରିବେ ବୋଲି ପ୍ରତିଶ୍ରୁତି ଦେଲେ। ତାଙ୍କ କଥା ଶୁଣି ସମସ୍ତେ ଆଶ୍ଚର୍ଯ୍ୟ ହେବା ସ୍ୱାଭାବିକ ଥିଲା।

କିନ୍ତୁ ଭଦ୍ରଲୋକ ଅନ୍ୟମାନଙ୍କ ଅବିଶ୍ୱାସକୁ ଗୁରୁତ୍ୱ ଦେଲେନାହିଁ। ସେ ରାଜକୋଷରୁ ଏକ ସହସ୍ର ସ୍ୱର୍ଣ୍ଣମୁଦ୍ରା ଅଗ୍ରିମ ନେଇ ହଂସ ଧରିବାକୁ ଚାଲିଗଲେ।

ମନ୍ତ୍ରୀ ଓ ସେନାପତି ଭାବିଥିଲେ, ଅର୍ଥଲୋଭୀ ଲୋକଟି ଗଲା, ଆଉ ଆସିବ ନାହିଁ। ମାତ୍ର ହଂସ ଧରି ଆଣିପାରିଲେ ପୁରସ୍କାର ସ୍ୱରୁପ ତା'ର ଆଉ ଦଶ ସହସ୍ର ସ୍ୱର୍ଣ୍ଣମୁଦ୍ରା ପାଇବାର ଥିବାରୁ ରାଣୀ କିଛି ମନ୍ତବ୍ୟ ଦେଲେ ନାହିଁ।

ଏ ଘଟଣାର ମାତ୍ର ପାଞ୍ଚ ଦିନ ପରେ ଭଦ୍ରଲୋକ ଆସି ଦରବାରରେ ହାଜର ହେଲେ। ସାଙ୍ଗରେ ଗୋଟିଏ ନୁହେଁ, ଦିଇଟି ଜୀବନ୍ତ ମାନସରୋବର ହଂସ !

ସମସ୍ତେ ଆଶ୍ଚର୍ଯ୍ୟ ହେଲେ। ଯେଉଁ କାମକୁ ସେନାପତି ଓ ତାଙ୍କର ସେନାବାହିନୀ କରିପାରି ନ ଥିଲେ ସେ କାମକୁ ଜଣେ ସାଧାରଣ ଲୋକ କିପରି କରିପାରିଲେ ?

ଭଦ୍ରଲୋକ ପୁରସ୍କାର ରାଶି ଗ୍ରହଣ କରିବା ପରେ ରହସ୍ୟ ଉନ୍ମୋଚନ କରି କହିଲେ, "ମହାରାଣୀ ! ମାନସରୋବର ହଂସମାନେ ଜ୍ଞାନପିପାସୁ, ସାଧୁସନ୍ଥଙ୍କ ସାନ୍ନିଧ୍ୟ ପ୍ରିୟ। ଆଗରୁ ସେନାପତି ଓ ତାଙ୍କର ସୈନ୍ୟମାନେ ରଣବେଶ ପିନ୍ଧି, ଘୋଡ଼ା ଝପଟାଇ ଓ ଅସ୍ତ୍ରଶସ୍ତ୍ର ଧରି ଯେତେବେଳେ ଯାଉଥିଲେ ସେତେବେଳେ ହଂସମାନେ ଭୟ ପାଇ ଦୂରକୁ ପହଁରି ପଳଉଥିଲେ। ସେତେ ଦୂରରୁ ସେମାନଙ୍କୁ ହତ୍ୟାକରି ହୁଏତ ଅଣାଯାଇ ପାରିଥାଆନ୍ତା, ମାତ୍ର ଜୀବିତ ଅବସ୍ଥାରେ ନୁହେଁ। ମୁଁ କିନ୍ତୁ ଏଠୁ ଯିବା ବାଟରେ ମୋର ଆଉ ଚାରିଜଣ ସହଯୋଗୀଙ୍କୁ ସାଙ୍ଗ କଲି। ଆମେ ନାଚତାମସା ପାଇଁ ପୋଷାକ ଓ

ସରଞ୍ଜାମ ବିକୁଥିବା ଗୋଟିଏ ଦୋକାନରୁ ସନ୍ନ୍ୟାସୀମାନେ ବ୍ୟବହାର କରୁଥିବା ପୋଷାକ ଓ ଉପକରଣ ସଂଗ୍ରହ କଲୁ। ସେସବୁ ପିନ୍ଧି ସାରିବା ପରେ ଆମେ ସତକୁ ସତ ସାଧୁସନ୍ଥଙ୍କ ପରି ଦିଶିଲୁ। ତା'ପରେ ଆମେମାନେ ଚାଲି ଚାଲି ମାନସରୋବର ତୀରକୁ ଗଲୁ ଓ ସେଠାରେ ପହଞ୍ଚି ମୁଖସ୍ଥ କରିଥିବା ଶ୍ଳୋକମାନ ଆବୃତ୍ତି କଲୁ। ଆମର ସନ୍ନ୍ୟାସୀ ବେଶ ଓ ଶ୍ଳୋକ ଉଚ୍ଚାରଣ ଶୁଣି ମାନସରୋବରର ଜ୍ଞାନପିପାସୁ ହଂସମାନେ ଦୂରରୁ ପାଖକୁ ପହଁରି ପହଁରି ଆସିଲେ। ହାତପାଆନ୍ତାରେ ପହଞ୍ଚିବା ପରେ ଆମେ ସେମାନଙ୍କୁ ଆଉଁଶି ଦେବାର ବାହାନାରେ ସେମାନଙ୍କ ବେକକୁ ମାଡ଼ି ବସିଲୁ ଓ ତା'ପରେ ଆମ ଝୁଲାରେ ପକେଇ ଏଠିକି ନେଇ ଆସିଲୁ। ଚାହିଥିଲେ ଆହୁରି ପାଞ୍ଚ ସାତଟା ଆଣିପାରିଥାନ୍ତୁ, କିନ୍ତୁ ରାଜାଙ୍କର ତ ମାତ୍ର ଗୋଟିଏ ଲୋଡ଼ାଥିଲା !"

ନଳିନୀ ଅପାଙ୍କର ବ୍ୟବହାର ଏ ଗପର ଭଣ୍ଡ ସନ୍ନ୍ୟାସୀର ବ୍ୟବହାରଠାରୁ ଭିନ୍ନ ନ ଥିଲା। ଜାଣି ଜାଣି ନଳିନୀଅପା ତା' କେସ୍‌ଟିକୁ ଦୁର୍ବଳ କରିଦେଲେ ଓ ରମାରମଣ ନିର୍ବିଘ୍ନରେ ତା'ର ଅଭିଯୋଗରୁ ଖସିଗଲେ।

ତା'ପରେ 'ସହଯୋଗ' ଛାଡ଼ି ଚାଲିଆସିବା ଭିନ୍ନ ତା' ପକ୍ଷେ ଅନ୍ୟ ଚାରା ନ ଥିଲା। ଏଭଳି ଜଣେ ନାରୀର ସାହାଯ୍ୟରେ ବଞ୍ଚିବାଠାରୁ ମରିଯିବା ଶହେଗୁଣ ଭଲ। ମହିଳାମାନଙ୍କ ଦୁର୍ଭାଗ୍ୟକୁ ନେଇ ଦଲାଲି କରୁଥିବା ଏପରି ନେତ୍ରୀମାନେ ଯେ ରମାରମଣ ପରି ଲୋକଙ୍କଠାରୁ ଅଧିକ ଭୟଙ୍କର ସେ ନେଇ ତା'ର କୌଣସି ସନ୍ଦେହ ନ ଥିଲା।

ବେଳେବେଳେ ଉର୍ବଶୀ ନିଜ କଥା ସାଙ୍ଗରେ ମୋନାଲିସାର କଥା ଭାବେ। କୁଆଡ଼େ ବୁଲୁଥିବ ବିଚାରୀ ଝିଅଟି ! ପତିତାଉଦ୍ଧାର ବାନା ଉଡ଼ଉଥିବା ରମାରମଣ ଓ ସଞ୍ଜୟଙ୍କ ଦ୍ୱାରା ଉତ୍ପୀଡ଼ିତା ଝିଅଟିର ଭାଗ୍ୟ ତା' ନିଜର ଭାଗ୍ୟଠାର ଆହୁରି ଦୁଃଖଦାୟକ। ଦୂରରେ ହେଲେ ବି ଉର୍ବଶୀର ଝିଅଟେ ଅଛି। ସିଏ ଏପର୍ଯ୍ୟନ୍ତ ବଞ୍ଚିଛି ସ୍ୱାଭାବିକ ନାରୀଟିଏ ହୋଇ। କିନ୍ତୁ ମୋନାଲିସାର ତ ସେସବୁ କିଛି ନାହିଁ। ସିଏ ଗୋଟେ ଯନ୍ତ୍ର ପରି କେବଳ ବଞ୍ଚୁଥିବ।

ତା'ର ଯାଆ କିନ୍ତୁ କହୁଥିଲେ, ମୋନାଲିସା ଗୋଟେ ଲୋଭୀ ସ୍ତ୍ରୀଲୋକ। ଟଙ୍କା ଓ ସୁନାଗହଣା ହିଁ ତା' ଜୀବନର ମୁଖ୍ୟ। ତେଣୁ ତା' ଲାଗି ଅନ୍ୟ କେହି ଅନୁଶୋଚନା କରିବାର କିଛି ପ୍ରୟୋଜନ ନାହିଁ।

କିନ୍ତୁ ଗୋଟେ ବେଶ୍ୟାର ବି ତ ବଞ୍ଚିବାର ଅଧିକାର ଅଛି ! ମୋନାଲିସାର କାହିଁକି ନିଜ ଜୀବନ ସଂପର୍କରେ ନିଷ୍ପତ୍ତି କହିବାର ଅଧିକାର ରହିବ ନାହିଁ - ଉର୍ବଶୀ କହିଲା। ସେ ଜାଣିବା ଦରକାର, କାହିଁକି ଏମାନେ ଜୋର୍ ଜବରଦସ୍ତ ତା' ପେଟ ଭିତରୁ ଗର୍ଭାଶୟଟିକୁ ବାହାର କରି ଫୋପାଡ଼ି ଦେଲେ ?

କିନ୍ତୁ ମୋନାଲିସା କେବେ ପ୍ରତିବାଦ କରି ନ ଥିଲା। ଅତୀତର ଦୁର୍ଭାଗ୍ୟ ଓ ଭବିଷ୍ୟତର ସୌଭାଗ୍ୟ ଭିତରେ ହୋଇଥିବା ଦର ମୂଲାମୂଲିରେ ସେ ସନ୍ତୁଷ୍ଟ ଥିଲା ନା ପ୍ରତିବାଦ କରିବା ପାଇଁ ସାହସ ଯୋଗାଡ଼ କରିପାରି ନ ଥିଲା, ସେକଥା ଉର୍ବଶୀ ଜାଣେ ନାହିଁ।

ଉର୍ବଶୀ ବାଲ୍‌କୋନିକୁ ଆସି ଶରତର ଆକାଶକୁ ଚାହିଁଲା। ଦଶହରା ଚାରିଦିନ ତଳୁ ଚାଲିଗଲାଣି, କାଲି କୁମାର ପୂର୍ଣ୍ଣିମା। ଶରତର ସକାଳ ନରମ ଓ ସ୍ପର୍ଶାତୁର। ଟିକିଟିକି କାକର ଟୋପା ଘାସ ବିଛଣା ଉପରେ ପଡ଼ି ଚିକ୍‌ଚିକ୍ କରୁଛି। ସକାଳ ସୂର୍ଯ୍ୟର ଖରା ତାକୁ ଝଲମଲ ମୋତି ମାଣିକ୍ୟରେ ପରିଣତ କରିଦେଇଛି। ବଗିଚାର ଗୋଟିଏ କୋଣକୁ ଥୁଣ୍ଟା ଟଗର ଗଛଟାଏ- ପୋକ କାଟି ଦେଇଛି ନା ଆଉ କିଏ, ଉର୍ବଶୀ ଜାଣିପାରିଲା ନାହିଁ। କିଛି ମାସ ତଳେ କିନ୍ତୁ ଗଛଟାରେ ପ୍ରଚୁର ଫୁଲ ଫୁଟୁଥିଲା। ଏବେ ସେ ଗଛଟା ପତ୍ରହୀନ, ଥୁଣ୍ଟା। ଗୋଟିଏ ପରେ ଗୋଟିଏ ହୋଇ ସବୁ ପତ୍ର ଝଡ଼ିଯାଇଛନ୍ତି। କେଶବତୀ କନ୍ୟାଟିଏ ମୁଣ୍ଡିତ ମସ୍ତକ ହୋଇଗଲେ ଯେମିତି ବିକୃତ ଦିଶେ, ସେମିତି ଦୟନୀୟ ଦିଶୁଛି ମଲା ଟଗର ଗଛ। କିନ୍ତୁ ଟଗର ଗଛର ମୁମୂର୍ଷୁ ଅବସ୍ଥା ଅପେକ୍ଷା ଆଉ ଗୋଟେ ଦୃଶ୍ୟ ତାକୁ ଅଧିକ ଆଶ୍ଚର୍ଯ୍ୟ କରୁଥିଲା। ବଗିଚାରେ ଏତେ ପୁଷ୍ପବତୀ ଓ ପତ୍ରଘନ ଗଛ ଥାଉ ଥାଉ, ରଙ୍ଗିନ ପ୍ରଜାପତିଟିଏ ଆସି ସେଇ ଥୁଣ୍ଟା ଟଗର ଗଛର ଉପର ଡାଳରେ ବସିଥିଲା।

କି ବିଚିତ୍ର ବିରୋଧାଭାସ- ସାହିତ୍ୟର ଛାତ୍ରୀ ଉର୍ବଶୀ ମନକୁ ମନ କହିଲା ଏବଂ ସେତିକିବେଳେ ତା'ର ପୁଲକ କଥା ମନେପଡ଼ିଗଲା। ତା' ପାଇଁ ଚପଲ ହଳକ ନେଇ ଆସିବା ପରଠୁ ବରାବର ପୁଲକ ତା' ଖବର ରଖୁଛି। ଏହା ଭିତରେ ଦି'ଥର ଏଠିକି ଆସିଥିଲା ପୁଲକ। ଅନେକ ସମୟ ରହିଥିଲା ଉର୍ବଶୀ ପାଖରେ। ସେମାନେ ସାଙ୍ଗ ହୋଇ ଗଡ଼ଗଡ଼ିଆଘାଟକୁ ବୁଲି ଯାଇଥିଲେ। ଅକ୍ଷୟ ମହାନ୍ତି ଗୀତର ସେହି ଗଡ଼ଗଡ଼ିଆ ଘାଟ, ଯୋଉଠୁ ଦହିବରା ଆଳୁଦମ୍ ଖାଇବା ଲାଗି କଟକର କିଶୋରୀମାନେ ବାଲିଯାତ୍ରାରେ ଭିଡ଼ ଲଗାନ୍ତି। ପୁଲକ ଅନେକ ଭରସା ଦେଇଥିଲା ଉର୍ବଶୀକୁ। ନାନା ଆଡୁ ନାନା କଥା କହି ସାହସ ଦେଇଥିଲା। ଏବେ ଥୁଣ୍ଟା ଟଗର ଗଛ ଡାଳରେ ପ୍ରଜାପତିଟିକୁ ଦେଖି ତା'ର ପୁଲକର ସେସବୁ କଥା ମନେପଡ଼ିଗଲା।

ପୁଲକମାନେ ଉର୍ବଶୀଙ୍କ ଜୀବନକୁ ଅନେକ ବିଳମ୍ବରେ ଆସନ୍ତି- କଥାଟା ଭାବିନେଇ ଉର୍ବଶୀ ମନେ ମନେ ଚମକିପଡ଼ିଲା। ଇଏ ପାପ, ତା'ର ରକ୍ଷଣଶୀଳ ମନ ତାକୁ ଚେତେଇ ଦେଲା। ସେ ଆଉ ଜଣକର ସ୍ତ୍ରୀ, ସିଏ ପଛେ ତାକୁ ଛାଡ଼ପତ୍ର

ଦେବାଲାଗି ଦିନରାତି ଲାଗିପଡ଼ିଥାଉ। ସେ ମିକିର ମାଆ। ତେଣୁ ଅନ୍ୟ ପୁରୁଷର କଥା ଚିନ୍ତା କରିବା ବି ତା' ପକ୍ଷେ ପାପ!

ମିକି! ତା'ର ଝିଅ।

ତା' ରକ୍ତ ମାଂସ, ତା'ର ମନ ଓ ଆତ୍ମାର ସୁକୁମାର ପ୍ରତିନିଧି। ଅନେକ ଦିନ ହେଲାଣି ତାକୁ ସେ ଦେଖିନାହିଁ। ଥରୁଟେ ଲାଗି ଗତବର୍ଷ ତାକୁ କୋର୍ଟକୁ ଆଣିଥିଲା ସଞ୍ଜୟ ପଟ୍ଟନାୟକ। ସେତେବେଳକୁ ଉର୍ବଶୀ ପାଗଳୀ ସାବ୍ୟସ୍ତ ହୋଇସାରିଥିଲା। ଏଗାର ବର୍ଷର ମିକି ତାକୁ ମା' ବୋଲି ଭଲଭାବେ ଚିହ୍ନି ପାରି ନ ଥିଲା, କିନ୍ତୁ ଉର୍ବଶୀ ଦେଖୁ ଦେଖୁ ଝିଅକୁ ଚିହ୍ନିଥିଲା। ସେଇ ତା'ର ଝିଅ, ଦେଢ଼ଟା ବର୍ଷ ତାକୁ କୋଳରେ ଧରି, ସେ ଶୁଣିଥିବା ଓ ପଢ଼ିଥିବା ଗୀତ ଗପ ଶୁଣେଇ ସମୟ ବିତେଇଥିଲା। କୁନି ଝିଅର ଉଷୁମ ପାପୁଲି, ତା'ର ପଦ୍ମପତ୍ର ପରି ନରମ କୋମଳ ହାତ ଓ ପାଦରେ ବୋକ ଦେଇ ସେ ସବୁ ନିର୍ଯାତନାକୁ ଭୁଲିବାକୁ ଚେଷ୍ଟା କରିଥିଲା। ସେଇ ମିକିକୁ ସୁଦ୍ଧା ଦେଖିବାକୁ ଦେଇନାହିଁ ସଞ୍ଜୟ ପଟ୍ଟନାୟକ। ଯୁକ୍ତି କରିଛି, "ମା ପାଗଳୀ, ଡାଆଣୀ। ପାଖରେ ପାଇଲେ ସେ ଝିଅର ବେକ ମୋଡ଼ିଦେବ। ତାକୁ ମାରିଦେବ।"

ମିକିକୁ ପଚାରିଥିଲେ ଜଜ୍, ସେ କାହା ପାଖରେ ରହିବ। ମୁଖସ୍ଥ କଲାପରି ମିକି ଉତ୍ତର ଦେଇଥିଲା, "ମାଆ ପାଖକୁ ଗଲେ ପାଗଳୀ ମାଆ ମତେ ମାରିଦେବ, ମୁଁ ବାପାଙ୍କ ପାଖେ ରହିବି, ଜେଜେ ଓ ଜେଜେମା'ଙ୍କ ପାଖରେ ରହିବି।"

ସେଦିନ କଚେରିର କୋଳାହଳ ଉର୍ବଶୀର ମାତୃତ୍ୱକୁ ପରିହାସ କରିଥିଲା। କିନ୍ତୁ ଉର୍ବଶୀ ଆଦୌ ମନକଷ୍ଟ କରି ନ ଥିଲା। ହାତୀ ବନସ୍ତରେ ରହିଲେ ରାଜାଙ୍କର, ମିକି ଯେଉଁଠି ରହିଲେ ବି ତା'ର। ସିଏ କ'ଣ ଲୋକକଥାର କଳିହୁଡ଼ୀ କପଟ ମା' ପରି ମିକିକୁ ଦି'ଗଡ଼ କରି ତହିଁରୁ ଗଡ଼େ ତା' ପାଖରେ ରଖିବାକୁ ମନ କରିଥାନ୍ତା? କେମିତି ପାଳିଥାନ୍ତା ମିକିକୁ? କ'ଣ ଖୁଆଇଥାନ୍ତା, କ'ଣ ପିନ୍ଧେଇଥାନ୍ତା? ରାକ୍ଷସ ପାଖରେ ରହୁ ପଛେ ଭଲରେ ଥାଉ ତା' ଝିଅ, ବଞ୍ଚିକି ଥାଉ।"

ଉର୍ବଶୀର ଆଖିରୁ ଧାର ଧାର ଲୁହ ବୋହିଯାଉଥିଲା। ସେ ଭିତରେ ଭିତରେ ମିକିକୁ ଦେଖିବା ଲାଗି ଛଟପଟ ହେଉଥିଲା।

ସେ ଲୁହ ପୋଛିଦେଲା ପାପୁଲିରେ। କେତେବେଳୁ କେହି ଜଣେ କବାଟ ଠକ୍‌ଠକ୍ କରୁଥିଲା। ଚିଡ଼ି ଉଠିଲା ଉର୍ବଶୀ। "କିଏ?" - ବଡ଼ ପାଟିରେ କହିଲା।

"କ୍ଷମା କରିବେ, ମୁଁ ଅସମୟରେ ବୋଧେ ଆସିଗଲି" କହି କହି ପୁଲକ ପଶି ଆସିଲା। ହାତରେ ଗୋଟେ ମଉଳା ଘାସଫୁଲ।

ଉର୍ବଶୀ ଅପ୍ରସ୍ତୁତ ହୋଇପଡ଼ିଲା। ନିଜର ରୁକ୍ଷ ବ୍ୟବହାର ଯୋଗୁଁ ଦୁଃଖ କଲା

ସେ। ପୁଲକ ହିଁ ଜଣେ ମଣିଷ, ଯିଏ ତାକୁ ବିନା କିଛି ପ୍ରତିବାଦରେ ଗତ ଦେଢ଼ ମାସ ହେଲା ସାହାଯ୍ୟ କରି ଆସୁଛି। ବିଚରା କ'ଣ ଭାବିଥିବ?

"ଆରେ ପୁଲକ, ମୁଁ ଭାବିଲି ଆଉ କିଏ?"

ନାଟକର ଯୁବରାଜ ତାଙ୍କର ବାନ୍ଧବୀ ହାତକୁ ଗୋଲାପ ଫୁଲଟେ ବଢ଼େଇଦେବା ପରି ପୁଲକ ଉର୍ବଶୀ ହାତକୁ ମଉଳା ଘାସଫୁଲଟି ବଢ଼େଇ ଦେଲା। ଉର୍ବଶୀ ହସିବ ନା କାନ୍ଦିବ ବୁଝିପାରିଲା ନାହିଁ। କହିଲା, "ଆଉ ଟିକକ ଆଗରୁ ମୁଁ ଆପଣଙ୍କ କଥା ମନେପକଉଥିଲି।"

"ଜୋକର୍‌ମାନଙ୍କ କଥା ବି କାହାରି କାହାରି ମନରେ ଆସେ ତା'ହେଲେ?"

"ହଁ। ନା, ଜୋକର କିଏ?"

"ମେରା ନାମ୍ ଜୋକର୍।" ପୁଲକ କହିଲା ଓ ଟୁଲ୍ ଉପରେ ବସିପଡ଼ିଲା। ଉର୍ବଶୀକୁ ଆଉ କିଛି କହିବାକୁ ନ ଦେଇ ତା' ହାତକୁ ସକାଳର ଇଂରାଜୀ ଖବରକାଗଜ ଖଣ୍ଡିକ ବଢ଼େଇ ଦେଲା।

"କ'ଣ ମୋ ବିଷୟରେ ପୁଣି କିଛି ବାହାରିଲା ନା କ'ଣ?" - ଉର୍ବଶୀ ବିବ୍ରତ ହୋଇପଡ଼ିଲା।

"ନା, ନା ମୁଁ ଆପଣଙ୍କୁ ଆଉ ଗୋଟିଏ କଥା ଦେଖେଇବାକୁ ଚାହୁଁଥିଲି।" ପୁଲକ କହିଲା ଓ ଉର୍ବଶୀକୁ ଖବରକାଗଜଟି ଖୋଲି ଲେଖାଟିଏ ଦେଖେଇଲା। ସେ ଲେଖାଟିର ଶିରୋନାମା ଥିଲା 'ଦିସ୍ ଓ୍ୱାଜ୍ ଦ ମୋଷ୍ଟ ବିଉଟିଫୁଲ ଫ୍ଲାଓ୍ୱାର୍'। ଉର୍ବଶୀ ଲେଖାଟି ପଢ଼ି ବସିଲା।

ଦିନେ କୌଣସି କାରଣରୁ ଚିଡ଼ିଚିଡ଼ା ହୋଇ ନିଜ ଜୀବନକୁ ଅର୍ଥହୀନ ମଣିଥିବା ଭଦ୍ରମହିଳା ଜଣେ ପାର୍କର ଗୋଟିଏ କୋଣରେ ଯାଇ ବସିଥିଲେ। ଏମିତି ସମୟରେ ଗୋଟେ ପିଲା ଆସି ମଉଳା ଘାସ ଫୁଲଟେ ତାଙ୍କ ଆଡ଼କୁ ବଢ଼େଇ ଦେଇ କହିଥିଲା, "ଦେଖିଲେ, ଏଇଟା କ'ଣ ଗୋଟେ ସୁନ୍ଦର ଫୁଲ ନୁହେଁ?" ଚିଡ଼ିଚିଡ଼ା ଭଦ୍ରମହିଳା ଘାସଫୁଲଟାକୁ ଦେଖି ଆହୁରି ବିରକ୍ତ ହୋଇଥିଲେ। ଚିତ୍କାର କରିବାକୁ ଚାହିଁଲା ବେଳକୁ ପିଲାଟାର ମୁହଁ ଉପରେ ତାଙ୍କର ଦୃଷ୍ଟି ପଡ଼ିଥିଲା। ହଠାତ୍ ତାଙ୍କର ରାଗ ପାଣିଫୋଟକା ପରି ମିଳେଇଗଲା। କାରଣ ସେ ଦେଖିଲେ, ପିଲାଟି ଅନ୍ଧ।

ଆଖି ନ ଥିବା ପିଲାଟି କେମିତି ଦେଖିପାରିଲା ଯେ ପାର୍କର ଏଇ କୋଣରେ ଦୁଃଖୀ ସ୍ତ୍ରୀଲୋକଟିଏ ବସିଛି, ଯାହାର ମନ ବହଲେଇବା ପାଇଁ ଫୁଲଟିଏ ଦରକାର!

ତା'ପରେ ସେ ପିଲାଟି ହାତରୁ ଫୁଲଟିକୁ ଶ୍ରଦ୍ଧାର ସହ ଗ୍ରହଣ କରିଛନ୍ତି। ଉତ୍ସାହ ଦେବା ସ୍ୱରରେ କହିଛନ୍ତି, "ହଁ, ଏଇଟି ପୃଥିବୀର ସବୁଠୁ ସୁନ୍ଦରତମ ଫୁଲ।"

ଅନ୍ଧ ପିଲାଟି ଖୁସିରେ ବଗିଚାର ମଝିକୁ ଦଉଡ଼ିଯାଇଛି। ଗୋଟେ ସିମେଣ୍ଟ ବେଞ୍ଚ ତଳକୁ ନୋଇଁପଡ଼ି ଆଉ ଗୋଟେ ଘାସଫୁଲ ସଂଗ୍ରହ କରିଛି ଏବଂ ପୁଣି ଅନ୍ୟ ଦିଗରେ ଦଉଡ଼ିଯାଇଛି, ବୋଧହୁଏ ଆଉ ଗୋଟେ ଦୁଃଖୀ ଲୋକର ସନ୍ଧାନରେ...।

ଅନ୍ଧ ପିଲାଟିର ଆଖିରେ ଥିବା ଦିବ୍ୟଜ୍ୟୋତିର ଉପଲବ୍ଧିରେ ଭଦ୍ରମହିଳା ପ୍ରକୃତିସ୍ଥ ହୋଇଛନ୍ତି। ଆକାଶ କୋଳରୁ ମେଘ ଦୂରେଇଯିବା ପରି ଆଉ ଟିକକ ଆଗରୁ ଚିଡ଼ିଚିଡ଼ା ଉଦାସ ଭାବ କୁଆଡ଼େ ଦୂରେଇ ଯାଇଛି ତାଙ୍କ ମନରୁ।

ଉର୍ବଶୀ ଏବେ ପୁଲକ ଆଣିଥିବା ଘାସଫୁଲର ତାତ୍ପର୍ଯ୍ୟ ବୁଝିପାରିଲା। ବୁଝିପାରିଲା, କେତେ ଗଭୀର ଭାବରେ ପୁଲକ ତା' ବିଷୟରେ ଚିନ୍ତା କରୁଛି। କିନ୍ତୁ କାହିଁକି? ସେ ପୁଲକର କିଏ? ପୁଲକ ସହ ତା'ର ସମ୍ପର୍କ କ'ଣ? ଗୋଟେ ଆକସ୍ମିକତାରୁ ସେମାନଙ୍କର ଦେଖାଚାହାଁ, ଦୁଇ ରେଳଯାତ୍ରୀ ପରସ୍ପରକୁ ଭେଟିବା ପରି ସେମାନଙ୍କର ସାକ୍ଷାତ। ଷ୍ଟେସନ ଆସିବାକ୍ଷଣି ପୁଣି ଦୁହେଁ ବିପରୀତ ଦିଗରେ ଚାଲିଯିବେ। ପଛରେ ରହିଯିବ ଟ୍ରେନ୍ ଡବା ଭିତରେ ବିତେଇଥିବା କିଛି ମୁହୂର୍ତ୍ତ, ଚିନାବାଦାମ୍ କି ବାରମଜା ସାଙ୍ଗ ହୋଇ ଖାଇଥିବାର କିଛି ଉଷୁମ ସ୍ମୃତି।

ପୁଲକ କହିଲା, "ଆପଣ ସେଦିନ ଆତ୍ମହତ୍ୟା କଥା କହୁଥିଲେ। ଆତ୍ମହତ୍ୟା କ'ଣ? ଆମର ଅସ୍ତିତ୍ୱ ବିରୋଧରେ ଗୋଟେ କୁତ୍ସିତ ଅଭିଯୋଗ। ଜଣେ ଦାର୍ଶନିକ ଏଇମିତି କିଛି କହିନାହାନ୍ତି କି?"

"କିନ୍ତୁ ମୁଁ ଆଉ ପାରୁନାହିଁ ପୁଲକ। ଆଉ ପାରୁନାହିଁ।"

"ଏଇ ଘାସଫୁଲକୁ ଦେଖନ୍ତୁ। ତା' ପଛରେ ଥିବା ସେଇ ଅନ୍ଧ ପିଲାର କାହାଣୀକୁ ବି ମନେପକାନ୍ତୁ। ଆପଣଙ୍କୁ ଚାଲିବାକୁ ପଡ଼ିବ। ମୁଁ ଆପଣଙ୍କ ସାଙ୍ଗରେ ସେତିକି ଦୂର ଯାଏ ଥିବି, ଯେତିକି ଦୂର ପର୍ଯ୍ୟନ୍ତ ଆପଣ ମୋତେ ଲୋଡୁଥିବେ। ଯେଉଁଦିନ କହିଦେବେ, ମୋର ପ୍ରୟୋଜନ ନାହିଁ, ସେଦିନ ମୁଁ ଯେମିତି ଆସିଥିଲି, ସେମିତି ଚାଲିଯିବି।"

"କିନ୍ତୁ ଆପଣଙ୍କର ଏଥିରେ ଲାଭ କ'ଣ? ଆପଣ କାହିଁକି ନିଜର ମୂଲ୍ୟବାନ୍ ସମୟ ନଷ୍ଟ କରୁଛନ୍ତି ମୋ ପାଇଁ ଅକାରଣରେ?"

"ଅକାରଣରେ ନୁହେଁ। ପୃଥିବୀର ସବୁ ମଣିଷ ସ୍ୱାର୍ଥପର ନୁହଁନ୍ତି, ଏମିତି ଗୋଟେ ବିଶ୍ୱାସର ପ୍ରତିଷ୍ଠା କ'ଣ ଅକାରଣ କଥା?"

"ଆପଣଙ୍କର ସାହିତ୍ୟ ନ ପଢ଼ି ଦର୍ଶନ ପଢ଼ିବା ଉଚିତ ଥିଲା।" ଉର୍ବଶୀ କହିଲା ଓ ଘାସଫୁଲଟିକୁ ଯତ୍ନର ସହ ନେଇ ତା' ତକିଆ ପାଖରେ ରଖିଦେଲା।

ପୁଲକ କହିଲା, "ମୁଁ ସପ୍ତାହକ ଲାଗି ଦିଲ୍ଲୀ ଯାଉଛି। ସେହି କଥା କହିବାକୁ ଆସିଥିଲି। ଫେରିଲେ ପୁଣି ଆସିବି।"

ହଠାତ୍ ଉର୍ବଶୀକୁ କେମିତି ଫାଙ୍କା ଫାଙ୍କା ଲାଗିଲା। ଆଗରୁ ବି ପୁଲକ ଆସେ ଏବଂ ଯାଏ, କିନ୍ତୁ ସେ ଯିବା ପରେ ତାକୁ ଏମିତି ଫାଙ୍କା ଫାଙ୍କା ଲାଗେ ନାହିଁ। ଆଜି ପୁଲକର ସାତ ଦିନ ଲାଗି ଦିଲ୍ଲୀ ଯିବା କଥା ଶୁଣି ତାକୁ ଏମିତି ଫାଙ୍କା ଫାଙ୍କା କାହିଁକି ଲାଗୁଛି ? ଏଇ ଫାଙ୍କା ଫାଙ୍କା ଲାଗିବାର ପରିଭାଷା କ'ଣ ? ନିଜର ବୈଠକୀଖାନାରୁ ଦାମୀ ଉପକରଣଟିଏ ହଜିଗଲେ ଯେଉଁ ଫାଙ୍କା ଫାଙ୍କା ଅନୁଭବ ହୁଏ ତାହାଠାରୁ ଏଇ ଅନୁଭବ କ'ଣ ଭିନ୍ନ ?

ସେ ପଚାରିଲା, "ଆପଣ ଯଦି ଏଇ ଜୋତା ବ୍ୟବସାୟରେ ରହିବେ ବୋଲି ଜାଣିଥିଲେ, ତା'ହେଲେ ଦିଲ୍ଲୀ ଯାଇ ପଢୁଥିଲେ କାହିଁକି ?"

"ଜଣେ ପାଠୁଆ ବ୍ୟବସାୟୀ ହେବା ପାଇଁ, ଆଉ କାହିଁକି ?"

"ଏଇଟା ମୋ ପ୍ରଶ୍ନର ଉତ୍ତର ନୁହେଁ।" - ଉର୍ବଶୀ କହିଲା।

ପୁଲକ ହସିଲା। ଟୁଲ୍ ଉପରୁ ଉଠିପଡ଼ି ବାହାରକୁ ଚାହିଁଲା। "ବାପା ବି ମୋର ଆଲାଏଡ୍ ପାଇଥିଲେ। କିନ୍ତୁ ଚାକିରି କଲେ ନାହିଁ। ମୁଁ କିନ୍ତୁ ଭାବିଥିଲି ଚାକିରି କରିବି। କିନ୍ତୁ...।"

"କିନ୍ତୁ ପୁଣି କ'ଣ ? ଆପଣଙ୍କ କ୍ୟାରିୟର୍ ଏତେ ବଢ଼ିଆ। ଚାକିରି କରିବା ଉଚିତ ଥିଲା।"

"ତେର ଚଉଦ ବର୍ଷ ତଳେ ଦିଲ୍ଲୀ ବିଶ୍ୱବିଦ୍ୟାଳୟରେ ପଢୁଥିଲି। କିଛି ଘଟଣା ସେତେବେଳେ ଘଟିଲା, ଯାହା ମୋତେ ମୋ ନିଷ୍ପତ୍ତି ବଦଳେଇବା ଲାଗି ବାଧ୍ୟ କଲା।" ଟିକିଏ ରହି ପୁଲକ କହିଲା, "ଆମର ବ୍ୟବସାୟ କିନ୍ତୁ ଖୁବ୍ ଭଲ ଚାଲିଛି। ଚାକିରି କରିଥିଲେ ଅଧିକ କ'ଣ ଲାଭ ହୋଇଥାଆନ୍ତା ?"

ଉର୍ବଶୀ ଜାଣିପାରୁଥିଲା, ପୁଲକ କିଛି କଥା ଲୁଚଉଛି। ସେ ବାଧ୍ୟ କଲା ନାହିଁ। କିଏ ଜାଣେ, ପୁଲକର ବି କିଛି ଦୁଃଖ ଥିବ। କାହାର ଏ ଦୁନିଆରେ ଦୁଃଖ ନାହିଁ ! ସେ କହିଲା, "ମୁଁ ଆଉ ପାରୁନାହିଁ ପୁଲକ, ଥକି ପଡୁଛି। ଏଠି ସମସ୍ତେ ଦୁର୍ବଳଙ୍କୁ ସାହାଯ୍ୟ କରିବା କଥା କହୁଛନ୍ତି, ପତ୍ରପତ୍ରିକାରେ ଲେଖୁଛନ୍ତି, ମାତ୍ର ଅସଲ କାମ ବେଳକୁ ପଛେଇ ଯାଉଛନ୍ତି। ଏମିତିରେ ମୁଁ ଏକାକୀ କ'ଣ କିଛି କରିପାରିବି ?"

ପୁଲକ କିଛି ସମୟ ନିରୁତ୍ତର ରହିଲା। କହିଲା, "ମୋର ନିଜର ବିଶ୍ୱାସ, ସମସ୍ୟାର ଠିକ୍ ପାଖାପାଖି ତା'ର ସମାଧାନ ଥାଏ। ଯେମିତି ଆପଣ ଲକ୍ଷ୍ୟ କରିଥିବେ, ଯେଉଁ ଅଞ୍ଚଳରେ ଯେଉଁ ପ୍ରକାର ରୋଗବୈରାଗ ବ୍ୟାପେ, ସେଇ ଅଞ୍ଚଳ ପାଖାପାଖି ଥାଏ ସେ ରୋଗ ଉପଶମର ଔଷଧ ଆଉ ଉପଚାର।"

ଉର୍ବଶୀ ଚମକି ପଡ଼ିଲା । ସମସ୍ୟାର ପାଖାପାଖି ଥାଏ ସମାଧାନ ! ତା' ସମସ୍ୟାର ପାଖାପାଖି ସେମିତି କିଛି ସମାଧାନ ଅଛି କି ?

ହଠାତ୍ ତା'ର ବିରସ ମୁହଁଟି ଉଜ୍ଜ୍ୱଳି ଉଠିଲା । ସେ ମନେ ମନେ ଉତ୍ସାହିତ ହୋଇପଡ଼ିଲା ଏବଂ ତା'ର ଏହି ଉତ୍ସାହ ପୁଲକର ନଜର ଏଡ଼ି ପାରିଲା ନାହିଁ । ସେ ପଚାରିଲା, "କ'ଣ ଭାବୁଛନ୍ତି ?"

: ସମସ୍ୟାର ପାଖାପାଖି ଥାଏ ସମାଧାନ ।

: ଓଃ, ମୁଁ ଭାବିଲି ଆପଣ କୌଣସି ସମାଧାନର ବାଟ ପାଇଗଲେ ?

ଉର୍ବଶୀ ଧୀର ଗଳାରେ କହିଲା, "ଆପଣଙ୍କ କଥା ଶୁଣିଲା ପରେ ମୋ ମୁଣ୍ଡକୁ ଗୋଟେ ବୁଦ୍ଧି ଜୁଟୁଛି । କିନ୍ତୁ ଏ ଦିଗରେ ଆପଣଙ୍କର ସାହାଯ୍ୟ ଦରକାର । ଆପଣ ସାହାଯ୍ୟ କରିବେ ?"

ପୁଲକ ନିରୁତ୍ତର ରହି ସେମିତି ମୁରୁକି ମୁରୁକି ହସିଲା । ଉର୍ବଶୀ କହିଲା, "ଆପଣ ଗୋଟେ କାମ କରିବେ । ସାମ୍ବାଦିକ ଭାରତ ମହାପାତ୍ରଙ୍କୁ ଫୋନ୍ କରି ତାଙ୍କୁ ଗୋଟେ କଥା କହିବେ ।"

: କେଉଁ କଥା ?

ଉର୍ବଶୀ ଏଥର ପୂର୍ବ ଅପେକ୍ଷା ଆହୁରି ଧୀର ସ୍ୱରରେ ପୁଲକକୁ ତା'ର କଥାତକ କହିଦେଲା । ପୁଲକ ମୁଣ୍ଡ ହଲେଇଲା ଓ ତା' ଆଡୁ ଆଉ ଗୋଟେ ପ୍ରସ୍ତାବ ଦେଲା । ଉର୍ବଶୀ ସେ ପ୍ରସ୍ତାବ ଶୁଣି ହଠାତ୍ ଚମକି ପଡ଼ିଲା । କିନ୍ତୁ ପୁଲକ ହସି ହସି ଭରସା ଦେଲା । ଗୋଟାଏ ବିରାଟ ସମାଧାନର ସୂତ୍ର ପାଇଗଲା ପରି ଦୁହିଁଙ୍କର ମୁହଁ ଉଜ୍ଜ୍ୱଳି ଉଠିଲା ।

ଉର୍ବଶୀ କହିଲା, "ଗୋଟେ କଥା ପଚାରିପାରିବି ପୁଲକ ?"

"ପଚାରନ୍ତୁ ।"

"ଆପଣ ଏଠିକି ଆସୁଛନ୍ତି ବୋଲି ଅନ୍ୟମାନେ ଆପଣଙ୍କୁ ଖରାପ ଭାବନ୍ତି ନାହିଁ ?"

"ଆପଣ ଖରାପ ଭାବୁଛନ୍ତି କି ?" ପୁଲକ ଓଲଟା ପଚାରିଲା ।

"ମୋ ପାଖରେ ଚରିତ୍ରହୀନାର ସାର୍ଟିଫିକେଟ୍ ଅଛି । ମୋର ଆଉ ଖରାପ କ'ଣ ?"

"ମୋର କୌଣସି ସାର୍ଟିଫିକେଟ୍ ଦରକାର ନାହିଁ" - ପୁଲକ କହିଲା ।

ଉର୍ବଶୀ ଲାଜେଇ ଗଲା । ସତେ କି ଗୋଟେ ଉଦ୍ଭଟ ପ୍ରଶ୍ନ ସେ ପଚାରିଥିଲା । ପୁଲକ ଏଥର ଉର୍ବଶୀର ମୁହଁକୁ ସିଧାସଳଖ ଚାହିଁ କହିଲା, "ଆପଣଙ୍କୁ ମୁଁ ଗୋଟେ ପ୍ରଶ୍ନ ପଚାରିପାରିବି ?"

ଉର୍ବଶୀ ନିରବ ରହିଲା । ଯାହାର ଅର୍ଥ ହେଲା, ପୁଲକ ଏତେ ଔପଚାରିକ ହେବା ଉଚିତ ନୁହେଁ ।

: ନିଜ ବିଷୟରେ ଆପଣ ଏତେ ନିସ୍ପୃହ କାହିଁକି ? କେବେ ଆଇନାକୁ ଅନେଇ ଦେଖିବେ, କେମିତି ହାରିଗଲା ହାରିଗଲା ପରି ଆପଣ ଦିଶୁଛନ୍ତି । ଯୁଦ୍ଧ ଆରମ୍ଭ ଆଗରୁ ନିଜେ ଯଦି ହାରିଯିବେ, ପ୍ରତିପକ୍ଷ ତ ଉତ୍ସାହିତ ହେବ । ନିଜ ଦେହର ଯତ୍ନ ନିଅନ୍ତୁ, ଅନ୍ତତଃ ହାରିଗଲା ପରି ଦିଶନ୍ତୁ ନାହିଁ । ସବୁବେଳେ ମନେ ରଖିବେ ଯେ ଆପଣ ଏ ପୃଥିବୀର ଏକମାତ୍ର ଦୁଃଖୀ ନାରୀ ନୁହନ୍ତି । ପ୍ରକୃତରେ କୌଣସି ମଣିଷ ଏ ପୃଥିବୀର ଏକା ନୁହେଁ । ଅନ୍ଧ ନୁହେଁ, ପଙ୍ଗୁ ନୁହେଁ, ଦୁଃଖୀ ନୁହେଁ କି ସୁଖୀ ନୁହେଁ । ସେଇ ଏକା ଭାଗ୍ୟ ଭୋଗୁଥିବା ଅନେକ ମଣିଷ ଏକା ସମୟରେ ବଞ୍ଚୁଥାଆନ୍ତି, ହୁଏତ ଅଲଗା ଅଲଗା । ଆପଣଙ୍କ ଆଗରୁ ଏଭଳି ଦୁର୍ଭାଗ୍ୟ ହଜାର ହଜାର ନାରୀ ଭୋଗିଛନ୍ତି । ଆପଣଙ୍କ ପରେ ବି ଆହୁରି ହଜାର ହଜାର ନାରୀ ସେଇ ପ୍ରକାର ବା ତା'ଠାରୁ ଆହୁରି ଅଧିକ ଦୁଃଖ ଭୋଗି ପାରନ୍ତି । କିନ୍ତୁ ସେମାନଙ୍କର ଆଉ ଆପଣଙ୍କ ଭିତରେ ପାର୍ଥକ୍ୟ ହେଉଛି ସେମାନେ ସେହି ଦୁର୍ଭାଗ୍ୟକୁ ନିୟତିର ନିୟମ ବିଚାରି ରହିଯାଇଛନ୍ତି, ସହିଯାଇଛନ୍ତି; ଆଉ ଆପଣ ତାହାକୁ ଅତ୍ୟାଚାର ଭାବି ତା'ର ପ୍ରତିବାଦ କରୁଛନ୍ତି, ତା' ବିରୋଧରେ ଛିଡ଼ା ହେବା ଲାଗି ଅଣ୍ଟା ଭିଡୁଛନ୍ତି । କିନ୍ତୁ ଅଣ୍ଟା ଭିଡୁଥିବା ଲୋକ ଯଦି ଅନ୍ୟମାନଙ୍କ ଦୃଷ୍ଟିରେ ଅଣ୍ଟା ଭାଙ୍ଗିପଡ଼ିଥିବା ମଣିଷଟେ ପରି ଦିଶେ, ତା'ହେଲେ ତାକୁ ସେମାନେ ବିଶ୍ୱାସ କରିବେ କିପରି ? ତାଙ୍କ ଭିତରୁ କେହି ତାକୁ ସାହାଯ୍ୟ କରିବାକୁ ଆଗେଇ ଆସିବେ କାହିଁକି ?"

ଉର୍ବଶୀ ପୁଲକର କଥା ବୁଝିପାରୁଥିଲା । କିନ୍ତୁ ନିରବ ରହିଗଲା ସେ । ପୁଲକ ଫେରିଯାଉଥିଲା ।

ଅନ୍ୟଦିନ ଉର୍ବଶୀ ପୁଲକର ପଛେ ପଛେ ଯାଏ ନାହିଁ । ଆଜି ସେ ଚେଷ୍ଟା କରି ସୁଦ୍ଧା ନିଜର ପାଦ ଯୋଡ଼ିକୁ ଅଟକେଇ ପାରୁ ନ ଥିଲା । ପାଖ କୋଠରିରୁ ଲିସା ଓ ଶ୍ୟାମଳୀ ତାକୁ ଚାହିଁଥିଲେ । ତଥାପି ଉର୍ବଶୀକୁ କିଛି ଖରାପ ଲାଗୁ ନ ଥିଲା । ସେ ପୁଲକ ପଛେ ପଛେ ମୋହାବିଷ୍ଟ ନାରୀଟିଏ ପରି ଚାଲିଥିଲା ।

ପୁଲକ ତା' ଗାଡ଼ି ଷ୍ଟାର୍ଟ କରି ଫେରିଗଲା ।

ଉର୍ବଶୀ ଅନେକ ସମୟ ପର୍ଯ୍ୟନ୍ତ ଫାଟକ ପାଖରେ ସେଇ ଦିଗକୁ ଚାହିଁ ଛିଡ଼ା ହୋଇଥାଏ ।

୮. ରାଜଧାନୀ

"ବ୍ଲଡି ଫୁଲ୍। ଇରେସ୍‌ପନ୍‌ସିବଲ୍!" ଚିତ୍କାର କରି ଉଠିଲେ ବିରୋଧୀ ଦଳର ସଭାପତି। ସକାଳର 'ଭଏସ୍ ଅଫ୍ ଇଣ୍ଡିଆ'ର ପ୍ରଥମ ପୃଷ୍ଠାରେ ପ୍ରକାଶିତ ଛୋଟ ଖବରଟି ତାଙ୍କୁ ବିରକ୍ତ କରିଦେଇଥିଲା।

ସେ ଟେଲିଫୋନ୍‌ର ବଜର ଟିପିଲାକ୍ଷଣି ସେପଟରୁ ଷଡ଼ଙ୍ଗୀବାବୁ ଫୋନ୍ ଉଠେଇଲେ। ସଭାପତି ନିର୍ଦ୍ଦେଶ ଦେଲେ, "ସାମ୍ବାଦିକ ଭାରତ ମହାପାତ୍ରଙ୍କୁ ଲଗାଅ। ନା, ନା - ତାକୁ ଖବର ଦିଅ, ସେ ଆସି ମୋତେ ଦେଖାକରୁ। ଇଡିୟଟ୍!"

ସଭାପତି ରାଗିବାର କାରଣ ଥିଲା।

ତାଙ୍କ ନାଁ ନେଇ 'ଭଏସ୍ ଅଫ୍ ଇଣ୍ଡିଆ' ଖବରକାଗଜର ସାମ୍ବାଦିକ ଭାରତ ମହାପାତ୍ର ଲେଖିଥିଲା, ରାଉରକେଲା ଉପନିର୍ବାଚନ ପାଇଁ ବିରୋଧୀ ଦଳର ସଭାପତି ଜଣେ ମହିଳାଙ୍କୁ ପ୍ରାର୍ଥୀ କରିବା ଲାଗି ନିଷ୍ପତ୍ତି ନେଇଛନ୍ତି। ଏହି ମହିଳା ଜଣକ ତାଙ୍କ ସ୍ୱାମୀ ଦ୍ୱାରା ଅତୀତରେ ନିର୍ଯ୍ୟାତିତା ହୋଇଥିଲେ ଏବଂ ଖୋଦ୍ ଜଙ୍ଗଲ ମନ୍ତ୍ରୀ ମଧ୍ୟ ଏକଦା ତାଙ୍କ ପ୍ରତି ଦୁର୍ବ୍ୟବହାର କରିଥିବାର ଅଭିଯୋଗ ହୋଇଥିଲା। ବିରୋଧୀ ଦଳ ସଭାପତିଙ୍କ ଭାଷାରେ କଙ୍ଗଲମନ୍ତ୍ରୀଙ୍କ ଜଙ୍ଗଲରାଜର ମୂଳପୋଛ ପାଇଁ ଏଇ ମହିଳା ଜଣକ ହେବେ ମହାଭାରତର ଦ୍ରୌପଦୀ। ଏ ସମ୍ପର୍କରେ ବିରୋଧୀ ଦଳର ନେତା ପ୍ରାଥମିକ କଥାବାର୍ତ୍ତା କରିସାରିଛନ୍ତି ବୋଲି ଭାରତ ମହାପାତ୍ର ରିପୋର୍ଟରେ ଲେଖିଥିଲା।

ଭାରତ ମହାପାତ୍ରର ଦାୟିତ୍ୱହୀନତା ଓ ସେଇ ସ୍ତ୍ରୀ ଲୋକଟାର ଦୁଃସାହସ କଥା ସଭାପତି ଚିନ୍ତା କରୁଥିଲେ। ଥରୁଟେ ପାଇଁ ସେ ସ୍ତ୍ରୀ ଲୋକଟାକୁ ଭେଟିନାହାନ୍ତି। କେବେ ଥରେ ସେ ତାଙ୍କ ପାର୍ଟି ଅଫିସ୍‌କୁ ଆସିଥିଲା ଏବଂ ଆଉ ଦି' ତିନିଥର ଭେଟିବା ଲାଗି ଭିନ୍ନ ଭିନ୍ନ ଲୋକଙ୍କ ହାତରେ ଖବର ପଠେଇଥିଲା। ହୁଏତ କେତେବେଳେ ଆସି ଫେରିଥିବ, ସେ ଜାଣନ୍ତି ନାହିଁ। ପ୍ରତିଦିନ ବହୁ ଲୋକ ତାଙ୍କୁ ଭେଟିବାକୁ ଆସନ୍ତି। ସମସ୍ତଙ୍କୁ ଭେଟିବା ତାଙ୍କ ପକ୍ଷେ ସମ୍ଭବ ନୁହେଁ। ହୁଏତ ସେଇ ସ୍ତ୍ରୀ

ଲୋକଟା ଭାରତ ମହାପାତ୍ରକୁ ଏ ଖବର ଦେଇଥିବ। କିନ୍ତୁ ଭାରତ ମହାପାତ୍ର କିପରି ଏଭଳି ଦାୟିତ୍ୱହୀନ ରିପୋର୍ଟିଂ କଲା ? ଟୋକାଟାର ମୁଣ୍ଡ ଖରାପ ହୋଇଗଲାଣି ନା ସେଇ ସ୍ତ୍ରୀ ଲୋକଟା ତାକୁ କାବୁ କରିନେଇଛି ? ସେ ଯାହା ବି ହୋଇଥାଉ, ଆଜି ଏହାର ସ୍ପଷ୍ଟୀକରଣ ଛପେଇବାକୁ ପଡ଼ିବ। ରାଉରକେଲା ବାବଦରେ ସେ ଏପର୍ଯ୍ୟନ୍ତ ମନ ସ୍ଥିର କରିନାହାନ୍ତି। ପୁଣି ରାଜନୈତିକ ବ୍ୟାପାର କମିଟିର ଅଗୋଚରରେ ସେ ଏଇ ନିଷ୍ପତ୍ତି ନେଇଗଲେ ହରେକୃଷ୍ଣ ଓ ଅଶୋକ ପାଟିତୁଣ୍ଡ କରିପାରନ୍ତି।

ଫୋନ୍‌ର ବଜର୍ ବାଜିଲା। ଭାରତ ମହାପାତ୍ର ତା' ଘରେ ନ ଥିଲା ବୋଲି ଷଡ଼ଙ୍ଗୀ ବାକୁ କହିଲେ।

ସଭାପତି ଭୀଷଣ ଅଧୈର୍ଯ୍ୟ ଲୋକ। ଧର୍ କହିଲେ ବାନ୍ଧି ଆଣିବ, ଏହିପରି ଲୋକ ତାଙ୍କର ଦରକାର। ସେ କହିଲେ, "ଗାଡ଼ି ପଠାଇ ତାକୁ ଧରିଆଣ। ଏଇଟା ଅର୍ଜେଣ୍ଟ।"

ବିରୋଧୀ ଦଳର ସଭାପତି ତାକୁ ଖୋଜୁଥିବାବେଳେ ସାମ୍ବାଦିକ ଭାରତ ମହାପାତ୍ର ତା' ଘରେ ହିଁ ବସିଥିଲା। ପରିସ୍ଥିତି ଏମିତି ହୋଇଥିଲା ଯେ ସେ ତା' ଘର ବାହାରକୁ ବାହାରିପାରୁ ନ ଥିଲା। ସକାଳୁ ତା'ର ସାମ୍ବାଦିକ ଭାଇମାନେ ଫୋନ୍ କରି କରି ତାକୁ ଉଚ୍ଛନ୍ନ କରିଦେଲେଣି। ତା'ର ଏତେ ବର୍ଷର ସାମ୍ବାଦିକ ଜୀବନରେ ଏଭଳି ଭୁଲ୍ ସେ କେବେ କରି ନ ଥିଲା। ତେଣୁ ସେ ଘରେ ଥାଇ ସୁଦ୍ଧା ଫୋନ୍ ଧରୁ ନ ଥିଲା। ମୁହଁ ଲୁଚେଇ ଚୁପ୍ ବସିବା ଭିନ୍ନ ତା' ନିକଟରେ ଅନ୍ୟ କୌଣସି ବିକଳ୍ପ ନ ଥିଲା।

ଗତକାଲି ଦି' ପହରେ ବିରୋଧୀ ଦଳ ପାର୍ଟି ଅଫିସ୍‌ରୁ ଦଳର ମୁଖପାତ୍ର ସୁରେନ୍ଦ୍ରବାବୁଙ୍କ ନାଁ ନେଇ ତାକୁ ଜଣେ କିଏ ଫୋନ୍ କରିଥିଲା। ସୁରେନ୍ଦ୍ରବାବୁଙ୍କ ସହ ତା'ର ଭଲ ଜଣାଶୁଣା। ତାଙ୍କ କଥାକୁ ଅବିଶ୍ୱାସ କରିବାର କାରଣ ନ ଥିଲା। ଖବରଟି ପାଇବା ପରେ ସେ କଟକର 'ଆଶ୍ରୟ'କୁ ଫୋନ୍ କରିଥିଲା। ଚାରି ପାଞ୍ଚ ଥର ଫୋନ୍ କଲା ପରେ ସେ ରାତି ସାଢ଼େ ଦଶଟା ପାଖାପାଖି ଉର୍ବଶୀ ପଟ୍ଟନାୟକକୁ ପାଇଥିଲା। ଉର୍ବଶୀ ପଟ୍ଟନାୟକ ତାକୁ କହିଥିଲା ଯେ ସେ ଏହି ଘଣ୍ଟାଏ ତଳେ ପାର୍ଟି ଅଫିସ୍‌ରୁ ଏକା ଖବର ଶୁଣିଲା। ଏହାପରେ ଭାରତ ମହାପାତ୍ରର ସନ୍ଦେହ କରିବାର ଆଉ କିଛି କାରଣ ନ ଥିଲା। କାଳେ ଅନ୍ୟମାନେ ଖବରଟା ଆଗତୁରା ନେଇଯିବେ ଭାବି ସେ ତା' କାଗଜକୁ ଖବରଟା ଦେଇଥିଲା। ଆଜିକାଲି ସବୁ ସାମ୍ବାଦିକଙ୍କ ଭିତରେ ଖବର ପାଇଁ ଲଢ଼େଇ। ଉପରେ ଉପରେ ପରସ୍ପର କୋଳାକୋଳି ହେଉଥିଲେ ବି କେହି କାହାକୁ ନିଜର ଖବର ଦିଅନ୍ତି ନାହିଁ। ଏମିତି ପ୍ରତି ସନ୍ଧ୍ୟାରୁ ସକାଳ ପର୍ଯ୍ୟନ୍ତ ସେମାନଙ୍କ

ଭିତରେ ଅଦୃଶ୍ୟ ପ୍ରତିଯୋଗିତା ଚାଲିଥାଏ। ସକାଳକୁ ଯାଇ ଜଣାପଡ଼େ କିଏ ଜିତିଲା ବା କିଏ ହାରିଲା। ଯିଏ ଖବର ସଂଗ୍ରହରେ ପଛରେ ରହିଥାଏ ସେ ହାରେ। ଭାରତ ମହାପାତ୍ର ତାଜା ଖବରଟା ଦେଇ ଜିତିବ ବୋଲି ଉଦ୍ୟମ କରିଥିଲା। କିନ୍ତୁ ଏହା ପଛରେ ସତ୍ୟତା ନାହିଁ ବୋଲି ସେ ଆଜି ସକାଳେ ହିଁ ଜାଣିଲା।

ସ୍ତ୍ରୀ ଲୋକଟି ପ୍ରକୃତରେ ବିପଜ୍ଜନକ- ଭାରତ ମହାପାତ୍ର ମନକୁ ମନ କହିଲା ଏବଂ ପରବର୍ତ୍ତୀ କାର୍ଯ୍ୟପନ୍ଥା ବିଷୟରେ ଚିନ୍ତା କଲା।

ବିରୋଧୀ ଦଳର ସଭାପତିଙ୍କୁ ସେ ଖୁବ୍ ଡରେ। ତାଙ୍କରି ଯୋଗୁଁ ସେ ରାଜଧାନୀରେ ଏଇ ବିରାଟ ବଙ୍ଗଳା ପାଇଛି। ଏଇ ବଙ୍ଗଳାଟି ପାଇଁ ସମସ୍ତେ ତାଙ୍କ ଈର୍ଷା କରନ୍ତି। ତା' ସାଙ୍ଗକୁ କାର୍। ଭଦ୍ରଲୋକ ଯଦି ବିରକ୍ତ ହୋଇ ପ୍ରତିକ୍ରିୟାଶୀଳ ହୋଇପଡ଼ନ୍ତି, ତା'ହେଲେ କଥା ସରିଲା। ଏହାଠୁ ଭଲ ନିଜେ ଯାଇ ତାଙ୍କୁ ଆଗତୁରା ଦେଖାକରି ସତ କଥାଟି କହିଦେବା। ସଭାପତି ନିଜେ ରାଜନୀତିର ପୁରୁଣା ଲୋକ। ତା' କଥାକୁ ନିଶ୍ଚୟ ବିଶ୍ୱାସ କରିବେ। କିନ୍ତୁ ତା'ର ଏଡିଟରଙ୍କୁ ସେ କ'ଣ କହିବ? ଭଦ୍ରଲୋକ ପ୍ରତି କଥାରେ ତା' ଉପରେ ବିରକ୍ତ ହୁଅନ୍ତି। କଥାରେ କଥାରେ 'ନ୍ୟୁ ଓଡ଼ିଆ ଏକ୍ସପ୍ରେସ୍'ର ଅମୀୟ କର ସାଙ୍ଗରେ ତା'ର ତୁଳନା କରନ୍ତି। ଅମୀୟ କର କୁଆଡ଼େ ଅବ୍‌ଜେକ୍ଟିଭ୍, ଆନାଲିଟିକାଲ୍ ଆଉ ଡେୟାର ଡେଭିଲ୍। ଭାରତ ମହାପାତ୍ର କେବଳ ପ୍ରେସ୍-ରିଲିଜ୍ ସାମ୍ବାଦିକ। ଆଜିର ଦୁର୍ଘଟଣା ତା' ପାଇଁ କି ବିପଦ ଆଣିବ, ଭାରତ ଜାଣିପାରୁଥିଲା। ସେସବୁ କଥା ଚିନ୍ତା କରି ତା' ମୁଣ୍ଡ ଗୋଳମାଳ ହୋଇଯାଉଥିଲା। କାଲି ରାତିରେ ଭୁବନେଶ୍ୱର କ୍ଲବ୍‌କୁ ନ ଯାଇ ଆଉଥରେ ସୁରେନ୍ଦ୍ରବାବୁଙ୍କୁ ତା' ଆଡୁ ଫୋନ୍ କରିଦେଇଥିଲେ, ଆଜି ଏତେ ଭାବିବାକୁ ପଡ଼ନ୍ତା ନାହିଁ। କିନ୍ତୁ ସେ ସମୟ ଚାଲିଯାଇଛି।

ସେ ସଭାପତିଙ୍କ ବାସଭବନ 'ତରୁଣତୀର୍ଥ' ଅଭିମୁଖେ ବାହାରିପଡ଼ିଲା। ତା' ବଙ୍ଗଳାରୁ 'ତରୁଣତୀର୍ଥ' କୋଡ଼ିଏ ମିନିଟ୍‌ର ବାଟ। ସେଇ କୋଡ଼ିଏ ମିନିଟ୍ କାଳ ସେ ନାନାଦି ଦୁଶ୍ଚିନ୍ତାରେ ବୁଡ଼ି ରହିଲା।

ଷଡ଼ଙ୍ଗୀବାବୁ ତାକୁ ଦେଖି କୋଟିନିଧି ପାଇଲା ପରି ହେଲେ। କହିଲେ, "ଆପଣଙ୍କୁ ଆଣିବା ଲାଗି ଗାଡ଼ି ଯାଇଛି। କୁଆଡ଼େ ଥିଲେ ଆପଣ? ସାର୍ ସକାଳୁ ସକାଳୁ ଦଶ ଥର ଖୋଜିଲେଣି।"

"ଭିତରେ କିଏ ଅଛି?"

"କିଏ ଆଉ, ସେଇ ଉର୍ବଶୀ ପଟ୍ଟନାୟକ। ସିଏ ତ ସକାଳୁ ସକାଳୁ ନିଜେ ଆସି ହାଜର ହେଇଯାଇଛି। ବୁଢ଼ା ଆଜି ତାକୁ ପୋଲିସ୍ ହାତରେ ନ ଦେଇ ଛାଡ଼ିବ ନାହିଁ।"

"ମୁଁ ଯିବି ?"

"ରୁହନ୍ତୁ। ଟିକେ ପଚାରିଦିଏ। ଏଣୁ ମାଇଲେ ବ୍ରହ୍ମହତ୍ୟା, ତେଣୁ ମାଇଲେ ଗୋ-ହତ୍ୟା। ଆମରି ଉପରେ ଗାଳି ହେବ। ଏ ଚାକିରି ମୋ ଦ୍ୱାରା ଆଉ ହେବ ନାହିଁ ଦେଖୁଛି ଭାରତବାବୁ! କିଏ ଏ ଚିଡ଼ିଚିଡ଼ା ବୁଢ଼ା ପାଖେ କାମ କରିବ ?"

ଷଡଙ୍ଗୀ ବାବୁ ଟେଲିଫୋନ୍ ଏକ୍ସଟେନ୍‌ସନ୍‌ର ବଜର ଟିପିଲେ। ବଜର ଟିପିଲାବେଳେ ମୁହଁଟା ସ୍ୱାଭାବିକ ଥିଲା, ମାତ୍ର ଫୋନ୍ ରଖିଲାବେଳକୁ ମୁହଁଟି ଆମ୍ବିଳା ହୋଇଯାଇଥିଲା।

"କ'ଣ କହିଲେ ?" - ଭାରତ ମହାପାତ୍ର ପଚାରିଲା।

"ଇଡିୟଟ୍।" - ଷଡ଼ଙ୍ଗୀବାବୁ କହିଲେ।

"ମାନେ ? ମୁଁ ଇଡିୟଟ୍" - ଭାରତ ମହାପାତ୍ର ତା' ପାଖରେ ବସିଥିବା ଅନ୍ୟ ଦି' ଜଣଙ୍କ ଉପସ୍ଥିତିରେ ଏ ଭର୍ତ୍ସନାକୁ ବରଦାସ୍ତ କରିପାରୁ ନ ଥିଲା।

"ନା ଆଜ୍ଞା, ଆପଣ ନୁହନ୍ତି ମୁଁ।" ଏବେ ତାଙ୍କୁ ଡିଷ୍ଟର୍ବ ନ କରିବାକୁ ସାର୍ କହିଲେ।

"ଓହୋ! ରକ୍ଷା ହେଇଛି। ହଉ, ଆପଣ କପେ କଫି ମଗାନ୍ତୁ। ସକାଳୁ ସକାଳୁ ମୁଣ୍ଡଟା ଜାମ୍ ହୋଇଗଲାଣି।"

"କପେ କ'ଣ, ଚାରି କପ୍ ପିଅନ୍ତୁ। କିନ୍ତୁ କୁଆଡ଼େ ଯାଆନ୍ତୁ ନାହିଁ। ନ ହେଲେ ଆପଣଙ୍କୁ ଖୋଜୁ ଖୋଜୁ ଇଆଡ଼େ ମୋ ଚାକିରିଟା ପଳେଇ ଯିବ। କି ଭୟଙ୍କର ଲୋକ ଆପଣମାନେ ? କୁଆ ଉଡ଼ିଗଲେ ଛୁଆ ଉଡ଼ିଗଲା ବୋଲି ଲେଖି ଦେଉଛନ୍ତି।"

ଭାରତ ମହାପାତ୍ର ଷଡ଼ଙ୍ଗୀବାବୁଙ୍କ କଥାର ଉତ୍ତର ନ ଦେଇ କେବଳ ଦି'କଡ଼କୁ ଚାହିଁଲା। ଷଡ଼ଙ୍ଗୀବାବୁ ବୁଝିଗଲେ ଯେ ଅନ୍ୟମାନଙ୍କ ଉପସ୍ଥିତିରେ ଏକଥା ଉପରେ କୌଣସି ଆଲୋଚନା ଭାରତ ମହାପାତ୍ର ଚାହୁଁନାହିଁ। ସେ ସେମାନଙ୍କୁ ବିଦା କରିବା ଲାଗି ତତ୍ପର ହୋଇଉଠିଲେ।

ଲୋକ ଦି'ଜଣ ଇସାରା ବୁଝି ଉଠିଗଲେ।

ଏବେ କୋଠରି ଭିତରେ ସେ ଓ ଷଡ଼ଙ୍ଗୀବାବୁ। ଏୟାରକଣ୍ଡିସନର୍‌ର ଶବ୍ଦ ଭିନ୍ନ ଆଉ କିଛି ଶୁଭୁ ନାହିଁ।

ଭାରତ ମହାପାତ୍ର ପଚାରିଲା, "କାଲି ପରା ସୁରେନ୍ଦ୍ରବାବୁ ମୋତେ ଫୋନ୍ କରି ଖବର ଦେଲେ!"

"ଧେତ୍! ସୁରେନ୍ଦ୍ରବାବୁ ଦି' ଦିନ ହେଲା ପାରଳାଖେମୁଣ୍ଡି ଯାଇଛନ୍ତି। ଆଉ ଗୋଟେ କିଏ ମିଛରେ ତାଙ୍କ ନାଁ ନେଇ ଫୋନ୍ କରିଥିବ। ପାର୍ଟି ଲେଟରପ୍ୟାଡ଼୍‌ର

ନକଲ କରି ପରା ଲୋକେ ଖବରକାଗଜକୁ ଫ୍ୟାକ୍ସ ପଠେଇ ଦେଉଛନ୍ତି। ଆପଣ ଏତେ ଅଭିଜ୍ଞ ଲୋକ ହୋଇ ଏତକ କ୍ରସ୍‌ଚେକ୍ କଲେ ନାହିଁ?"

"ସେଇଯୋଗୁଁ ତ ସକାଳୁ ସମସ୍ତଙ୍କ କଥା ଶୁଣିବାକୁ ପଡୁଛି। ନ ହେଲେ କ'ଣ କେଉଁଦିନ କେହି ଭାରତ ମହାପାତ୍ରକୁ ଆଙ୍ଗୁଳି ଦେଖେଇଥିଲା? ଆଚ୍ଛା, ରାଉରକେଲା ବାଇ-ଇଲେକ୍ସନ୍ ଲାଗି ତାହାହେଲେ କିଏ ଆପଣଙ୍କ ଦଳରୁ କ୍ୟାଣ୍ଡିଡେଟ୍ ହେଉଛି?"

: ସେକଥା ତ ଏପର୍ଯ୍ୟନ୍ତ କିଛି ସ୍ଥିର ହୋଇନାହିଁ। ବହୁତ ଲୋକ ଆଶାୟୀ ଅଛନ୍ତି। ବୁଢ଼ା ଯାହାଙ୍କୁ ବାଛିବେ।

: ବଡ଼ ଭୁଲ୍‌ଟାଏ ହୋଇଗଲା।

"ଯାହା କୁହନ୍ତୁ, ସାର୍ ଖୁବ୍ ରାଗିଛନ୍ତି। ଆପଣ ଟିକେ ନିରବ ରହିବେ। ବ୍ଲଡ୍‌ପ୍ରେସର୍ ରୋଗୀ। ଆପଣ କ'ଣ ପଦେ ଦି'ପଦ କହିଦେଲେ ଆମେ ହଇରାଣ ହେବୁ। ସାର୍‌ଙ୍କର ଆଜି ପୁଣି ଦିଲ୍ଲୀ ଯିବା ପ୍ରୋଗ୍ରାମ୍ ଅଛି।"

ଭାରତ ନିରବ ରହିଲା। ପିଅନ କଫି ଦେଇ ଫେରିଯାଉଥିଲା। ଷଡ଼ଙ୍ଗୀବାବୁ ପଚାରିଲେ, "ସେ ସ୍ତ୍ରୀ ଲୋକଟା ଭିତରୁ ଆସିଲାଣି ନା ନାହିଁ?"

"ନା।" - ପିଅନ କହିଲା ଓ ଚାଲିଗଲା।

"ଆଜି ଝୁଅ ପାନେ ପାଇଥିବ! ପଥ ପଚାରି ପିତା ଘର ଯିବ, ଆଉ ଅଯୋଧ୍ୟାକୁ ମନ ନ କରିବ। ଜୀବନରେ ପଲିଟିକ୍ସ ନାଁ ଆଉ ଧରିବ ନାହିଁ।" - ଷଡ଼ଙ୍ଗୀବାବୁ କୁଟିଳ ହସ ହସି କହିଲେ।

ଭାରତ କିଛି କହିଲା ନାହିଁ। ତା'ର ମୁଡ୍ ଭଲ ନ ଥିଲା। ସେ ଘଣ୍ଟାକୁ ଚାହିଁ ବସିଥିଲା। ଘଣ୍ଟାଏ ବିତିବ, ତଥାପି ସଭାପତିଙ୍କ ଆଲୋଚନା ସରି ନାହିଁ। ସେ ଏତେ ସମୟ ଉର୍ବଶୀ ପଟ୍ଟନାୟକ ସାଙ୍ଗେ କ'ଣ ଗପୁଛନ୍ତି?

ସେ କହିଲା, "ଷଡ଼ଙ୍ଗୀବାବୁ, ଭିତରକୁ ଯାଇ ଦେଖନ୍ତୁ ମ କ'ଣ ହେଲା? ମୁଁ ସକାଳୁ ଗାଧୁଆପାଧୁଆ କିଛି କରିନାହିଁ।"

ଷଡ଼ଙ୍ଗୀବାବୁ କହିଲେ, "ବାପ୍‌ରେ ବାପ୍। ଏଇନେ କିଏ ବାଘଗୁମ୍ଫା ଭିତରକୁ ଯିବ? ଆଉ ଅଧଘଣ୍ଟା ଭିତରେ କଥାବାର୍ତ୍ତା ସରିଯିବନି କି! ସାର୍ ତ ଦିଲ୍ଲୀ ଯିବାଲାଗି ପ୍ରସ୍ତୁତ ହେବେ।"

"କିନ୍ତୁ କ'ଣ ସେ ଉର୍ବଶୀ ପଟ୍ଟନାୟକ କହୁଛି।"

: ମୁଁ କ'ଣ କହିବି? ଓଲଟି ଆପଣ ସେ କଥା ଜାଣିବା କଥା। ଆପଣ ତ ପ୍ରଥମେ ତାକୁ ନେଇ ପାର୍ଟି ଅଫିସ୍ ଯାଇଥିଲେ। ହୁଏତ ନିଜ ଦୁଃଖ କାହାଣୀ ଶୁଣଉଥିବ,

ନ ହେଲେ ବୁଢ଼ା ଝାଡୁଥିବ ଓ ଇଏ ସକଉଥିବ। ଥରେ ବୁଢ଼ାର ଗାଳି ଆରମ୍ଭ ହେଲେ ଦିଇଟା ପିରିୟଡ୍, ମାନେ ଦେଢ଼ଘଣ୍ଟା, ବୁଝିଲେ ତ?''

ଭାରତ ଉର୍ବଶୀ ପଟ୍ଟନାୟକର କଥା ଚିନ୍ତା କରୁ ନ ଥିଲା। ନିଜକୁ କ'ଣ ଶୁଣିବାକୁ ପଡ଼ିବ ସେଇ କଥା ସେ ଭାବୁଥିଲା। ଏହାପରେ ପୁଣି ଏଡିଟରଙ୍କୁ ଫୋନ୍ କରିବ ଏବଂ ତାଙ୍କଠାରୁ ଗାଳି ଶୁଣିବ। ଅନ୍ୟମାନେ ଏତେବେଳକୁ ତାଙ୍କ କାନରେ କଥାଟା ଫୋଡ଼ି ଦେଇ ସାରିବେଣି। ରାଉରକେଲା ଆସନ ପାଇଁ ଆଶାୟୀ କ୍ୟାଣ୍ଡିଡେଟ୍ ସନ୍ଦୀପ ରାୟ ତ ନିଶ୍ଚୟ ଟେଲିଫୋନ୍ କରି ସାରିବଣି। ଗଲାଥର ଅଳ୍ପ ବ୍ୟବଧାନରେ ସେ ରମାରମଣ ନିକଟରୁ ହାରିଥିଲା। ଏଥରର ଜିତିବା ଚାନ୍‌ସ ତା'ର ଉଜ୍ଜ୍ୱଳ। ଲୋକଟି ଭାବୁଥିବ, ତା' ଟିକେଟ୍ କାଟିବା ଲାଗି ବୋଧହୁଏ ଭାରତ ମହାପାତ୍ର ବିରୋଧୀ ଦଳ ଭିତରେ ଥିବା ସନ୍ଦୀପ-ବିରୋଧୀ ନେତାଙ୍କ ସହ ହାତ ମିଳେଇଛି। ଭଲ ଏ ପଲିଟିକ୍ସ! ଏଠି ନିଜ ଦଳ ଲୋକ ହିଁ ବଡ଼ ବିରୋଧୀ। ଅନ୍ୟ ଦଳର ଏମ୍.ଏଲ୍.ଏ.ଙ୍କ ସାଙ୍ଗରେ ସନ୍ଦୀପ ରାୟ ପଛେ ବସି ହୋଟେଲ୍‌ରେ ବିଅର ପିଇବ, କିନ୍ତୁ ନିଜ ଦଳର ହରେକୃଷ୍ଣ, ପ୍ରଶାନ୍ତ କି ଅଜୟ ମହାପାତ୍ର ସାଙ୍ଗେ କଥା ପଦେ ହେବ ନାହିଁ। ଅବଶ୍ୟ ଏଇଟା କେବଳ ବିରୋଧୀ ଦଳର ସଂସ୍କୃତି ନୁହେଁ। ଶାସକ ଦଳରେ ମଧ୍ୟ ସେଇ ଅବସ୍ଥା। ରାଜଶେଖର ମହାନ୍ତି ଆଉ ସଦାନନ୍ଦ ବିଶ୍ୱାଳଙ୍କ ଭିତରେ କେଉଁ ଭଲ ସମ୍ପର୍କ ଅଛି! ଦଳବିରୋଧୀ ଆଇନଟା ସେତିକି ଟାଣ ହେଇ ନ ଥିଲେ ସିଏ ଏତେବେଳକୁ ଦଶ ପନ୍ଦର ଜଣ ବିଧାୟକଙ୍କୁ ଖସେଇ ସରକାର ଭାଙ୍ଗି ଦିଅନ୍ତାଣି! କିନ୍ତୁ ସରକାର ଭାଙ୍ଗିବା ପାଇଁ ଅନ୍ୟୂନ ସତେଇଶି ଜଣଙ୍କ ସମର୍ଥନ ଆବଶ୍ୟକ।

ଷଡ଼ଙ୍ଗୀବାବୁଙ୍କ ଟେଲିଫୋନ୍ ବଜର୍ ବାଜି ଉଠିଲା। ସେ ଫୋନ୍ ଉଠେଇଲେ। ଫୋନ୍‌ରେ କଥା ହୋଇ ରଖିଦେଲେ ଓ ଭାରତ ମହାପାତ୍ରକୁ କହିଲେ, "ଆପଣ ଭିତରକୁ ଯାଆନ୍ତୁ।"

ଭାରତ ମହାପାତ୍ର ମୁଣ୍ଡବାଳ ସଜାଡ଼ି ସଭାପତିଙ୍କ କୋଠରି ଆଡ଼େ ଗଲା। ସେତେବେଳେ ତା'ର ଚେହେରା ବଳିକୁ ଯାଉଥିବା ଛେଳି ପରି ଦିଶୁଥିଲା।

ଭାରତ ମହାପାତ୍ରକୁ ଦେଖୁ ଦେଖୁ ସଭାପତି ଚିତ୍କାର କଲେ, "ଆସ, ଇରେସ୍‌ପନ୍‌ସିବଲ୍ ରିପୋର୍ଟର! ଆସ।"

ଅନ୍ୟ ଜଣଙ୍କ ସାମ୍ନାରେ ତାକୁ ଦାୟିତ୍ୱହୀନ ସାମ୍ବାଦିକ ବୋଲି ସଭାପତିଙ୍କ ସମ୍ବୋଧନ ଭାରତ ମହାପାତ୍ରକୁ ଭଲ ଲାଗିଲା ନାହିଁ। କିନ୍ତୁ ସେ ଦାନ୍ତଚିପି ତାହା ସହିନେଲା। ଶୁଖିଲା ହସଟାଏ ହସି ସେ ସଭାପତିଙ୍କୁ ନମସ୍କାର କଲା। ଦେଖିଲା, ଉର୍ବଶୀ ପଟ୍ଟନାୟକ ସଭାପତିଙ୍କ ଟେବୁଲ୍‌ର ସାମ୍ନା ଚଉକିରେ ବସିଛି। ତାକୁ ଦେଖି

ଉର୍ବଶୀ ମୁରୁକି ହସି ହସି ନମସ୍କାର କଲା ଓ ନରମ ଗଳାରେ କହିଲା, "କ୍ଷମା କରିବେ ଭାରତବାବୁ।"

ଭାରତ ମହାପାତ୍ର କିଛି କହିଲା ନାହିଁ। ମନେ ମନେ ଉର୍ବଶୀ ଉଦ୍ଦେଶ୍ୟରେ ଦି' ଚାରିଟା କଠୋର ଶବ୍ଦ ଫିଙ୍ଗିଦେଲା ଓ କହିଲା, "ତୁମେ ବାହାରକୁ ଚାଲ। ତା'ପରେ କଥାବାର୍ତ୍ତା। ବିଶ୍ୱାସରେ ବିଷ ଦେବା ଲାଗି ଆଉ କେହି ମିଳିଲେ ନାହିଁ?" ସେ ସଭାପତିଙ୍କୁ କହିଲା, "ମୁଁ ଆଜି ଆପଣଙ୍କର ପ୍ରତିବାଦ ଛାପିବି ସାର୍। ଏମିତି ଗୋଟାଏ ଭୁଲ୍ ବୁଝାମଣା ହୋଇଗଲା...।"

କିନ୍ତୁ ତମ ଏଡିଟର ତମକୁ ବରଦାସ୍ତ କରିବେ ତ! ସକାଳୁ ସକାଳୁ ସେ ମୋତେ ଫୋନ୍ କରିଥିଲେ।"

ଭାରତ ମହାପାତ୍ର ଚମକି ପଡ଼ିଲା ଓ ବିକଳ ଦିଶିଲା। ଏହାଠୁ ଭଲ ହୋଇଥାନ୍ତା, ସେ ନିଜଆଡୁ ଏଡିଟରଙ୍କୁ ଫୋନ୍ କରି କଥାଟାକୁ ଗୋଳେଇ ଗାଳେଇ କହିଥାନ୍ତା। ଅନ୍ତତଃ ଆଉ କିଛି ସମୟ ମାଗିନେଇ ଥାଆନ୍ତା ଘଟଣାଟି ବୁଝିବା ପାଇଁ। କିନ୍ତୁ ସେତକ ନ କରିବାର ଫଳ ଏବେ ସେ ପାଇଲା। ସଭାପତି ରୋକ୍‌ଠୋକ୍ କହିଥିବେ, 'ଭାରତ ମହାପାତ୍ର ଗୋଟେ ଇରେସ୍‌ପନ୍‌ସିବଲ୍ ରିପୋର୍ଟର।' ଏହା ପରର ପରିଣାମ ସମ୍ପର୍କରେ ଚିନ୍ତା କରି ସେ ଭାଙ୍ଗିପଡ଼ିଲା।

ସଭାପତି କହିଲେ, "ତମେ ଉର୍ବଶୀର ଗୋଟାଏ ଇଣ୍ଟରଭ୍ୟୁ ନେଇଯାଅ। କାରଣ ତମ ପାଖେ ବର୍ତ୍ତମାନ ଦିଇଟା ରାସ୍ତା ଅଛି। ଗୋଟାଏ ହେଉଛି, ନିଜ ଭୁଲ୍‌ର ସଂଶୋଧନ ଛାପିବ ନ ହେଲେ ଭୁଲ୍‌ଟାକୁ ସତ ବୋଲି ପ୍ରମାଣିତ କରିବାକୁ ଚେଷ୍ଟା କରିବ।"

"ମୁଁ ବୁଝିପାରିଲି ନାହିଁ ସାର୍।"

"ତାକୁ ଆମ ପାର୍ଟି ପକ୍ଷରୁ ରାଉରକେଲା ବାଇଇଲେକ୍ସନ୍‌ରେ କ୍ୟାଣ୍ଡିଡେଟ୍ କରିବା କଥା ବିଚାର କରାଯାଉଛି।" - ଏକ ଗୁରୁତ୍ୱପୂର୍ଣ୍ଣ ନିଷ୍ପତ୍ତି ଘୋଷଣା କଲାଭଳି ସଭାପତି କହିଲେ।

"ମାନେ?" ଭାରତ ମହାପାତ୍ର ଚମକି ପଡ଼ିଲା। ଉର୍ବଶୀ ପଟ୍ଟନାୟକକୁ ଧରି ସେ ଅବଶ୍ୟ ଦିନେ ସଭାପତିଙ୍କ ପାଖକୁ ଆସିଥିଲା। ମାତ୍ର ସେଇଟା କେବଳ ଉପ୍ରୋଧ ଖାତିରରେ। ନ ହେଲେ ଉର୍ବଶୀ ପ୍ରତି ତା'ର କୌଣସି ବିଶେଷ ସହାନୁଭୂତି ନ ଥିଲା। ତା'ପରେ ଗତକାଲିର ଘଟଣା। ସେଇ ଘଟଣାରୁ ସେ ଜାଣିଯାଇଛି, ଉର୍ବଶୀ ଗୋଟେ ବିପଜ୍ଜନକ ନାରୀ। ସେ ବିରୋଧୀ ଦଳ ସଭାପତିଙ୍କ ଘୋଷଣା ସମ୍ପର୍କରେ ନିଜର ପ୍ରତିବାଦ ଓ କ୍ରୋଧକୁ ଗୋଟାଏ ବାକ୍ୟରେ କହିଲା, "କିନ୍ତୁ ମାଡାମ୍ ଯେ ଜଣେ ବିପଜ୍ଜନକ ମହିଳା।"

ତା’ ତୁଣ୍ଡରୁ କଥା ଛଡ଼େଇ ନେଲା ପରି ସଭାପତି କହିଲେ, “ଆଉ ମୁଁ ବିପଜ୍ଜନକ ମହିଳାଙ୍କୁ ଭଲ ପାଏ ବୋଲି ତୁମେ ତ ଜାଣ!’’

ଭାରତ ମହାପାତ୍ର ସ୍ତବ୍ଧ ହୋଇଗଲା। ସଭାପତିଙ୍କର ନିଷ୍ପତ୍ତି ଅବଶ୍ୟ ତାକୁ ଗୋଟେ ଦୃଷ୍ଟିରୁ ଆଶ୍ୱସ୍ତ କରି ଦେଉଥିଲା। କାରଣ ବର୍ତ୍ତମାନ ତା’ର ଭୁଲ୍ ଖବରଟା ଠିକ୍ ଖବରର ରୂପ ନେବାକୁ ଯାଉଥିଲା। ଅନ୍ୟମାନେ ଆଜି ଏ ଖବର ଛାପିବେ। କିନ୍ତୁ ସେତେବେଳକୁ ସେ ଉର୍ବଶୀ ପଟ୍ଟନାୟକର ଇଣ୍ଟରଭ୍ୟୁ ନେଇ ଫଲୋଅପ୍ ରିପୋର୍ଟ ଛାପି ସାରିଥିବ। ତେଣୁ ଖବର ସଂଗ୍ରହରେ ସେ ସମସ୍ତଙ୍କଠାରୁ ଆଗରେ ରହିବ। ମାତ୍ର ତା’ ସତ୍ତ୍ୱେ ସେ ଉର୍ବଶୀ ପଟ୍ଟନାୟକକୁ କ୍ଷମା କରିଦେବାଲାଗି ଚାହୁଁ ନ ଥିଲା। ଯେଉଁଦିନ ସେ ଉର୍ବଶୀକୁ ବିରୋଧୀଦଳ ସଭାପତିଙ୍କ ସାଙ୍ଗରେ ପରିଚିତ କରାଇବ ବୋଲି ସାଙ୍ଗରେ ନେଇ ଆସିଥିଲା ସେଦିନ ଉର୍ବଶୀ ତାଙ୍କର ଦେଖା ପାଇ ନ ଥିଲା। ସେ ଦୃଷ୍ଟିରୁ ଆଜି ଉର୍ବଶୀର ସଫଳତାରେ ସେ ଖୁସି ହେବା କଥା। ମାତ୍ର କାହିଁକି କେଜାଣି ସେ ଖୁସି ହୋଇପାରୁ ନ ଥିଲା। ଗତକାଲି ପର୍ଯ୍ୟନ୍ତ ଉର୍ବଶୀ ତା’ ପଛେ ପଛେ ଆସୁଥିଲା। ଆଜି ଉର୍ବଶୀ ତାକୁ ଦ୍ରୁତ ଗତିରେ ଅତିକ୍ରମ କରିଯାଉଛି। ଭାରତର କୌଣସି ସହଯୋଗ ବିନା ଉର୍ବଶୀ ଆଗକୁ ଆଗକୁ ବଢ଼ିଯାଉଛି। ଏଇଟାକୁ ତା’ର ମାନସିକତା ଗ୍ରହଣ କରିପାରୁ ନ ଥିଲା।

ସେ ସଭାପତିଙ୍କୁ କହିଲା, “ମାତ୍ର ଆପଣ ତ ଦଳର ରାଜନୈତିକ ବ୍ୟାପାର ବୈଠକ ଡାକି ନାହାନ୍ତି। ଅନ୍ୟମାନେ ଏହାର ପ୍ରତିବାଦ କରିପାରନ୍ତି।”

ସଭାପତି ଉତ୍ତର ଦେଲେ, “ଇଂରେଜୀରେ ଗୋଟେ ଆପ୍ତବାକ୍ୟ ଅଛି, ‘ଆଇ ଡୁ ନଟ୍ ନୋ ଦ କି ଟୁ ସକ୍ସେସ୍ , ବଟ୍ ଦ କି ଟୁ ଫେଲଓ୍ୱର ଇଜ୍ ଟ୍ରାଇଂ ଟୁ ପ୍ଲିଜ୍ ଏଭ୍ରିବଡି।’ ତେବେ ଖୁବ୍ ଶୀଘ୍ର ପିଏସି ଡାକି ଏ ବିଷୟରେ ଆନୁଷ୍ଠାନିକ ନିଷ୍ପତ୍ତି ନିଆଯିବ।”

ଭାରତ ମହାପାତ୍ର ଦକ୍ଷ ସାମ୍ବାଦିକ। ସେ ଜାଣିଛି ସଭାପତିଙ୍କ କଥାଟା ହିଁ ତାଙ୍କ ଦଳ ଭିତରେ ଚୂଡ଼ାନ୍ତ ନିଷ୍ପତ୍ତି। ତେଣୁ ସେ ଉର୍ବଶୀକୁ ସୁଯୋଗରୁ ବଞ୍ଚିତ କରିବା ପାଇଁ ତା’ର ଶେଷଚେଷ୍ଟା ଚଳାଇ କହିଲା, ‘‘ସାର୍, ଯେଉଁ ସ୍ତ୍ରୀଲୋକ ନିଜ ସମ୍ପର୍କୀୟମାନଙ୍କ ସହ ବିଶ୍ୱାସଘାତକତା କରିଛନ୍ତି, ସେ ଆପଣଙ୍କ ଦଳ ସହ ଭଲ ବ୍ୟବହାର କରିବେ ବୋଲି ଆପଣ କିପରି ଭାବୁଛନ୍ତି ?”

ଉର୍ବଶୀ ଏ କଥାର ପ୍ରତିବାଦ କରିବାକୁ ତୁଣ୍ଡ ଖୋଲୁଥିଲା। ସଭାପତି ତାକୁ ନିରବ ରହିବାକୁ ଇସାରା ଦେଇ କହିଲେ, “ଦେଖ ଭାରତ, ପୃଥିବୀର ଇତିହାସରେ ଅନେକ ପୁଅ ସିଂହାସନ କିମ୍ବା ଧନସମ୍ପତ୍ତି ପାଇଁ ନିଜ ନିଜର ବାପଙ୍କୁ ହତ୍ୟା କରିଛନ୍ତି,

କିନ୍ତୁ କୌଣସି ଝିଅ କେବେ କ୍ଷମତା ଲାଗି ବାପକୁ ହତ୍ୟା କରିବାର ଉଦାହରଣ ଦେଖିଛ କି ?"

"କିନ୍ତୁ ସଦୀପ ରାୟ ?"

"ସେ ନିଷ୍ପତ୍ତି ପଲିଟିକାଲ୍ ଆଫାୟର୍ସ କମିଟି ବିଚାର କରିବ। ତମେ ଏବେ ଆସିପାର।"

ଭାରତ ଜାଣିଲା ଯେ ସଭାପତି ତା' ସହ ଦଳୀୟ ବ୍ୟାପାର ସମ୍ପର୍କରେ ବେଶି କିଛି ଆଲୋଚନା କରିବାକୁ ଚାହୁଁ ନାହାନ୍ତି। ତେଣୁ ସେ ଚଉକିରୁ ଉଠିଲା। ପଛରୁ ପରିହାସ ସ୍ୱରରେ ସଭାପତି ତାକୁ କହୁଥିଲେ, "ଏସବୁ କେବଳ ତୁମରି ଚାକିରି ବଞ୍ଚେଇବା ଲାଗି ମୋତେ କରିବାକୁ ପଡ଼ିଲା ବୋଲି ମନେରହେ ଯେପରି !"

ଭାରତ ତଥାପି ଖୁସି ହେଲା ନାହିଁ। ୟା'କୁ ଇ ବୋଧହୁଏ କୁହାଯାଏ 'କିଲିଂ ଉଇଥ୍ କାଇଣ୍ଡନେସ୍'। ସେ କୋଠରିରୁ ବାହାରି ଚାଲିଆସିଲା।

ଭାରତ ମହାପାତ୍ର କୋଠରିରୁ ଚାଲିଗଲା ପରେ ସଭାପତି ଉର୍ବଶୀକୁ କହିଲେ, "ତୋତେ ମୋ ଗାଡ଼ି ନେଇ କଟକ ଯିବ। ସାଙ୍ଗେ ସାଙ୍ଗେ ତୋ ଲୁଗାପଟା ଧରି ବାହାରି ଆସିବୁ। ତୁ ମୋ ସାଙ୍ଗେ ଦିଲ୍ଲୀ ଯାଉଛୁ। ବାଟରେ ଅନ୍ୟ କଥାବାର୍ତ୍ତା।"

"କିନ୍ତୁ ଦିଲ୍ଲୀ ଯିବା ଟିକେଟ୍ ?" - ଆତଙ୍କିତ ହେଲା ପରି ଉର୍ବଶୀ ପଚାରିଲା।

"ପ୍ଲେନ୍ ଟିକେଟ୍ ଷଡ଼ଙ୍ଗୀ କିଣି ସାରିବଣି।" - ସଭାପତି କହିଲେ ଓ ନିଜେ ପ୍ରସ୍ତୁତ ହେବାଲାଗି ଉଠିପଡ଼ିଲେ।

ଉର୍ବଶୀ ହାତ ଘଣ୍ଟାକୁ ଚାହିଁଲା। ଦିନ ଏଗାରଟା ବାଜିବ। ତାକୁ କଟକ ଯାଇ ଗୋଟାଏ ଭିତରେ ଆସି ଏଠି ପହଞ୍ଚିବାକୁ ହେବ। ଆଗରୁ କୌଣସି ଦିନ ଉଡ଼ାଜାହାଜରେ ସେ ବସିନାହିଁ। ଇଏ ତା'ର ପ୍ରଥମ ଅନୁଭବ ହେବ।

କଟକ ଆସିବା ବେଳେ ବାଟସାରା ତା'ର ସଭାପତିଙ୍କ ସହ କଥାବାର୍ତ୍ତା ମନେ ପଡୁଥିଲା। କେଉଁଠୁ ସେ ଏତେ ସାହସ ପାଇଲା ତାହା ନିଜେ ଚିନ୍ତା କରିପାରୁ ନ ଥିଲା। ସେ ଖାଲି ଏତିକି ମନେପକେଇ ପାରୁଥିଲା ଯେ ଏତେବର୍ଷ ଧରି ତା' ମନ ଭିତରେ ଯାହାସବୁ ବସା ବାନ୍ଧି ରହିଥିଲା ସେ ସେସବୁ ସଭାପତିଙ୍କ ଆଗରେ କହିଯାଇଥିଲା। ସେ ଜାଣିଥିଲା, ସେ ସତକଥା ହିଁ କହୁଥିଲା। ତା' କଥାରେ ଏତେ ଟିକିଏ ମିଛ ନ ଥିଲା। ତା'ର ଲୁହ, ତା'ର ଅସହାୟତା, ତା'ର ଯନ୍ତ୍ରଣା ଏବଂ ଅପମାନ ସବୁକିଛି ସେ ଗୋଟି ଗୋଟି ବାଢ଼ିଦେଇଥିଲା ସଭାପତିଙ୍କ ଆଗରେ।

ସଭାପତିଙ୍କ ସହ ଦେଖା କରିବାକୁ ଆସିବା ବେଳେ ଉର୍ବଶୀ ଖୁବ୍ ଡରି ଡରି ଆସିଥିଲା। ସେ ଜାଣିଥିଲା ଯେ ସଭାପତି ଖୁବ୍ ରାଗୀ ଲୋକ। କଥା କଥାରେ ସେ

ହାତ ଉଠେଇ ଦିଅନ୍ତି। ସେ ଝିଅଟେ ହୋଇଥିବାରୁ ହୁଏତ ତା' ଉପରକୁ ସେ ହାତ ଉଠେଇ ନ ଥାନ୍ତେ; କିନ୍ତୁ ଏଣୁତେଣୁ ଅପମାନଜନକ କଥା ଯଦି କହିଥାଆନ୍ତେ ତାହାହେଲେ ଉର୍ବଶୀ ଭାଙ୍ଗିରୁଜି ଚୂର୍‌ମାର୍ ହୋଇଯାଇଥାନ୍ତା। ସେ ଭାବିଥିଲା, ସଭାପତିଙ୍କୁ ଭେଟିବା ବେଳେ ତାଙ୍କ ପାଖରେ ଅନ୍ୟାନ୍ୟ ଦଳୀୟ କର୍ମକର୍ତ୍ତା ଏବଂ ସହଯୋଗୀ ଥିବେ। ସେମାନଙ୍କ ସାମ୍ନାରେ ସଭାପତି ତାକୁ ଯାହା ଇଚ୍ଛା ତାହା ଗାଳି ଦେଇଥାଆନ୍ତେ। ଅଥଚ ଆଶଙ୍କା ଓ ପରିଣତି ଭିତରେ କେତେ ପାର୍ଥକ୍ୟ! ସେ ନିଜେ ନିଜର ଅନୁଭୂତିକୁ ବିଶ୍ୱାସ କରିପାରୁ ନ ଥିଲା।

ତା'ର ପୁଲକ କଥା ବାରମ୍ବାର ମନେପଡୁଥିଲା। ପିଲାଟାର କି ବିଚକ୍ଷଣ ବୁଦ୍ଧି! ତା'ର ଏଇ ଯୋଜନାଟି ଏଭଳି କାମ ଦେବ ବୋଲି ଉର୍ବଶୀ କଦାପି କଳ୍ପନା କରି ନ ଥିଲା।

୯. ରାଜଧାନୀ

ଫରେଷ୍ଟପାର୍କର ବିରୋଧୀ ଦଳ ଅଫିସ୍‌ରେ ରାଜନୈତିକ ବ୍ୟାପାର କମିଟିର ବୈଠକ ଡକାଯାଇଥିଲା। ଜାନୁଆରୀ ପ୍ରଥମ ସପ୍ତାହରେ ରାଉରକେଲା ଉପନିର୍ବାଚନ। ଶାସକ ଦଳ ସେଠିକାର ଯୁବନେତା ସଞ୍ଜୟ ପଟ୍ଟନାୟକଙ୍କୁ ନିଜର ପ୍ରାର୍ଥୀ ଭାବେ ଘୋଷଣା କରି ସାରିଲାଣି। ତା' ନାଁ ଖୋଦ୍ ପୂର୍ବତନ ଜଙ୍ଗଲମନ୍ତ୍ରୀ ପ୍ରସ୍ତାବ କରିଥିଲେ ଏବଂ କୁହାଯାଉଛି ରମାରମଣଙ୍କୁ ସହାନୁଭୂତି ଜଣେଇ ହାଇକମାଣ୍ଡ ତାଙ୍କର ପ୍ରସ୍ତାବକୁ ସ୍ୱୀକୃତି ଦେଇଥିଲେ। ମୁଖ୍ୟମନ୍ତ୍ରୀ ରାଜଶେଖର ମହାନ୍ତି ଓ କ୍ରୀଡ଼ାମନ୍ତ୍ରୀ ସଦାନନ୍ଦ ବିଶ୍ୱାଳଙ୍କ ଭିତରେ ଏବେ ଏମିତି ମତଭେଦ ଦେଖାଦେଇଛି ଯେମିତି ଷାଠିଏ ଦଶକରେ ରାଧାକୃଷ୍ଣ ଚୌଧୁରୀ ଓ ମହାପ୍ରତାପୀ ମହତାବଙ୍କ ଭିତରେ ଦେଖା ଦେଇଥିଲା। ତେଣୁ ବର୍ତ୍ତମାନ ସନ୍ଦୀପ ରାୟ ଛିଡ଼ାହେଲେ ରାଉରକେଲା ଆସନଟା ଜିଣିବା ବିରୋଧୀ ଦଳ ପକ୍ଷେ କଷ୍ଟକର ହେବ ନାହିଁ।

ମାତ୍ର ଏ କ୍ଷେତ୍ରରେ ଉର୍ବଶୀ ପଟ୍ଟନାୟକ ପ୍ରତିବନ୍ଧକ ହୋଇ ଛିଡ଼ା ହେଉଛି। ଦିଲ୍ଲୀରୁ ଫେରିବା ପରଠାରୁ ନିଜେ ସଭାପତି ଉର୍ବଶୀ ପଟ୍ଟନାୟକ ଭିନ୍ନ ଆଉ କାହାକୁ ପ୍ରାର୍ଥୀ ଭାବେ ସେ ଗ୍ରହଣ କରିବେ ନାହିଁ ବୋଲି ଅଡ଼ି ବସିଛନ୍ତି। ସଭାପତିଙ୍କ ଅଧୈର୍ଯ୍ୟ ସ୍ୱଭାବ ଓ ଚିଡ଼ିଚିଡ଼ା ଗୁଣ ସହ ସମସ୍ତେ ପରିଚିତ। ତେଣୁ କେହି ତାଙ୍କ ମୁହଁ ଉପରେ ବିରୋଧ କରିବାକୁ ସାହସ କରିପାରୁ ନାହାନ୍ତି। ମାତ୍ର ଭିତରେ ଭିତରେ ସମସ୍ତେ ଅସନ୍ତୁଷ୍ଟ।

ଉର୍ବଶୀ ପଟ୍ଟନାୟକର ପ୍ରାର୍ଥିତ୍ୱକୁ ବିରୋଧ କରାଯିବାର ବଡ଼ କାରଣ ଥିଲା, ସନ୍ଦୀପ ରାୟ ଜଣେ ଶିଳ୍ପପତି ଓ ବିଭିନ୍ନ ସମୟରେ ସେ ଦଳର ନେତାମାନଙ୍କୁ ନିର୍ବାଚନ ପାଣ୍ଠି ଯୋଗାଇଥାଆନ୍ତି। ତାଙ୍କ ପ୍ରତି ଦଳର ଅଧିକାଂଶ ନେତାଙ୍କ ଆନୁଗତ୍ୟ ଏହି କାରଣରୁ ଅଧିକ ଥିଲା।

ସଭାପତି କହିଲେ, "ହରେକୃଷ୍ଣ, ତୁମେ କୁହ। କ'ଣ କରିବା ?"

ହରେକୃଷ୍ଣ ଗଳାଝାଡ଼ି ଥରେ ଅନ୍ୟ ସଦସ୍ୟମାନଙ୍କୁ ଚାହିଁଲେ। ତା'ପରେ ସ୍ପଷ୍ଟ ଭାବରେ କହିଲେ, "ସନ୍ଦୀପ ରାୟଙ୍କ କଥା ବିଚାର କରିବାକୁ ପଡ଼ିବ। ସେ ଆମ ଦଳର ଜଣେ ଶୃଙ୍ଖଳିତ ଓ ବରିଷ୍ଠ ସଦସ୍ୟ।"

"ସେ ରାଜ୍ୟସଭାକୁ ଯିବ।" - ଆଉଥରେ ଘୋଷଣା ଶୁଣାଇବା ପରି ସଭାପତି କହିଲେ। ହରେକୃଷ୍ଣ ପଟ୍ଟନାୟକ କେବଳ ନୁହେଁ, ଏ କଥା ଶୁଣି ସମସ୍ତେ ଆଶ୍ଚର୍ଯ୍ୟ ହୋଇଗଲେ। ଆସନ୍ତା ଏପ୍ରିଲ୍ ମାସରେ ତିନିଟା ରାଜ୍ୟସଭା ଆସନ ଖାଲି ପଡ଼ିବ। ବର୍ତ୍ତମାନର ପରିସ୍ଥିତି ଯାହା ସେଥିରେ ରାଜଶେଖର ମହାନ୍ତି ଯେତେ ଯାହା ଯୋଜନା କଲେ ବି ବିରୋଧୀ ଦଳ ଗୋଟାଏ ଆସନ ଅବଶ୍ୟ ଜିଣିବ। ସେଥିପାଇଁ ଦଳ ଭିତରେ ଅନେକ ଆଶାୟୀ ପ୍ରାର୍ଥୀ ଅଛନ୍ତି। କିନ୍ତୁ ସଭାପତି ସନ୍ଦୀପ ରାୟଙ୍କୁ ପ୍ରାର୍ଥୀ କରାଯିବ ବୋଲି ଘୋଷଣା କରିଦେଲେଣି।

ଅଶୋକ ସାମଲ କହିଲେ, "କିନ୍ତୁ ଗୋଟେ ପାଗଳୀକୁ ପ୍ରାର୍ଥୀ କରିବା କେତେଦୂର ଯଥାର୍ଥ ହେବ?"

ସଭାପତି ଅଶୋକ ସାମଲଙ୍କୁ ସିଧା ଅନେଇଲେ। କହିଲେ, "ତୁମେ କେତୋଟି ପାଗଳୀ ଦେଖିଛ? ମୁଁ ଦେଖିଛି, ଭଦ୍ରଲୋକମାନେ ରାସ୍ତାରେ ଆଣି ନିଜ ଘରର ମଇଳା ପକେଇ ଚାଲି ଯାଆନ୍ତି, କିନ୍ତୁ ପାଗଳୀ ସେଇ ମଇଳା ଜରି, ଛିଣ୍ଡା କନା ଓ ରଦି କାଗଜ ଉଠେଇ ରାସ୍ତା ସଫା କରିଦିଏ।"

"ମୁଁ ବୁଝିପାରିଲି ନାହିଁ ସାର୍।" ଅଶୋକ ସାମଲ ପୁଣି କହିଲେ।

"ଉର୍ବଶୀ ମୋ ପାଖେ ପାଖେ ତିନିଦିନ ଥିଲା। ମୁଁ ତିନିଦିନ ଭିତରେ ତାକୁ ଭଲ ଭାବରେ ଅନୁଧ୍ୟାନ କରିଛି। ଜନସାଧାରଣଙ୍କ ନେତା ହେବା ପାଇଁ ଯେଉଁ ଯେଉଁ ଗୁଣ ଆବଶ୍ୟକ ସେସବୁ ତା' ନିକଟରେ ଅଛି। ଆବେଗ, ଜିଦ୍, ସାହସ ଏବଂ ନୂଆ କିଛି କରିବାର ଆଗ୍ରହ ତା' ପାଖରେ ରହିଛି। ପୁଣି ସଞ୍ଜୟ ପଟ୍ଟନାୟକ ବିରୋଧରେ ଆମେ ଉର୍ବଶୀଠାରୁ ଭଲ ପ୍ରାର୍ଥୀ ପାଇପାରି ନ ଥାନ୍ତେ। ତା'ର ଯୁକ୍ତିଯୁକ୍ତ ବକ୍ତବ୍ୟ ଶୁଣିଲେ ତୁମେମାନେ ମଧ୍ୟ ପ୍ରଭାବିତ ହେବ। ମୁଁ ଜୋର୍ ଦେଇ କହିବି, ସେ ପାଗଳୀ ନୁହେଁ। ଏସବୁ ଗୋଟେ ଷଡ଼ଯନ୍ତ୍ର ଥିଲା। ତା'ଛଡ଼ା କିଏ ପାଗଳୀ ହୁଏ? କାହିଁକି ହୁଏ? ଏକଥା କେବେ ତୁମେମାନେ ଚିନ୍ତା କରିଛ? ଯେଉଁମାନେ ଅନ୍ୟମାନଙ୍କୁ ଠକନ୍ତି, ସେମାନେ ସମାଜରେ ସୁସ୍ଥ ଲୋକ ବୋଲି ପ୍ରତିଷ୍ଠା ପାଆନ୍ତି। ଯେଉଁମାନେ ଅନ୍ୟମାନଙ୍କ ଠାରୁ ଠକିଯାଆନ୍ତି, ସିଏ ପ୍ରେମରେ ହେଉ କି ଘରକରଣାରେ, ବ୍ୟବସାୟ ବାଣିଜ୍ୟ ହେଉ କି ରାଜନୀତିରେ, ସେଇମାନେ ପାଗଳ ହୁଅନ୍ତି। ଏଇ ଉପନିର୍ବାଚନ ଫଳାଫଳର ଆୟୁଷ ମାତ୍ର ଅଢ଼େଇବର୍ଷ। ଯିଏ ଜିତିବ ସେ ମାତ୍ର ଅଢ଼େଇ ବର୍ଷ ପାଇଁ

ଏମ୍.ଏଲ୍.ଏ. ରହିବ। ଆମେ ଏଇ ଆସନରେ ହାରିଗଲେ ମୁଖ୍ୟମନ୍ତ୍ରୀ ରାଜଶେଖର ମହାନ୍ତି ନିଶ୍ଚୟ ଉତ୍ସାହ ପାଇବ। କିନ୍ତୁ ଯଦି ଉର୍ବଶୀ ଜିଣିଯାଏ, ତା'ହେଲେ ସେଥିରେ ଆମ ପାର୍ଟିର କେତେ ପ୍ରତିଷ୍ଠା ବଢ଼ିବ ସେକଥା ଚିନ୍ତା କରିଛ ତ?" - ସଭାପତି ପଚାରିଲେ।

"ମାତ୍ର ଏମିତି ଥରକୁ ଥର ନୂଆ ଲୋକ ଯଦି ଆସି ଟିକେଟ୍ ନେଇଯିବେ, ତା'ହେଲେ ଦଳର କି ଲାଭ ହେବ? ପୁରୁଖା କର୍ମୀ ଓ ନେତାମାନଙ୍କର କାମ କରିବାକୁ ଆଗ୍ରହ ରହିବ କି?" - ସଞ୍ଜୟ ମହାନ୍ତି ପଚାରିଲେ।

"ଠିକ୍ ସେଇକଥା ତୁମକୁ ପ୍ରାର୍ଥୀ କରାଗଲାବେଳେ ହରେକୃଷ୍ଣ ମୋତେ ପଚାରିଥିଲେ। ସେତେବେଳେ ତୁମେ ନିଜେ ଏ ଦଳ ପାଇଁ ନବାଗତ ଥିଲ। ଆଜି ତ ଏଠି ତମେ ଦି'ଜଣ ଯାକ ଅଛ। ହରେକୃଷ୍ଣଙ୍କୁ ପଚାର। ସେ ତୁମ ପ୍ରଶ୍ନର ଉତ୍ତର ଦେଇପାରିବେ" - ସଭାପତି ମୁରୁକି ହସି କହିଲେ।

ବୈଠକଟି ଦି'ଭାଗ ହୋଇଗଲା। ସଭାପତି ଜାଣିଥିଲେ, ତାଙ୍କର ଅନୁଗାମୀଙ୍କ ଭିତରେ ସର୍ବନିମ୍ନ ବୁଝାମଣା ନାହିଁ। ଓଡ଼ିଶା ରାଜନୀତିରେ ସେ ପୋଖତ ଖେଳାଳି। ଷାଠିଏ ଦଶକରୁ ନେଇ ଆଜି ପର୍ଯ୍ୟନ୍ତ ଗଲା ପଇଁଚାଳିଶ ବର୍ଷ ହେଲା ସେ ଓଡ଼ିଶା ରାଜନୀତିର ଫୁଟବଲ୍ ପଡ଼ିଆରେ ସେଣ୍ଟର ଫରଓ୍ୱାର୍ଡ ରହି ଆସିଛନ୍ତି। ଅନେକ ଖେଳାଳି ଆସିଛନ୍ତି, ଯାଇଛନ୍ତି। କିନ୍ତୁ ସେ ଏବେ ବି ସେଇ ପୋଜିସନ୍‌ରେ ନିଜକୁ ରଖିଛନ୍ତି।

ସଭାପତି କହିଲେ, "ମୁଁ ଜାଣି ଜାଣି ଉର୍ବଶୀକୁ ମୋ ସାଙ୍ଗରେ ଦିଲ୍ଲୀ ନେଇଥିଲି। ଏଠି ଥିଲେ ନାନାଲୋକ ତାକୁ ନାନା କଥା ପଚାରିଥାନ୍ତେ। ହୁଏତ ପ୍ରେସ୍‌ବାଲାଙ୍କୁ ସେ ଠିକଣା ଭାବେ ସାମ୍ନା କରିପାରି ନ ଥାନ୍ତା। ତା'ଛଡ଼ା, ତିନିଦିନ ଭିତରେ ମୁଁ ତା' ବିଷୟରେ ସବୁକଥା ତା'ଠୁଁ ଶୁଣିଛି। ମୋର ଦୃଢ଼ ଧାରଣା, ଆମେ ସେ ସିଟ୍‌ଟା ଜିତିବା।''

ସଭାପତିଙ୍କର ଏ ପ୍ରକାର ସ୍ପଷ୍ଟ ଉଚ୍ଚାରଣ ପରେ ଆଉ କାହାର କିଛି କହିବାର ନ ଥିଲା। ବେଶି ଯୁକ୍ତି କଲେ, ସନ୍ଦୀପ ରାୟଙ୍କ ରାଜ୍ୟସଭା ପ୍ରାର୍ଥିତ୍ୱ ଉପରେ ହୁଏତ ପ୍ରଶ୍ନଚିହ୍ନ ଲାଗିଯାଇପାରେ। ସନ୍ଦୀପ ରାୟଙ୍କ ପାଇଁ ମଧ୍ୟ ଏ ବ୍ୟବସ୍ଥା ମନ୍ଦ ନୁହେଁ। ଏ ବିଧାନସଭାର ଆୟୁଷ ଆଉ ମାତ୍ର ଅଢ଼େଇ ବର୍ଷ। କିନ୍ତୁ ରାଜ୍ୟସଭା ପ୍ରାର୍ଥୀ ଭାବେ ସେ ଛଅ ବର୍ଷ ନିରଙ୍କୁଶ କ୍ଷମତା ଭୋଗ କରିବେ। ହୁଏତ, ସେତେବେଳକୁ ପରିସ୍ଥିତି ଅନୁକୂଳ ହୋଇଥିଲେ, ସେ କେନ୍ଦ୍ରରେ ମନ୍ତ୍ରୀ ହୋଇପାରନ୍ତି।

ସଭାପତି ହରେକୃଷ୍ଣଙ୍କୁ କହିଲେ, "ବୈଠକ ପରେ ସନ୍ଦୀପକୁ ଫୋନ୍‌କରି କୁହ, ମୋ ସାଙ୍ଗେ କଥାବାର୍ତ୍ତା କରିବ। ମୁଁ ଚାହେଁ, ସେ ରାଉରକେଲା ଯାଇ ଉର୍ବଶୀର ପ୍ରାର୍ଥୀପତ୍ରରେ ପ୍ରସ୍ତାବକ ହେବ।"

"କିନ୍ତୁ ସନ୍ଦୀପ ତ ରାଜଧାନୀରେ ନାହାନ୍ତି" - ଅଶୋକ କହିଲେ ।

"କିଏ କହିଲା ନାହାନ୍ତି ? ସେ କାଲି ସନ୍ଧ୍ୟାରେ ରାଉରକେଲାରୁ ଫେରିଛି" - ସଭାପତି ଉତ୍ତର ଦେଲେ । ସମସ୍ତେ ପରସ୍ପରର ମୁହଁ ଚାହାଁଚାହିଁ ହେଲେ । ସେମାନେ କେହି ଏକଥା ଜାଣି ନ ଥିଲେ । ଅଥଚ ସଭାପତିଙ୍କ ପାଖରେ ଏ ଖବର ପହଞ୍ଚି ଗଲାଣି । ଇଏ କ'ଣ ସର୍ବଦର୍ଶୀ ନା କ'ଣ ? ସନ୍ଦୀପ ରାୟର ସବୁ ଗତିବିଧି ଉପରେ ସଭାପତି ନିଶ୍ଚୟ ସତର୍କ ନଜର ରଖିଛନ୍ତି ! ଏକସ୍ତରି ମସିହାରେ ଓଡ଼ିଶା ରାଜନୀତିରେ ଏମିତି ଗୋଟେ ଘଟଣା ଘଟିଥିଲା । ଦୁଇଜଣ ନବନିର୍ବାଚିତ ବିଧାୟକ 'ତରୁଣତୀର୍ଥ'ରୁ ପଳେଇ ଶାସକ ଦଳର ଜଣେ ବିଧାୟକଙ୍କ ଘରେ ଯାଇ ଲୁଚିଥିଲେ । ସେତେବେଳେ ଏଇ ସଭାପତି ତାଙ୍କ ଷ୍ଟେସନ୍ ୱାଗନ୍‌ରେ ଯାଇ ସମସ୍ତଙ୍କ ସାମ୍ନାରେ ସେ ଦି'ଜଣଙ୍କୁ ଘୋଷାଡ଼ି ଘୋଷାଡ଼ି ନେଇଆସିଥିଲେ । ସନ୍ଦୀପ ରାୟ ରାଉରକେଲାରୁ ଫେରିଥିବା କଥା ଯଦି ସଭାପତି ଜାଣିଛନ୍ତି, ତା'ହେଲେ ସେ କେଉଁଠି ଅଛନ୍ତି, ସେକଥା ନିଶ୍ଚୟ ସେ ଜାଣିଥିବେ । ଏଥିରେ ବେଶି ଯୁକ୍ତିତର୍କ ନ କରି ନିଷ୍ପତ୍ତି ନେଇଯିବା ବରଂ ମଙ୍ଗଳ । ତହିଁରେ ଦଳର ଓ ସନ୍ଦୀପ ରାୟ ଉଭୟଙ୍କର ଲାଭ ।

ରାଜନୈତିକ ବ୍ୟାପାର କମିଟି ସଭାପତିଙ୍କ ନିଷ୍ପତ୍ତିକୁ ସମର୍ଥନ କଲା । ଉର୍ବଶୀ ପଟ୍ଟନାୟକ ରାଉରକେଲା ଉପନିର୍ବାଚନରେ ବିରୋଧୀ ଦଳର ପ୍ରାର୍ଥୀ ହେବେ ଓ ତାଙ୍କର ବିଜୟ ପାଇଁ ଦଳର ସମସ୍ତେ ଉଦ୍ୟମ କରିବେ । ରାଉରକେଲାରୁ ମୁଖ୍ୟମନ୍ତ୍ରୀ ରାଜଶେଖର ମହାନ୍ତି ସରକାରର ପତନ ଘଣ୍ଟି ବାଜିବ, ଏଇ ହେବ ବିରୋଧୀ ଦଳ ଉଦ୍ୟମର ମୂଳ ଲକ୍ଷ୍ୟ ।

ଯେତେବେଳେ ବିରୋଧୀ ଦଳର ଅଫିସ୍‌ରେ ଉର୍ବଶୀ ପଟ୍ଟନାୟକର ପ୍ରାର୍ଥିତ୍ୱକୁ ରାଜନୈତିକ ବ୍ୟାପାର କମିଟି ତରଫରୁ ଦାପ୍ତରିକ ସ୍ୱୀକୃତି ଦିଆଯାଉଥିଲା, ଠିକ୍ ସେତିକିବେଳେ ଫରେଷ୍ଟ୍ ପାର୍କର ସେହି ଘରଠାରୁ ଦିଇଶ ଫୁଟ ଦୂର ରମାରମଣଙ୍କ ସରକାରୀ କ୍ୱାର୍ଟର୍ସରେ ଶାସକ ଦଳର ରଣକୌଶଳ ମଧ୍ୟ ଚୂଡ଼ାନ୍ତ ହେଉଥିଲା । ଏହା ଭିତରେ ରାଜେଶ ବେଲ୍‌ରେ ଆସି ସାରିଥିବାରୁ ରମାରମଣ ଟିକିଏ ଆଶ୍ୱସ୍ତ ଥିଲେ । ତେଣୁ ସେ ଖୁବ୍ ଉତ୍ସାହର ସହିତ ସଞ୍ଜୟ ପଟ୍ଟନାୟକ କିଭଳି ନିର୍ବାଚନ ଜିଣିବ ସେଥିଲାଗି ଗୋଟି ଚାଳନା କରୁଥିଲେ । ସେ ଜାଣିଥିଲେ, ସଞ୍ଜୟ ପଟ୍ଟନାୟକ ତାଙ୍କର ବହୁବର୍ଷର ସମର୍ଥକ । ସେ ରାଉରକେଲା ଆସନରୁ ନିର୍ବାଚିତ ହେବା, ରମାରମଣ ନିଜେ ଜିଣିବା ପରି କଥା ହେବ । ଯଦି ସଞ୍ଜୟ ପଟ୍ଟନାୟକ ହାରେ, ତା'ହେଲେ ସଞ୍ଜୟର ଭବିଷ୍ୟତ ରାଜନୈତିକ ଜୀବନ ଏଇ ଉପନିର୍ବାଚନ ପାଖରୁ ସରିବ । ତେଣୁ ଉଭୟ କଥାରେ ତାଙ୍କର ବେଶି କିଛି କ୍ଷତି ନାହିଁ । ତେବେ ସବୁଠୁ ଲାଭ ହେଉଛି

ସଞ୍ଜୟର ସବୁଯାକ କୀର୍ତ୍ତିକଳାପର ଫାଇଲ ତାଙ୍କ ପାଖରେ ଅଛି। କୌଣସି ଦିନ ଯଦି ସଞ୍ଜୟ ତାଙ୍କୁ ଟପି ଯିବାଲାଗି ଚେଷ୍ଟା କରେ, ତା'ହେଲେ ସେ ସେଇସବୁ ଫାଇଲ୍ ସାହାଯ୍ୟରେ ତାକୁ ପୁଣି ବାଟକୁ ଆଣିପାରିବେ।

ସଞ୍ଜୟ ପାନପୋଷ ତାରିଣୀ ମନ୍ଦିରରେ ପ୍ରତିଜ୍ଞା କରିଛି, ସେ କେବଳ ରମାରମଣଙ୍କ କଠଉ ପରି ରାଉରକେଲା ଆସନରୁ ପ୍ରତିନିଧିତ୍ୱ କରିବ। ତାହା ନ ହେଲେ, ରମାରମଣ ବଞ୍ଚିଥିବାଯାଏ, ସେଇ ହିଁ ରାଉରକେଲାର ସ୍ୱାଭାବିକ ନେତା। ସେ ଥାଉ ଥାଉ ଅନ୍ୟ କେହି ସେ ଆସନ ଆଡ଼େ ଅନେଇବା ଗୁରୁଦ୍ରୋହ ପରି ଅପରାଧ ହେବ। ତେଣୁ ଉପନିର୍ବାଚନରେ ଜିଣି ସେ ବିଧାୟକ ହେଲେ ମଧ୍ୟ ପର ନିର୍ବାଚନ ବେଳକୁ ସେ ରମାରମଣଙ୍କୁ ତାଙ୍କର ଆସନ ଛାଡ଼ିଦେବ। ଏଇ ଅବସ୍ଥା କେବଳ ବର୍ତ୍ତମାନର ପରିସ୍ଥିତିର ମୁକାବିଲା ଲାଗି ଗୋଟେ ସର୍ବସମ୍ମତ ରଣକୌଶଳ।

ତା'ର ଏହି ପ୍ରତିଜ୍ଞା ରାଉରକେଲା ଶାସକ ଦଳର କର୍ମୀଙ୍କୁ ଖୁବ୍ ପ୍ରଭାବିତ କରିଥିଲା। ଭୁବନେଶ୍ୱରର ରାଜ୍ୟସ୍ତରୀୟ ନେତାମାନେ ମଧ୍ୟ ସଞ୍ଜୟର ଆନୁଗତ୍ୟ ଦେଖି ସନ୍ତୋଷ ପ୍ରକାଶ କରୁଥିଲେ। ତେବେ ଶାସକ ଦଳ ଯୁବ ବାହିନୀର ନେତା ବିମଳେନ୍ଦୁ ମହାପାତ୍ର ଏହା ଭିତରେ ସଞ୍ଜୟ ପଟ୍ଟନାୟକ ବିଷୟରେ ଅନେକ ତଥ୍ୟ ସଂଗ୍ରହ କରିଥିଲେ। ସେ ପଚାରିଲେ, "ଉର୍ବଶୀ ପଟ୍ଟନାୟକଙ୍କୁ ବିରୋଧୀ ଦଳର ପ୍ରାର୍ଥୀ କରିବା ଘଟଣା ଆମକୁ ଅସୁବିଧାରେ ପକେଇନାହିଁ କି ?"

ଏ ପ୍ରଶ୍ନଟି ପାଇଁ ଆଗରୁ ପ୍ରସ୍ତୁତ ଥିବା ପରି ସଞ୍ଜୟ ପଟ୍ଟନାୟକ ଉତ୍ତର ଦେଲା, "ବରଂ ସୁବିଧାରେ ପକେଇଛି ବୋଲି ଆପଣ କୁହନ୍ତୁ। ମୋତେ କେବଳ ଦୁଃଖ ଲାଗୁଛି ଯେ ସେ ଏକଦା ମୋର ସ୍ତ୍ରୀ ଥିଲା...।"

"ଏକଦା କ'ଣ, ଏପର୍ଯ୍ୟନ୍ତ ତମର ଛାଡ଼ପତ୍ର କେସ୍ ତ ଫଇସଲା ହୋଇନାହିଁ..." ବିମଳେନ୍ଦୁ ଅଟକେଇ ଦେଲେ।

ଏହା ଭିତରେ ସେ କେସ୍ ବି ଫଇସଲା ହୋଇଯିବ। ତା'ଛଡ଼ା ସିଏ ଗୋଟେ ପାଗଳୀ ବୋଲି ରାଉରକେଲାର ସମସ୍ତେ ଜାଣନ୍ତି। ତା' ନିଜର ବାପା ଭାଇ ତାକୁ ପଚାରୁ ନ ଥିଲେ। କ'ଣ କହିବି, ତାକୁ ଯିଏ ଆଶ୍ରା ଦେଲା ସେ ତାହାରି ସାଥିରେ ଦ୍ରୋହ କଲା। ବାପା ବୟସର ମଣିଷ, ସାର୍ (ରମାରମଣଙ୍କୁ ଚାହିଁ)ଙ୍କ ମୁହଁରେ ସେ କଳା ବୋଳିବାକୁ ଚେଷ୍ଟା କଲା। ରାଉରକେଲାର ନାମଜାଦା ସ୍ୱେଚ୍ଛାସେବୀ ନଳିନୀ ଦେବୀଙ୍କୁ ବି ସେ ଛାଡ଼ିଲା ନାହିଁ। ଅନ୍ୟ କଥା ଦୂରେ ଥାଉ, ଆମ ଘର ଭିତରେ ମଧ୍ୟ ସେ କମ୍ ଅଶାନ୍ତି ସୃଷ୍ଟି କରି ନ ଥିଲା। ଏଭଳି ଗୋଟେ ବାଜ୍ୟେ ସ୍ତ୍ରୀ ଲୋକଙ୍କୁ କେବଳ ବିରୋଧୀ ଦଳ ନେତା ହିଁ ସୁଖ ପାଇବେ...।"

ହୋ ହୋ ହେଇ ଅନ୍ୟମାନେ ହସି ଉଠିଲେ । ନାରୀଜନିତ ମାମଲାରେ ବିରୋଧୀ ଦଳ ନେତାଙ୍କର ଏଭଳି ହିଁ ଭାବମୂର୍ତ୍ତି ଥିଲା । ଯା' ଆଗରୁ ମଧ୍ୟ ସେ ରାଜନୀତିରେ ଧାର ଧରୁ ନ ଥିବା କେତେଜଣ ସୁନ୍ଦରୀ ମହିଳାଙ୍କୁ ବିଭିନ୍ନ ନିଗମ ଓ ମ୍ୟୁନିସିପାଲିଟିର ଉଚ୍ଚ ପଦପଦବିରେ ବସେଇଥିବା କଥା ରାଜ୍ୟସାରା ଚର୍ଚ୍ଚା ହୋଇଥିଲା । ସଞ୍ଜୟ ପଟ୍ଟନାୟକ ବେଳ ଉଣ୍ଡି ସେଇ ପ୍ରସଙ୍ଗକୁ କେବଳ ଉଖୁରେଇ ଦେଇଥିଲା ଏବଂ ନିଜର ସ୍ତ୍ରୀ ସମ୍ପର୍କରେ ଏପରି ଗୋଟିଏ ମନ୍ତବ୍ୟ ଦେଉଛି ବୋଲି ସାମାନ୍ୟ ସଂକୋଚ ଅନୁଭବ ନ କରି ଅନ୍ୟମାନଙ୍କ ହସରେ ହସ ମିଳଉଥିଲା ।

ହସ ପତଳା ହୋଇଯିବା ପରେ ସଞ୍ଜୟ ହାତଯୋଡ଼ି ସମସ୍ତଙ୍କ ସହଯୋଗ କାମନା କଲା । ନିର୍ବାଚନ ମାତ୍ର ମାସେ ଦଶଦିନ ଥିବାରୁ ପାଳି ପାଳିରେ ଦଳର ସବୁ ତୁଙ୍ଗନେତା ପ୍ରଚାର କାମରେ ରାଉରକେଲା ଯିବାଲାଗି ସେ ଅନୁରୋଧ ଜଣାଇଲା ।

ରମାରମଣ କହିଲେ, "ସେସବୁ କଥା ମୁଁ ବୁଝିବି । ତୁମେ କାଲି ରାଉରକେଲା ଫେରିଯାଅ ଓ ଅଫିସ୍ ଖୋଲିବା ବ୍ୟବସ୍ଥା କର । ରବିବାର ଦିନ କର୍ମୀସଭା ଡାକିବା । ସେଇଠି ବୁଥ୍ କମିଟି ଗଠନ ଓ କାହାକୁ କେଉଁ ଦାୟିତ୍ୱ ଦିଆଯିବ ସେ କଥା ସ୍ଥିର ହେବ ।"

"କିନ୍ତୁ ମୁଖ୍ୟମନ୍ତ୍ରୀଙ୍କ ପ୍ରୋଗ୍ରାମ୍ ?" - ସଞ୍ଜୟ ପଚାରିଲା ।

ମୁଖ୍ୟମନ୍ତ୍ରୀ ରାଜଶେଖର ମହାନ୍ତିଙ୍କ ସାଙ୍ଗରେ ଶାସକ ଦଳର ଯୁବବାହିନୀ ନେତା ବିମଳେନ୍ଦୁଙ୍କର ନିବିଡ଼ ସମ୍ପର୍କ । ରମାରମଣ ତାଙ୍କ ଆଡ଼େ ଅନେଇଲେ । ମନ୍ତ୍ରୀ ସଦାନନ୍ଦ ବିଶ୍ୱାଳ କହିଲେ, "ଉପନିର୍ବାଚନ ପ୍ରଚାରରେ ମୁଖ୍ୟମନ୍ତ୍ରୀ ଯିବା ଭଲ ହେବ କି ନାହିଁ ସେକଥା ପରେ ବିଚାର କରାଯିବ । ପ୍ରୟୋଜନ ପଡ଼ିଲେ ମୁଖ୍ୟମନ୍ତ୍ରୀ ଯିବାକୁ କୁଣ୍ଠିତ ହେବେ ନାହିଁ ନା କ'ଣ ବିମଳେନ୍ଦୁବାବୁ ?"

"ସାର୍ !" - ବିମଳେନ୍ଦୁ ଉତ୍ତର ଦେଲେ ।

ସଞ୍ଜୟ ପଟ୍ଟନାୟକ କହିଲା, "ମୋ ବାପା ମୋତେ ଏହି ନିର୍ବାଚନ ପ୍ରଚାରରେ ସହଯୋଗ କରୁ ନାହାନ୍ତି । ତେଣୁ ଲିଫ୍‌ଲେଟ୍, ଗେଟ୍, ପ୍ରଚାର କ୍ୟାସେଟ୍ ଓ ବ୍ୟାନରଠାରୁ ନେଇ ଅନ୍ୟାନ୍ୟ ସବୁ କଥା ଦଳ ବୁଝିବ ବୋଲି ମୁଁ ଆଶା ରଖୁଛି ।" ଗୋଟେ ଜରୁରୀ କଥାକୁ ସ୍ୱଳ୍ପ ସମୟ ଭିତରେ ଶେଷ କରିଥିବାର ମାନସିକ ପ୍ରଶାନ୍ତି ନେଇ ସେ ବସିପଡ଼ିଲା ।

ରମାରମଣ କହିଲେ, "ସେସବୁ ଏଠି ଆଲୋଚନା କରି ଲାଭ ନାହିଁ । ଦଳର ନିର୍ବାଚନ କମିଟି ତମକୁ ସମସ୍ତ ସହଯୋଗ କରିବ । ତୁମେ କେବଳ ସଂଗଠନ ଉପରେ ନଜର ରଖ ।"

"ଆଉ ନିଜ ସ୍ତ୍ରୀଙ୍କ ଉପରେ..." ବିମଳେନ୍ଦୁ ମନ୍ତବ୍ୟ ଦେଲେ । ପୁଣି ଗୋଟେ କିସ୍ତି ହସ ଉଚ୍ଛୁଳିଲା ।

ରମାରମଣ ପଞ୍ଚତାରକା ହୋଟେଲ୍‌ରୁ ଡିନର୍ ମଗେଇଥିଲେ। ପଲଉ, ନାନ୍, ପରଟା, ରୁମାଲି ରୁଟି, ମଟନ୍, ତନ୍ଦୁରି ଚିକେନ୍, ଚିକେନ୍ ମସଲା, ଚିଙ୍ଗୁଡ଼ି ଭଜା, ନବରତନ, ପାଲକ ପନିର୍, ଆଇସ୍‌କ୍ରିମ୍, ଗୋଲାପଜାମୁ...। ପରଶିବାବାଲା ଲନ୍‌ରେ ଖାଦ୍ୟ ପରଶିବାକୁ ପ୍ରସ୍ତୁତ ଥିଲେ। ତେବେ ଆଲୋଚନାରୁ ଉଠି ଶୁଖିଲା ଶୁଖିଲା ସିଧା ଖାଇବା ପାଖକୁ ଯିବା ଲାଗି କାହାର ମନ ନ ଥିଲା। ସଞ୍ଜୟ ତା' ଦଳର ବଡ଼ ବଡ଼ ନେତାଙ୍କ ପସନ୍ଦ ଜାଣେ। ସେ କହିଲା, "ସାର୍ ରାତି ତ ନଅଟା ହୋଇନାହିଁ। ଏତେ ଶୀଘ୍ର ଡିନର୍ କ'ଣ ? ଏପଟକୁ ଆସନ୍ତୁ। ବଢ଼ିଆ ସ୍କଚ୍ ହ୍ୱିସ୍କି ଅଛି।"

"ସଞ୍ଜୟର ପସନ୍ଦକୁ ସାବାସି ଦେବାକୁ ହେବ। ଚାଲିଲ ଦେଖିବା କି ବ୍ୟବସ୍ଥା ସେ କରିଛି !" ମନ୍ତ୍ରୀ ସଦାନନ୍ଦ ବିଶ୍ୱାଳ କହିଲେ।

ସଞ୍ଜୟ ପଟ୍ଟନାୟକ 'ବ୍ଲାକ୍ ଲେବଲ୍' ଓ 'ସିଭାସ ରିଗାଲ୍' ହ୍ୱିସ୍କି ମଗେଇଥିଲା। ସେ ତା' ଦଳର ବରିଷ୍ଠ ନେତାମାନଙ୍କୁ ଭଲ ଭାବେ ଜାଣିଥିଲା। ବିଧାନସଭା ଭିତରେ ଓ ବାହାରେ ସେମାନେ ବିଦେଶୀ ମଦ ବିରୋଧରେ ଯେତେ ଗରମାଗରମ ବକ୍ତୃତା ଦେଲେ ବି ସାନ୍ଧ୍ୟ ଆସରରେ ତାକୁ ହିଁ ଲୋଡ଼ନ୍ତି। ମୁଖ୍ୟମନ୍ତ୍ରୀ ରାଜଶେଖର ମହାନ୍ତିଙ୍କ ପରି କେତେଜଣଙ୍କୁ ଛାଡ଼ିଦେଲେ ଅନ୍ୟମାନେ ସମସ୍ତେ ଏହି ପଥର ପଥିକ। ରମାରମଣ ତ ଏ କ୍ଷେତ୍ରରେ ସମସ୍ତଙ୍କର ଗୁରୁ। ଥରେ ବୋତଲ ଖୋଲିଲେ ସିଏ ମଧ୍ୟରାତ୍ରି ପୂର୍ବରୁ ଆଉ ବନ୍ଦ କରନ୍ତି ନାହିଁ। ତାଙ୍କର ମତ ହେଲା ଅର୍ଦ୍ଧ ଉଲଗ୍ନ ନାରୀର ଆମନ୍ତ୍ରଣକୁ ପରିତ୍ୟାଗ କରି ଚାଲିଯିବା ସମ୍ଭବ, ମାତ୍ର ଅଧାଶେଷ ହ୍ୱିସ୍କି ବୋତଲକୁ ଛାଡ଼ି ଉଠିଯିବା ଆଦୌ ସମ୍ଭବ ନୁହେଁ। ଏଥିରୁ ସେ ଏଭଳି ଆନନ୍ଦ ପାଆନ୍ତି ଯେ ହ୍ୱିସ୍କି ପିଇବାବେଳେ ସ୍ନାକ୍ସ ଖାଇବାକୁ ସୁଦ୍ଧା ଭୁଲି ଯାଆନ୍ତି।

ଆସର ଜମି ଆସୁଥିଲା। ଲନ୍‌ର ନରମ ଓ ଭୀରୁ ଆଲୋକ ଏଭଳି ଆସର ଲାଗି ଚମତ୍କାର ପରିବେଶ ଯୋଗାଇ ଦେଇଥିଲା। ସଦାନନ୍ଦ ଗୋଟାଏ ଗ୍ଲାସ୍ ଧରି ରମାରମଣଙ୍କ ପାଖ ଚଉକିରେ ଆସି ବସିପଡ଼ି କହିଲେ, "ଆପଣ ତ କିଛି ସ୍ନାକ୍ସ ନେଉନାହାନ୍ତି। ନିରୋଳା ତରଳ ପଦାର୍ଥ କ୍ଷତିକାରକ ରମାରମଣବାବୁ !"

ରମାରମଣ କହିଲେ, "ମୁଁ ସାର୍ ବାଲାନ୍‌ସ ରଖିବାରେ ବିଶ୍ୱାସ କରେ।"

: ବୁଝିପାରିଲି ନାହିଁ - ସଦାନନ୍ଦ କହିଲେ।

: ସାର୍ ! ଏ ପୃଥିବୀର ତିନି ଭାଗ ଜଳ, ଭାଗେ ସ୍ଥଳ। ମୁଁ ମୋ ପେଟ ଭିତରେ ସେଇ ଅନୁପାତ ନ ରଖିଲେ ବାଲାନ୍‌ସ ରଖି ପାରିବି ନାହିଁ।

ସଦାନନ୍ଦ ଓ ଅନ୍ୟମାନେ ହୋ ହୋ ହୋଇ ହସିଉଠିଲେ। ସଞ୍ଜୟ ବେଶି ଖୁସି ହେଉଥିଲା। ପ୍ରଥମତଃ ତା'ର ଆତିଥେୟତା ଫଳପ୍ରଦ ହେଉଥିଲା ଓ ଦ୍ୱିତୀୟକଥା ହେଲା ରମାରମଣ ନିଜର ସମସ୍ୟାକୁ କିଛି ସମୟ ଲାଗି ଭୁଲି ଯାଇଥିଲେ।

କେହିଜଣେ ମନ୍ତବ୍ୟ ଦେଲା, "ଏ ରାଜନୀତି ଦିନକୁ ଦିନ ଜଟିଳ ହୋଇପଡୁଛି। ଗୋଟିଏ ଦଳ ଭିତରେ ତିନିଟା ଫାଟ। ଆମେ ବିରୋଧୀ ଦଳକୁ ଜଗିବା ନା ନିଜ ଦଳକୁ ଜଗିବା ?"

କଥାଟି କାହା ଉଦ୍ଦେଶ୍ୟରେ କୁହାଯାଉଥିଲା ସେଇଟା ବୁଝିବା ଲାଗି ସଦାନନ୍ଦଙ୍କର ସମସ୍ୟା ହେଲା ନାହିଁ। ରାଜଶେଖର ମହାନ୍ତି ଟଙ୍କା, ଟୋକା ଓ ସରକାରୀ ପଦପଦବି ଲୋଭ ଦେଖେଇ ଦଳର ସମସ୍ତଙ୍କୁ ନିଜ ହାତରେ ରଖିଛନ୍ତି। ତାଙ୍କ ପରି ଯେଉଁ କେତେଜଣ ଦଳ ଭିତରେ ଭିନ୍ନ ମତ ପୋଷଣ କରୁଛନ୍ତି, ସେମାନଙ୍କ ପଛରେ ସରକାରୀ ଗୁଇନ୍ଦା ଲାଗିଛନ୍ତି। ଶାସକ ଦଳ ରାଜନୀତିର ଏଇ ଚରିତ୍ର ମହାପ୍ରତାପୀ ମହତାବଙ୍କ ଅମଳରୁ କେବେ ବି ବଦଳିଲା ନାହିଁ। ନାଁକୁ କୁହାଯାଉଛି ଗଣତନ୍ତ୍ର, କିନ୍ତୁ ସବୁଠି ସାମନ୍ତବାଦୀ ଢଙ୍ଗରେ କାମ ଚାଲୁଛି। ତାଙ୍କୁ ଯେଉଁଦିନରୁ ଗୁରୁତ୍ୱହୀନ କରିବା ଲାଗି ଯୋଜନା ହେଲାଣି, ସେଇଦିନୁ ସେ ଭିତରେ ଭିତରେ କ୍ଷୁବ୍ଧ। ଅପମାନତକ ହଜମ କରି ଦଳ ଭିତରେ ରହିଛନ୍ତି। ବେଳ ଜାଣି ଚୋଟ ହାଣିବେ।

ରାଉରକେଲା ଉପନିର୍ବାଚନରେ ଜିଣିଗଲେ ରାଜଶେଖର ମହାନ୍ତି ତାଙ୍କୁ ଆଉ ଗୁରୁତ୍ୱ ଦେବ ନାହିଁ। ପଶ୍ଚିମ ଓଡ଼ିଶାରେ ସୁଦ୍ଧା ସିଏ ହିଁ ଅପ୍ରତିଦ୍ୱନ୍ଦ୍ୱୀ ଶକ୍ତି , ଏକଥା ପ୍ରମାଣିତ ହୋଇଯିବ। ସଦାନନ୍ଦ ଭିତରେ ଭିତରେ ରାଗରେ ଫାଟି ପଡୁଥିଲେ।

ସଞ୍ଜୟ ପଟ୍ଟନାୟକ ରାଜନୀତିରେ ଯେତିକି ଅନଭିଜ୍ଞ ଥିଲା, ଖାଦ୍ୟପେୟ ପରିବେଷଣ ଓ ଉପରନେତାଙ୍କ ସନ୍ତୋଷ ବିଧାନରେ ସେତିକି ଅଭିଜ୍ଞ ଥିଲା। କି କି ବ୍ୟବସ୍ଥା କଲେ ରାଜଧାନୀର ସାଧାରଣ ରାତି ରଙ୍ଗିନ ହୋଇପାରିବ, ସେ ବିଦ୍ୟାରେ ସେ ଖୁବ୍ ଧୁରନ୍ଧର ଥିଲା। ସେଇ ରାତିଟିକୁ ସେ ଏଭଳି ସଜେଇଦେଲା, ଯାହାକୁ ପରଦିନ ସକାଳ ଚେଷ୍ଟା କରି ସୁଦ୍ଧା ଚିହ୍ନି ପାରି ନ ଥିଲା। ସମସ୍ତେ ସଞ୍ଜୟକୁ ଆଶୀର୍ବାଦ କରିଥିଲେ।

କେବଳ ସଦାନନ୍ଦ ବିଶ୍ୱାଳ ସେଇ କୋଳାହଳ ଭିତରେ ଗୋଟେ କୋଣଠେସା ପ୍ରଶ୍ନଚିହ୍ନ ପରି ଅସ୍ୱସ୍ତି ଅନୁଭବ କରୁଥିଲେ। ଅତୀତରେ ସେ ରାଜ୍ୟ ଶାସକ ଦଳର ନେତା ଥିବା ବେଳେ ରାଜଶେଖର ମହାନ୍ତି ଓ ରମାରମଣଙ୍କ ପ୍ରରୋଚନାରେ ଏଇ ସଞ୍ଜୟ ପଟ୍ଟନାୟକ କେମିତି ଥରେ ତାଙ୍କର କୁର୍ତ୍ତା ଓ ଧୋତି ଚିରି ଦେଇଥିଲା, ସେ କଥାଟିକୁ ସେ ଚେଷ୍ଟା କରି ମଧ୍ୟ ଭୁଲିପାରୁ ନ ଥିଲେ। ରମାରମଣ ଗଲା, ରାଜଶେଖର ମହାନ୍ତିଙ୍କୁ ଗାଦିରୁ ନ ହଟେଇବା ପର୍ଯ୍ୟନ୍ତ ତାଙ୍କର ଅନ୍ତରାତ୍ମା ଶାନ୍ତ ପଡ଼ିବ ନାହିଁ। ସେଥିପାଇଁ ସଞ୍ଜୟ ପଟ୍ଟନାୟକ ହାରିବା ଦରକାର- ସେ ଭାବୁଥିଲେ।

୧୦. ରାଉରକେଲା

"ରାଉରକେଲାର ଶୀତ ସକାଳ ଖୁବ୍ ନିଷ୍କରୁଣ। ଏ ସହରରେ ଇସ୍ପାତ କାରଖାନା ଥିବାରୁ ପାଣିପାଗ ସୁଦ୍ଧା ଇସ୍ପାତ ପରି କଠୋର ବ୍ୟବହାର କରନ୍ତି" - ପୁଲକ ମନ୍ତବ୍ୟ ଦେଲା। ପାନ୍ଥନିବାସରୁ ବାସନ୍ତୀ କଲୋନି ଆସିବା ଭିତରେ ତା' ଦେହହାତ କାଲେଇ ଯାଇଥିଲା।

ଉର୍ବଶୀ ପୁଲକକୁ ଚାହିଁଲା। ଗୋଟେ ମୁଣ୍ଡଢଙ୍କା ବ୍ଲେଜର ଭିତରେ ଜିରାଫ ପରି ଦିଶୁଥାଏ ପୁଲକ। ଦିଲ୍ଲୀରେ ଅନେକ ଦିନ ଥିଲେ ମଧ୍ୟ ପୁଲକ ଆଦୌ ଶୀତ ସହିପାରେ ନାହିଁ। ସେ ଆପାଦମସ୍ତକ ଢାଙ୍କି ହୋଇ ବସିଥିଲା।

ନିର୍ବାଚନ ଘୋଷଣା ହେବା ପରେ ପରେ ଉର୍ବଶୀ ରାଉରକେଲା ଚାଲିଆସିଛି। ସଭାପତିଙ୍କ ପରାମର୍ଶ ଯୋଗୁଁ ସନ୍ଦୀପ ରାୟ ନିଜର ରାଗ ଅଭିମାନ ଭୁଲି ତାଙ୍କୁ ସବୁ ପ୍ରକାର ସାହାଯ୍ୟ କରୁଛନ୍ତି। ବାସନ୍ତୀ କଲୋନିରେ ଉର୍ବଶୀ ନିଜର ନିର୍ବାଚନ ଅଫିସ୍ ଖୋଲିଛି। ଘନଶ୍ୟାମ ରାୟ, ରାମପ୍ରସାଦ କାନୁନ୍‌ଗୋ ଓ କାଳିକା ଚୌଧୁରୀ ପ୍ରମୁଖ ନିର୍ବାଚନ ପ୍ରଚାର ଦାୟିତ୍ୱ ବୁଝୁଥିଲେ ମଧ୍ୟ ପୁଲକ ହିଁ ଉର୍ବଶୀର ଅଣସ୍ୱୀକୃତ ନିର୍ବାଚନ ମ୍ୟାନେଜର। ସେଇ ମ୍ୟାନେଜର ଏବେ ଶୀତରେ ଥରୁଥିବା ଲକ୍ଷ୍ୟକରି ଉର୍ବଶୀ କହିଲା, "ଲୋକମାନେ ଏ ଶୀତରେ ଭୋଟ ଦେବାକୁ ଆସିବେ ତ!''

ପୁଲକ ଉର୍ବଶୀର ଇସାରା ବୁଝିପାରିଲା। ଦୁହିଁଙ୍କ ପାଇଁ ଦି'କପ୍ ଚା' ବରାଦ କରି ସେ କହିଲା, "ଥରେ ବାହାରକୁ ବାହାରି ପଡ଼ିଲେ ଶୀତ ଛାଡ଼ିଯାଏ। ଏବେ ଆଉ କ'ଣ ମୋତେ ବେଶି ଶୀତ ଲାଗୁଛି ?"

ଆଜି ଦଳର ସଭାପତି ପ୍ରଚାର ପାଇଁ ଆସିବେ। ପାଞ୍ଚ ତାରିଖରେ ନିର୍ବାଚନ। ଶାସକ ଦଳ ପକ୍ଷରୁ ଯେଉଁଭଳି ବ୍ୟୟବହୁଳ ପ୍ରଚାର କରାଯାଉଛି ତାକୁ ଦେଖି ଭିତରେ ଭିତରେ ଉର୍ବଶୀ ଡରିଯାଇଛି। କିନ୍ତୁ ସେ କଥା ସେ ପୁଲକକୁ କହୁ ନାହିଁ। ପ୍ରଥମେ ପୁଲକର ଉପସ୍ଥିତି ଏଠିକା କର୍ମୀ ମହଲରେ ଭ୍ରୂକୁଞ୍ଚନ ସୃଷ୍ଟି କରିଥିଲା। ଦଳୀୟ ସଂଗଠନ

ପୁଲକକୁ ଗ୍ରହଣ କରିବାକୁ ଆଦୌ ରାଜି ନ ଥିଲା। ଏଭଳି ଉପନିର୍ବାଚନ ଦଳୀୟ କର୍ମୀମାନଙ୍କ ପାଇଁ ଅର୍ଥ ଓ ଯଶ ଉପାର୍ଜନର ଗୋଟିଏ ଗୋଟିଏ ସୁଯୋଗ। ସେଇ ସୁଯୋଗଟି ବାହାରର କୌଣସି ଲୋକ ଆସି ତାଙ୍କ ହାତରୁ ଛଡ଼େଇନେବା ସେମାନେ ଚାହାନ୍ତି ନାହିଁ। କର୍ମୀ ମହଲର ଏ ପ୍ରକାର ଅବସ୍ଥା ଦେଖି ଉର୍ବଶୀ ଆତଙ୍କିତ ହୋଇଥିଲା। ଅଜସଡ଼ା ସୈନ୍ୟବାହିନୀ ନେଇ ଯୁଦ୍ଧ ଲଢ଼ିବା ସମ୍ଭବ ନୁହେଁ। ତେବେ ନିଜେ ସଭାପତି ଏଥିରେ ହସ୍ତକ୍ଷେପ କରି ସମସ୍ୟାର ସମାଧାନ କରିଦେଇଛନ୍ତି। ପୁଲକକୁ ସେ ପ୍ରଚାର କମିଟିର ସଦସ୍ୟ ଭାବେ ସ୍ୱୀକୃତି ଦେଇଛନ୍ତି।

ସବୁଦିନ ଦେଖାଚାହାଁ, କଥାବାର୍ତ୍ତା, ଯୁକ୍ତିତର୍କ, ପରସ୍ପର ପ୍ରତି ସମ୍ମାନ ଓ ଶ୍ରଦ୍ଧା ଯୋଗୁଁ ଉର୍ବଶୀ ଏବଂ ପୁଲକ ଉଭୟେ ନିଜ ନିଜର ସମ୍ବୋଧନରେ ବହୁଦିନୁ 'ଆପଣ'ରୁ 'ତୁମେ'କୁ ଓହ୍ଲାଇ ଆସିଲେଣି। ସେମାନଙ୍କର ଘନିଷ୍ଠତା ଖୁବ ବଢ଼ିଯାଇଛି।

ଉର୍ବଶୀ କହିଲା, "ତୁମେ ବହୁତ ଭାଙ୍ଗିଗଲଣି। ଏଠିକା ପାଗ ତୁମକୁ ସୁହାଉ ନାହିଁ।"

ପୁଲକ ହସି ହସି କହିଲା, "ମଣିଷର ବଡ଼ ସମସ୍ୟା କ'ଣ ଜାଣିଛ? ସେ ନିଜର ଆଖି ଯୋଡ଼ିକରେ ପୃଥିବୀର ସବୁକିଛି ଦେଖିପାରିଲେ ବି ନିଜର ମୁହଁଟିକୁ ଦେଖିପାରେ ନାହିଁ। ଅଇନା ପାଖକୁ ଯାଇ ଦେଖ, ତୁମ ଚେହେରା ସତକୁ ସତ ପାଗଲୀଟେ ପରି ଦିଶୁଛି।"

ଉର୍ବଶୀ କିଛି ଉତ୍ତର ଦେଲା ନାହିଁ। ଯେଉଁଦିନ ସେ ନିର୍ବାଚନରେ ଛିଡ଼ାହେବ ବୋଲି ମନକୁ ମନ ସ୍ଥିର କରିଥିଲା, ସେଦିନ ସମ୍ଭାବନାଗୁଡ଼ିକ ସମ୍ପର୍କରେ କେବଳ ଚିନ୍ତା କରିଥିଲା। ମାତ୍ର ଏହାର ସମସ୍ୟାଗୁଡ଼ିକ ସମ୍ପର୍କରେ ବେଶି କିଛି ଜାଣି ନ ଥିଲା। ପିଲାଦିନେ ସେ ବାପାଙ୍କ ସରପଞ୍ଚ ନିର୍ବାଚନ ଦେଖିଥିଲା ଓ ବଡ଼ ହେବା ପରେ ଟି.ଭି. ଏବଂ ଖବରକାଗଜରେ ନିର୍ବାଚନ ପ୍ରଚାରର ଫଟୋ ଆଉ ବିବରଣୀ ପଢ଼ିଥିଲା। ସେ ଅବଶ୍ୟ ଜାଣିଥିଲା ଯେ ମୂଲ୍ୟବୋଧ ଓ ଆଦର୍ଶର ଚାଦର ତଳେ, ସ୍ଥାନୀୟ ଏବଂ ବ୍ୟକ୍ତିଗତ ସମସ୍ୟା ନିର୍ବାଚନକୁ ପ୍ରଭାବିତ କରିଥାଏ। ମାତ୍ର ପ୍ରତି ପଦକ୍ଷେପରେ ଯେ ଏଠି ଜଗିରଖି କଥା କହିବାକୁ ହୁଏ, ଜାଣିଜାଣି ମୁହଁରେ ତୁଣ୍ଡି ବାନ୍ଧି ନିରବ ରହିବାକୁ ପଡ଼େ ସେକଥା ସେ ଭାବି ନ ଥିଲା। ସ୍ୱଭାବରେ ସ୍ପଷ୍ଟବାଦୀ ହୋଇଥିବାରୁ ମନର ରାଗକୁ ମନରେ ଚାପି ରଖି ଉପର ମୁହଁରେ ହସିବା ତା' ପକ୍ଷେ ଖୁବ୍ କଷ୍ଟକର ହେଉଥିଲା।

ଏହା ଭିତରେ ସେ ପାନପୋଷଠୁଁ ନେଇ କୋଏଲ ନଗର, ବନ୍ଧମୁଣ୍ଡା ଓ ତରକେରା ପ୍ଲାଣ୍ଟ ଏରିଆରୁ ନେଇ ହମିରପୁର ଓ ଲୁହାକେରା ପର୍ଯ୍ୟନ୍ତ ସବୁଆଡ଼େ ବୁଲି

ସାରିଲାଣି। ତା'ର ନିର୍ବାଚନ ଚିହ୍ନ ଚକ୍ର ଚିହ୍ନ। ରମାରମଣ-ସଞ୍ଜୟ ପଟ୍ଟନାୟକଙ୍କ ଜଙ୍ଗଲୀ ଶାସନର ଶିରଚ୍ଛେଦ ହିଁ ଏଇ ସୁଦର୍ଶନ ଚକ୍ର କରିବ - ଏଇ କଥାଟି ସେ ବରାବର କହୁଛି। ପ୍ରତିଦିନ ସେ ଚଉଦ ପନ୍ଦରଟି ନିର୍ବାଚନ ସଭାରେ ଭାଷଣ ଦେଉଛି। ସକାଳୁ ସକାଳୁ ପଦଯାତ୍ରାରେ ଯାଉଛି ଓ ସନ୍ଧ୍ୟାବେଳେ ବିଭିନ୍ନ ବୁଥ୍ ଅଫିସ୍ ଯାଇ କର୍ମୀମାନଙ୍କ ଭଲମନ୍ଦ ବୁଝୁଛି। ଆଜି ପ୍ରଚାରର ଶେଷ ଦିନ। କାଲିଠୁଁ ପ୍ରଚାର ବନ୍ଦ ହୋଇଯିବ। ଚିର୍‌କୁଟି ବଣ୍ଟା ଆରମ୍ଭ ହୋଇଯାଇଛି। ପ୍ରତିପକ୍ଷଙ୍କ ଗତିବିଧି ଉପରେ ଲକ୍ଷ୍ୟ ରଖିବା ଏବେ ମୂଳ କାମ।

ପୁଲକ ଖାଲି ଚା' କପ୍‌ଟା ଟି-ପୟ ଉପରେ ରଖିଦେଇ ଉଠିପଡ଼ିଲା। ଉର୍ବଶୀକୁ କହିଲା, "ତୁମେ ପ୍ରସ୍ତୁତ ହୋଇଯାଅ। ମୁଁ ଯାଏ, ହନୁମାନ ପଡ଼ିଆ ସଭାର ବନ୍ଦୋବସ୍ତ ଠିକ୍ ହେଲାଣି କି ନାହିଁ ଦେଖେ।"

ଉର୍ବଶୀ କହିଲା, "ମୁଁ କାଲି ରାତିରେ ସାର୍‌ଙ୍କ ସହ କଥା ହୋଇଥିଲି। ସେ ସମ୍ବଲପୁରରୁ ଆସି ପାନପୋଷ ସର୍କିଟ ହାଉସ୍‌ରେ ପହଞ୍ଚିବେ। ସେଇଠୁ ଆମର ପ୍ରସେସନ୍ ତାଙ୍କୁ ହନୁମାନ ପଡ଼ିଆଯାଏ ନେବ ବୋଲି ସନ୍ଦୀପ ରାୟ କହିଛନ୍ତି। ତୁମେ ଟିକେ ମୋର ଆଜିର ଭାଷଣଟା ଲେଖି ଦିଅନ୍ତ ନାହିଁ ?"

ପୁଲକ କହିଲା, "ପରିହାସ କରିବାକୁ ବେଳ ମିଳିଲା ନାହିଁ ଉର୍ବଶୀ! ତୁମ କଥା ତୁମେ ଯେମିତି ଲେଖିପାରିବ, ମୁଁ କ'ଣ ସେମିତି ଲେଖିପାରିବି ?"

"ସେମିତି ଲେଖିବାକୁ ମୁଁ କହୁଛି କି ? ତା'ଠୁ ଟିକିଏ ଭଲ ଲେଖିବ ନା !"

ପୁଣି ଥରେ ପୁଲକ ଉର୍ବଶୀର ବୁଦ୍ଧି ପାଖରେ ହାରିଗଲା। କହିଲା, "ଠିକ୍ ଅଛି। ମୁଁ ଗୋଟେ ଡ୍ରାଫ୍‌ଟ କରିଦେଇଥିବି। ସେଥିରେ ତୁମେ ଯାହା ମିଶେଇବାର କଥା ମିଶେଇବ।"

"ହଁ, ରାଉରକେଲା ଇସ୍ପାତ କାରଖାନା, ରିଜିଓନାଲ୍ ଇଞ୍ଜିନିୟରିଂ କଲେଜ ଓ ଟାଉନ୍‌ସିପ୍ ଗଢ଼ି ଉଠିବା ପଛରେ ଆମ ସଭାପତିଙ୍କ ଅବଦାନକୁ ଟିକିଏ ଭଲ ଭାବେ ଲେଖିବ। ସାର୍ କହିଛନ୍ତି, ରମାରମଣ-ସଞ୍ଜୟ ପଟ୍ଟନାୟକଙ୍କ ଦୁର୍ନୀତି ଅପେକ୍ଷା ଆମେ ବୃହତ୍ତର ସ୍ୱାର୍ଥଜନିତ ଜନମଙ୍ଗଳ ଇସ୍ୟୁଗୁଡ଼ିକୁ ବେଶି ଗୁରୁତ୍ୱ ଦେବା।"

: ଶାସକ ଦଳବାଲାଏ ତ କହନ୍ତି ସେସବୁ ତାଙ୍କ ଦଳର ପ୍ରଧାନମନ୍ତ୍ରୀ ଥିବାବେଳେ ହୋଇଥିଲା।

: ସଫଳତାର ଅନେକ ଜନକ, କିନ୍ତୁ ବିଫଳତା ଗୋଟେ ଛେଉଣ୍ଡ ଛୁଆ- ତମେ ପଢ଼ିନ କି! ଉର୍ବଶୀ କହିଲା।

ପୁଲକ ଭାଷଣ ଲେଖିବା ଦାୟିତ୍ୱ ନେଇ ଚାଲିଗଲା। ଉର୍ବଶୀର ଅନୁଭବ

ହେଉଥିଲା ଯେ ସେ ବହୁତ ଥକି ପଡ଼ିଛି। ତା'ର ଗୋଡ଼ ଉଠି ନ ଥିଲା। ଚାଲି ଚାଲି ଦୁଇ ଜଙ୍ଘରେ ଛାଲି ପଡ଼ିଲାଣି। ବିରାଟ ସହର; ଗୋଟେ ସେକ୍ଟରକୁ ଯାଇ ଫେରି ଆସିଲେ ଆର ସେକ୍ଟରବାଲାଏ ମୁହଁ ଫୁଲଉଛନ୍ତି। ସବୁ ସେକ୍ଟରର ଅଲଗା ଅଲଗା ଚାହିଦା। ରାଉରକେଲାରେ ଆଦିବାସୀ, ଖ୍ରୀଷ୍ଟିଆନ୍ ଓ ମୁସଲିମ୍ ଭୋଟ୍ କିଛି କମ୍ ନୁହେଁ। ଏପଟେ ଗୋଟିଏ ମନ୍ଦିରକୁ ଗଲେ ସେପଟେ ଗୋଟେ ଗୀର୍ଜାକୁ ଯିବାପାଇଁ ପଡ଼ିବ। ଧର୍ମ ତ ମଣିଷକୁ ଏକାଠି କରୁନାହିଁ, ବେଶି ଭାଗ ଭାଗ କରୁଛି। ଯା' ସାଙ୍ଗକୁ ରାଉରକେଲାରେ ସେକ୍ଟର ଏରିଆ ଓ ସିଭିଲ ଏରିଆର ଅଲଗା ଅଲଗା ସମସ୍ୟା। ସେକ୍ଟର ଏରିଆବାଲାଏ କହୁଛନ୍ତି ସବୁ ସୁବିଧା ସେଆଡ଼କୁ ଯାଉଛି, ସିଭିଲ୍ ଏରିଆବାଲାଏ କହୁଛନ୍ତି ଆମେ ରାଉରକେଲାର ଦ୍ୱିତୀୟ ଶ୍ରେଣୀ ନାଗରିକ, ବସ୍ତି ବାସିନ୍ଦା। ସିଭିଲ୍ ଏରିଆ ଅବ୍ୟବସ୍ଥିତ ସହର ଭାବରେ ବଢ଼ିଯାଉଛି। ଲୋକଙ୍କ ସୁଖ ସ୍ୱାଚ୍ଛନ୍ଦ୍ୟ ଲାଗି ଅନେକ ଗୁଡ଼ିଏ କାମ ହେବା ଦରକାର ଏବଂ ଏସବୁ ପରେ ବିଭିନ୍ନ ଅଞ୍ଚଳର କ୍ଲବ। ସମସ୍ତଙ୍କର କ୍ରିକେଟ୍ ସାମଗ୍ରୀ, ରଙ୍ଗିନ ଟେଲିଭିଜନ୍ ଓ ଚାନ୍ଦା ଦରକାର। ଏତେ ଟିକିଏ ଟିକିଏ ଛୁଆ ଯେମିତି ମୂଲଚାଲ କରୁଛନ୍ତି ତାହା ଦେଖି ଉର୍ବଶୀ ଆଶ୍ଚର୍ଯ୍ୟ ହୋଇଛି। ରାଜନୀତିର ଏଇ ଚେହେରା ସମ୍ପର୍କରେ ସେ ବାସ୍ତବରେ କିଛି ଜାଣି ନ ଥିଲା। ଏତେ ବ୍ୟକ୍ତିକୈନ୍ଦ୍ରିକ ଓ ସ୍ୱାର୍ଥସର୍ବସ୍ୱ ହୋଇଛି ଭାରତର ରାଜନୀତି ! ସେ ଭିତରେ ଭିତରେ ସାଙ୍କୁଡ଼ିଯାଏ। ରକ୍ଷା ହୋଇଛି, ତା' ପାଖରେ ପୁଲକ ଅଛି। ସିଏ ନ ଥିଲେ ସେ ଏକାକୀ ଏସବୁ କାମ ଆଦୌ ପାରନ୍ତା ନାହିଁ।

ଆଜି ତା' ପାଇଁ ଗୋଟେ ଗୁରୁତ୍ୱପୂର୍ଣ୍ଣ ଦିନ। କେବଳ ଯେ ସଭାପତିଙ୍କ ସମ୍ମୁଖରେ ଭାଷଣ ଦେବାକୁ ପଡ଼ିବ ସେତିକି ନୁହେଁ, ତାକୁ ଆଜି ତା' ଶାଶୂଘର କଲୋନୀକୁ ନିର୍ବାଚନ ପ୍ରଚାରରେ ଯିବା ପାଇଁ ପଡ଼ିବ। ପାଞ୍ଚ ବର୍ଷରୁ ବେଶି ହେବ ସେ ସେଇ ଘର ଦୁଆର ମାଡ଼ିନାହିଁ। ସେଇଠୁ ସେ ଗଳାଧକ୍କା ଖାଇ, ପାଗଳୀର ପରିଚୟ ଓ ଚରିତ୍ରହୀନାର ଅପବାଦ ମୁଣ୍ଡେଇ ଆସିଥିଲା। ସେଦିନର ସେକଥା ମନେପଡ଼ିଲେ ତା' ଛାତି ଭିତରର କଲିଜା ଟୁକୁଡ଼ା ଟୁକୁଡ଼ା ହୋଇଯାଏ। ହାତ ପାପୁଲି ଅଜାଣତରେ ପିଠି ଓ ପେଟର ସେଇ ପୁରୁଣା ଆଘାତର ଦାଗ ପାଖକୁ ଚାଲିଯାଏ। ସେସବୁ ଦାଗ ଜୋତାର, ବାଡ଼ିର, ବେଲ୍‌ଟର, ବିଧା ଓ ଚାପୁଡ଼ାର। କେତେ ସଞ୍ଜ, ସକାଳ ଆଉ ଦି' ପହରେ ସେଇ ଘରଟା ଭିତରେ କାନ୍ଦି କାନ୍ଦି ସେ ନିଜ ଭାଗ୍ୟକୁ ନ ନିନ୍ଦିଛି !

ସେଇ ଘରକୁ ଆଜି ଯିବ ସେ ଭୋଟ୍ ମାଗି। ଜାଣି ଜାଣି ଯିବ ଯେ ସେ ଘରର କୌଣସି ଲୋକ ତାକୁ ଭୋଟ୍ ତ ଦୂରର କଥା ପାଣି ଗିଲାସେ ବି ଦେବେ ନାହିଁ।

ପ୍ରଥମେ ସେ ଭାବିଥିଲା ତା'ର ଶାଶୂଘର କଲୋନିକୁ ଯିବ ନାହିଁ। ଜାଣି ଜାଣି କୌଣସି ପ୍ରକାର ଅସ୍ୱସ୍ତିକର କିମ୍ବା ଅପମାନଜନକ ପରିସ୍ଥିତିକୁ ନିମନ୍ତ୍ରଣ କରିବ ନାହିଁ। ମାତ୍ର ପୁଲକ ତାକୁ ତା'ର ନିଷ୍ପତ୍ତି ବଦଳେଇବାକୁ ରାଜି କରାଇଥିଲା। ସେ ଯୁକ୍ତି କରିଥିଲା ଯେ ଏପର୍ଯ୍ୟନ୍ତ ଉର୍ବଶୀ ସମ୍ପୂର୍ଣ୍ଣ ମୋହମୁକ୍ତ ହୋଇ ନାହିଁ। ତେଣୁ ସେ ଭୟ କରୁଛି। ଉର୍ବଶୀର ମନେ ରଖିବା ଉଚିତ ଯେ ସେ ସମଗ୍ର ରାଉରକେଲା ଜନସାଧାରଣଙ୍କ ପ୍ରତିନିଧି ହେବାପାଇଁ ନିର୍ବାଚନ ଲଢୁଛି। ତା'ର ଶାଶୂଘର ରାଉରକେଲାଠାରୁ ଅଲଗା ନୁହେଁ। ଉଦାହରଣ ଦେବାକୁ ଯାଇ ସେ ଗୌତମ ବୁଦ୍ଧଙ୍କ କଥା କହିଥିଲା। ଗୌତମ ବୁଦ୍ଧ ନିଜେ ଯାଇ ନିଜ ପତ୍ନୀଙ୍କ ନିକଟରେ ଭିକ୍ଷାଗ୍ରହଣ କଲା ପରେ ଯାଇ ସମ୍ପୂର୍ଣ୍ଣ ମୋହମୁକ୍ତ ହୋଇଥିଲେ। ଉର୍ବଶୀ ସେହି ପରି ମୋହମୁକ୍ତ ହେବା ପ୍ରୟୋଜନ। ସେ ଶାଶୂଘରକୁ ସାହାଯ୍ୟ ଭିକ୍ଷା କରିବା ଲାଗି ଯାଉ ନାହିଁ, ଭୋଟଦାତାଙ୍କ ନିକଟକୁ ସମର୍ଥନ ମାଗିବା ଲାଗି ଯାଉଛି।

ପୁଲକର କଥା ଆଉଥରେ ମନେପଡ଼ିଲା ଉର୍ବଶୀର। ପୁଲକ ତା' ଆଖି ଆଗରେ ଥିବାବେଳେ ଯେତିକି ବଡ଼ ହୋଇ ଦିଶେ, ଆଖି ଆଗରୁ ଆଢୁଆଳକୁ ଚାଲିଗଲା ପରେ ତାହାଠାରୁ ଅନେକ ଗୁଣ ବଡ଼ ଦିଶେ। ଶତଚେଷ୍ଟା ସତ୍ତ୍ୱେ ସେ ବୁଝିପାରେ ନାହିଁ, କେବଳ ମଣିଷପଣିଆର ଡାକରାରେ କ'ଣ କେହି ଅନ୍ୟର ଏତିକି ଉପକାର କରିପାରେ ?

ପାଖାପାଖି ଛଅମାସ ହୋଇଯିବ ସେମାନଙ୍କର ପରିଚୟ। କୌଣସି ଦିନ ପୁଲକ ତା' ଆଡୁ ଉର୍ବଶୀ ପ୍ରତି ବିଶେଷ ଅନୁରାଗର ସାମାନ୍ୟ ସୂଚନା ଦେଇ ନାହିଁ। ଦିହେଁ ଯେମିତି ଗୋଟିଏ କର୍ମଭୂମିର ଦୁଇ କର୍ମୀ। ଦିଇଟି ସ୍ୱର। ସେମାନଙ୍କ ଭିତରେ ଦୁର୍ବଳତା କେବଳ ଅଛି ମୂଲ୍ୟବୋଧ ଓ ଆଦର୍ଶ ପ୍ରତି। ଆଉ ସବୁ ଆକର୍ଷଣ ସେଠି ଗୌଣ।

ସାହିତ୍ୟ, ଦର୍ଶନ, ରାଜନୀତି, ସଙ୍ଗୀତ ଓ ଚିତ୍ରକଳା ସବୁଥିରେ ପୁଲକ ତା'ଠୁ ଦଶ ପାଦ ଆଗରେ। ତା' ସାମ୍ନାରେ ମୁହଁ ଖୋଲିବାକୁ ଉର୍ବଶୀକୁ ଭୟ ଲାଗେ। ପାଠରେ ବର୍ଷେ ସିନିଅର ହେଲେ ବି ପୁଲକକୁ ସେ ଦଶ ବର୍ଷର ଆଗୁଆ ବୋଲି ବିଚାର କରେ। ସେଇ ପୁଲକ ଛଅମାସ ହେଲା ନିଜର ସବୁ କାମଦାମ ଛାଡ଼ି ତାକୁ ସାହାଯ୍ୟ କରିଚାଲିଛି।

ଏକଥା ପଚାରିଲେ ପୁଲକ କୁହେ, "କିଏ କହିଲା, ମୁଁ କେବଳ ତୁମକୁ ସାହାଯ୍ୟ କରିବା ପାଇଁ ଏଠିକି ଆସିଛି ? ଉଦିତନଗରରେ ଆମର ଯେଉଁ ସୋ-ରୁମ୍ ହେଉଛି ସେ କାମ ପୁଣି ବୁଝୁଛି କିଏ ?"

ଉର୍ବଶୀ ଜାଣେ, ଏସବୁ ପୁଲକ କେବଳ ତା'ର ବାପାଙ୍କୁ ବୁଝେଇବା ପାଇଁ କରୁଛି। ପ୍ରକୃତରେ ସେ ବେଶି ସମୟ ଦେଉଛି ଉର୍ବଶୀ ପାଇଁ।

ଗତକାଲି ଆଡ୍‌ଭୋକେଟ୍ ଶିବାନନ୍ଦ ସାହୁ ଆସିଥିଲେ। ଛାଡ଼ପତ୍ର କେଶ୍‌ରେ ତାରିଖ ଅଛି ଏଗାର ତାରିଖରେ। ସଞ୍ଜୟ ପଟ୍ଟନାୟକ ଉର୍ବଶୀକୁ ଛାଡ଼ପତ୍ର ଦେବା ଲାଗି ଦାୟର କରିଥିବା ଏଇ ମୋକଦ୍ଦମାଟି ସେଦିନ ଫଏସଲା ହୋଇଯିବ। ଉର୍ବଶୀ ଆଉ ଗୋଟେ ଯୋଡ଼ିଏ କାଗଜରେ ଦସ୍ତଖତ କରିଦେଲେ ସେ ବିବାଦ ତୁଟିଯାଆନ୍ତା। କୋର୍ଟ ରାୟ ପର୍ଯ୍ୟନ୍ତ ଅପେକ୍ଷା କରିବାକୁ ପଡ଼ନ୍ତା ନାହିଁ। କିନ୍ତୁ ଉର୍ବଶୀ ଜାଣି ଜାଣି ଆଡ୍‌ଭୋକେଟ୍‌ଙ୍କୁ କିଛି ଉତ୍ତର ନ ଦେଇ ଫେରେଇ ଦେଇଥିଲା। ଆଗେ ନିର୍ବାଚନ ସରୁ, ତା'ପରେ ଛାଡ଼ପତ୍ର କଥା। ସାତ ତାରିଖରେ ଫଳାଫଳ ଶୁଣିବା ପରେ ସେ କଟକ ଯିବ କି ରାଉରକେଲାରେ ରହିବ, ସେକଥା ସ୍ଥିର କରିବ।

ସଞ୍ଜୟ ପଟ୍ଟନାୟକ ରାଉରକେଲାର ରାସ୍ତାଘାଟ, ଗଳିକନ୍ଦି, ଟେଲିଫୋନ୍ ଓ ବିଜୁଳି ଖୁଣ୍ଟ ସବୁଠି ତା'ର ପୋଷ୍ଟର, ପତାକା ଓ ସୋଲ ତିଆରି ଲଣ୍ଠନ ଝୁଲେଇ ଦେଇଛି। ରମାରମଣଙ୍କ ଧନବଳ ଓ ସଞ୍ଜୟର ବାହୁବଳ ପ୍ରାଣମୂର୍ଚ୍ଛା ଉଦ୍ୟମ କରୁଛନ୍ତି। ରମାରମଣ ଆତଙ୍କିତ ଯେ ଏଇ ନିର୍ବାଚନଟି ହାରିଗଲେ ତାଙ୍କ ପୁଅର ମର୍ଡର କେସ୍ ପୁଣି ତେଜି ଉଠିବ। ତା'ପରେ ଚେଷ୍ଟା କରି ସୁଦ୍ଧା ସେ ମୁଖ୍ୟମନ୍ତ୍ରୀ ରାଜଶେଖର ମହାନ୍ତିଙ୍କୁ ପ୍ରଭାବିତ କରିପାରିବେ ନାହିଁ।

ରାଉରକେଲାରେ ଖୁବ୍ ଚର୍ଚ୍ଚା: ସ୍ୱାମୀ-ସ୍ତ୍ରୀଙ୍କ ଲଢ଼େଇ। ଭଳିକି ଭଳି ଗୀତ ବାଜୁଛି। ସଞ୍ଜୟ ପଟ୍ଟନାୟକ ତା' ଭାଷଣରେ ଉର୍ବଶୀକୁ ପାଗଳୀ କହି ଡାକ୍ତରଙ୍କ ସାର୍ଟିଫିକେଟ୍‌ର ଜେରକ୍ସ କପି ବାଣ୍ଟୁଛି। ପିତୃପ୍ରତିମ ରମାରମଣଙ୍କୁ ବଦନାମ କରିଥିବା ସ୍ତ୍ରୀଲୋକଟି ନିର୍ବାଚିତ ହେଲେ ତା' ପାଖକୁ କୌଣସି ପୁରୁଷ ଲୋକ ଯିବାକୁ ସାହସ କରିବେ ନାହିଁ ବୋଲି ଯୁକ୍ତି ବାଢୁଛି। ରମାରମଣ ରାଉରକେଲା ରାଜନୀତିର ପିତାମହ ଭୀଷ୍ମ। ତାଙ୍କୁ ନିର୍ବାଚିତ କରି, ପୁତ୍ରଶୋକରେ ମ୍ରିୟମାଣ ପିତାମହ ଭୀଷ୍ମଙ୍କୁ ସମର୍ଥନ ଦେବା ଲାଗି ସଞ୍ଜୟ ପଟ୍ଟନାୟକ ଚିତ୍କାର କରି କହୁଛି।

ମହାଭାରତ ବିଷୟରେ ସଞ୍ଜୟର ଜ୍ଞାନ ଦେଖି ଉର୍ବଶୀକୁ ହସ ମାଡୁଥିଲା। ଆଜୀବନ ଅବିବାହିତ ପିତାମହ ଭୀଷ୍ମଙ୍କର ପୁଣି କୋଉଠୁ ପୁଅ ଆସିଲା ? କୋଉଠି ଜିତେନ୍ଦ୍ରିୟ ଭୀଷ୍ମ ଓ କେଉଁଠି ବ୍ୟଭିଚାରୀ ରମାରମଣ ! ରମାରମଣ ଓ ସଞ୍ଜୟଙ୍କ ନାମ ମନକୁ ଆସିବାକ୍ଷଣି ଉର୍ବଶୀର ସାରା ଦେହଟା ଜଳିଉଠୁଥିଲା। ଶତ ଦୁର୍ଯ୍ୟୋଧନ ଓ ଦୁଃଶାସନଙ୍କଠୁ ବି ଭୟଙ୍କର ଏ ଦୁହେଁ।

ତଳ ଘରେ କର୍ମୀମାନଙ୍କର କୋଳାହଳ ବଢ଼ିଲାଣି। ଶୀଘ୍ର ପ୍ରସ୍ତୁତ ହୋଇଗଲେ ଉପରଓଳି ସଭା କଥା ତଦାରଖ କରିବାକୁ ପଡ଼ିବ। ରାଉରକେଲାର ସରକାରୀ କଳ ସବୁମତେ ଏଇ ସଭା ଭଣ୍ଡୁର କରିବା ଲାଗି ଚେଷ୍ଟା କରୁଛି। ଏଠିକାର ଏସ୍.ପି.,

ଡି.ଆଇ.ଜି. ଓ ଏ.ଜି.ଏମ୍. ସମସ୍ତେ ରମାରମଣଙ୍କ ଲୋକ। ସମସ୍ତେ ତାଙ୍କୁ ଅସହଯୋଗ କରୁଛନ୍ତି। ତା’ ସଭାପତି କି ପ୍ରକାର ଚିଡ଼ିଚିଡ଼ା ଲୋକ ସେକଥା ମଧ୍ୟ ଅଳ୍ପଦିନର ଅଭିଜ୍ଞତା ଭିତରେ ଉର୍ବଶୀ ଜାଣିଛି। ପ୍ରସେସନ୍ ବେଳେ ଯଦି କାହା ଉପରକୁ ସେ ହାତ ଉଠେଇ ଦିଅନ୍ତି, ତା’ହେଲେ ସେଇଠି ପୋଲିସ୍ ଆଉ କର୍ମୀଙ୍କ ମଧ୍ୟରେ ଗଣ୍ଡଗୋଳ ହୋଇଯିବ, ନିର୍ବାଚନୀ ସଭା ହୋଇପାରିବ ନାହିଁ।

ଉର୍ବଶୀ ସନ୍ଦୀପ ରାୟଙ୍କୁ ଫୋନ୍ କରିବା ଲାଗି ଉଠିଗଲା। ସଭାପତି କହିଛନ୍ତି, ପ୍ରତି କଥାରେ ସନ୍ଦୀପଙ୍କୁ ପଚାରିବାକୁ ହେବ।

ସକାଳ ନ’ଟା ହେଲାଣି। ଶୀତ ଛାଡ଼ିବାର ନାଁ ଧରୁନାହିଁ। ରାସ୍ତାଘାଟ ସବୁ ଧୂଳିଆ ମଳିଆ ଦିଶୁଛି। ଅନେକ ଦିନ ହେଲା ଏଠି ନାଳନର୍ଦ୍ଦମା ସଫା ହୋଇ ନାହିଁ କି ରାସ୍ତାଘାଟ ମରାମତି ହେଉନାହିଁ। ସେକ୍ଟର ଏରିଆ ନୂଆଦିଲ୍ଲୀ ପରି ଦିଶିଲେ ସିଭିଲ୍ ଏରିଆ ପୁରୁଣା ଦିଲ୍ଲୀ ପରି ଭଙ୍ଗା ଦଦରା ଦିଶୁଛି। ଆଗରୁ ଏଠି ଅନେକ ଦିନ ରହିଥିଲେ ସୁଦ୍ଧା ଏଇ ଦୃଷ୍ଟିରେ ସେ କୌଣସି ଦିନ ରାଉରକେଲାକୁ ଦେଖି ନ ଥିଲା। କେବଳ ରିଙ୍ଗ୍‌ରୋଡ୍‌କୁ ଦେଖି ରାଉରକେଲାର ଭିତରଟା ସଫାସୁତୁରା ଅଛି ବୋଲି ଭାବିଲେ ଭୁଲ୍ ହେବ। ବସ୍ତିଗୁଡ଼ାକର ପରିବେଶ ଅତି ଖରାପ। ଉର୍ବଶୀ କ’ଣ ଏ ପରିସ୍ଥିତିରେ ଉନ୍ନତି ଆଣିପାରିବ ?

ସମୟେ ସମୟେ ସେ ଚମକି ପଡ଼େ।

ପୁଲକ କହେ, ଅଧିକାଂଶ ଭାରତୀୟ ନେତା ଜଣେ ଜଣେ ଅଭିମନ୍ୟୁ। କ୍ଷମତାରୂପକ ବ୍ୟୂହ ଭିତରକୁ ପଶିଯିବାର ବାଟ ସେମାନେ ଜାଣନ୍ତି। କିନ୍ତୁ ସେଠି ପହଞ୍ଚିଲା ପରେ କ’ଣ କରିବାକୁ ପଡ଼ିବ, ସେ କଥା ଚିନ୍ତା କରି ନ ଥାନ୍ତି। ବିରୋଧୀ ଦଳରେ ଥିବାବେଳେ ସେମାନଙ୍କର ମନମୁନ ଚଇତନ ସବୁ କ୍ଷମତାର କୁର୍ସୀ ଉପରେ କେନ୍ଦ୍ରୀଭୂତ ଥାଏ। ମାତ୍ର ସେଠି ପହଞ୍ଚିଲା ପରେ ଆଗକୁ ଆଉ କ’ଣ କରିବାକୁ ହେବ, ସେ କଥା ସେମାନେ ସ୍ଥିର କରି ନ ଥାନ୍ତି। ଫଳରେ କ୍ଷମତାରେ ବସିସାରି ସେମାନେ କିଛିଦିନ ମଉଜ ମଜଲିସ କରନ୍ତି, ନିଜର ପ୍ରତିପକ୍ଷଙ୍କୁ ଭିଜିଲାନ୍ସ, ସି.ବି.ଆଇ. ଲଗେଇ ହଲାପଟା କରନ୍ତି ଓ ତା’ପରେ ଚୁପ୍‌ଚାପ୍ ମୋଟା ହେବାରେ ଲାଗନ୍ତି। ଏମିତି ଦେଖୁ ଦେଖୁ ଦିନ ସରିଯାଏ ଓ ପୁଣି ନିର୍ବାଚନ ଆସିଯାଏ।

ପୁଲକ ପୁଣି କହେ, “ଗାନ୍ଧି, ନେହରୁ କି ଚର୍ଚ୍ଚିଲ, ରୁଜଭେଲ୍‌ଟ ଯୁଗ ଗଲାଣି। ଆଗରୁ ଭାରତର ନେତାମାନେ କାର୍ଯ୍ୟକ୍ରମ ସ୍ଥିର କରୁଥିଲେ ଓ ସେଇ କାର୍ଯ୍ୟକ୍ରମର ରୂପାୟନ ପ୍ରକ୍ରିୟାରେ ଜନସାଧାରଣଙ୍କୁ ସାମିଲ କରିବା ଲାଗି ଚେଷ୍ଟା କରୁଥିଲେ। ଏବେ ତ ନେତାମାନେ ଜନତାଙ୍କୁ ଅନୁସରଣ କରୁଛନ୍ତି। କେନେଡିଙ୍କ ଅମଳରେ

ଆମେରିକାରୁ ଯେଉଁ ଜନମତ ସର୍ଭେ ବ୍ୟବସ୍ଥା ଆରମ୍ଭ ହେଲା ତା'ର ମୁଖ୍ୟ ଉଦ୍ଦେଶ୍ୟ ଲୋକଙ୍କ ଚାହିଦା କ'ଣ ବୁଝିବା। ଆମେରିକାରେ ସିନା ବଡ଼ ବଡ଼ ଜାତୀୟ ସମସ୍ୟା ମୁଖ୍ୟ ପ୍ରସଙ୍ଗ ହୁଏ, ଆମ ଦେଶରେ ଏହା ସ୍ଥାନୀୟ ସମସ୍ୟା ପର୍ଯ୍ୟନ୍ତ ଖସିଆସେ। ଲୋକେ କହିଲେ ଏଇଠି ନଳକୂଅ ବସାଅ, ନେତା ସେଇଠି ବସେଇବେ। ଲୋକ କହିଲେ ସରକାରୀ ଜମି ଉପରେ ମନ୍ଦିର କି କ୍ଲବ୍ ତିଆରି କରିଦିଅ, ନେତା ସାଙ୍ଗେ ସାଙ୍ଗେ ଅର୍ଥ ମଞ୍ଜୁର କରିଦେବେ। ନେତାଙ୍କୁ ଜନତା ଅନୁସରଣ କରିବା ଯୁଗ ସରିଗଲାଣି, ଏବେ ଜନତାଙ୍କୁ ଅନୁସରଣ କରୁଛନ୍ତି ନେତାଏ। ଲୋକପ୍ରିୟତା ହିଁ ନେତାର ଏକମାତ୍ର ଧ୍ୟେୟ। ତାହା ସମାଜରେ ହିଂସା ବଢ଼ଉ କି ଅନ୍ଧ ବିଶ୍ୱାସ, ଜାତିଭେଦ ଠିଆକରୁ କି ସାଂପ୍ରଦାୟିକ ପ୍ରାଚୀର।"

ପୁଲକର ଯୁକ୍ତି ଠିକ୍ ହେଲେ ବି ଉର୍ବଶୀ ରାଉରକେଲା ପାଇଁ ଛୋଟ ଯୋଜନାଟିଏ ମନ ଭିତରେ ରଖିଥିଲା। ସେ ବିଷୟରେ ସେ କାହାକୁ କିଛି କହି ନ ଥିଲା। ଯଦି ସେ ନିର୍ବାଚନ ଜିଣେ, ତା'ହେଲେ ସେ ଯୋଜନାକୁ କାମରେ ଲଗାଇବା ଲାଗି ଉଦ୍ୟମ କରିବ।

ଆଉ ଯଦି ସେ ହାରିଯାଏ ?

ଏ ପ୍ରଶ୍ନର ଉତ୍ତରଟା ଭାବିବା ଲାଗି ସୁଦ୍ଧା ତା'ର ଭୟ ହୁଏ।

କିନ୍ତୁ ପରାଜୟ ତ ନିର୍ବାଚନର ଗୋଟେ ଅପରିହାର୍ଯ୍ୟ ଅଙ୍ଗ- ପୁଲକ କହେ। ଯେଉଁଠି ଦେଶୀ ବିଦେଶୀ ମଦ, ତାରିଣୀ ଓ ହନୁମାନଙ୍କ ସିନ୍ଦୂରଲଗା ଧଣ୍ଡାମାଳ, କ୍ଲବ୍ ପାଇଁ ଚାନ୍ଦା ଓ ସରକାରୀ ଜମି ଜବରଦଖଲର ପରମିଟ୍ ହେଉଛି ଭୋଟ୍ ପାଇବାର ନୂଆ ନୂଆ ଉପାୟ, ସେଠି ହାରିଯିବାଟା ଆଦୌ ଅସମ୍ଭବ ନୁହେଁ।

କିନ୍ତୁ କାହିଁକି କେଜାଣି ଉର୍ବଶୀ ସେ ଦିଗରେ କିଛି ବି ଚିନ୍ତା କରିବା ଲାଗି ସାହସ ଜୁଟାଇପାରେ ନାହିଁ।

ସନ୍ଦୀପ ରାୟ ଫୋନ୍ ଧରିଥିଲେ ସେପଟୁ। ଉର୍ବଶୀ କହିଲା, "ଭାଇ, ମୋତେ ନର୍ଭସ୍ ଲାଗୁଛି। ସେମାନେ ଯେମିତି ଟଙ୍କା ବାଣ୍ଟୁଛନ୍ତି, ଆପଣ ଦେଖୁଛନ୍ତି ତ ?

ସନ୍ଦୀପ ରାୟ ଆଶ୍ୱାସନା ଦେଲେ, "ଶାସକଦଳବାଲାଏ ଏମିତି ସବୁବେଳେ ଟଙ୍କା ବାଣ୍ଟନ୍ତି। ଆମେ ଲୋକଙ୍କୁ କହିଛୁ, ଟଙ୍କା ଯେତେବେଳେ ଉଡୁଛି ଗୋଟେଇ ନିଅ। କିନ୍ତୁ ତା' ସାଙ୍ଗରେ ଭୋଟ୍ କାହାକୁ ଦେବ ସେ କଥାର କିଛି ସମ୍ପର୍କ ନାହିଁ। ନୋଟ୍ ଉପରେ ତ ରିଜର୍ଭ ବ୍ୟାଙ୍କର ନାଁ ଅଛି। ସେଠି କ'ଣ ଶାସକ ଦଳ ନା ବିରୋଧୀ ଦଳର ନାଁ ଲେଖାଅଛି ?

ସନ୍ଦୀପ ରାୟ ଶିଳ୍ପପତି ହେଲେ ବି ଖୁବ୍ ବୁଦ୍ଧିମାନ। ତାଙ୍କର ଠାଣିବାଣୀ ସମସ୍ତଙ୍କୁ

ପ୍ରଭାବିତ କରେ। ସମୟାନୁବର୍ତ୍ତିତାର ଗୋଟେ ଆଦର୍ଶ ଉଦାହରଣ ସେ। ଲୋକେ କୁହାକୁହି ହୁଅନ୍ତି, ଅନ୍ୟ ନେତାମାନେ ଦିନ ଆରମ୍ଭ କଲାବେଳକୁ ସନ୍ଦୀପ ରାୟ ଅପରାହ୍ନରେ ପହଞ୍ଚିସାରିଥାନ୍ତି। ସିଏ କୁଆଡ଼େ ଭୋର୍ ଚାରିଟାରୁ ଉଠି ଗାଧୁଆପାଧୁଆ ସାରି ପ୍ରସ୍ତୁତ ହୋଇଯାଆନ୍ତି। ସକାଳ ନଅଟା ଆଗରୁ ସେ ଦିନର ଅଧାଅଧି କାମ ସାରିଦେଇଥାଆନ୍ତି।

ଉର୍ବଶୀର ମୁହଁ ଟିକେ ପ୍ରସନ୍ନ ଦିଶିଲା। ସେ ସନ୍ଦୀପ ରାୟଙ୍କୁ ଧନ୍ୟବାଦ ନ ଜଣେଇ ରହିପାରିଲା ନାହିଁ। ସନ୍ଦୀପ ରାୟ କହିଲେ, "ଉପରଓଳି ଦିଇଟା ବେଳକୁ ଆମେ ପାନପୋଷ ସର୍କିଟ୍ ହାଉସ୍‌ରୁ ପ୍ରସେସନ୍‌ରେ ବାହାରିବା। ଠିକ୍ ସମୟରେ ନ ବାହାରିଲେ ମିଟିଂ ଡେରି ହେବ। କାରଣ ହନୁମାନ ପଡ଼ିଆ ପାଖରେ ପହଞ୍ଚିବା ପାଇଁ ଆମକୁ ଦି'ଘଣ୍ଟାରୁ ବେଶି ସମୟ ଲାଗିଯିବ।"

ସକାଳର ଖବରକାଗଜଗୁଡ଼ିକ ଏଣେତେଣେ ବିଛାଡ଼ି ହୋଇପଡ଼ିଥିଲା। ଆଗରୁ ସବୁତକ ଖବରକାଗଜ ମୂଳରୁ ଶେଷଯାଏ ପଢ଼ିବା ଉର୍ବଶୀର ଅଭ୍ୟାସ ଥିଲା। ଆଜିକାଲି ସେ କେବଳ ହେଡ୍‌ଲାଇନ୍ ଦେଖିଦେଇ ରଖିଦେଉଛି। କୋଉଠି କେହି ଅମୁକଟା ବାହାରିଛି ବୋଲି କହିଲେ ସେ ଶୁଣିକି ଆସୁଛି ଓ ଏଠି ପୁରୁଣାକାଗଜ ଘାଣ୍ଟି ସେଇ ଖବରଟା ଖୋଜି ପଢୁଛି।

ରାଉରକେଲାର ସାମ୍ବାଦିକମାନେ ଏପର୍ଯ୍ୟନ୍ତ ତା' ପ୍ରତି ନିରାପଦ ରହି ଆସିଛନ୍ତି। କେବଳ 'ଉତ୍କଳ ଏକ୍ସପ୍ରେସ୍' କାଗଜଟି ଦିନେ ତା' ସପକ୍ଷରେ ଲେଖିଲେ ଆଉ ଦିନେ ବିପକ୍ଷରେ ଲେଖୁଛି। ଥରେ ସେ ସେଇ କାଗଜର ସମ୍ପାଦକଙ୍କୁ ଫୋନ୍‌ରେ ପଚାରିଥିଲା। ସମ୍ପାଦକ କହିଥିଲେ, ସେଇଟା ତାଙ୍କ କାଗଜର ନିରପେକ୍ଷତା। ଉର୍ବଶୀ କିଛି ଉତ୍ତର ଦେଇ ନ ଥିଲା। ଏ ରାଜ୍ୟର ଖବରକାଗଜ, ସାମ୍ବାଦିକ ଓ ସାମ୍ବାଦିକତା ବିଷୟରେ ତା'ର ଧାରଣା ସେଭଳି ଉତ୍ସାହଜନକ ନୁହେଁ।

ଭାରତ ମହାପାତ୍ର ଏହା ଭିତରେ ଭୁବନେଶ୍ୱରରୁ ଦି'ଥର ଫୋନ୍ କରିଥିଲା। ତା' ସାଙ୍ଗରେ 'ଭଏସ୍ ଅଫ୍ ଇଣ୍ଡିଆ'ର ସାକ୍ଷାତକାରଟି ଅନେକ ଲୋକ ପଢ଼ିଥିଲେ ବୋଲି ଭାରତ କହୁଥିଲା। ଭଲରେ ହେଉ ବା ଭୁଲ୍‌ରେ ହେଉ ଉର୍ବଶୀ ଭାରତ ମହାପାତ୍ରକୁ ବ୍ୟବହାର କରି ଟିକେଟ୍ ପାଇଥିବାରୁ ତା' ପ୍ରତି କୃତଜ୍ଞ ଥିଲା। ପ୍ରଥମେ ପ୍ରଥମେ ଭାରତ ମହାପାତ୍ରର ଦୃଷ୍ଟିଭଙ୍ଗୀ ତା' ପ୍ରତି ଏତେ ଉଦାର ନ ଥିଲେ ବି ଏହା ଭିତରେ ସେଥିରେ ଅନେକ ପରିବର୍ତ୍ତନ ହୋଇଛି ବୋଲି ସେ ଅନୁଭବ କରୁଥିଲା। ଉର୍ବଶୀକୁ ବିରୋଧୀ ଦଳର ଟିକେଟ୍ ମିଳିବା କଥା ଆଗେ ରିପୋର୍ଟିଂ କରିଥିବାରୁ ଭାରତ ମହାପାତ୍ରର ମଧ୍ୟ ପତିଆରା ବଢ଼ିଯାଇଥିଲା ରାଜଧାନୀରେ। ଯଦି ଉର୍ବଶୀ ଏ

ଯୁଦ୍ଧରେ ସଫଳ ହୋଇ ରାଜଧାନୀ ଯାଏ, ସିଏ ଆଉଥରେ ଭାରତ ମହାପାତ୍ରଙ୍କୁ ଭେଟି କୃତଜ୍ଞତା ଜଣାଇବ।

ତା' ସହ ଭାରତ ମହାପାତ୍ରର ସ୍ୱତନ୍ତ୍ର ସାକ୍ଷାତକାରଟିକୁ ଅନେକ ଲୋକ ପଢ଼ିଥିଲେ ବୋଲି ପୁଲକ ମଧ କହୁଥିଲା। ଓଡ଼ିଶା ଭିନ୍ନ ଅନ୍ୟାନ୍ୟ ପ୍ରଦେଶରୁ ମଧ ଆସୁଥିଲା ଅଭିନନ୍ଦନ। ଭୋପାଳର ଗୋଟିଏ ସଂସ୍ଥା ଉର୍ବଶୀର ସାହସକୁ ପ୍ରଶଂସା କରି ଅଭିନନ୍ଦନ ପତ୍ର ଲେଖିଥିଲେ। ତେବେ ଏସବୁ ଖବରକାଗଜ ପ୍ରଚାରରେ ତା' ଦଳର ସଭାପତି ପ୍ରଭାବିତ ହୁଅନ୍ତି ନାହିଁ। ଓଲଟି କହନ୍ତି, ଅଶୀଭାଗ ଭୋଟରଙ୍କ ପାଖେ ଏସବୁର କିଛି ଅର୍ଥ ନାହିଁ। ଖବରକାଗଜ, ରେଡିଓ ଓ ଟେଲିଭିଜନ୍ ଖାଲି କୋଡ଼ିଏ ଭାଗ ସହରୀ ଲୋକଙ୍କ ପାଇଁ। ତେଣୁ ଏଥିରେ ଧ୍ୟାନ ନ ଦେଇ ସିଧାସଳଖ ଲୋକଙ୍କ ପାଖରେ ପହଞ୍ଚିବା ପାଇଁ ଚେଷ୍ଟା ହେବା ଦରକାର। ଉର୍ବଶୀ ଗୋଟେ ଖବରକାଗଜ ଧରି ଗାଧୁଆଘରକୁ ବାହାରୁଥିଲା। ରମେଶ କର୍ଡଲେସ୍‌ଟା ଆଣି ତାକୁ ଧରେଇ କହିଲା, "ଜଣେ କିଏ ଫୋନ୍ କରିଛନ୍ତି, ଅର୍ଜେଣ୍ଟ।''

ଉର୍ବଶୀ କାଗଜଟାକୁ ପୁଣି ଟି-ପୟ ଉପରେ ଥୋଇଦେଇ କହିଲା, "ମୁଁ ଉର୍ବଶୀ କହୁଛି, କୁହନ୍ତୁ।"

"ଆପଣଙ୍କର ମୋନାଲିସା ଦତ୍ତର କଥା ମନେ ଅଛି?"

"ମୋନାଲିସା, ସେ କିଏ କହିଲେ?"

"ମୋନାଲିସା। ଯାହାର ହିଷ୍ଟେରକ୍ଟମି-"

ଚମକି ପଡ଼ିଲା ଉର୍ବଶୀ, "ହଁ, ହଁ। ଖୁବ୍ ଭଲ ଭାବେ ମନେଅଛି। କହିବାକୁ ଗଲେ ମୁଁ ତାକୁ କେବେ ବି ଭୁଲି ନ ଥିଲି। କୁଆଡ଼େ ଗଲା ସେ ବିଚାରୀ? ଆଉ ଆପଣ କିଏ?"

"ମୋତେ ମନ୍ତ୍ରୀ ସଦାନନ୍ଦ ବିଶ୍ୱାଳ ଆପଣଙ୍କୁ ଖବରଟା ଦେବାଲାଗି କହିଥିଲେ। ଆପଣ ଏଠା ଖବରକାଗଜବାଲାଙ୍କୁ କହି ମୋନାଲିସା ସହ ଗୋଟେ ଇଣ୍ଟରଭ୍ୟୁ ଛାପି ପାରିବେ କି? ମୁଁ ତା'ର କଲିକତା ଠିକଣା ବତେଇଦେବି।"

"ହଁ - ହଁ" - ଉର୍ବଶୀ ଉତ୍ସାହିତ ଦିଶିଲା।

"କିନ୍ତୁ ସେ କହୁଛି, ଆପଣ ତାକୁ କେବେ ଦେଖିନାହାନ୍ତି। ଚିହ୍ନିବେ କିପରି?"

"ମୁଁ ତା'ର ବ୍ୟବସ୍ଥା କରିବି। ଦେଖେ, ତା'ର ଫଟୋଟିଏ ଯଦି ମିଳିଯାଏ, ତା'ହେଲେ ମୁଁ ସାମ୍ବାଦିକମାନଙ୍କୁ ଦେବି।"

"ହଉ, ଖବରଟା ଦେଇଦେବାକୁ ସାର୍ କହିଥିଲେ। ମୁଁ ରଖୁଛି।" ଉର୍ବଶୀ ଫୋନ୍ ରଖିଦେଲା। ତା' ଭିତରେ ଗୋଟାଏ ଅଦ୍ଭୁତ ଶିହରଣ।ସେ ଶିହରଣ ଶତ୍ରୁ ବିରୋଧରେ ଗୋଟାଏ ଅମୋଘ ଅସ୍ତ୍ର ସନ୍ଧାନର ଶିହରଣ।

କିନ୍ତୁ ଏବେ ସମସ୍ୟା ହେଉଛି ମୋନାଲିସାର ଫଟୋଟା ପାଇବ କେଉଁଠୁ ? ତା'ର ମନେପଡ଼ିଲା, ଏ ଦିଗରେ ତା'ର ବଡ଼ ଯାଆ ତାକୁ ସାହାଯ୍ୟ କରିପାରନ୍ତେ। ଆଜି ତ ସେ ଭୋଟ୍ ପ୍ରଚାରରେ ସେଠିକି ଯିବ। ମନେ ମନେ ଯୋଜନା ସ୍ଥିର କରିନେଲା ଉର୍ବଶୀ।

ତା'ପରେ ସାକ୍ଷାତକାର। ଖବରକାଗଜବାଲାଏ ଏତେ ଦୂର ସାହାଯ୍ୟ କରି ନ ପାରନ୍ତି। 'ଉକଳ ଏକ୍ସପ୍ରେସ୍'ର ନିରପେକ୍ଷତା ତାକୁ ସାହାଯ୍ୟ କରନ୍ତା। କିନ୍ତୁ ତାକୁ ସେ ସିଧାସଳଖ କହିଲେ, ସିଏ ଓଲଟା ବୁଝିବ। ସାମ୍ବାଦିକ ଭାରତ ମହାପାତ୍ର କିଛି ସାହାଯ୍ୟ କରିପାରିବ କି ? ତାକୁ କେବଳ ତା' ଦଳର ସଭାପତି ହିଁ କହି ପାରିବେ। କାରଣ, ଉର୍ବଶୀର କଥାକୁ ହୁଏତ ସେ ବିଶ୍ୱାସ କରି ନ ପାରେ। ଯାହା ବି ହେଉ, ମୋନାଲିସାର ଫଟୋ ସହ ଗୋଟେ ସାକ୍ଷାତକାର ଛପା ହୋଇ ରାଉରକେଲାରେ ବଣ୍ଟା ଯାଇ ପାରିଲେ ରମାରମଣ ଓ ସଞ୍ଜୟ ପଟ୍ଟନାୟକଙ୍କର ମୁଖା ଖୋଲି ଯାଆନ୍ତା।

କିନ୍ତୁ ସଦାନନ୍ଦ ବିଶ୍ୱାଳଙ୍କର ଏଥିରେ ସ୍ୱାର୍ଥ କ'ଣ ? – ସିଏ ଫୋନ୍‌ରେ ପୁଲକକୁ ପଚାରିଲା।

ରାଜନୀତିର ପାଠଶାଳାରେ ତୁମେ ଏବେ ବି ଜଣେ ଶିକ୍ଷାନବିସ। ତେଣୁ ଅନେକ କଥା ତୁମେ ବୁଝିପାରୁ ନାହଁ। ପୁଲକ କହିଲା ଓ ରାଜଶେଖର ମହାନ୍ତି ଏବଂ ସଦାନନ୍ଦ ବିଶ୍ୱାଳଙ୍କ ଭିତରେ ଥିବା ଶତ୍ରୁତା ବିଷୟରେ ଠିକେ ଠିକେ ବୁଝେଇଦେଲା। ଏକଥା ବି ପୁଲକ କହିଲା ଯେ, "ସଦାନନ୍ଦଙ୍କୁ ନାଇଟ୍ ୱାଚ୍‌ମ୍ୟାନ୍ ମୁଖ୍ୟମନ୍ତ୍ରୀ ଭାବେ ରାଜଶେଖର ମହାନ୍ତି ଦେଇଥିବା ଟିପ୍ପଣୀକୁ ସଦାନନ୍ଦ କେବେ ବି ଜୀବନରେ ଭୁଲିପାରିବେ ନାହିଁ। ତେଣୁ ଆମେ ସଦାନନ୍ଦଙ୍କ ପ୍ରସ୍ତାବକୁ ଗୁରୁତ୍ୱ ଦେବା ଉଚିତ।''

: ମୋନାଲିସାକୁ କ'ଣ କ'ଣ ପଚରାଯିବା ଦରକାର, ସେ ବିଷୟରେ ତୁମେ ଟିକିଏ ଭାବିଥିବ। ମୁଁ ଘଣ୍ଟାଏ ଛାଡ଼ି ତମଠାରୁ ବୁଝିନେବି।

: ହଉ। ପୁଲକ କହିଲା ଓ ଫୋନ୍ ରଖିଦେଲା।

ଉର୍ବଶୀ ଭିତରେ ପ୍ରବଳ ଉତ୍ତେଜନା।

୧୧. ରାଜଧାନୀ

ନାଇଟ୍ ୱାଚ୍‌ମ୍ୟାନ୍! ବ୍ୟଙ୍ଗ ଓ ବିଦ୍ରୂପର ଏହି ମନ୍ତବ୍ୟଟାକୁ ଆଦୌ ଭୁଲିପାରୁ ନ ଥିଲେ ମନ୍ତ୍ରୀ ସଦାନନ୍ଦ ବିଶ୍ୱାଳ। ଗଲାଥର, ଦଳୀୟ ହାଇକମାଣ୍ଡଙ୍କର ହସ୍ତକ୍ଷେପ ଯୋଗୁଁ, ମୁଖ୍ୟମନ୍ତ୍ରୀ ପଦରୁ ରାଜଶେଖର ମହାନ୍ତି ଅପସାରିତ ହେବା ପରେ ସିଏ ହୋଇଥିଲେ ରାଜ୍ୟର ମୁଖ୍ୟମନ୍ତ୍ରୀ। ଏହାର ମାତ୍ର ତିନି ମାସ ପରେ ନିର୍ବାଚନ ଘୋଷିତ ହେଲା ଏବଂ ସେ ନିର୍ବାଚନରେ ତାଙ୍କର ଦଳ ହାରିଗଲା। ଦଳ ଯଦି ଜିତିଥାଆନ୍ତା, ତାହାହେଲେ ସେ ଆଉଥରେ ମୁଖ୍ୟମନ୍ତ୍ରୀ ଭାବେ ଶପଥଗ୍ରହଣ କରିଥାନ୍ତେ। ମାତ୍ର ତାହା ହେଲା ନାହିଁ। ରାଜଶେଖର ମହାନ୍ତିଙ୍କର ପାରିବାରିକ ରାଜନୀତି, କଳାଟଙ୍କା, ବାହୁବଳର ପ୍ରାଦୁର୍ଭାବ ଏବଂ ଦୁର୍ନୀତିଗ୍ରସ୍ତ ଶାସନ ଯୋଗୁଁ ଶାସକ ଦଳ ଏତେ ନିନ୍ଦିତ ହୋଇପଡ଼ିଥିଲା ଯେ ବିରୋଧୀଦଳକୁ କ୍ଷମତାକୁ ଫେରିବା ଲାଗି କୌଣସି କଷ୍ଟ କରିବାକୁ ପଡ଼ିଲା ନାହିଁ। ଅଥଚ ତାଙ୍କ ଦଳର ପରାଜୟର ଦୋଷ ରାଜଶେଖର ମହାନ୍ତି ଲଦି ଦେଇଥିଲେ ତାଙ୍କରି ମୁଣ୍ଡରେ। ସିଏ କୁଆଡ଼େ ଠିକଣା ଢଙ୍ଗରେ ନିର୍ବାଚନ ପରିଚାଳନା କରିପାରିଲେ ନାହିଁ!

ରାଜଶେଖର ମହାନ୍ତିଙ୍କର କୂଟନୀତି ପାଖରେ ବହୁଲୋକ ପରାଜୟ ସ୍ୱୀକାର କରିଛନ୍ତି। ସେ ତ ପଛୁଆବର୍ଗର ପ୍ରତିନିଧି, ଉପକୂଳ ରାଜନୀତିରେ ଚେର ମେଲେଇବା ଏ ପର୍ଯ୍ୟନ୍ତ ତାଙ୍କ ପାଇଁ ସମ୍ଭବ ହୋଇନାହିଁ। ଏସବୁ ସତ୍ତ୍ୱେ ତାଙ୍କର ଆଶା ଥିଲା, ଏଥର ଅନ୍ତତଃ ତାଙ୍କର ପ୍ରାର୍ଥିତ୍ୱକୁ ଗୁରୁତ୍ୱ ଦିଆଯିବ ଏବଂ ସେ ମୁଖ୍ୟମନ୍ତ୍ରୀ ହେବେ। ସେ ସମ୍ପର୍କରେ ନିର୍ବାଚନ ଆଗରୁ ଦଳୀୟ ପର୍ଯ୍ୟବେକ୍ଷକଙ୍କ ସହ କଥାବାର୍ତ୍ତା ମଧ୍ୟ ହୋଇଥିଲା। ମାତ୍ର ଶେଷକୁ ସେ ଶିଶୁପାଳ ହେଲେ। ଶୁଣିବାକୁ ପାଇଲେ, ରାଜଶେଖର ମହାନ୍ତି କୁଆଡ଼େ ରାଜ୍ୟକୁ ଅଧିକ କେନ୍ଦ୍ରୀୟ ଅନୁଦାନ ପ୍ରସଙ୍ଗ ନେଇ ଏକ ଦରଖାସ୍ତ ଲେଖାଇ ସେଥିରେ ସବୁ ଦଳୀୟ ବିଧାୟକଙ୍କ ଦସ୍ତଖତ ସଂଗ୍ରହ କରିଥିଲେ। ପରେ କିନ୍ତୁ ଦରଖାସ୍ତର ପ୍ରସଙ୍ଗଟା କିପରି ବଦଳିଗଲା କେହି ଜାଣିପାରିଲେ ନାହିଁ। ସଂଶୋଧିତ

ଦରଖାସ୍ତରେ ପୁରୁଣା ଦସ୍ତଖତଗୁଡ଼ିକ ସେହିପରି ଥିଲା ସତ, କିନ୍ତୁ ଦରଖାସ୍ତର ବିଷୟ ବଦଳି ହୋଇଯାଇଥିଲା ମୁଖ୍ୟମନ୍ତ୍ରୀ ଭାବେ ରାଜଶେଖର ମହାନ୍ତିଙ୍କ ପ୍ରାର୍ଥୀତ୍ୱକୁ ସମର୍ଥନ। ଏକଥା ଶୁଣିବାକ୍ଷଣି ସଦାନନ୍ଦ ବିଶ୍ୱାଳଙ୍କର ରକ୍ତଚାପ ବଢ଼ି ଯାଇଥିଲା ଓ ସେ ଡାକ୍ତରଖାନାରେ ଭର୍ତ୍ତି ହୋଇଥିଲେ। ମାତ୍ର ତାକୁ ମଧ୍ୟ ରାଜନୈତିକ ଦୃଷ୍ଟିରୁ ବ୍ୟବହାର କରିବା ଲାଗି ଭୁଲି ନ ଥିଲେ ରାଜଶେଖର ମହାନ୍ତି। ପଚାଶ ଟଙ୍କାର ଫୁଲ ତୋଡ଼ାଟିଏ ଡାକ୍ତରଖାନା ବେଡ୍ ନିକଟରେ ଥୋଇ ଦେଇ ରାଜ୍ୟସାରା ପ୍ରଚାର କରାଇଦେଲେ, ବରିଷ୍ଠ ନେତା ସଦାନନ୍ଦ ବିଶ୍ୱାଳ ଅସୁସ୍ଥ। ଏହାର ତାତ୍ପର୍ଯ୍ୟ ହେଲା ଏଣିକି ଆଉ କଠିନ ଓ ଗୁରୁତ୍ୱପୂର୍ଣ୍ଣ ଦାୟିତ୍ୱ ସଦାନନ୍ଦଙ୍କୁ ଦିଆ ନ ଯିବା ଉଚିତ।

ରାଉରକେଲା ଉପନିର୍ବାଚନ ପ୍ରଚାରରେ ସଦାନନ୍ଦ ଯିବା ପାଇଁ ଚାହିଥିଲେ। କିନ୍ତୁ ସେହିଦିନ ଯୋଜନାବୋର୍ଡରେ ଗୋଟିଏ ବୈଠକ ଡକେଇ ଦେଇ ତାଙ୍କୁ ପରୋକ୍ଷ ଭାବରେ ରୋକିଦିଆଗଲା। ସେ ଏକଥା ଜାଣିପାରିଲେ ମଧ୍ୟ କିଛି କରିପାରିଲେ ନାହିଁ।

ରମାରମଣଙ୍କ ସାଙ୍ଗେ ତାଙ୍କର କୌଣସି ଶତ୍ରୁତା ନାହିଁ। ସିଏ ରାଜଶେଖରଙ୍କ ବଚସ୍କର ହେଲେ ସୁଦ୍ଧା ତାଙ୍କୁ ସାମ୍ନାସାମ୍ନି ବିରୋଧ କରନ୍ତି ନାହିଁ। କିନ୍ତୁ ତାଙ୍କ ଦଳର ପ୍ରାର୍ଥୀ ଉପନିର୍ବାଚନରେ ଜିଣିଗଲେ ରାଜଶେଖର ମହାନ୍ତି ଇନ୍ଦ୍ର ଚନ୍ଦ୍ର ମାନିବେ ନାହିଁ। ଦିଲ୍ଲୀ ହାଇକମାଣ୍ଡ ନିକଟରେ ତାଙ୍କର ଓଜନ ଦି'ଗୁଣା ହୋଇଯିବ। ପୁଣି ରମାରମଣ କେବଳ ବିଧାୟକ ନ ଥିଲେ, ମନ୍ତ୍ରୀ ମଧ୍ୟ ଥିଲେ। ନିୟମ ଅନୁସାରେ ସୁନ୍ଦରଗଡ଼ ଜିଲ୍ଲାରୁ କେହି ଜଣେ ମନ୍ତ୍ରୀ ନ ହେଲେ ଜିଲ୍ଲାରୁ ବିଦ୍ରୋହର ସ୍ୱର ଉଠିବ। ଯଦି ବିରାଡ଼ି କପାଳକୁ ଶିକା ଛିଣ୍ଡିଲା ପରି ସଞ୍ଜୟ ପଟ୍ଟନାୟକ ମନ୍ତ୍ରୀ ହୋଇଯାଏ ତାହାହେଲେ ବଡ଼ ସମସ୍ୟା ସୃଷ୍ଟି ହେବ। ଉପନିର୍ବାଚନ ପରେ ତାଙ୍କୁ ହୁଏତ ମନ୍ତ୍ରିମଣ୍ଡଳରୁ ବିଦା କରି ଦିଆଯାଇପାରେ। ଅଶୀ ଦଶକରେ ଏହିପରି ଅପମାନଜନକ ଭାବରେ ତାଙ୍କ ହାତରୁ ରାଜସ୍ୱ ବିଭାଗଟା କାଢ଼ି ନିଆଯାଇଥିଲା! ଏହିସବୁ କାରଣରୁ ସଞ୍ଜୟ ପଟ୍ଟନାୟକ ହାରିବା ଦରକାର।

ରମାରମଣର ରକ୍ଷିତା ମୋନାଲିସା ସହ ସାକ୍ଷାତକାରଟା ନିଶ୍ଚୟ ପ୍ରଭାବ ପକେଇବ। ଏଇଟା ଆଗରୁ ଛପାଯାଇଥିଲେ ଖୁବ୍ ଭଲ ହୋଇଥାଆନ୍ତା। ମାତ୍ର ଜାଣି ଜାଣି ସଦାନନ୍ଦ ତାହା କରିନାହାନ୍ତି। ତାହା ହୋଇଥିଲେ ପ୍ରତିପକ୍ଷ ନିଜର ସଫେଇ ଦେବାଲାଗି ଅବକାଶ ପାଇଯାଇ ଥାଆନ୍ତେ। ତାହାଠାରୁ ଏହି ଶେଷ ମୁହୂର୍ତ୍ତ ଆକ୍ରମଣ ବେଶି ପ୍ରଭାବଶାଳୀ ହେବ।

ମନ୍ତ୍ରୀ ସଦାନନ୍ଦ ନିଜ ସହକାରୀଙ୍କୁ ଭାରତ ମହାପାତ୍ରଙ୍କୁ ଫୋନ୍ ଲଗେଇବାକୁ ନିର୍ଦ୍ଦେଶ ଦେଲେ। ଅଳ୍ପ ସମୟ ପରେ ଫୋନ୍‌ର ବଜର ବାଜି ଉଠିଲା।

: କିଏ ଭାରତବାବୁ ?

: ସାର୍, ସାର୍ । - ସେପଟରୁ ସାମ୍ବାଦିକ ଭାରତ ମହାପାତ୍ରର ବିନୀତ ସ୍ୱର ।

: ଆପଣ ତ ବର୍ତ୍ତମାନ କିଙ୍ଗ୍‌ମେକର୍ । ଆମମାନଙ୍କୁ ଆଉ କାହିଁକି ପଚାରିବେ ? - ମନ୍ତ୍ରୀ ସଦାନନ୍ଦ ଟିହାଇବାକୁ ଯାଇ କହିଲେ ।

: ଏ କି କଥା କହୁଛନ୍ତି ସାର୍ । ମୁଁ କି ବା ଲୋକ ! କେତେ ଥର ଯାଇ ଫେରିଲିଣି, ଆପଣଙ୍କୁ ଭେଟିପାରୁ ନାହିଁ । - ଭାରତ ଉତ୍ତର ଦେଲା ।

: ଆପଣ ଦେଖା ପାଉ ନାହାନ୍ତି ? - କପଟ ଉତ୍କଣ୍ଠା ପ୍ରକାଶ କରି ମନ୍ତ୍ରୀ ସଦାନନ୍ଦ କହିଲେ । ତା'ପରେ ପ୍ରସଙ୍ଗ ବଦଳେଇ ପଚାରିଲେ, "ରାଉରକେଲା ବାଇ-ଇଲେକ୍ସନ୍ ସମ୍ପର୍କରେ ଆପଣଙ୍କର ପୂର୍ବାନୁମାନ କ'ଣ ?"

: କହିହେବ ନାହିଁ ସାର୍ । ସଞ୍ଜୟ ପଟ୍ଟନାୟକ ଓ ରମାରମଣବାବୁଙ୍କ ମିଳିତ ଶକ୍ତି ବେଶ୍ ଜୋରଦାର୍ ।

: ତାହା ହେଲେ ଆପଣ ହାରିଯିବେ ?

: ବୁଝିପାରିଲି ନାହିଁ ସାର୍ !

: ଆରେ, ରାଉରକେଲାରୁ ନେଇ ରାଜଧାନୀଯାଏ ଚର୍ଚ୍ଚା, ଉର୍ବଶୀ ପଟ୍ଟନାୟକ ତୁମର ପ୍ରାର୍ଥୀ । ସିଏ ହାରିବା ଅର୍ଥ ତୁମେ ହାରିବା ନୁହେଁ କି ?

ସେପଟେ ଭାରତ ମହାପାତ୍ର ହସିଲା । କହିଲା, "ଆପଣଙ୍କ ପରିହାସ କୌଶଳ କିନ୍ତୁ ଖୁବ୍ ତୀକ୍ଷ୍ଣ ।"

ଏଥର ସଦାନନ୍ଦ ଗମ୍ଭୀର ସ୍ୱରରେ କହିଲେ, "ଗୋଟାଏ ଗୁରୁତ୍ୱପୂର୍ଣ୍ଣ କଥା ଅଛି । ତୁମେ ଟିକେ ସନ୍ଧ୍ୟାବେଳେ ଗେଷ୍ଟହାଉସ୍ ଚାଲିଆସ । ସେଇଠି କଥା ହେବା ।''

: ସାର୍, ସାର୍ । - କୃତ୍ୟକୃତ୍ୟ ହେଲାପରି ଭାରତ ମହାପାତ୍ର କହିଲା ।

ଫୋନ୍ ରଖିସାରି ସଦାନନ୍ଦ ମୁରୁକି ହସିଲେ । ଆଜିକାଲି ଟେବୁଲ୍ ଚେୟାରଙ୍କର ବି କାନ ଅଛି । ଫୋନ୍‌ରେ ସବୁଯାକ କଥା କହିବା ଠିକ୍ ହୋଇ ନ ଥାନ୍ତା ।

ସେ ଖଣ୍ଡିଏ ସିଗାରେଟ୍ ଲଗାଇଲେ । ପଶ୍ଚିମ ଓଡ଼ିଶାରେ ତାଙ୍କର ସଂଗଠନ କିଛି କମ୍ ଶକ୍ତିଶାଳୀ ନୁହେଁ । ସେ ସେମାନଙ୍କୁ କାମରେ ଲଗେଇ ଦେଇଛନ୍ତି । ଉପନିର୍ବାଚନଟା ସରିଯାଉ, ତା'ପରେ ସେ ଦିଲ୍ଲୀ ଯିବେ । ନେତୃତ୍ୱ ପରିବର୍ତ୍ତନ ନ ହେଲେ ଆସନ୍ତା ବିଧାନସଭା ନିର୍ବାଚନରେ ଯେ ଶାସକ ଦଳ ସମ୍ପୂର୍ଣ୍ଣ ମୂଳପୋଛ ହୋଇଯିବ ସେକଥା ହାଇକମାଣ୍ଡଙ୍କୁ କହି ଆସିବେ । ଯଦି ସେହି ଉଦ୍ୟମଟା ସଫଳ ହୁଏ ତାହାହେଲେ ସେ ତାଙ୍କର ସତେଇଶି ଜଣ ସମର୍ଥକଙ୍କ ସହ ବିରୋଧୀଦଳକୁ ଚାଲିଯିବେ । ମୁଖ୍ୟମନ୍ତ୍ରୀ ନ ହୋଇପାରିଲେ କ'ଣ ହେଲା, ଉପମୁଖ୍ୟମନ୍ତ୍ରୀ ପଦଟା

କେହି ତାଙ୍କ ହାତରୁ ଛଡ଼େଇ ନେଇ ନେଇ ପାରିବ ନାହିଁ। କମ୍ୟୁନିଷ୍ଟ, ଝାଡ଼ଖଣ୍ଡ ମିଶି ଦଶ ଜଣ ଅଛନ୍ତି, ବିରୋଧୀ ଦଳର ସଭ୍ୟ ସଂଖ୍ୟା ସତାବନ। ସମସ୍ତେ ମିଶିଗଲେ ସେମାନଙ୍କ ସଂଖ୍ୟା ସତାଅଶୀ ହୋଇଯିବ। ରାଜଶେଖର ମହାନ୍ତି ଯେଉଁ ଛଳନାକୁ ଅସ୍ତ୍ର କରି ମୁଖ୍ୟମନ୍ତ୍ରୀ ଗାଦିରେ ବସିଛନ୍ତି, ସେ ସେହି ଛଳନାର ପ୍ରୟୋଗ କରି ତାଙ୍କୁ ମୁଖ୍ୟମନ୍ତ୍ରୀ ଗାଦିରୁ ହଟେଇଦେବେ।

ମନ୍ତ୍ରୀ ସଦାନନ୍ଦ ଖୁବ୍ ଦରିଦ୍ର ପରିବାରରୁ ଆସିଥିଲେ। ଶୁଣାଯାଏ, ପିଲାଦିନେ ତାଙ୍କୁ ପାଠ ପଢ଼ିବାର ସୁଯୋଗ ମିଳି ନ ଥିଲା। ବହୁ କଷ୍ଟରେ ସେ ଇଣ୍ଟରମିଡିଏଟ୍ ପର୍ଯ୍ୟନ୍ତ ପଢ଼ା ସାରିଥିଲେ। ସେଇଆକୁ ଉପଲକ୍ଷ୍ୟ କରି ରାଜଶେଖର ମହାନ୍ତି ସବୁବେଳେ ସଦାନନ୍ଦଙ୍କ ପ୍ରାର୍ଥୀତ୍ୱକୁ ନଜରଅନ୍ଦାଜ କରି ଦେଖନ୍ତି। କାରଣ ରାଜଶେଖର ମହାନ୍ତି ଉଚ୍ଚଶିକ୍ଷିତ। ଦି' ଦିଇଟା ଡକ୍ଟରେଟ୍ ଡିଗ୍ରୀ ପାଇଛନ୍ତି। ବହିପତ୍ର ଲେଖାଲେଖିରେ ବି ତାଙ୍କର ପ୍ରତିଷ୍ଠା ଅଛି।

ମାତ୍ର ବହୁତ ହେଲାଣି, ଆଉ ନୁହେଁ। ସିଗାରେଟ୍‌ରେ ଜୋର୍ ଟାଣଟାଏ ଦେଇ ସଦାନନ୍ଦ ତାକୁ ଆସ୍‌ଟ୍ରେରେ ଦଳିଦେଲେ। ସତେକି ସିଗ୍ରେଟ୍ ଟୁକୁଡ଼ାକୁ ନୁହେଁ, ରାଜଶେଖର ମହାନ୍ତିଙ୍କ ମୁଖ୍ୟମନ୍ତ୍ରିତ୍ୱକୁ ସେ ଦଳି ମକଚି ଦେଉଛନ୍ତି।

ମନ୍ତ୍ରୀ ସଦାନନ୍ଦ ବିଶ୍ୱାଳ ତାଙ୍କ ଦପ୍ତରରେ ବସି ଯେତେବେଳେ ଏହି କଥା ଚିନ୍ତା କରୁଥିଲେ ସେତେବେଳେ ରମାରମଣ ଷଡ଼ଙ୍ଗୀ ସରକାରୀ କ୍ୱାର୍ଟରରୁ ସଞ୍ଜୟ ପଟ୍ଟନାୟକ ସହିତ ଫୋନ୍‌ରେ କଥା ହେଉଥିଲେ।

ସଞ୍ଜୟ ପଟ୍ଟନାୟକ ଉତ୍ତେଜିତ ଗଳାରେ କହୁଥିଲା, "ସିଏମ୍ ଯଦି ଆଉଥରେ ହେଲିକପ୍‌ଟରରେ ନ ଆସନ୍ତି, ତାହାହେଲେ ଆମେ ହାରିଲେ ବୋଲି ଧରିନିଅନ୍ତୁ। ଆପଣ ଯେମିତି ହେଲେ ତାଙ୍କୁ ସାଙ୍ଗରେ ଧରି ଆସନ୍ତୁ। ଆଜି ପ୍ରଚାରର ଶେଷ ଦିନ, ସିଏମ୍ ନ ଆସିଲେ ସବୁ ବିଗିଡ଼ିଯିବ।''

ରମାରମଣ ମୁଖ୍ୟମନ୍ତ୍ରୀଙ୍କୁ ରାଜି କରାଇଥିଲେ। ଆଜି ସେ ଘରୋଇ ହେଲିକପ୍‌ଟରରେ ରାଉରକେଲା ଯାଇଥାଆନ୍ତେ। ମାତ୍ର ଶେଷ ମୁହୂର୍ତ୍ତରେ ସେଇ ପ୍ରୋଗ୍ରାମ୍‌ଟା ବାତିଲ୍ ହୋଇଯାଇଛି। ମୁଖ୍ୟମନ୍ତ୍ରୀ ଯିବେ ନାହିଁ।

ମନ୍ତ୍ରୀ ସଦାନନ୍ଦ ପ୍ରଚାର କରାଇଛନ୍ତି ଯେ ଯଦି ଉପନିର୍ବାଚନରେ ମୁଖ୍ୟମନ୍ତ୍ରୀ ବାରମ୍ବାର ଯାଇ ପ୍ରଚାର କରନ୍ତି ତାହାହେଲେ ତା'ର ଖରାପ ପ୍ରଭାବ ପଡ଼ିବ। ଦଳର ସ୍ଥାନୀୟ ସଂଗଠନ ଦୁର୍ବଳ ବୋଲି ଧାରଣା ସୃଷ୍ଟି ହେବ। ତା'ଛଡ଼ା ମୁଖ୍ୟମନ୍ତ୍ରୀଙ୍କ ଦ୍ୱିତୀୟ ଗସ୍ତ ସତ୍ତ୍ୱେ ଶାସକ ଦଳ ଯଦି ହାରିଯାଏ ତାହାହେଲେ ସେଇଟା ମୁଖ୍ୟମନ୍ତ୍ରୀଙ୍କ ପ୍ରତି ସିଧାସଳଖ ଅନାସ୍ଥା ପ୍ରକଟ ବୋଲି ଚିତ୍ରିତ ହେବ। ମୁଖ୍ୟମନ୍ତ୍ରୀ ସମଗ୍ର ରାଜ୍ୟର ନେତା।

ତାଙ୍କରି ଭାବମୂର୍ତ୍ତି ଉପରେ ଶାସକ ଦଳ ନିର୍ଭର କରୁଛି। ତେଣୁ ମୁଖ୍ୟମନ୍ତ୍ରୀ ଆଉ ପ୍ରଚାରରେ ଯିବା ଉଚିତ ନୁହେଁ।

ରମାରମଣ ବୁଝିପାରୁ ନ ଥିଲେ ଯେ ସଦାନନ୍ଦଙ୍କ ବିରୋଧ ନା ଅନ୍ୟ କିଛି କାରଣ ଅଛି, ଯାହା ଯୋଗୁଁ ମୁଖ୍ୟମନ୍ତ୍ରୀଙ୍କ ଗସ୍ତ ଶେଷ ମୁହୂର୍ତ୍ତରେ ବାତିଲ ହୋଇଗଲା। ସଦାନନ୍ଦଙ୍କ ସହ ମୁଖ୍ୟମନ୍ତ୍ରୀଙ୍କ ମତଭେଦ ସେ କଥା ଜାଣନ୍ତି। ସେ ଦୃଷ୍ଟିରୁ ତାଙ୍କ କଥାକୁ ମାନି ଯେ ମୁଖ୍ୟମନ୍ତ୍ରୀ ନିଜର ଏହି ଗସ୍ତ ବାତିଲ କରିଥିବେ ତା' ଉପରେ ତାଙ୍କର ଭରସା ହେଉ ନ ଥିଲା। ତାହାହେଲେ ଏହା ପଛରେ ଅନ୍ୟ କାରଣଟା କ'ଣ ?

ସେପଟୁ ସଞ୍ଜୟ ପଟ୍ଟନାୟକ ଅସହାୟ ପ୍ରାଣୀଟେ ପରି ଚିତ୍କାର କରୁଥିଲା। କେତେବେଳେ ପ୍ରାଣ ହାରିଦେବ ବୋଲି କହୁଥିଲା ତ କେତେବେଳେ ନିର୍ବାଚନରୁ ଓହରିଯିବ ବୋଲି ଧମକ ଦେଉଥିଲା। ରମାରମଣ କହିଲେ, "ହେଲିକପ୍ଟର ଲାଗି ବ୍ୟସ୍ତ ହୁଅନାହିଁ। ମୁଁ ହେଲିକପ୍ଟର ନେଇ ଯିବି। ବର୍ତ୍ତମାନ ସିଏମ୍‌ଙ୍କ ପାଖକୁ ଯାଉଛି। ତାଙ୍କୁ ସାଙ୍ଗରେ ନେବା ଲାଗି ସବୁ ପ୍ରକାର ଚେଷ୍ଟା କରୁଛି। ତା' ସତ୍ତ୍ୱେ ଯଦି ସିଏମ୍ ଯାଇ ନ ପାରନ୍ତି ତାହାହେଲେ କିଛି ଚିନ୍ତା ନାହିଁ। ଆମେ ନିର୍ବାଚନ ଜିଣିସାରିଲେଣି ବୋଲି ତୁମେ ଧରିନିଅ। ଆମକୁ କେହି ଅଟକେଇ ପାରିବେ ନାହିଁ।"

ଏକଥା ପଦକ ସଞ୍ଜୟ ପଟ୍ଟନାୟକକୁ ଟିକିଏ ଥଣ୍ଡା କରିଦେଲା। ସେ ଉତ୍ତର ଦେଲା, "ସେ କଥା ଠିକ୍ ଯେ, ସିଏମ୍ ଆଉ ଥରେ ଆସିଥିଲେ...।"

: ଛାଡ଼। ତୁମକୁ ଯାହା କହିଥିଲି ସେଇଟା ଯେମିତି ହୁଏ। ସଭା ଚାଲିଥିବା ବେଳେ ସେସବୁ ନେଇ ମଞ୍ଚ ଉପରେ ଉପହାର ଦିଆଯିବ। ତୁମର ଚିହ୍ନା ପରିଚୟ କୌଣସି ଲୋକଙ୍କୁ ପଠେଇବ ନାହିଁ, ଅନ୍ୟ କାହାକୁ ପଠେଇବ।

: ସାର୍। ସଞ୍ଜୟ ଉତ୍ତର ଫେରେଇଲା।

: ତାଙ୍କ ସଭାକୁ ଯେମିତି ବେଶି ଲୋକ ଯାଇ ନ ପାରନ୍ତି ଦେଖିବ। ଏପଟେ ଫର୍ଟିଲାଇଜର ପାଖରେ ରାସ୍ତା କାମ ଚାଲିଛି। ସେପଟରୁ କିଛି ଗୋଟାଏ ବ୍ୟବସ୍ଥା କର। ଘଣ୍ଟାଏ ଦି'ଘଣ୍ଟା ଟ୍ରାଫିକ୍ ଜାମ୍ ହୋଇଗଲେ ଚଳିବ।

: ମୁଁ ସେସବୁ ବ୍ୟବସ୍ଥା କରିଛି। ଆମ ଲୋକ ପ୍ରସ୍ତୁତ ଅଛନ୍ତି। ଗୋଟାଏ ରାଉଣ୍ଡ ବ୍ଲାଙ୍କ୍ ଫାୟାର ହୋଇଗଲେ ଭଲ ହୁଅନ୍ତା। ଆଦିବାସୀ ଲୋକଗୁଡ଼ା ଡରି ମରି ଦଉଡ଼ି ପଳାନ୍ତେ।

: ହଉ, ହଉ। ସେସବୁ କାଲି ମୁଁ ପହଞ୍ଚିବା ପରେ ଆଲୋଚନା କରିବା।

ରମାରମଣ ଫୋନ୍ ରଖିଦେଲେ। ସକାଳେ ସେ ରାଉରକେଲା ବାହାରିବେ।

ପ୍ରଚାର ମଝିରେ ସେ ଭୁବନେଶ୍ୱର ଆସିବାକୁ ଚାହୁଁ ନ ଥିଲେ, କିନ୍ତୁ କାଲେ ମୁଖ୍ୟମନ୍ତ୍ରୀ ଯିବେ ଏହି ଆଶା କରି ସେ ଆସିଥିଲେ। ତେବେ ତାଙ୍କର ଆସିବାଟା ବ୍ୟର୍ଥ ହୋଇ ନାହିଁ। ପାଣ୍ଠି ଯୋଗାଡ଼ କାମଟା ଅନ୍ତତଃ ହୋଇଯାଇଛି।

ସେ ସୋଫା ଉପରେ ଆଉଜି ବସିଲେ। ସଞ୍ଜୟ ପଟ୍ଟନାୟକ ଜିତୁ ବା ହାରୁ ସେଥିରେ ତାଙ୍କର କିଛି ବିଶେଷ କ୍ଷତି ହେବାର ନାହିଁ। ଜିତିଗଲେ, ତାଙ୍କ ପାଇଁ ଜିତିଲା ବୋଲି ରମାରମଣ କହିବେ। ହାରିଗଲେ, ନିଜର ଭାବମୂର୍ତ୍ତି ପାଇଁ ସେ ହାରିବ। ତେବେ ଜିତିଗଲେ ଲାଭଟା ବେଶି। ଲୋକଟା ଖୁବ୍ ପାରିବାର। ସବୁ ରକମ କାମରେ ସେ ତାଙ୍କର ପ୍ରୟୋଜନରେ ଆସେ।

ରାଜନୀତିର ପାଗ ପରିବର୍ତ୍ତନ ଯୋଗୁଁ କିଛିଦିନ ହେଲା ରମାରମଣ ବିବ୍ରତ ହୋଇ ପଡ଼ିଥିଲେ। ହଠାତ୍ ଏମିତି ଗୋଟାଏ ଦୁର୍ଘଟଣା ଘଟିଯିବ ବୋଲି ସେ ଆଦୌ କଳ୍ପନା କରି ନ ଥିଲେ। ଏବେ ସେସବୁ ଦେହସୁହା ହୋଇଗଲାଣି।

ସେ ଶେଷଥର ଲାଗି ମୁଖ୍ୟମନ୍ତ୍ରୀଙ୍କୁ ଅନୁରୋଧ କରିବା ଲାଗି ବାହାରି ପଡ଼ିଲେ। ଏଇଟା ତାଙ୍କୁ ଭେଟିବା ଲାଗି ପ୍ରକୃଷ୍ଟ ସମୟ। ଯଦି କୌଣସି ପ୍ରକାରେ ସେ ରାଜି ହୋଇଯାଆନ୍ତି, ତାହାହେଲେ କାଲି ସକାଳୁ ସେ ମୁଖ୍ୟମନ୍ତ୍ରୀଙ୍କୁ ହେଲିକପ୍ଟରରେ ନେଇ ରାଉରକେଲା ବାହାରି ଯିବେ।

୧୨. ରାଉରକେଲା

ହନୁମାନ ପଡ଼ିଆଟି ଲୋକାରଣ୍ୟ ହୋଇଯାଇଥିଲା। ଷଷ୍ଠ ଦଶକରେ ଆଜିର ବିରୋଧୀ ଦଳର ସଭାପତି ମୁଖ୍ୟମନ୍ତ୍ରୀ ମହତାବଙ୍କ ଡାହାଣ ହାତ ଥିବାବେଳେ ରାଉରକେଲା ଇସ୍ପାତ କାରଖାନା ବସିଥିଲା। ୧୯୬୧ରେ ଖୋଦ୍ ସଭାପତି ହୋଇଥିଲେ ମୁଖ୍ୟମନ୍ତ୍ରୀ ଏବଂ ତାଙ୍କରି ଉଦ୍ୟମରେ ଏଠି ପ୍ରତିଷ୍ଠିତ ହୋଇଥିଲା ରିଜିଓନାଲ୍ ଇଞ୍ଜିନିୟରିଂ କଲେଜ। ସ୍ୱାଭାବିକ ଭାବେ ତାଙ୍କ ପ୍ରତି ଏ ସହରର ଲୋକମାନଙ୍କର ଶ୍ରଦ୍ଧା ଓ ସମର୍ଥନ ରହିଥିଲା।

ସଭାପତି ଉର୍ବଶୀଙ୍କୁ କହିଲେ, "ଲୋକ ଭିଡ଼ ଦେଖି କେବେ ଲୋକପ୍ରିୟତା ମପାଯାଇପାରିବ ନାହିଁ, ଯଦିଓ ସେଇମାନେ ହିଁ ସବୁକିଛି। ତେବେ ପାରାଦୀପ, ରାଉରକେଲା- ଏ ଦୁଇଟି ସହରରେ ମୁଁ ଲୋକଙ୍କଠାରୁ ବହୁତ ଶ୍ରଦ୍ଧା ପାଏ।

ଉର୍ବଶୀ ପଢ଼ିଛି, କେମିତି ପାରାଦୀପ ବନ୍ଦର ତିଆରି ବେଳେ ଏଇ ନେତା ଜଣକ ଅନ୍ଧାର ଭିତରକୁ କୁଦା ମାରିବା ପରି ଦୁଃସାହସ ଦେଖେଇଥିଲେ। କେମିତି ଓଡ଼ିଶାର ମ୍ୟାପ୍ ଉପରେ ଦୈତାରୀଠାରୁ ପାରାଦୀପ ଯାଏ ପେନ୍‌ସିଲ୍ ଗାର ଟାଣିଦେଇ ଏକ୍ସପ୍ରେସ୍ ହାଇୱେ ନିର୍ମାଣ ପାଇଁ ଆଦେଶ ଦେଇଥିଲେ।

ଉର୍ବଶୀ ଉଡ଼ାଜାହାଜରେ ନୂଆଦିଲ୍ଲୀ ଯିବାବେଳେ ସଭାପତିଙ୍କୁ ପଚାରିଥିଲା, "ଆପଣଙ୍କର ଏତେ ଲୋକପ୍ରିୟତା ଥିବା ସତ୍ତ୍ୱେ ଆପଣଙ୍କ ଦଳ ହାରେ କାହିଁକି ?"

ସଭାପତି ଟିକେ ନିରବ ରହି କହିଥିଲେ, "ଚିଡ଼ିଚିଡ଼ା ଗୁଣ ଓ ଅଧୈର୍ଯ୍ୟ ଭାବଟା ହିଁ ମୋର ଶତ୍ରୁ। ତା' ସାଙ୍ଗକୁ ଓଡ଼ିଶାର ପରଶ୍ରୀକାତରତା ଓ ତୋଷାମଦି ସଂସ୍କୃତି।"

ହନୁମାନ ପଡ଼ିଆ ସଭାରେ ସନ୍ଦୀପ ରାୟ ସ୍ୱାଗତ ଭାଷଣ ଦେଉଥିଲେ। ଏହାପରେ ଉର୍ବଶୀ କହିବ ଓ ତା'ପରେ ସଭାପତି। ଉର୍ବଶୀ ଭ୍ୟାନିଟି ବ୍ୟାଗ୍ ଖୋଲି ଦେଖିନେଲା, ପୁଲକ ଲେଖିଥିବା ଭାଷଣ କାଗଜ ଖଣ୍ଡିକ ଅଛି ନା ନାହିଁ। ପୁଲକ ସଭାପତିଙ୍କ ପଛକୁ ବସିଛି। ତା' ଚେହେରା ଖୁବ୍ ଉତ୍ସାହିତ ଦିଶୁଛି।

ଚକ୍‌ଚକ୍ ପୋଷାକ, ବେକରେ ମୋଟା ସୁନାଚେନ୍, ଆଖିରେ ସୁନାଫ୍ରେମ୍‌ର

ଚଷମା ଏବଂ ଦୂରରୁ ସମ୍ଭ୍ରାନ୍ତ ବ୍ୟବସାୟୀ ପରି ଦିଶୁଥିବା ଜଣେ ଯୁବକ ଗୋଟେ ବଡ଼ ଉପହାର ପ୍ୟାକେଟ୍ ଧରି ମଞ୍ଚ ଉପରକୁ ଆସୁଥିଲା। ରଙ୍ଗବେରଙ୍ଗ ଜରି ପ୍ୟାକେଟ୍ ଉପରେ ନାଲି ରିବନ୍ ବନ୍ଧା ହୋଇଥିଲା। ଉର୍ବଶୀ ଲୋକଟାକୁ ଚିହ୍ନି ପାରିଲା ନାହିଁ। ସନ୍ଦୀପ ରାୟ ଭାଷଣ ବନ୍ଦ କରି ଲୋକଟିକୁ ପଚାରିଲେ, "କ'ଣ କାମ ?"

ଲୋକଟି ହସି ହସି ସମସ୍ତଙ୍କୁ ନମସ୍କାର କଲା ଓ ସଭାପତିଙ୍କ ସାମ୍ନାରେ ପୁଡ଼ିଆଟି ରଖିଦେଇ ଯେମିତି ଆସିଥିଲା ସେମିତି ଚାଲିଗଲା। କିଛି ସମୟ ପର୍ଯ୍ୟନ୍ତ ଉର୍ବଶୀ ଚାହିଁଥିଲା ତାକୁ। ତା'ପରେ ଲୋକଟି କୁଆଡ଼େ ଗଲା ସେ ଜାଣିପାରିଲା ନାହିଁ।

ସଭାପତି ପ୍ୟାକେଟ୍‌ଟା ଦୂରକୁ ନେଇ ଖୋଲିବାକୁ କହିଲେ। ଉର୍ବଶୀ ଚମକି ପଡ଼ିଲା। ଏଇଟାରେ ବୋମା ଫୋମା ଥାଇପାରେ କି ? କିନ୍ତୁ ପୋଲିସ୍ ଲୋକଟାକୁ ମଞ୍ଚ ଉପରକୁ ଛାଡ଼ିଲା କିପରି ?

ପ୍ୟାକେଟ୍ ଭିତରେ ବୋମା ନ ଥିଲା, କିନ୍ତୁ ବୋମା ପରି ବିସ୍ଫୋରଣ ଘଟାଇବାକୁ ସମର୍ଥ କିଛି ଜିନିଷ ଥିଲା। ସେସବୁ ସଞ୍ଜୟ ପଟ୍ଟନାୟକ ପଠେଇଥିଲା ଉର୍ବଶୀ ପାଖକୁ। ଗୋଟେ ଛିଣ୍ଡା ବ୍ଲାଉଜ୍, ଗୋଟେ କଣ୍ଡୋମ୍ ପ୍ୟାକେଟ୍, ଗୋଟେ ଦଉଡ଼ି ଓ ଆଉ ଗୋଟେ ଘରପୋଛା କନା। ସଭାପତି ଜିନିଷଗୁଡ଼ାକୁ ଦେଖି ଚମକି ପଡ଼ିଲେ। ଏହି ଗୋଲକଧନ୍ଦାର ଅର୍ଥ କ'ଣ ?

ସଭାର ମଝାମଝି ପଚାଶରୁ ଊର୍ଦ୍ଧ୍ୱ ଯୁବକ ଉଠିପଡ଼ି ଚିତ୍କାର କରୁଥିଲେ- "ସେସବୁ ମାଡାମ୍‌ଙ୍କର ଭାରି ଦରକାରରେ ଆସିବ। ତାଙ୍କୁ ଦିଅ। ଆଉ ଅଧିକା ଦରକାର ହେଲେ ଆମେ ପଠେଇଦେବୁ।"

ସଭାଟା ଗୋଟେ ଅଶ୍ଳୀଳ କୋଳାହଳରେ ପରିଣତ ହେବାକୁ ଯାଉଥିଲା। ଲାଜରେ ମୁହଁ ପୋଡ଼ିଯାଉଥିଲା ଉର୍ବଶୀର। ଏତେ ସତର୍କତା ସତ୍ତ୍ୱେ କେମିତି ସଞ୍ଜୟ ପଟ୍ଟନାୟକର ଲୋକଟିଏ ସିଧା ଷ୍ଟେଜ୍ ଉପରକୁ ଆସି ତା' ସଭା ଭଣ୍ଡୁର କରିବାର ବ୍ୟବସ୍ଥା କରିଦେଇଗଲା ତାହା ସେ ହଠାତ୍ ବୁଝିପାରିଲା ନାହିଁ।

ସନ୍ଦୀପ ରାୟଙ୍କ ଭାଷଣ ସରି ନ ଥିଲା। ସଭାଟାରେ ଏତେ ହୋ-ହଲ୍ଲା ଓ ଗଣ୍ଡଗୋଳ ହେଉଥିଲା ଯେ ତାଙ୍କ ଭାଷଣ କାହାକୁ ଶୁଭୁ ନ ଥିଲା। ସେ ବାଧ୍ୟ ହୋଇ ଭାଷଣ ଅଧାରୁ ବନ୍ଦ ରଖି ବସିପଡ଼ିଲେ।

ଉର୍ବଶୀ ସଭାପତିଙ୍କ ମୁହଁକୁ ଚାହିଁଲା, ଆଉଥରେ ପୁଲକ ମୁହଁକୁ। ଟେବୁଲ୍ ଉପରେ ଥୁଆ ହୋଇଥିବା ମାଇକ୍‌ଟିକୁ ଭିଡ଼ିନେଇ ସେ ସଭାମଞ୍ଚର ଆଗକୁ ଆସିଲା। ପୋଡ଼ିୟମ୍ ପାଖକୁ ଗଲା ନାହିଁ। ସେଇଠି ବଡ଼ ପାଟିରେ ସେ କହିଲା, "ଏସବୁ ଜିନିଷ ପ୍ରକୃତରେ ମୋର ବହୁତ ଦରକାରରେ ଆସିବ।"

ସଭାର ଗଣ୍ଡଗୋଳ, ପାଣି ଛିଞ୍ଚିଲା ପରେ ତଳେ ବସି ଯାଉଥିବା ଧୂଳି ପରି ନରମି ଯାଉଥିଲା।

ଉର୍ବଶୀ ପିନ୍ଧିଥିଲା ଗୋଟେ ନୀଳ ଧଡ଼ିର ଧଳାସୂତା ଶାଢ଼ି। ତା'ର ସ୍ୱର ସ୍ପଷ୍ଟ ଓ ଉଚ୍ଚାରଣ ନିର୍ଭୁଲ ଥିଲା। କପାଳର ଝାଳକୁ ପୋଛିଦେଇ ସେ ତା' ଭାଷଣ ଆରମ୍ଭ କଲା।

"ଏଇ ଛିଣ୍ଡା ବ୍ଲାଉଜ୍, ଏ କଣ୍ଡୋମ୍, ଏ ଦଉଡ଼ି ଓ ଏଇ ଘରପୋଛା କନା ସଞ୍ଜୟ ପଟ୍ଟନାୟକ କାହିଁକି ପଠେଇଛନ୍ତି ଜାଣନ୍ତି ଆପଣମାନେ? ଆପଣମାନେ ଜାଣି ନ ଥିବେ। କିନ୍ତୁ ମୁଁ ଜାଣିଛି। ମୁଁ ପାଗଳୀ, ଦଉଡ଼ିରେ ବନ୍ଧା ହେବି। ମୁଁ ଅସହାୟା, ଘରପୋଛି ପେଟ ପୋଷିବି। ମୁଁ ଚରିତ୍ରହୀନ ବେଶ୍ୟା, ତେଣୁ ମୋର ଗ୍ରାହକଙ୍କ ପାଇଁ କଣ୍ଡୋମ୍ ରଖିବି। ମୁଁ ଯଦି ପୁଣିଥରେ ସଞ୍ଜୟ ପଟ୍ଟନାୟକ ସାଙ୍ଗରେ ଲାଗେ, ତା'ହେଲେ ସେ ମୋ ବ୍ଲାଉଜ୍‌ର ବ୍ୟବସ୍ଥା ଏଇ ଛିଣ୍ଡା ବ୍ଲାଉଜ୍‌ର ଅବସ୍ଥା ପରି କରିଦେବ। ମୋର ଭାଇ ଓ ଭଉଣୀମାନେ, ମୋର ଆଉ କିଛି କଥା କହିବାର ଥିଲା ରାଉରକେଲା ପାଇଁ, ରାଉରକେଲାର ଲୋକମାନଙ୍କ ପାଇଁ। କିନ୍ତୁ ମୁଁ ସଞ୍ଜୟ ପଟ୍ଟନାୟକ ଓ ରମାରମଣଙ୍କୁ ଜବାବ ନ ଦେଲେ ଆପଣମାନେ ମୋତେ ଭୁଲ୍ ବୁଝିବେ।

"ସଞ୍ଜୟ ପଟ୍ଟନାୟକ ଜାଣିବା ଦରକାର, ଆଦିଗୁରୁ ଶଙ୍କରାଚାର୍ଯ୍ୟଙ୍କୁ ମଧ୍ୟ କାମଶାସ୍ତ୍ର ଶିକ୍ଷା ଦେଇଥିଲା ଗୋଟେ ନାରୀ। ଭାରତବର୍ଷର ପରମ୍ପରା କୁମାରୀ କନ୍ୟାକୁ ପୂଜା କରେ, କାରଣ ତା' ଭିତରେ ଲକ୍ଷ୍ମୀ ଥାଆନ୍ତି। ହୋମଯଜ୍ଞରେ ପୁରୁଷ ପାଖରେ ସ୍ତ୍ରୀ ନ ବସିଲେ ପୂଜାବିଧି ସମ୍ପୂର୍ଣ୍ଣ ହୁଏ ନାହିଁ। ନାରୀଟିଏ ନ ଥିଲେ ସଞ୍ଜୟ ପଟ୍ଟନାୟକ ପରି ପୁରୁଷ ଜନ୍ମ ହୁଅନ୍ତେ ନାହିଁ...।"

ହଠାତ୍ କରତାଳିରେ ସଭାସ୍ଥଳ କମ୍ପିଉଠିଲା। ଯେଉଁମାନେ ଆଗରୁ ଉର୍ବଶୀକୁ ଦେଖିଥିଲେ, ସେମାନେ ତା'ର ଭାଷଣ ଶୁଣି ମୁଗ୍ଧ ହେଉଥିଲେ। ଯେଉଁମାନେ ଦେଖି ନ ଥିଲେ ସେମାନେ ତା'ର ଉଜ୍ଜ୍ୱଳ ବ୍ୟକ୍ତିତ୍ୱ ଓ ପ୍ରଭାବଶାଳୀ କଥାକୁ ମନ୍ତ୍ରମୁଗ୍ଧ ହୋଇ ଶୁଣୁଥିଲେ।

ଉର୍ବଶୀ କହୁଥିଲା, ଏସବୁ ଉପହାରକୁ ସେ ଜିଇଁଥିବା ଯାଏଁ ସାଇତି ରଖିବ। ଦ୍ରୌପଦୀ ତାଙ୍କର ବେଣି ମୁକୁଳା ରଖିବା ପରି ସେ ଏଇ ଉପହାରକୁ ଜୀବନ ସାରା ଏଇପରି ରଖିବ। କାରଣ ସେ ଭୁଲିବାକୁ ଚାହିଁଲେ ବି ସଞ୍ଜୟ ପଟ୍ଟନାୟକ ତା'ର ଭୁଲିଯିବା ଚାହେଁ ନାହିଁ। ରାଉରକେଲାର ଜନସାଧାରଣ ବିଚାର କରିବେ, ଅବିବାହିତା ଝିଅ ପେଟରୁ ଗର୍ଭାଶୟ ବାହାର କରି ତାକୁ ବନ୍ଧ୍ୟାର ଅପବାଦ ଦେଇଥିବା, ମିଛ ପାଗଳୀ ସାର୍ଟିଫିକେଟ୍‌ରେ ସ୍ତ୍ରୀକୁ ଛାଡ଼ପତ୍ର ଦେବାର ବାହାନା ଖୋଜୁଥିବା ଓ ମାଆ

ପାଖରୁ ଦୁଧଖିଆ ଝିଅକୁ ଛଡ଼େଇ ନେଇ ଅଦ୍ଭୁତ ଆନନ୍ଦ ଲାଭ କରୁଥିବା ସଞ୍ଜୟ ପଟ୍ଟନାୟକ ନା ଉର୍ବଶୀକୁ ସେମାନଙ୍କର ପ୍ରତିନିଧି ନିର୍ବାଚିତ କରିବେ। ଜୀବନରେ ସଞ୍ଜୟ ପଟ୍ଟନାୟକ ସବୁ ବାଜି ଜିଣିଛି। ମୁଁ ସବୁ ବାଜି ହାରିଛି। କିନ୍ତୁ ଏଇ ବାଜିରେ ମୋତେ ଜିତେଇ ରାଉରକେଲାର ଜନସାଧାରଣ ମୋର ସମୁଦାୟ ଜୀବନକୁ ଗୋଟେ ବିଜୟାଦଶମୀରେ ପରିଣତ କରିଦେବେ।"

କରତାଳିରେ ସଭାସ୍ଥଳ ଉଚ୍ଛୁଳି ପଡ଼ିଲା।

ଉର୍ବଶୀ ପଟ୍ଟନାୟକ ଜିନ୍ଦାବାଦ୍

ବିରୋଧୀ ଦଳ ସଭାପତି ଜିନ୍ଦାବାଦ୍

ରମାରମଣ ମୁର୍ଦ୍ଦାବାଦ୍

ସଞ୍ଜୟ ପଟ୍ଟନାୟକ ମୁର୍ଦ୍ଦାବାଦ୍

ଭୋଟ୍ ଦେବା କେଉଁଠି,

ଚକ୍ର ଚିହ୍ନ ଯେଉଁଠି।

ଉର୍ବଶୀ ମାଇକ୍ରୋଫୋନ୍‌ଟି ସଭାପତିଙ୍କ ଆଗରେ ଥୋଇ ଚଉକିରେ ବସିପଡ଼ିଲା। ସେ କାନ୍ଦୁ ନ ଥିଲା କି ହସୁ ନ ଥିଲା। ସେ ରାଗୁ ନ ଥିଲା କି ଉଲ୍ଲସିତ ହେଉ ନ ଥିଲା। ଗୋଟେ ପାହାଡ଼ ପରି ସ୍ଥିର ଓ ଅବିଚଳିତ ଦିଶୁଥିଲା ସେ।

ସଭାପତି ଭାଷଣ ଦେବାକୁ ଉଠିଲେ।

ଗୋଟିଏ ବାକ୍ୟ କହିଲେ ସେ, "ପାଗଳୀ, ଚରିତ୍ରହୀନା, ବଦ୍‌ରାଗୀ- ଯିଏ ଯାହା କହୁନା କାହିଁକି, ଉର୍ବଶୀ ମୋର ଝିଅ। ସେ ମୋର ଯଥାର୍ଥ ଉତ୍ତରାଧିକାରୀ। ତାକୁ ମୁଁ ଠିଆ କରେଇଛି। ଜିତେଇବା ଦାୟିତ୍ୱ ତମମାନଙ୍କର।"

ଉର୍ବଶୀ ଯାଇ ସଭାପତିଙ୍କ ପାଖରେ ଛିଡ଼ା ହେଲା। ତା'ର ହାତକୁ ଟେକି ଧରିଲେ ସଭାପତି। ଆଉଥରେ ହନୁମାନ ପଡ଼ିଆ କରତାଳି ଓ କୋଳାହଳରେ କମ୍ପି ଉଠିଲା।

୧୩. ରାଉରକେଲା

ରାତି କେତେ ହେବ କେଜାଣି, କବାଟ ଧଡ଼ ଧଡ଼ ଶବ୍ଦ ଶୁଣି ଉର୍ବଶୀ ନିଦରୁ ଉଠିପଡ଼ିଲା। ଲାଇଟ୍‌ର ସୁଇଚ୍ ଅନ୍ କରି କାନ୍ଥ ଘଣ୍ଟାକୁ ଚାହିଁଲା ସେ। ରାତି ଗୋଟାଏ ହେବ। ଏମିତି ଅବେଳରେ କିଏ କାହିଁକି ଡାକୁଛି ?

ସେ ପଚାରିଲା, "କିଏ ?"

"ପୁଲକ। କବାଟ ଖୋଲ।"

ଆହୁରି ଦୁଶ୍ଚିନ୍ତାରେ ପଡ଼ିଗଲା ଉର୍ବଶୀ। ରାତି ଗୋଟାଏ ବେଳେ ପୁଲକ କାହିଁକି ଡାକୁଛି ? କିଛି ଅସୁବିଧାରେ ପଡ଼ିଛି ନିଶ୍ଚୟ।

ପୁଲକ ପାନ୍ଥନିବାସରେ ରହୁଛି। ଆଉ ଦି'ଦିନ ପରେ ସେ ରାଜଧାନୀ ଫେରିଯିବ। ରାତି ଏଗାରଟା ଯାଏ ସମସ୍ତେ ଏଇ ଘରର ତଳ ମହଲାରେ ଥିଲେ। ରାତି ପାହିଲେ ନିର୍ବାଚନ। ସକାଳ ସାଢ଼େ ସାତଟାରେ ସେ ସନ୍ଦୀପ ରାୟଙ୍କ ସାଙ୍ଗରେ ଉଦିତନଗର ହାଇସ୍କୁଲ୍ ବୁଥ୍‌କୁ ଭୋଟ୍ ଦେବାଲାଗି ଯିବ ବୋଲି ଯୋଜନା ହୋଇଥିଲା। ପୁଲକର ରାଉରକେଲା ଭୋଟର ଲିଷ୍ଟ୍‌ରେ ନାଁ ନାହିଁ, ସିଏ କୋଏଲନଗର ଯାଇ ସେପଟ ବୁଥ୍‌ଗୁଡ଼ିକ ଉପରେ ନଜର ରଖିଥାନ୍ତା।

ଆଉ ଥରେ ଧଡ୍‌ଧଡ୍ ଶବ୍ଦ।

ଉର୍ବଶୀ ଶାଢ଼ି ସଜାଡ଼ି ରେଜେଇ ତଳୁ ବାହାରି ସାରିଥିଲା। ସାଲ୍‌ଟା ଘୋଡ଼ିହୋଇ କବାଟ ପାଖକୁ ଆସିଲା ଓ କହିଲା, "ରୁହ, ଖୋଲୁଛି।"

କବାଟ ଖୋଲିବାକ୍ଷଣି ପୁଲକ ତା' ହାତ ଧରି ଭିଡ଼ିନେଲା। "କୁଆଡ଼େ ନେଉଛ" କହିବାବେଳକୁ ପୁଲକ ଶିଡ଼ି ଦେଇ ତାକୁ ତଳକୁ ନେଇ ସାରିଥିଲା। ପାର୍ଟି ଅଫିସ୍ ଆଗରେ ପୁଲକର ମାରୁତି କାର୍। "ଜଲ୍‌ଦି ବସ" କହି ସେ ଗାଡ଼ି ଷ୍ଟାର୍ଟ କଲା।

ସେମାନେ ଏବେ ଛେଣ୍ଡ୍ କଲୋନୀ ପାଖାପାଖି। ଉର୍ବଶୀ ପଚାରିଲା, "କ'ଣ

ହେଲା ?" ରାତି ଅଧରେ ମୋତେ କିଡ଼୍‌ନ୍ୟାପ୍ କଲା ପରି କୁଆଡ଼େ ନେଉଛ ? କ'ଣ ତୁମର ଉଦ୍ଦେଶ୍ୟ ?"

ମଫଲରଟା ପାଟି ତଳକୁ ଖସେଇ କହିଲା, "ଆମକୁ ଆଉ କିଛି ଘଣ୍ଟା କେଉଁଠି ଲୁଚିଯିବାକୁ ପଡ଼ିବ । ରମାରମଣ ଓ ସଞ୍ଜୟ ପଟ୍ଟନାୟକଙ୍କ ଗୁଣ୍ଡା ଯେ କୌଣସି ମୁହୂର୍ତ୍ତରେ ତମେ ରହୁଥିବା ଘର ଉପରେ ଆକ୍ରମଣ କରିପାରନ୍ତି ।"

ଜାନୁଆରୀ ଶୀତ ରାତିର ଜାଡ଼ ସତ୍ତ୍ୱେ ଆତଙ୍କର ଝାଳ ବୋହିଗଲା ଉର୍ବଶୀର ଦେହରୁ । ରମାରମଣ ଓ ସଞ୍ଜୟ ପଟ୍ଟନାୟକଙ୍କ ପକ୍ଷେ ଏଇଟା ଆଦୌ ଅସମ୍ଭବ କଥା ନୁହେଁ । କିନ୍ତୁ ପୁଲକ ଏ ଖବର ପାଇଲା କେଉଁଠୁ ? ପୋଲିସ୍, ଇଣ୍ଟେଲିଜେନ୍‌ସ ତ ସବୁ ସେମାନଙ୍କ ହାତରେ ।

ରାଉରକେଲା ରିଙ୍ଗ୍‌ରୋଡ୍‌ର ଅନ୍ଧାର ପିଠି ଉପରେ ମାରୁତି କାର୍‌ର ହେଡ୍‌ଲାଇଟ୍ ଉଜ୍ଜ୍ୱଳ ଦିଶୁଥାଏ । କେଉଁଠି ସୋରଶବ୍ଦ ନାହିଁ । ଦିନର ସହର ଓ ରାତିର ସହର ଭିତରେ କେତେ ଫରକ ! କେବଳ ଟ୍ରାଫିକ୍ ପୋଷ୍ଟ ପାଖରେ କମଳା ରଙ୍ଗର ଆଲୁଅ ଦପ୍‌ଦପ୍ ହେଉଥିଲା ।

: ଆମେ କୁଆଡ଼େ ଯିବା ?

: ସେଇଆ ଭାବୁଛି । ଏତେ ରାତିରେ କାହାକୁ ଉଠେଇବା ।

: ତମର ପାନ୍ଥନିବାସ ରୁମ୍‌କୁ ପଳେଇବା କି ? - ଉର୍ବଶୀ କହିଲା ।

: ମୁଣ୍ଡରେ ବୁଦ୍ଧି ନାହିଁ ଦେଖୁଛି । ବାସନ୍ତୀ କଲୋନିରେ ତମକୁ ନ ପାଇଲେ ସେମାନେ ତ ତା'ପରେ ନିଶ୍ଚୟ ପାନ୍ଥନିବାସ ଯିବେ ।

: ହଁ, ଉଦିତନଗର ଥାନାକୁ ଯିବା ?

: ନା, ମୁଁ କାହାକୁ ବିଶ୍ୱାସ କରିପାରୁ ନାହିଁ । ଏଠି ସମସ୍ତେ ବିପଜ୍ଜନକ । ସାମ୍ନାପଟୁ ଗୋଟେ ପୋଲିସ୍ ଜିପ୍ ବୋଧହୁଏ ଆସୁଥିଲା । ପୁଲକ ଆଇ.ଜି.ଏଚ୍. (ହସ୍‌ପିଟାଲ୍) ଦିଗରେ ଗାଡ଼ି କଟେଇନେଲା । କହିଲା, "ମୁଁ ଦେଖେ, ଡାକ୍ତର ମହାପାତ୍ର ଅଛନ୍ତି କି ନାହିଁ ।"

: ଥିଲେ କ'ଣ କରିବା ? ହସ୍‌ପିଟାଲ୍‌ରେ ଆଡ୍‌ମିଟେଡ୍ ହେବା ?

: ନା, ତାଙ୍କ ଗାଡ଼ିନେଇ ଆମେ ଯିବା । ଏ ଗାଡ଼ିଟାକୁ ସେମାନେ ଚିହ୍ନନ୍ତି । ଯା'କୁ ଏଇଠି ରଖିଦେବା । ହସ୍‌ପିଟାଲ୍ ଭିତରେ ସବୁବେଳେ ଲୋକ ଯା-ଆସ । ଏଠି ଆମକୁ କେହି ସନ୍ଦେହ କରିବେ ନାହିଁ । ତୁମେ ଗାଡ଼ି ଭିତରେ ଘୋଡ଼ିଘାଡ଼ି ହୋଇ ବସିଥାଅ । ମୁଁ ସାଙ୍ଗେ ସାଙ୍ଗ ଆସୁଛି ।

ମଙ୍କି କ୍ୟାପ୍‌ଟାରେ ପୁଣି ପୁଲକ ନିଜ ମୁଣ୍ଡ ଓ ମୁହଁ ଢାଙ୍କି ପକେଇଲା । ତାକୁ ରାଉରକେଲାରେ ବେଶି ଲୋକ ଜାଣନ୍ତି ନାହିଁ । ତା'ର ଚେହେରା, କଥାବାର୍ତ୍ତାରୁ

ଜଣାପଡ଼େ ନାହିଁ ସେ ଓଡ଼ିଶାର ପିଲା କି ବାହାର ରାଜ୍ୟର। ଅଧା ହିନ୍ଦୀ ଓ ଅଧା ଇଂରାଜୀ ମିଶେଇ ସେ କଥାବାର୍ତ୍ତା କରେ। ଅଥଚ ଓଡ଼ିଆରେ ଭାଷଣ ଲେଖିବାରେ ତାକୁ କେହି ଟପି ପାରିବେ ନାହିଁ।

ପୁଲକ ପନ୍ଦର ମିନିଟ୍ ଭିତରେ ଫେରିଆସିଲା। କହିଲା, "ଆସ। ଆମେ ଡାକ୍ତର ମହାପାତ୍ରଙ୍କ ଗାଡ଼ି ନେଇ ଯିବା। ଆମ ଗାଡ଼ି ଏଇଠି ଥାଉ।"

: ତମେ କହିଲ କି ମୁଁ ତୁମ ସାଙ୍ଗରେ ଅଛି ?

ପୁଲକ ଇଆଡ଼େ ସିଆଡ଼େ ଅନେଇ କହିଲା, "କାହିଁ, ମୋ ସାଙ୍ଗରେ ତ କେହି ନାହାନ୍ତି ?"

ଉର୍ବଶୀ ପୁଲକର ଇସାରା ବୁଝିଲା। ଶୀତ ସତ୍ତ୍ୱେ ତା' କପାଳରେ ଝାଳ ଜମି ଯାଉଥିଲା। ସେ ଯାଇ ଡକ୍ଟର ମହାପାତ୍ରଙ୍କ ଗାଡ଼ିରେ ବସିଲା। ପୁଲକ ଗାଡ଼ି ଚଳେଇଲା।

ରାତି ଅନେକ ବାକି ଅଛି। ଶୀତ ଦିନର ଲମ୍ବା ରାତି।

ଡକ୍ଟର ମହାପାତ୍ରଙ୍କ ଗାଡ଼ିର ଆଗ ଓ ପଛ କାଚରେ ଡାକ୍ତରଙ୍କ ଚିହ୍ନ। କେହି ସନ୍ଦେହ କରିବାର କାରଣ ନାହିଁ। ରାତି ଅଧରେ ବି ରାଉରକେଲା ରାସ୍ତାରେ ପୋଲିସ୍ ଓ ଡାକ୍ତରଙ୍କ ଯା-ଆସ ଲାଗି ରହେ।

ଉର୍ବଶୀ କହିଲା, "ଷ୍ଟେସନ୍ ଚାଲୁନ! ସେଇଠି କିଛି ସମୟ ପ୍ଲାଟ୍‌ଫର୍ମରେ ବସିଯିବା।"

ପୁଲକ ମନାକଲା। "ଆମେ କୌଣସି ରିସ୍କ ନେବା ନାହିଁ। ମୋ କଥା ଯଦି ମାନିବ, ଚାଲ ସେକ୍ଟର ନଅର ଯେଉଁ ଚର୍ଚ୍ଚ ଅଛି, ସେଇଠିକି ପଳେଇବା।''

ଉର୍ବଶୀ କହିଲା, "ଚାଲ, ଯୁଆଡ଼େ ନେବା କଥା ନେଇଚାଲ। ତମେ ତ ବର୍ତ୍ତମାନ ସତସତିକା ସାରଥୀ ଶ୍ରୀକୃଷ୍ଣ...।"

ପୁଲକ ଚର୍ଚ୍ଚମୁହାଁ ଗାଡ଼ି ଚଳେଇଲା।

ବାଟସାରା ଉର୍ବଶୀ ପୁଲକକୁ ଚାହିଁ ରହିଥାଏ। ଯେତେ ଦେଖୁଥାଏ, ସେତିକି ସେତିକି ସେ ତା' ପ୍ରତି ଆକୃଷ୍ଟ ହୋଇଯାଉଥାଏ। ଇଏ କି ବିଚିତ୍ର ଅନୁଭବ - ଯାହା ଜୀବନରେ ସଞ୍ଜୟ ପଟ୍ଟନାୟକ ଆସିଛି, ତା' ଜୀବନରେ ପୁଲକ ମହାପାତ୍ର ବି ଆସିଛି। କିନ୍ତୁ ଦୁଃଖ ଏତିକି- ଯାହାର ଆଗେ ଆସିବା ଉଚିତ ଥିଲା ସେ ପରେ ଆସିଲା, ଯାହାର ଆଦୌ ଆସିବା ଉଚିତ ନ ଥିଲା ସେ ଆଗେ ଆସି ତା'ର ସବୁ ସ୍ୱପ୍ନ ଭାଙ୍ଗିରୁଜି ଛିନ୍‌ଭିନ୍ କରିଦେଲା।

ଚାରିଆଡ଼େ କୁହୁଡ଼ି ଓ ଶୀତର ଆସ୍ତରଣ। ଟିକିଏ ତଳକୁ କାଚ ଖସେଇଲେ ବରଫ ପରି ଥଣ୍ଡା ରାତି କିଲିବିଲି କରି ଦେଉଛି।

ପୁଲକ କହିଲା, "ଏଇ ରାତି ତମ ଜୀବନର ସବୁଠାରୁ ଦୀର୍ଘତମ ରାତି ଭାବେ ମନେରହିବ।"

ଉର୍ବଶୀ ପଚାରିଲା, "କିନ୍ତୁ ତମକୁ କିଏ କହିଲା ସେମାନେ ମୋ ଉପରେ ଆକ୍ରମଣ କରିବାକୁ ଆସିବେ? ଏହାଦ୍ୱାରା ତାଙ୍କର କ'ଣ ଲାଭ ହେବ?"

"ତୁମେ ମରିଗଲେ କାଲିର ନିର୍ବାଚନ ବନ୍ଦ ହୋଇଯିବ।" - ପୁଲକ ଥଣ୍ଡା ସ୍ୱରରେ ଜବାବ ଦେଲା।

ଉର୍ବଶୀ ମୁଣ୍ଡରେ ହାତ ଦେଇଦେଲା। "ଆମର ପୋଲିସ୍ ନିରାପତ୍ତା ମାଗିବା ଦରକାର ଥିଲା। ମୁଁ ସେହିକଥା ସନ୍ଦୀପ ରାୟଙ୍କୁ କହୁଥିଲି।"

"ରାଉରକେଲାର ପୋଲିସ୍... ! ରମାରମଣର ଦଳ କ୍ଷମତାରେ ଥିବାଯାଏ ଏ ପୋଲିସ୍ ଆମକୁ ସାହାଯ୍ୟ କରିବ ନାହିଁ।" ପୁଲକ ଉତ୍ତର ଦେଲା। ତା'ପରେ କହିଲା, "ମୋନାଲିସା ଦତ୍ତ ସାଙ୍ଗେ ଇଣ୍ଟରଭ୍ୟୁଟା ସେମାନଙ୍କୁ ବେଶି ବିବ୍ରତ କରିଛି। କାରଣ ସେମାନେ ସନ୍ଦେହ କରୁଛନ୍ତି, ତମେ ସଞ୍ଜୟ ପଟ୍ଟନାୟକ ଘରୁ ଫଟୋଟା ଚୋରି କରି ଆଣିଛ।"

"ସନ୍ଦେହ କ'ଣ? ସତ।" - ଉର୍ବଶୀ ଥଣ୍ଡା ସ୍ୱରରେ କହିଲା।

"କିନ୍ତୁ ସେ ଫଟୋ ଥିଲା କେଉଁଠି? ତମକୁ କିଏ ସେକଥା ବତେଇଲା? ଲଙ୍କାରେ ବି ରାବଣର ଶତ୍ରୁ ଅଛନ୍ତି ନା?"

ଉର୍ବଶୀ କହିଲା, "ତାଙ୍କ ନାଁ ମୁଁ ପରେ କହିବି। ଆଗେ ତୁମେ କୁହ, ତମକୁ ଆକ୍ରମଣର ଖବର କିଏ ଦେଲା?"

"ମନ୍ତ୍ରୀ ସଦାନନ୍ଦ ବିଶ୍ୱାଳଙ୍କ ଲୋକ।"

ଉର୍ବଶୀ ତୁନି ହୋଇଗଲା। ସେ ଜାଣିଥିଲା, ଖବରଟା ମନ୍ତ୍ରୀ ସଦାନନ୍ଦ ବିଶ୍ୱାଳ ପାଖରୁ ଆସିଛି ଅର୍ଥ ଶତକଡ଼ା ଶହେ ଭାଗ ସତ ହୋଇଥିବ। ସେ ଘଟଣାର ଗୁରୁତ୍ୱ ବୁଝି ଆହୁରି ଡରିଗଲା। ତା' ଦେହର ଭାଷାରୁ ପୁଲକ ସେ କଥା ବୁଝିପାରିଲା। ସେ ଉର୍ବଶୀର କାନ୍ଧକୁ ହାଲୁକା ଭାବେ ଥାପୁଡ଼େଇ କହିଲା, "ତୁମେ ଯେ ଜୀବନରେ ବହୁବାର ମରଣ ଦୁଆରୁ ଫେରିଛ! ତୁମର ପୁଣି ଭୟ କ'ଣ?"

ପୁଲକର କଥା କେତେ ନିର୍ଭରଯୋଗ୍ୟ! ତା'ର ହାଲୁକା ପିଠି ଥାପୁଡ଼ାରେ କେତେ ସାହସ ପାଏ ଉର୍ବଶୀ!

ରାତିର ତାରା ଧୀରେ ଧୀରେ ବିଦାୟ ନେଉଥିଲେ। ଚର୍ଚ୍ଚର ବାରଣ୍ଡାରେ ବସି ଦୁହେଁ ଚାହିଁଥିଲେ ପୂର୍ବଦିଗକୁ। କିଏ ଜାଣେ, ଏହାପରେ ଭାଗ୍ୟ ସେମାନଙ୍କୁ କେଉଁ ଦିଗରେ କଢ଼େଇ ନେବ। ଜିତୁ ବା ହାରୁ, ଉର୍ବଶୀର ଜୀବନ ଆଗର ଜୀବନ ହୋଇ ରହିବ ନାହିଁ। ପୁଲକକୁ ବି ଫେରିଯିବାକୁ ପଡ଼ିବ ରାଜଧାନୀ।

ଉର୍ବଶୀ କହିଲା, "ଆଜି ଏ ରାତିର କଥା ତୁମର ମନେ ରହିବ ପୁଲକ ?"

"ସବୁଦିନେ।" - ପୁଲକ ଉତ୍ତର ଦେଲା।

- "ତୁମ ସହ ମୋର ସମ୍ପର୍କକୁ ମୁଁ କି ପରିଭାଷା ଦେବି ?"

"ନିର୍ଦ୍ଦିଷ୍ଟ ପରିଭାଷାର ଖୋଳପା ପିନ୍ଧେଇଦେଲେ ସମ୍ପର୍କ ଛୋଟ ହୋଇଯାଏ ଉର୍ବଶୀ। ବନ୍ଧୁ, ସ୍ୱାମୀ, ପ୍ରେମିକ, ପୁଅ, ଭାଇ ଯାହା କହିଲେ ବି ପୁରୁଷର ନାରୀ ସହ ସମ୍ପର୍କ ଖୁବ୍ ସୀମିତ ହୋଇଯାଏ। ଏହା ବାହାରେ ତ ସମ୍ପର୍କର ବିସ୍ତୀର୍ଣ୍ଣ ଆଲିଙ୍ଗନ ତଥାପି ରହିଛି। ତୁମେ ଆମର ସମ୍ପର୍କକୁ ପରିଭାଷା ନ ଦେଲେ ବେଶି ଭଲ ହେବ।"

ଉର୍ବଶୀ ତରଳି ଯାଉଥିଲା। କହିଲା, "ବିଶ୍ୱରୂପଦର୍ଶନ ପରେ ଅର୍ଜୁନ ଶ୍ରୀକୃଷ୍ଣଙ୍କୁ କ'ଣ କହିଥିଲେ ତୁମେ ନିଶ୍ଚୟ ପଢ଼ିଥିବ ପୁଲକ।"

ପୁଲକ କଥାଟିକୁ ହାଲୁକା କରିଦେବା ପାଇଁ କହିଲା, "ମୁଁ ଗୀତା ଭାଗବତ କିଛି ପଢ଼େ ନାହିଁ।"

"ତୁମେ ମିଛ କହୁଛ।" - ଉର୍ବଶୀ ପ୍ରତିବାଦ କଲା।

"ହଉ କୁହ।" - ପୁଲକ ଦୁଇ ହାତରୁ ଗ୍ଲୋଭସ୍ ଖୋଲି ଛିଡ଼ା ହୋଇପଡ଼ିଲା।

ପୃଷ୍ଠଭୂମିରେ ଯୀଶୁଖ୍ରୀଷ୍ଟଙ୍କ ଉପାସନା ପୀଠ ଗୀର୍ଜା। ମଥା ଉପରେ ଅନନ୍ତ ଆକାଶ, ତଳେ ବିସ୍ତୀର୍ଣ୍ଣ ଧରଣୀ। ଉର୍ବଶୀ ଗାଡ଼ିର ଦୁଆର ଖୋଲି ବାହାରି ଆସିଲା ଓ ବେଦ ଉଚ୍ଚାରଣ ପରି ତା'ର ପ୍ରଭାବଶାଳୀ ସ୍ୱରରେ ଗୀତାର ବିଶ୍ୱରୂପ ଦର୍ଶନ ଯୋଗର ଶ୍ଳୋକ ଦୁଇଟି ଆବୃତ୍ତି କଲା -

"ସଖେତି ମତ୍ୱା ପ୍ରସଭଂ ଯଦୁକ୍ତଂ
ହେ କୃଷ୍ଣ ହେ ଯାଦବ ହେ ସଖେତି !
ଅଜାନତା ମହିମାନଂ ତବେଦଂ
ମୟା ପ୍ରମାଦାତ୍ ପ୍ରଣୟେନ ବାପି।
ଯଚ୍ଚାବହାସାର୍ଥମସତ୍ କୃତୋଽସି
ବିହାରଶଯ୍ୟାସନଭୋଜନେଷୁ
ଏକୋଽଥବାପ୍ୟଚ୍ୟୁତତତ୍ସମକ୍ଷଂ
ତତ୍ କ୍ଷାମୟେ ତ୍ୱାମହମପ୍ରମେୟମ୍।"

ପୁଲକ ତା'ର ବାଖ୍ୟା କଲା, "ହେ ଭଗବାନ କୃଷ୍ଣ ! ତୁମର ଏହି ବିଶ୍ୱରୂପ ଓ ମହିମା ନ ଜାଣି, ମୁଁ ମୋହବଶତଃ ବା ସ୍ନେହବଶତଃ ତୁମକୁ ସଖା ମନେକରି ସଖା ତୁଲ୍ୟ ବ୍ୟବହାର କରିଛି। ଆହାର, ବିହାର, ଶୟନ ଓ ଉପବେଶନ ସମୟରେ ତୁମକୁ

ପରିହାସ କରିଛି ଓ ଅବଜ୍ଞା କଲା ପରି ବ୍ୟବହାର କରିଛି। ମୋତେ ଦୟା କରି କ୍ଷମା କରିଦେବ।"

ଉର୍ବଶୀ ନିରବରେ ମୁହଁ ତଳକୁ କରି ପୁଲକର ବ୍ୟାଖ୍ୟା ଶୁଣୁଥିଲା।

କିଛି ସମୟ ଆଗରୁ କଳା, ଶୀତୁଆ ଓ ଦୀର୍ଘ ମନେହେଉଥିବା ରାତି ଏବେ ଆଲୋକିତ, ଉଷ୍ମ ଓ ସଂକ୍ଷିପ୍ତ ମନେ ହେଉଥିଲା। ଉର୍ବଶୀର ମନେ ହେଉଥିଲା, ଏ ରାତି ଅନୁସୂୟାଙ୍କର ରାତି ପରି ଆଉରି ଦୀର୍ଘ ହୁଅନ୍ତା କି! ରାତିରାତି ଧରି ଅନ୍ଧାର ଘୋଟି ଥାଆନ୍ତା ପଛକେ ତା' ପାଖରେ ପୁଲକ ଥାଆନ୍ତା, ପୁଲକ ପାଖରେ ସେ। ହାତ ବଢ଼େଇବା ପାଇଁ ସାଥୀଟିଏ ଥିଲେ କୌଣସି ରାତି ଦୀର୍ଘ ନୁହେଁ, କୌଣସି ରାସ୍ତା ଅସରନ୍ତି ନୁହେଁ।

ଦୁହେଁ ନିରବରେ ବସିଥିଲେ। କେତେ ସମୟ ପରେ ପୁଲକ ଉର୍ବଶୀକୁ ଡାକିଲା। ଭାବନାର କେଉଁ ଅତଳ ଗହୀରରୁ ଫେରି ଆସିବା ପରି ସେଇ ଡାକରେ ଚମକି ପଡ଼ିଲା ଉର୍ବଶୀ।

ପୁଲକ କହିଲା, "ଉର୍ବଶୀ, ଦେଖ!"

ଉର୍ବଶୀ ପୂର୍ବଦିଗକୁ ଚାହିଁଲା। ଅନ୍ଧକାରର ବୁକୁ ଚିରି ପ୍ରଭାତ ଆସୁଛି।

ଚଢ଼େଇର ଡେଣାରେ ଆସୁଛି ଚପଳ ସକାଳ କିରି କିରି ହସି।

ପୁଲକ କହିଲା, "ଚାଲ। ଫେରିବା।"

ସେମାନେ ଫେରୁଥିଲେ। ନା, ବାସନ୍ତୀ କଲୋନୀକୁ ନୁହେଁ, ପାନ୍ଥନିବାସକୁ। ସେମାନେ ଜାଣିପାରୁଥିଲେ ଯେ ବାସନ୍ତୀ କଲୋନୀର ତାଙ୍କ ପାର୍ଟି ଅଫିସ୍ ଏତେବେଳକୁ ପ୍ରତିପକ୍ଷଙ୍କ ଆକ୍ରମଣରେ ଭାଙ୍ଗିରୁଜି ବିପର୍ଯ୍ୟସ୍ତ ହୋଇ ସାରିଥିବ।

୧୪. ରାଉରକେଲା

ରାଉରକେଲା ଉପନିର୍ବାଚନର ଫଳାଫଳ ଘୋଷିତ ହୋଇ ସାରିଛି। ବିରୋଧୀ ଦଳର ପ୍ରାର୍ଥୀ ଉର୍ବଶୀ ପଟ୍ଟନାୟକ, ତାଙ୍କର ନିକଟତମ ପ୍ରତିଦ୍ୱନ୍ଦ୍ୱୀ ଶାସକ ଦଳର ପ୍ରାର୍ଥୀ ସଞ୍ଜୟ ପଟ୍ଟନାୟକଙ୍କୁ ପଚାଶ ହଜାରରୁ ଊର୍ଦ୍ଧ୍ୱ ଭୋଟ୍‌ରେ ପରାସ୍ତ କରି ରାଉରକେଲା ଉପନିର୍ବାଚନରେ ବିଜୟୀ ହୋଇଛନ୍ତି... ଆକାଶବାଣୀର ସକାଳ ଆଞ୍ଚଳିକ ସମ୍ବାଦର ପ୍ରଥମ ଖବର।

କାଲି ଅପରାହ୍ନ ଚାରିଟା ବେଳକୁ ଭୋଟ ଗଣତି ସରିଥିଲା। ତେବେ ସରକାରୀ ଭାବେ ଘୋଷଣା ହୋଇଥିଲା ସନ୍ଧ୍ୟା ପାଞ୍ଚଟାରେ। ପୁଲକ ନିଜେ ବଡି ସକାଳୁ ଅପରାହ୍ନ ଚାରିଟା ପର୍ଯ୍ୟନ୍ତ ଭୋଟ୍‌ଗଣତି କେନ୍ଦ୍ରରେ ବସି ରହିଥିଲା। ଦିନ ବାରଟାଠାରୁ ଉର୍ବଶୀ ପ୍ରତିଦ୍ୱନ୍ଦ୍ୱୀକୁ ପଛରେ ପକେଇ ବରାବର ଗଣତିରେ ଆଗେଇ ଚାଲିଥିଲା। ତା'ର ଦି'ଘଣ୍ଟା ପରେ ପ୍ରାୟ ଦିନ ଦି'ଟା ବେଳକୁ ଭୁବନେଶ୍ୱରରୁ ସଭାପତି ଫୋନ୍ କରିଥିଲେ। ସେ କହିଥିଲେ, "ତୁ ନିର୍ବାଚନରେ ଜିଣିବୁ ବୋଲି ମୁଁ ସେଇଦିନୁ ଜାଣିଥିଲି, ଯେଉଁଦିନ ତୁ ମୋତେ ପଛରେ ପକେଇ ଟିକେଟ୍ ନେଇଯାଇଥିଲୁ। କନ୍‌ଗ୍ରାଚୁଲେସନ୍ ମାଇଁ ଡିଅର ଗାର୍ଲ। ଦେଖିବୁ, ତୁ ଦିନେ ମନ୍ତ୍ରୀ ହେବୁ। ଏ.ଡି.ଏମ୍‌ଙ୍କ ପାଖରୁ ସାର୍ଟିଫିକେଟ୍ ଆଣିଲା ପରେ ମୋତେ ଫୋନ୍ କରିବୁ।"

ଏପଟୁ ଉର୍ବଶୀ ଉତ୍ତର ଫେରେଇ ପାରି ନ ଥିଲା। ଲୁହ, କୋହ ଓ ଆବେଗ ମିଶି ତା' ସ୍ୱରକୁ ଚାପି ଧରିଥିଲେ। ଏଇ ଭଦ୍ରଲୋକଙ୍କୁ କୃତଜ୍ଞତା ଜଣେଇବା ଲାଗି ତା'ର ଭାଷା ନ ଥିଲା। ସେ ଯଦି ତାକୁ ସେଦିନ ଟିକେଟ୍‌ଟିଏ ଦେଇ ନ ଥାନ୍ତେ, ଆଜି ସେ କଟକର ସେଇ କର୍ମଜୀବୀ ମହିଳା ନିବାସରେ ଦିନ କାଟୁଥାନ୍ତା। ତା'ପରେ ତା'ର ଭାଗ୍ୟ ତାକୁ କୁଆଡ଼େ ଘୋଷାରି ନେଇଥାନ୍ତା କିଏ ଜାଣେ ? କିଛି ଦିନ ହେଲା ଉର୍ବଶୀ ସୁଖରେ କି ଦୁଃଖରେ କାନ୍ଦି ନ ଥିଲା। ନିର୍ବାଚନରେ ଛିଡ଼ା ହେବା ପରଠାରୁ କାନ୍ଦିବା ଲାଗି ଅବକାଶ ପାଇ ନ ଥିଲା ଉର୍ବଶୀ। କେବଳ ଧାଉଁଥିଲା ସେ। ଆଜି

ଧାଇଁବା ଶେଷ ହୋଇଛି। ସେଇଥିପାଇଁ ଲୁହମାନେ ଫେରି ଆସୁଛନ୍ତି ତା'ର ଆଖିର ଉପକୂଳକୁ। କିନ୍ତୁ ଲୁହର ଚରିତ୍ରରେ ଆଜି ଅନେକ ପରିବର୍ତ୍ତନ। ଦିନେ ସେ ଦୁଃଖ ପାଳିବା ଲାଗି କାନ୍ଦୁଥିଲା, ଆଜି କାନ୍ଦୁଛି ସୁଖ ପାଳିବା ପାଇଁ।

ସନ୍ଧ୍ୟାରେ ବିଜୟ ଶୋଭାଯାତ୍ରା ବାହାରିଥିଲା। ସନ୍ଦୀପ ରାୟ ଫୁଲରେ ସଜେଇଥିଲେ ଗୋଟାଏ ଖୋଲା ଜିପ୍। ଜିପ୍ ଆଗରେ ବିରାଟ ଚକ୍ର ଚିହ୍ନ। ପାନପୋଷ ପାଖରୁ ଶୋଭାଯାତ୍ରା ବାହାରି କୋଏଲନଗର ଜଗନ୍ନାଥ ମନ୍ଦିର ପର୍ଯ୍ୟନ୍ତ ଯାଇଥିଲା। ଉର୍ବଶୀ ସେଇ ଶୋଭାଯାତ୍ରାର ନେତୃତ୍ୱ ନେଇ ସହର ପରିକ୍ରମା କରିଥିଲା। ରାସ୍ତାର ଦୁଇ କଡ଼ରେ ଶହ ଶହ କର୍ମୀ, ହଜାର ହଜାର ଲୋକ, ସାନପିଲା ଓ ବୟସ୍କ ନାଗରିକ ଛିଡ଼ା ହେଇ ତାକୁ ଅଭିନନ୍ଦନ ଜଣାଇଥିଲେ। ଠାଏ ଠାଏ ଶୋଭାଯାତ୍ରା ଅଟକିଥିଲା ଓ କର୍ମୀମାନେ ପାଣିପଣା ପିଇଥିଲେ। ପ୍ରସେସନ୍ ବାଟରେ ସନ୍ଦୀପ ରାୟ ତାକୁ କହିଥିଲେ, "ରମାରମଣ ହିଁ ହରେଇଦେଲା ସଞ୍ଜୟ ପଟ୍ଟନାୟକକୁ। ଅତି ବୁଦ୍ଧିରେ ଯାହା ହୁଏ, ସେଇଆ ହେଲା। ତୁମ ଉପରେ ଆକ୍ରମଣ ଘଟଣା ସେମାନଙ୍କ ଲାଗି ବୁମେରାଂ ହେଲା। ତା' ସାଙ୍ଗକୁ ମୋନାଲିସା ଦତ୍ତ ସହ ସେଇ ଭୟଙ୍କର ସାକ୍ଷାତକାର।"

ଉର୍ବଶୀ ତା'ର କୌଣସି ଜବାବ ଦେଇ ନ ଥିଲା। ଅନେକ ଲୋକ ତାକୁ ଏ ନିର୍ବାଚନରେ ସାହାଯ୍ୟ କରିଥିଲେ। 'ଉତ୍କଳ ଏକ୍ସପ୍ରେସ୍' ଓ 'ଭଏସ୍ ଅଫ୍ ଇଣ୍ଡିଆ' ଖବରକାଗଜ ସାମ୍ବାଦିକଙ୍କଠୁଁ ନେଇ ମନ୍ତ୍ରୀ ସଦାନନ୍ଦ ବିଶ୍ୱାଳ ଏବଂ ରାଉରକେଲାର ବହୁ ବୁଦ୍ଧିଜୀବୀ ତାକୁ ପରୋକ୍ଷ କିମ୍ବା ପ୍ରତ୍ୟକ୍ଷ ଭାବେ ସାହାଯ୍ୟ କରିଥିଲେ। ସେ ସେମାନଙ୍କର ଋଣ କଦାପି ପରିଶୋଧ କରିପାରିବ ନାହିଁ।

୧୫. ରାଉରକେଲା

ଗତକାଲି ପ୍ରସେସନ୍ ଓ ଭୋଜି ସରିବା ବେଳକୁ ଅନେକ ରାତି ହୋଇଯାଇଥିଲା। କଥା କହି କହି ଉର୍ବଶୀର ପାଟି ପଡ଼ିଯାଇଥିଲା। ଆଜି ତାକୁ ଭୁବନେଶ୍ୱର ଯିବାକୁ ପଡ଼ିବ। ଭୁବନେଶ୍ୱର କାମ ସାରି ଏଠିକି ଆସିବ ଦଶ ତାରିଖରେ। ଏଗାର ତାରିଖରେ ଅଛି ମୋକଦ୍ଦମାର ତାରିଖ।

ସେ ଝରକା କବାଟ ଖୋଲିଦେଲା।

ସକାଳର ସୂର୍ଯ୍ୟକିରଣ ଝରକା ବାଟ ଦେଇ ବିଛଣା ଉପରେ ବିଛେଇ ପଡ଼ିଲା। ଶୀତ ସକାଳର ଖରା ମିଠା ମିଠା ଲାଗୁଥିଲା ଉର୍ବଶୀକୁ।

ଉର୍ବଶୀ ସୋଫା ଉପରେ ଦେହ ଅଜାଡ଼ି ବସିପଡ଼ିଲା। କାହିଁକି କେଜାଣି ଗୋଟେ ଅଦ୍ଭୁତ ବିଷାଦ ଭାବ ତାକୁ ସକାଳୁ ସକାଳୁ ଘୋଡ଼େଇ ରଖିଥିଲା, ସେ ଜାଣିପାରୁ ନ ଥିଲା। ଗତକାଲି ପର୍ଯ୍ୟନ୍ତ ଲଢ଼ିବା ହିଁ ଥିଲା ତା'ର ମୁଖ୍ୟ। ଆଜି ସକାଳୁ, ହଠାତ୍ ଯୁଦ୍ଧ ସରିଗଲା ବୋଲି ଘୋଷଣା ହେବା ପରେ ଯୋଦ୍ଧାକୁ ଯେମିତି ଲାଗେ, ତାକୁ ସେମିତି ଲାଗୁଥିଲା।

ଭଡ଼ାଘରଟାର ଡ୍ରଇଂରୁମ୍‌ରେ ଗତରାତି କୋଳାହଳର ହସ୍ତାକ୍ଷର ଭାବେ ଫୁଲମାଳ, ଫୁଲତୋଡ଼ା, ମିଠା ପ୍ୟାକେଟ୍, ଶାଲ୍, ଉତ୍ତରୀୟ ଓ ନାନା ପ୍ରକାର ଉପହାର ପଡ଼ି ରହିଛି। ତା' ଭିତରେ କିନ୍ତୁ ଅଦ୍ଭୁତ ଶୂନ୍ୟତା। ସେ ନିଜକୁ ଖୁବ୍ ନିଃସଙ୍ଗ ମନେକରୁଥିଲା।

ଏତେବେଳେ କାହା ଉପରେ ସେ ଟିକିଏ ଆଉଜି ପଡ଼ନ୍ତା ? କାହା କାନ୍ଧରେ ମଥା ରଖି ଘଡ଼ିଏ ବିଶ୍ରାମ ନିଅନ୍ତା ? ଅନେକ ଥକି ପଡ଼ିଛି ସେ। କିନ୍ତୁ ତା' ପାଖରେ କେହି ନାହିଁ।

ସେ ଏକାକୀ ଠିଆ ହୋଇଛି ଜୀବନ ରାସ୍ତାରେ।

ଏତେବେଳେ ନୀଳମାଧବର କଥା ବେଶି ବେଶି ମନେପଡୁଥିଲା। କୁଆଡ଼େ ଶୀତ ସକାଳର କୁହୁଡ଼ି ପରି ମିଳେଇଗଲା ଗୋଟେ ମଣିଷ ? ଥରୁଟେ ହେଲେ ଲୋକଟା

ସାଙ୍ଗରେ ଦେଖା ହୋଇଥାଆନ୍ତା ! ପଚାରିଥାଆନ୍ତା ଉର୍ବଶୀ, "ଏମିତି ମଝିରାସ୍ତାରୁ କେହି କ'ଣ କାହାକୁ ଛାଡ଼ି ଚାଲିଯାଏ !"

କଲିଂ ବେଲ୍‌ଟା କିଏ ଚିପୁଥିଲା ।

ଆଉ ଟିକକରେ ପୁଣି ଭିଡ଼ ଲାଗିଯିବ । ଏଣିକି ତ ଯେଉଁମାନେ ତା'ର ବିରୋଧ କରୁଥିଲେ ସେମାନେ ବି ସମର୍ଥକର ମୁଖା ପିନ୍ଧି ଆସି ପହଞ୍ଚିବେ । ଏଇ ଛଅ ମାସ ଭିତରେ ଲୋକଚରିତ୍ର ସମ୍ପର୍କରେ ତା'ର ଧାରଣା ଅନେକ ବଦଳିଗଲାଣି ।

ସେ ଡାକ ପକେଇଲା, "ମାଳତୀ ! ଦେଖ୍ କିଏ ଆସିଛନ୍ତି । ମୋ ଗୋଡ଼ ଆଉ ଉଠୁନାହିଁ ।'

ମାଳତୀ ଚା'କପ୍ ଧରି ଆସିଲା । କହିଲା, "ଜଣେ ମାଆ ଓ ତା'ର ଦଶ ଏଗାର ବର୍ଷର ଝିଅଟିଏ ଦେଖା କରିବାକୁ ଆସିଛନ୍ତି ।"

ଉର୍ବଶୀ ଆଶ୍ଚର୍ଯ୍ୟ ହେଲା । ଏତେ ସକାଳୁ ସକାଳୁ କେଉଁ ମାଆ-ଝିଅ ତା' ପାଖକୁ ଆସିଲେଣି ! ସେ ଚା' କପ୍‌ଟା ଥୋଇଦେଇ ତଳକୁ ଗଲା । ଘର ସାରା ଧୂଳିବାଲି । ଚାରିଆଡ଼େ ଲିଫ୍‌ଲେଟ୍ ଓ ମଉଳାଫୁଲ ବିଛେଇ ପଡ଼ିଛି । ତା' ସାଙ୍ଗରେ ପ୍ଲାଷ୍ଟିକ୍ ଗ୍ଲାସ୍ ଓ ପାଣି ବୋତଲ । ଏସବୁ ସଫା କରିବା ପାଇଁ ଦି' ଦିନ ଲାଗିବ ।

ଜଣେ ସ୍ତ୍ରୀଲୋକ ଓ ତାଙ୍କ ଝିଅ ଦୁହେଁ ଶିଡ଼ି ଆଡ଼କୁ ପିଠି କରି ବସିଥିଲେ । ଉର୍ବଶୀ ସାଲ୍‌ଟା ଘୋଡ଼ାଇ ହେଇ ଧୀରେ ଧୀରେ ଯାଉଥିଲା । ତା' ଗୋଡ଼ହାତ ଅବଶ ହୋଇପଡ଼ିଥିଲା । ଭଦ୍ରମହିଳା ତା' ଆଡ଼କୁ ଅନେଇବାକ୍ଷଣି ଉର୍ବଶୀ ଦଉଡ଼ିଯାଇ ତାଙ୍କୁ କୁଣ୍ଢେଇ ପକେଇଲା । "ତୁମେ କାହିଁକି ଆସିଲ ଅପା ? ମୋତେ ଫୋନ୍ କରିଥାନ୍ତ ।"

ତା' ବଡ଼ ଯାଆ ତ' ସହ ଦେଖା କରିବାକୁ ଆସିଥିଲେ ।

"ଯା'କୁ ଦେଖ ।" - ଝିଅଟିକୁ ଦେଖାଇଦେଲେ ବଡ଼ଯାଆ ।

ଉର୍ବଶୀ ସତେ କି ଖୁସିରେ ପାଗଳୀ ହେଇଯିବ ! ତା' ଝିଅ ମିକି ତା' ପାଖରେ ଠିଆ ହୋଇଥିଲା । ସେ ମିକିକୁ କୁଣ୍ଢେଇ ଚାପି ଧରିଲା । ଏ ଦୃଶ୍ୟ ଦେଖି ତା'ର ଯାଆ ଲୁହ ରୋକିପାରିଲେ ନାହିଁ । ସେ ଲୁଗା କାନିରେ ଲୁହ ପୋଛିଲେ । ମାଳତୀ ଚା' କପ୍ ଧରି ସେଇପରି ଛିଡ଼ା ହେଇଥିଲା ।

ଉର୍ବଶୀ କେବଳ ମିକିକୁ ଚାପି ଧରିଥିଲା । ପଚାରୁଥିଲା, "ମୋ କଥା ତୋର କ'ଣ ମନେପଡ଼େ ? ତୁ ତ ଏଡ଼ିକି ଟିକେ ହେଇଥିଲୁ, ମୁଁ ତମ ଘର ଛାଡ଼ିଥିଲି ।"

ମିକି କିଛି କହିଲା ନାହିଁ । ସେ ଖାଲି ଢବଢବ କରି ତା' ମାଆ ମୁହଁକୁ ଚାହୁଁଥିଲା । ତାକୁ ମାଆର କୋଳ ଉଷୁମ ଓ ମିଠା ଲାଗୁଥିଲା । ସେ ତା' ଦୁଇ ହାତରେ ମାଆକୁ ଏମିତି କୁଣ୍ଢେଇ ଧରିଥିଲା ଯେମିତିକି ତାକୁ ଆଉ କେବେ ଛାଡ଼ିବ ନାହିଁ ।

ବଡ଼ ଯାଆ କହିଲେ, "ଘରେ ସମସ୍ତେ ଭୀଷଣ ଅନୁତାପ କରୁଛନ୍ତି। କ'ଣ ସେମାନଙ୍କୁ କ୍ଷମା ଦେବ ନାହିଁ?"

"ନା।" ଦୃଢ଼ ସ୍ୱରରେ କାହାର ସ୍ୱର ଶୁଭିଲା।

କିଏ କହିଲା, "ନା।' ଉର୍ବଶୀ ଚମକି ପଡ଼ିଲା। ତା'ର ବଡ଼ ଯାଆ ଓ ମିକି ବି। ଚାହିଁ ଦେଖିଲେ, ଘରର ଦୁଆରମୁହଁରେ ପୁଲକ ଛିଡ଼ା ହୋଇଥିଲା। ସେ ଏମାନଙ୍କ କଥାବାର୍ତ୍ତା ଶୁଣିଥିଲା।

ଭିତରକୁ ପଶି ଆସି ପୁଲକ ଉର୍ବଶୀର ଯାଆକୁ କହିଲା, "ନମସ୍କାର ମାଡାମ୍! ମୋତେ ଦୟା କରି ଭୁଲ୍ ବୁଝିବେ ନାହିଁ। କିନ୍ତୁ ଉର୍ବଶୀ ଆଜି କୌଣସି ନିଷ୍ପତ୍ତି ଏକାକୀ ନେଇପାରିବେ ନାହିଁ। ସେ ସମୟ ଆପଣମାନଙ୍କ ହାତରେ ଦିନେ ଥିଲା, ଆଜି ନାହିଁ।"

ଉର୍ବଶୀ କହିଲା, "ତୁମେ ଯାଅ ଅପା। ଅନେକ ବର୍ଷ ସେମାନଙ୍କ ହାତରେ କଣ୍ଢେଇ ଭଳି ବ୍ୟବହୃତ ହେଲଣି। ଆଉ ହୁଅ ନାହିଁ। ମୁଁ ସେ ରାସ୍ତାକୁ ପଛରେ ଛାଡ଼ି ଆସିଛି, ସେଠିକି ଆଉ ଫେରି ପାରିବି ନାହିଁ।"

ମିକି ସେମିତି ଠିଆ ହୋଇଥିଲା। ଉର୍ବଶୀ ତାକୁ ଆଉଥରେ କୁଣ୍ଢେଇ କହିଲା, "ଏଗାର ତାରିଖରେ କେସ୍ ଅଛି। ସେଇଠି ବିଚାର ହେବ। ଦିନେ ତୁ କହିଥିଲୁ, ତୋ ବାପା ପାଖରେ ରହିବୁ। ଏଗାର ତାରିଖରେ ତୁ ସ୍ଥିର କରିବୁ, କାହା ପାଖରେ ରହିବୁ। କିନ୍ତୁ ମନେରଖିବୁ ମିକି, ତୁ ବି ଗୋଟେ ଝିଅ ତୋ ମାଆ ପରି। ଯା', ଆଜି ମୁଁ ଚୋରଣୀ ପରି ତୋତେ ଏଠି ଅଟକେଇ ରଖିବା ପାଇଁ ଚାହୁଁନାହିଁ।"

ତା'ର ଯାଆ ଓ ମିକି ଫେରିଗଲେ। ସେ ଦୁଆର ବନ୍ଦଯାଏ ଧାଇଁ ଯାଇ ସେମାନଙ୍କୁ ଚାହିଁଲା। ଧୀରେ ଧୀରେ ଛୋଟ ପାହୁଣ୍ଡ ପକେଇ ମିକି ଯାଉଥିଲା। ତା'ର ବାଁ ହାତକୁ ଧରିଥିଲେ ତା'ର ଯାଆ। ସିଏ ବୋଧହୁଏ ଲୁଗାକାନିରେ ତାଙ୍କ ଆଖିର ଲୁହ ପୋଛୁଥିଲେ।

ଉର୍ବଶୀ ନିଜ ଲୁହକୁ ଅଟକେଇପାରୁ ନ ଥିଲା।

କିଛି ସମୟ ସେହିପରି ବିତିଗଲା।

ପୁଲକ କହିଲା, "ତୁମେ ବୋଧହୁଏ ଡେରିରେ ବାହାରିବ। ଗୋଟାଏ ଜରୁରୀ ଖବର ଶୁଣିଲି। ମନ୍ତ୍ରୀ ସଦାନନ୍ଦ ବିଶ୍ୱାଳ ତାଙ୍କର ସମର୍ଥକଙ୍କ ସହ ଆମ ଦଳରେ ଯୋଗଦେଇ ପାରନ୍ତି। ସେମିତି ଘଟଣା ଘଟିଲେ ଅନେକ ଅଦଳ ବଦଳ ହୋଇଯିବ। ହୁଏତ ଏ ସରକାର ଭାଙ୍ଗିଯାଇ ପାରେ। ମୁଁ ଟିକିଏ ଆଗରୁ ବାହାରି ଯାଉଛି। ତମ ସାଙ୍ଗରେ ଭୁବନେଶ୍ୱରରେ ଦେଖା ହେବ।" ତରବରରେ କଥାତକ କହି ସେ ଫେରିଯାଉଥିଲା।

ଉର୍ବଶୀ ବଡ଼ ପାଟିରେ ଡାକିଲା, "ରୁହ।"

ଚମକି ବୁଲି ପଡ଼ିଲା ପୁଲକ। ହାତରେ ଧରିଥିବା ପ୍ଲାଷ୍ଟିକ୍ ଫୋଲ୍ଡର ଖସି ପଡ଼ିଲା ଓ ସେଥିରେ ଥିବା କାଗଜପତ୍ରଗୁଡ଼ାକ ବିଞ୍ଚି ହୋଇପଡ଼ିଲା ଚଟାଣରେ। ଉର୍ବଶୀ ପୁଲକକୁ ସାହାଯ୍ୟ କରିବା ପାଇଁ 'ମୁଁ ଦୁଃଖିତ' କହି ନୋଇଁପଡ଼ିଲା। ସେସବୁ ଗୋଟଉ ଗୋଟଉ ଗୋଟେ ନିମନ୍ତ୍ରଣପତ୍ର ଦେଖି ସେ ଚମକି ପଡ଼ିଲା। ପଚାରିଲା, "ଏ କାର୍ଡ ତୁମେ କେଉଁଠୁ ପାଇଲ?"

ପୁଲକ ସେହିପରି ନିରବ ଥିଲା। ଯେମିତି କି ସେ କିଛି ଜବାବ ଦେବାପାଇଁ ଚାହୁଁ ନ ଥିଲା। ଉର୍ବଶୀ ଟିକିଏ ଉଚ୍ଚ ସ୍ୱରରେ ପଚାରିଲା, "କୁହ ପୁଲକ, ନୀଳମାଧବ ପାଖକୁ ମୁଁ ପଠେଇଥିବା ମୋ ବାହାଘର କାର୍ଡ ତମ ପାଖକୁ କେମିତି ଆସିଲା? କୁହ, ଯେଉଁ ରହସ୍ୟଟିର ଗଣ୍ଠି ଏତେ ବର୍ଷ ହେଲା ବରାବର ଖୋଲିବାର ଚେଷ୍ଟା କରୁଛି, ସେଇଟା ତମ ପାଖକୁ କେମିତି ଆସିଲା? ନୀଳମାଧବ କେଉଁଠି ଅଛି? କେଉଁଠି? କାହିଁକି ସେ କାର୍ଡ ପାଇ ନିରବ ରହିଗଲା? କୁହ।"

ପୁଲକ ମୁହଁ ଉଠେଇଲା। ଧୀର ସ୍ୱରରେ କହିଲା, "ଧରିନିଅ ଯେ ନୀଳମାଧବ ନାହିଁ। ସେ କେବେ ବି ନ ଥିଲା।"

"ତୁମେ ମିଛ କହୁଛ। ନୀଳମାଧବ ଥିଲା ଏବଂ ଅଛି।"

"ନା, ନୀଳମାଧବ ନାହିଁ। ମୋତେ ବିଶ୍ୱାସ କର।"

"କେମିତି ମୁଁ ତମକୁ ବିଶ୍ୱାସ କରିବି?"

"କାରଣ ମୁଁ ଏଇ ହାତରେ ତାକୁ ଚିତା ଉପରେ ଶୁଆଇଛି।"

ଉର୍ବଶୀ ଗୋଟାପଣେ ଝାଉଁଳି ପଡ଼ିଲା। କେଇଟା ମୁହୂର୍ତ୍ତ ପାଇଁ ଦୁହେଁ ନିରବ ହୋଇଗଲେ।

ପୁଲକ କହିଲା, "ନୀଳମାଧବକୁ ବ୍ରେନ୍ କ୍ୟାନସର୍ ହେଇଥିଲା। ତା'ର ବାପା-ମା' ତା' ପାଇଁ ଅନେକ ଚେଷ୍ଟା କରିଥିଲେ। କିନ୍ତୁ ସେମାନେ ସଫଳ ହେଲେ ନାହିଁ। ତମର ବାହାଘର ନିମନ୍ତ୍ରଣ କାର୍ଡ ପାଇବା ବେଳକୁ ସେ ହସ୍‌ପିଟାଲ୍‌ରେ ମରଣ ସାଙ୍ଗରେ ଲଢୁଥିଲା। ଶେଷ ବେଳକୁ ସେ ତା'ର କିଛି କବିତାର ପାଣ୍ଡୁଲିପି ଓ ଏଇ କାର୍ଡଟି ମୋତେ ଦେଇଯାଇଥିଲା। ତମକୁ ସେ ଗଭୀର ଭାବରେ ଭଲ ପାଉଥିଲା। ଘଣ୍ଟା ଘଣ୍ଟା ଧରି ତୁମରି କଥା କହୁଥିଲା ମୋତେ। ଓଡ଼ିଶା ଫେରିଆସିଥିଲେ ତୁମକୁ ସେ ଭେଟିଥାନ୍ତା ପ୍ରଥମେ। ମାତ୍ର ସେ କଥା ହେଲା ନାହିଁ। ଦିଲ୍ଲୀରୁ ଫେରିବା ପରେ ତୁମକୁ ଭେଟି ସବୁକଥା କହିବା ଲାଗି ମୁଁ ଭାବିଥିଲି। ମାତ୍ର ସେତେବେଳକୁ ତୁମର ଠିକଣା ବଦଳି ଯାଇଥିଲା। ମୁଁ ଭାବିଥିଲି ତୁମେ ଘର ସଂସାର କରି ଶାନ୍ତିରେ ରହିଥିବ। କିନ୍ତୁ ତୁମର

ଦୁର୍ଭାଗ୍ୟ ସମ୍ପର୍କରେ ଫିଚର୍‌ଟିଏ ପଢ଼ି ସବୁକଥା ଜାଣିପାରିଥିଲି। ମୁଁ ଲଜ୍ଜିତ, ଠିକ୍ ସମୟରେ ତୁମ ପାଖରେ ଆସି ଛିଡ଼ା ହୋଇପାରିଲି ନାହିଁ। ଏକଲା ତୁମକୁ ଏ ଯୁଦ୍ଧ ଲଢ଼ିବାକୁ ପଡ଼ିଲା।"

ଉର୍ବଶୀ ସେଇ ପୁରୁଣା ନିମନ୍ତ୍ରଣପତ୍ରଟାକୁ ହାତରେ ଧରି ଆଉଁଶୁଥିଲା। ସତେ କି ସେଇଟି ଖଣ୍ଡେ କାଗଜର କାର୍ଡ ନୁହେଁ, ନିଜେ ରକ୍ତମାଂସର ନୀଳମାଧବ। ଜୀବନର ସବୁଠୁ ସୁଖତମ ସକାଳରେ ଏମିତି ଦୁଃଖତମ ଖବରଟି ତା'ର ଶୁଣିବାର ଥିଲା !

ସେ ମୁଣ୍ଡରେ ହାତଦେଇ ବସିପଡ଼ିଲା।

ପୁଲକ କହିଲା, "ଉଠ ଉର୍ବଶୀ। ତୁମକୁ ଶୀଘ୍ର ଭୁବନେଶ୍ୱର ବାହାରିବାକୁ ପଡ଼ିବ। ରାଜଧାନୀରେ ରାଜନୈତିକ ଅବସ୍ଥା ଯାହା ସବୁ ବିଧାୟକ ସେଠି ଉପସ୍ଥିତ ରହିବା ଆବଶ୍ୟକ। ଯେତେ ଭଲ ଗାଡ଼ିରେ ଗଲେ ବି ଆଠ ଘଣ୍ଟା ଆଗରୁ ତୁମେ ପହଞ୍ଚିବ ନାହିଁ।"

ଉର୍ବଶୀ ଏସବୁ କିଛି ଶୁଣିପାରୁ ନ ଥିଲା। ସେ ନିଜ ମୁହଁରେ ଲୁଗାକାନି ଚାପି କଇଁ କଇଁ ହୋଇ କାନ୍ଦୁଥିଲା।

ପୁଲକ ଯାଇ ତା' କାନ୍ଧରେ ହାତ ରଖି ସାନ୍ତ୍ୱନା ଦେଲା।

ଉର୍ବଶୀ କହିଲା, "କାହିଁକି ଭୁବନେଶ୍ୱର ଯିବି ? କ'ଣ କରିବି ମୁଁ? ମୋର ତ ସବୁ ସରିଯାଇଛି ପୁଲକ। ସବୁ ଶେଷ ହୋଇଯାଇଛି।"

ପୁଲକ ଉର୍ବଶୀର ହାତଧରି ଛିଡ଼ା କରେଇଲା। ତାକୁ ଝରକା ପାଖକୁ ଟାଣିନେଲା। ଝରକାର ପରଦା ଆଡ଼େଇ କହିଲା, "ଦେଖ ଉର୍ବଶୀ ! ଏଇ ତୁମର ରାଉରକେଲା। ଯେଉଁ ସହରର ଲକ୍ଷାଧିକ ଲୋକ ତୁମକୁ ଭୋଟ୍ ଦେଇ ସେମାନଙ୍କର ପ୍ରତିନିଧି ନିର୍ବାଚିତ କରିଛନ୍ତି। ଏବେ ବି ସେଇ ଲୋକଙ୍କ ଘରେ ହୁଏତ ଜଣେ ଜଣେ ଉର୍ବଶୀ, ମୋନାଲିସା କିମ୍ବା ମିକି କର୍ମ ଆଦରି ପଡ଼ି ରହିଥିବେ। ତମର ମା' ପରି ଅନେକ ଅସହାୟା ମା' ଏବେ ବି ଲୁହ ଗଡ଼ଉଥିବେ। ଉଠ, ସେମାନଙ୍କ କଥା ଶୁଣ। ତାଙ୍କ ପାଖକୁ ଯାଅ। କାହିଁକି କହୁଛ ତୁମର ସବୁ ସରିଯାଇଛି, ସବୁ ଶେଷ ହୋଇଯାଇଛି। ତମେ ଆଜି ବିଧାୟକ ହୋଇଛ। ଆସନ୍ତା କାଲି ମନ୍ତ୍ରୀ ହେବ। ଲକ୍ଷ ଲକ୍ଷ ଲୋକଙ୍କର ସୁଖଦୁଃଖର ସାଥୀ ହେବ ତୁମେ। ଏଇଠୁ ତ ତମର ଜୀବନ ଆରମ୍ଭ ହେଲା।"

ଉର୍ବଶୀ ପୁଲକକୁ ଚାହିଁଲା। ସବୁଦିନ ପରି ନିର୍ଭର ପ୍ରତିଶ୍ରୁତିର ମୁଦ୍ରାଟିଏ ସେମିତି ଲାଗି ରହିଥିଲା ପୁଲକର ମୁହଁରେ। ସେ ପଦୁଟିଏ ବି ଉତ୍ତର ଫେରେଇ ପାରିଲା ନାହିଁ।

ବାହାରେ ତା' ପାଇଁ ଅପେକ୍ଷା କରିଥିଲା ନୂଆ ଜୀବନ।

BLACK EAGLE BOOKS

www.blackeaglebooks.org
info@blackeaglebooks.org

Black Eagle Books, an independent publisher, was founded as
a nonprofit organization in April, 2019. It is our mission to
connect and engage the Indian diaspora and the world at large
with the best of works of world literature published on a
collaborative platform, with special emphasis on
foregrounding Contemporary Classics and New Writing.